本书受潍坊学院博士科研基金项目
"宗教视域下的詹姆斯·鲍德温研究(2016BS13)"资助。

鲍德温文学之
宗|教|研|究

张 学 祥 ◎ 著

James Baldwin

中国社会科学出版社

图书在版编目（CIP）数据

鲍德温文学之宗教研究/张学祥著. —北京：中国社会科学出版社，2019.3
ISBN 978-7-5203-4065-6

Ⅰ.①鲍⋯ Ⅱ.①张⋯ Ⅲ.①鲍德温—文学研究
Ⅳ.①I712.06

中国版本图书馆CIP数据核字（2019）第030396号

出版人	赵剑英	
责任编辑	郭晓鸿	
特约编辑	孙　靓	
责任校对	王　龙	
责任印制	戴　宽	

出　　版	中国社会科学出版社	
社　　址	北京鼓楼西大街甲158号	
邮　　编	100720	
网　　址	http://www.csspw.cn	
发 行 部	010-84083685	
门 市 部	010-84029450	
经　　销	新华书店及其他书店	
印　　刷	北京明恒达印务有限公司	
装　　订	廊坊市广阳区广增装订厂	
版　　次	2019年3月第1版	
印　　次	2019年3月第1次印刷	
开　　本	710×1000　1/16	
印　　张	20.75	
插　　页	2	
字　　数	292千字	
定　　价	88.00元	

凡购买中国社会科学出版社图书，如有质量问题请与本社营销中心联系调换
电话：010-84083683
版权所有　侵权必究

目　录

绪　论 ………………………………………………………… 1
  第一节　研究的缘起 …………………………………………… 1
  第二节　国内外研究现状 ……………………………………… 8
  第三节　本书的思路与框架 …………………………………… 19
  第四节　本书的创新之处 ……………………………………… 25

第一章　鲍德温宗教思想的多元特征 ………………………… 27
  第一节　存在主义特征 ………………………………………… 27
  第二节　女性主义特征 ………………………………………… 38
  第三节　精神分析特征 ………………………………………… 51
  第四节　音乐质素 ……………………………………………… 60
  第五节　黑人宗教因子 ………………………………………… 68

第二章　鲍德温文学中的上帝 ………………………………… 77
  第一节　白人上帝与黑人上帝 ………………………………… 77
  第二节　鲍德温对上帝的逃离与回归 ………………………… 87
  第三节　上帝与父亲的角色转换 ……………………………… 99

第三章　鲍德温文学中的罪与罚 ……………………………… 114
  第一节　种族主义之罪 ………………………………………… 116

第二节　基督徒之罪 ································ 128
　　第三节　家庭伦理的背离 ···························· 140

第四章　鲍德温文学中的多元救赎 ·························· 152
　　第一节　种族之爱的救赎价值 ························ 153
　　第二节　家庭的救赎价值 ···························· 162
　　第三节　异/同性之爱的救赎价值 ····················· 170
　　第四节　悲剧意识的救赎价值 ························ 180

第五章　鲍德温的文艺观及其神学根源 ······················ 192
　　第一节　艺术家的职责 ······························ 193
　　第二节　鲍德温的求真原则 ·························· 205

第六章　鲍德温文学的宗教表征 ···························· 224
　　第一节　《圣经》启示文学 ·························· 224
　　第二节　《圣经》意象的艺术再现 ···················· 228
　　第三节　《圣经》人物的艺术"变形" ················ 241
　　第四节　作品标题的"启示"性 ······················ 252

第七章　鲍德温文学的儿童观 ······························ 258
　　第一节　鲍德温儿童观概述 ·························· 258
　　第二节　鲍德温儿童观之宗教渊源 ···················· 263
　　第三节　鲍德温儿童观之文学表现 ···················· 267

结　语 ·· 289

附　录　鲍德温年表 ···································· 293

参考文献 ·· 295

后　记 ·· 327

绪　论

第一节　研究的缘起

文学与宗教的关系源远流长。一般认为，在西方文化语境中，狭义说来，宗教（基督教）对文学的影响滥觞于中世纪。柏拉图的名言"若神不在，一切皆无"① 正适用于说明宗教在中世纪的霸主地位，乃凌驾于其他意识形态之上的神学信仰。因此，文学与哲学一样沦为宗教的婢女，导致文学与宗教的"混生"状态。尽管文艺复兴以人性中心论颠覆了神学中心论，此后的文学创作走向世俗化的道路，但无论在形式与风格还是主题与思想方面，均无法摆脱宗教无孔不入的深刻影响。至于文学与宗教的关系，即使意大利文艺复兴的先驱薄伽丘也不得不承认"不仅诗是神学，而且神学也就是诗"。② 若"从历史与心理的广泛层面来看，宗教神话是文学之母"，③ 因为作为实践的艺术，"它发源于上帝的胸怀"。④ 是故，与宗教绝缘的文学创作就难免有思想浅陋的尴尬。不言而喻，缺乏宗教意识的文

---

① 方汉文主编：《比较文学基本原理》，苏州大学出版社2005年版，第224页。
② 伍蠡甫主编：《西方文论选》，上海译文出版社1979年版，第176页。
③ 方汉文主编：《比较文学基本原理》，苏州大学出版社2005年版，第226页。
④ 伍蠡甫主编：《西方文论选》，上海译文出版社1979年版，第178页。

学批评自然也难中肯綮，无法捕捉到文学的灵魂。非洲黑人被贩卖到"新大陆"之后的血泪史注定了基督教对其特殊的救赎意义。美国黑人将非洲传统宗教元素融入白人基督教思想，使黑人基督教日渐凸显解放神学特征，或隐或显地成为黑人文学创作中的高度自觉。而美国黑人作家詹姆斯·鲍德温的传奇宗教心路历程和厚重的《圣经》学养成就了其宗教思想的"另类"性及其典型的文学宗教性。若"将鲍德温与宗教分割开来简直就是不可思议的。更有甚者，撇开作品对宗教的关注和其中的宗教主题，鲍德温文学也就无从谈起"。[①]

鲍德温在浓厚的黑人宗教氛围中长大，继父是性情暴虐乖张的社区牧师，母亲是虔诚的基督徒，钦定版《圣经》乃其接受教育、认识世界的最好去处。继父向他灌输的主要是《圣经·旧约》中"罪"与"罚"的思想，旧约圣经因而就成为鲍德温童年记忆的典型符号。鲍德温14岁皈依基督教，做了三年童子布道者，后因教会腐败，毅然退教还俗。但这并非意味着他跟基督教恩断义绝，彻底划清界限。毕竟，宗教的影响非但没有烟消云散，反倒成为其文学创作的源泉和自觉，宗教元素在他的作品中随处可见，充分体现了其艺术追求与宗教意识的血亲关系。换言之，圣经思想和宗教体验成就了鲍德温的文学梦想，乃构建其文艺大厦的基石，成为贯穿始终的灵魂。在鲍德温看来，剔除作品的宗教因子，无异于以火焚之。[②]其作品的宗教性首先表现为散文的圣经品格。基督教《圣经》与鲍德温相伴一生，乃其当之无愧的"挚友"。鲍德温对圣经或直接引用，或借题发挥、或传承发扬、或揶揄讽刺，抑或若即若离，无不向读者透露出宗教意识在这位曾经的福音布道者内心刻下的深深烙印，变幻莫测地左右着其艺术表现。三年的布道生涯成就了鲍德温字字珠玑、振聋发聩的散文风格。虽然当时恨之入骨，不能释怀，但日后于文学创作上对圣经驾轻就熟的洒

[①] Derek Cyril Bowe, "Going to Meet the Lord: James Baldwin's Dispute with the Church in his Novels and Plays", *University of Kentucky*, 1998, p. 4.

[②] James Baldwin, *The Amen Corner*, New York: Dial Press, 1968, p. xiv.

脱自如，不能不说得益于当年那段颇为痛苦纠结的宗教经历。与其说在继父的威逼熏染下，鲍德温得以饱受圣经浸润，毋宁说，宗教意识成为其文艺创作的自觉，理所当然归功于继父绝对家长式的宗教专横。相较于其小说与戏剧，鲍德温的散文成就有过之而无不及。以《土生子札记》（1955）、《没有人知道我的名字》（1961）、《下一次将是烈火》（1963）和《街上无名》（1972）为代表的散文很大程度上奠定了鲍德温在美国文坛的地位，扩大了其政治影响。其中，《下一次将是烈火》和《街上无名》的宗教表征最为突出。前者标题源于一首美国黑人灵歌（spiritual）的歌词，涉及的圣经典故乃上帝与挪亚在大洪水之后所立之约，是对末日审判的影射。鲍德温以此为题，奠定了整个文集的基调，郑重地警告白人种族主义者切勿一意孤行、执迷不悟，收到片言折之的奇效。后者的题名则直接取自旧约圣经，"他的记念在地上必然灭亡；他的名字在街上也不存留"，[①]而副标题再现了基督教的"施洗"仪式。主、副标题互为因果，喻之以理，是对美国种族形势以及种族策略的深度考量。其余两部的宗教表征虽不显山露水，但依然丰厚，尤其论及种族和宗教的篇章，堪为谠言嘉论。

　　比之于散文，浸透在小说和戏剧中的宗教色彩则更能淋漓尽致地表达鲍德温的宗教情怀。在众多的作品中，小说《向苍天呼吁》（1953）和戏剧《阿门角》（1968）属于纯粹的宗教题材，从各级标题、相关意象到具体内容都与圣经表里相依、同音共律，乃鲍德温自身基督教经历的艺术化再现。前者的标题是一首圣诞灵歌，上帝派天使加百利宣告耶稣降生，免除世人的罪。与之相对应，小说讲述了主人公约翰在14岁生日那天皈依基督教的心路历程。第一部分的标题"第七日"（The Seventh Day），暗示约翰灵魂得救，实现圆满，显然滥觞于《创世记》和《启示录》中"七"的内蕴。上帝六日内创造宇宙万物，定第七日为当守的"安息日"，乃一

[①] 《圣经·旧约·约伯记》第十八章第十七节。

个新轮回的开始，而《启示录》中的七个"七"概括地启示了神在宇宙属灵战争的每一个领域所取得的彻底胜利。两书首尾呼应，你中有我，我中有你，始于完美，止于至善。是故，鲍德温的用意自然不待蓍龟。此外，数字的妙用亦增添了作品的启示录文学色彩。但鲍德温绝不是一位盲目的原教旨主义者，奉《圣经》为无可挑剔的金科玉律而趋之若鹜、毕恭毕敬。小说表现的不是对上帝的虔诚敬畏，而是质疑批判，同时含蓄地表达了同性恋的主题。鲍德温身体力行的性爱伦理从此一发不可收，越来越明目张胆地暴露在读者面前。《乔万尼的房间》（1956）、《另一个国家》（1962）、《告诉我火车开走多久了》（1968）和《就在我头顶之上》的同性恋主题（1979）异常明显，不乏性爱的露骨描述。就同性恋主题的突出性而言，则以前两部为最。其中，《乔万尼的房间》被认为是美国文学中第一部成功表现同性恋主题的小说。鲍德温从世俗人性出发，大胆表现复杂人性——尤其是同性恋这一人伦"禁忌"——的气魄令人吃惊。他不但挑战当时保守的世俗道德底线，更公然跟圣经律法叫板，因为"人若与男人苟合，像与女人一样，他们二人行了可憎的事，总要把他们治死，罪要归到他们身上"。[①] 此即他一度颇遭微词、饱受诟病之所在。纵观鲍德温的宗教心路历程，对基督教教义的讨伐之声远远盖过虔诚的溢美之词。不管鲍德温如何"离经叛道"，终究无法逃离基督教的文化传统。

戏剧《阿门角》的宗教纯粹性更是旁逸斜出，当属所有作品之翘楚，将批判的矛头直指宗教偏执的荒诞与因之而来的冷漠无情。弥漫在作品中的反宗教情绪成就了他鲜明的宗教立场。《阿门角》以玛格丽特放弃牧师教职，与丈夫重修旧好，回归家庭天伦为结局，集中体现了作家宗教存在主义的世俗倾向。起初，戏剧女主人公心无旁骛，全身心投入教会中，其虔诚到了不可思议的地步。她不但自己为圣职放弃家庭，甚至规劝一位信

[①] 《圣经·旧约·约伯记》第二十章第十三节。

徒跟丈夫分手，以示对主的忠贞不贰。此举实乃荒谬绝伦，匪夷所思。玛格丽特不是个别现象，而是宗教麻痹性的缩影。基督教的虚伪性也好，欺骗性也罢，归根结底是由人自身的"软弱性"所致，即对基督教教义有意或无意的误解使然。鲍德温借此反面事例抨击的对象并非宗教本身，因为宗教本身没有错。其旨归意在还原基督教的本来面目，奋力疾呼停止断章取义的偏颇与武断，以及由此加给宗教的罪名。基督教本意是美好的，承诺来世灵魂救赎的同时并不否定现世的幸福。耶稣在荒野受到魔鬼试探时说过，"人活着，不是单靠食物，乃是靠神口里所出的一切话"。① 耶稣的确强调对神的信心之重要性，但绝无否定世俗生活之意。把握当下，好好活着方能更好地侍奉神，因为"若人连看得见的兄弟都不爱，又怎么能够去爱他看不见的神呢"？② 由是观之，爱自己的家人与对上帝的虔诚非但不矛盾，而且互为因果，相融共生，乃基督之爱的一体两面。所以，玛格丽特为教会而与不信教的丈夫分道扬镳，与其说对宗教虔诚，毋宁说是十足的宗教偏执。换言之，对基督教本原教义的扭曲，其实质乃是对上帝圣意的亵渎。

其他作品的宗教韵致虽不及这两部跌宕昭彰，依然见微知著，体现出宗教肌理的一贯性。从题材上看，宗教虽由台前退往幕后，鲍德温巧妙的表现手法依然让人感受到强烈的宗教冲击。诸如"水""火""蛇""撒旦""恐惧""颤抖"这般典型的圣经意象，题词的宗教指涉，以及圣经人物的粉墨登场，无不营造出一种神秘的氛围，给世俗叙事罩以浓厚的宗教光晕。《告诉我火车开走多久了》的主人公迦勒（Caleb）出自《出埃及记》中摩西的坚定支持者，义无反顾地赞成前往迦南地，是上帝信心的典范。小说人物历经沧桑，皈依上帝，基本再现了圣经原型的虔诚。而迦勒的兄弟普拉德翰默与上帝"争吵"后，选择暴力抵抗种族歧视，显然有悖

---

① 《圣经·新约·马太福音》第四章第四节。
② James Baldwin, *The Amen Corner*, New York: Dial Press, 1968, p. 47.

神谕，因为基督主张"爱你的敌人"。另外，约瑟与天使摔跤、末日审判、浪子回头的典故，在主人公的艺术成长道路上随机出场，既突兀又入情入理，让人游移于现实与虚幻、当下与来世之间。《另一个国家》的标题本身就有明显的来世影射，而第三部分，即最后一部分的标题"通往伯利恒"（Toward Bethlehem）印证了全书总标题的宗教性。《就在我头顶之上》的内容虽是普通的世俗题材，但题目本身却源于一首宗教歌曲，而各章节的分标题不是福音歌曲就是典型的宗教意象。鲍德温的天命之作《比尔节情仇》呈现了一桩"莫须有"的冤假错案，两个分标题"困惑的灵魂"（Troubled About My Soul）与"天堂"（Zion）之宗教内蕴亦不言自明。扉页题词"玛丽，玛丽/你要给那漂亮可爱的婴孩/起一个什么名字"？显然影射了基督降生的典故。男女主人公未婚先育，非但不是"淫乱"，反而被谱写成一首感天动地的人性赞歌，成为小说的"复调"，显然是对"童贞女怀孕"的拟仿。鲍德温对基督教性伦理的挑衅与改写，由此可见一斑。其现世救赎的宗教理想也越发明显。

　　鉴于其浓厚的宗教情结，鲍德温堪称黑人宗教文学之集大成者，脱离宗教，鲍德温文学也就无从谈起。不过，与原教旨主义者不同，鲍德温文学仅以基督教为参照，绝非完全忠实于基督教圣经，毋宁说是在对基督教改写基础上的"反讽"与"戏仿"。不过，贯穿始终的是对基督之爱的传承和超越，暗合儒教文化之"舍得"原则，彰显出"守经达权"之超然卓绝，成为"基督教境遇伦理学"的生动诠释。相较于传统宗教，鲍德温文学世界中的宗教"理想国"无疑是"旧瓶装新酒"，打造了一种"动态宗教"，[①]尽显人道主义的终极关怀，是"生命冲动的完美体现"。[②]鲍德温式的"动态宗教"恰恰是要在传统宗教语境中反观并释放人性"背景"

　　[①] 柏格森把宗教分为"静态宗教"和"动态宗教"以区分理智与直觉之于人类道德的作用。前者强调宗教仪式和戒律，为社会普遍遵循并制度化，属于理性的范畴。而后者则旨在与生命的创造力联姻，呈现一个活生生的上帝，就像直觉比理性能更有效地把握现实。
　　[②] 张文举：《论柏格森的动态宗教观》，硕士学位论文，黑龙江大学，2011年，第33页。

中被压抑的本真。尤其是鲍德温赋予被视为宗教"淫乱"的同性恋以终极救赎价值，惊世骇俗，曲高和寡，公然挑衅了传统的伦理道德底线。不过，鲍德温绝非恣意放纵原始本能的冲动泛滥，他追求的是"酒神精神"与"日神精神"的和谐，与耶稣对犹太教律法大刀阔斧的改革精神一脉相承。其宗教"自由选择"旨在寻找一位宽容的"人间上帝"，尽显"守经达权"之道，饱富人道主义。是故，我们绝不能以道德批判取代理性思考，否定鲍德温揭秘人性本真的勇气和他对美国文学的巨大贡献。其实，鲍德温的宗教是充分尊重复杂人性的高度理性自觉，因为"所有的人都以这种或那种方式具有宗教性……只要宗教试图满足生命的某些基本需要，理智就必定是宗教的来源"。[1] 由是观之，鲍德温语境中的"动态宗教"既暗合了柏格森对人之生命意志力的充分肯定，又从字面上昭示了其宗教自由选择是一个由虔诚敬畏到质疑否定，再到回归超越的动态过程。

一言以蔽之，鲍德温的作品乃黑人文化和基督教文化的饕餮盛宴，宗教意识成为其作品中的客观存在，基督教《圣经》的影子总是或隐或现地以"在场"或"缺席"的形态呈现。基督教的思想艺术作为一种深层模式，使鲍德温的前期和后期创作呈现出内在的一致性，诠释了"形散而神不散"的美学特征。是故，要读懂鲍德温，就不能不了解其错综复杂的宗教思想，基督教《圣经》因之成为打开鲍德温文学宝库的一把"金钥匙"。某种意义上，鲍德温的作品就是以不同方式与《圣经》和上帝对话的艺术表达。由是观之，以宗教的视角观照鲍德温的散文、戏剧、小说以及诗歌，乃是客观真实地反映其宗教伦理思想之务实有效的途径，避免了顾此失彼的遗憾。同时以宗教为主线勾画出的鲍德温文学思想全景图，对于全面深入地了解黑人文化思想不无裨益。

---

[1] ［美］撒穆尔·伊诺克·斯通普夫、詹姆斯·菲泽：《西方哲学史》，丁三东等译，中华书局2008年版，第611页。

第二节 国内外研究现状

一 国外研究现状及趋势

鲍德温公开声明，他遭受的打击源于三个方面：黑人，长相丑陋，同性恋。这自然不可避免地在他的作品中得以艺术化的再现。同时，鲍德温传奇般的宗教经历和黑人音乐的比喻渲染，使得美国学界的批评主要瞄准了其作品中的种族政治、同性恋、音乐和宗教的艺术表现。

美国的鲍德温研究可谓异彩纷呈，因资料庞杂，要做全面的观照，困难可想而知，因此，对国外成果的综述难免有疏漏之憾。评论界对鲍德温及其文学成就各抒己见，但普遍认为鲍德温是美国文学历史长河中不可或缺的一位重量级作家。因其散文的布道口吻和振聋发聩的激情以及他在民权运动中的积极响应，鲍德温被称为"黑人耶利米"，美国黑人民权运动的代言人。他与理查德·赖特的分歧被视为沽名钓誉、忘恩负义之举，成为史上"文学弑父"的典型。鲍德温的确因此引起了更多关注，其实认为他出于一己之利而以怨报德之评判没有从社会历史的角度出发，故不能捕捉到内在的深层动因，未免武断肤浅，有失客观公允。

国外有关鲍德温的研究成果就研究范畴而言，大致有三种情形。首先，从生平、言论和思想对鲍德温及其作品的总体研究，如 Daniel Quentin Miller 主编的《再论詹姆斯·鲍德温：未曾见之事》（2000）；其次，就一部或多部作品作分别、具体的个案研究，如 Trudier Harris 主编的《〈向苍天呼吁〉新论》（1996）；最后，将之与其他作家的对比研究，如 Lovalerie King 与 Lynn Orilla Scott 主编的《詹姆斯·鲍德温与托尼·莫里森对比研究》（2009）。相较于其他黑人作家，有关鲍德温的比较研究在数量上无出其右者。总体而言，这些研究主要侧重于其主题思想和叙事特点。前者如

Dorothy H. Lee 的文章《苦难之桥》(1983),后者如 Sydney Onyeberechi 的文章《论〈下一次将是烈火〉中的直白讽刺》(1990)。就批评方法而言,当属后殖民主义,如 Brian Norman 的文章《詹姆斯·鲍德温在〈比尔街情仇〉中与美帝国主义的交锋》(2007);女性主义,如 Trudier Harris 之著作《詹姆斯·鲍德温小说中的黑人女性》(1985);文化研究,如 Gerald Byron Johnson 的博士学位论文《鲍德温雌雄同体的布鲁斯:黑人音乐、雌雄同体与詹姆斯·鲍德温的小说》(1993);存在主义,如 Elizabeth Roosevelt Moore 的博士学位论文《理查德·赖特、拉尔夫·艾立森与詹姆斯·鲍德温作品中的存在主义》(2001)和性批评等。[①]

众所周知,鲍德温在浓厚的宗教氛围中长大,做过三年童子布道者。因此,他深谙钦定版《圣经》,基督教思想的影响根深蒂固。后因不满教会的腐败退出教坛,但宗教意识潜移默化,渗透其创作的自觉,"上帝救我"成了意蕴别样的口头禅。然而学界鲜有持续关注宗教对其生活与创作之影响者,将批评的触角深入与鲍德温关系甚密的"五旬节"教派的学者更是罕见。鲍德温在文集《下一次将是烈火》(1963)中酣畅淋漓、一针见血地对基督教会发起猛攻,其宗教观也因之立刻明朗化。学界评论也随之深入、客观。第一部小说《向苍天呼吁》(1953)问世之初,以 Richard K. Barksdale 和 Caroline Bloomfield 为代表的评论家将其视为以约翰·格莱姆斯的皈依之路为线索,意在强调格莱姆斯一家通过基督教会实现自救的决心。而 Granville Hicks 虽注意到小说中的宗教暴力,但依然认为宣扬基督教的正能量是小说的主旋律。即使在《乔万尼的房间》(1956)和《另一个国家》(1962)相继出版后,对鲍德温小说中宗教主题的批评,正面积极的姿态仍是大势所趋。这与此前文学评论界对《向苍天呼吁》之宗教情怀的肯定基调所造成的思维定式密不可分。《下一次将是烈火》将鲍德

[①] Trudier Harris, "The Eye as Weapon in If Beale Street Could Talk", *MELUS*, No. 3, 1978; Joseph M. Armengol, "In the Dark Room: Homosexuality and/as Blackness in James Baldwin's Giovanni's Room", *Signs*, No. 3, 2012.

温对基督教会的义愤填膺公之于众后，评论界开始重新审视鲍德温的小说，剥去鲍德温虔诚温和的面具，看到了他对基督教"更激进、否定"的一面，呈现出一位"愤怒的社会抗议者"。[1] 例如 Garry Willis 和 John Lash 从《下一次将是烈火》《向苍天呼吁》《乔万尼的房间》和《另一个国家》中洞察到鲍德温对基督徒和基督教会的鞭挞。Stanley Macebuh 认为，与其说《向苍天呼吁》是肯定基督教的救赎，不如说是对基督教会的反驳声讨。至此，《下一次将是烈火》成为评判鲍德温宗教观的转折点，学界不再简单停留于作品表面的宗教意象而妄下断言，将鲍德温视为虔诚的基督认同者。批评的视角逐步深入，洞察幽微，相对客观地还原鲍德温宗教观。

Michael Lynch 是当代关注鲍德温神学思想的仅有几位评论家当中颇值一提的一位。他反复指出，尽管鲍德温作品中的《圣经》典故、宗教象征和宗教主题比比皆是，遗憾的是，学界除了浮光掠影地提及其作品中相关意象所表现出的基督教内容外，对他的宗教或神学思想却未曾做过系统的研究。[2] 美国学界就此争论的焦点是鲍德温是否为宗教作家。对于外界公认的身份——同性恋、黑人、国外流亡者、社会活动家——鲍德温都不屑一顾，始终以"见证者"自居。Gayle Pemberton 认为，这个词本质上是宗教性的。[3] 言外之意，Gayle 认为，鲍德温是以"见证者"向世人宣告了其宗教性。其实，在公开场合，鲍德温也表明了自己的宗教立场。在跟人类学家 Margaret Mead 的交谈中，鲍德温不但承认宗教总是令其神魂颠倒，而且不反对 Mead 称为基督徒。

---

[1] Floyd Clifton Ferebee, "The Relationship Between Violence and Christianity in the Novels of James Baldwin", *The University of Cincinnati*, 1995, p. 13.

[2] Michael Lynch, "A Glimpse of the Hidden God: Dialectical Vision in Baldwin's Go Tell It On The Mountain", Trudier Harris, *New Essays on Go Tell It On The Mountain*, Cambridge & New York: Cambridge University Press, 1996, p. 32.

[3] Gayle Pemberton, "A Sentimental Journey: James Baldwin and the Thomoas-Hill Herarings", Tony Morrison, ed. *Race-ing Justice, En-gendering Power: Essays on Anita Hill, Clarence Thomas, and the Constitution of Social Reality*, New York: Pantheon Books, 1992, p. 174.

绪　论

据统计，在诸多详细研究鲍德温的论著中，仅有两本视其为宗教作家。① 此外，认同鲍德温宗教写作的人亦不在少数。Sondra O'Neale 认为鲍德温是将黑人与基督教的关系作为一个重要主题进行探讨的最后一位黑人作家。② Mani Sinha 博士认为鲍德温乃不折不扣的"宗教狂热者"。③ 詹姆斯·康贝尔认为，尽管鲍德温"离开了教会，但教会却从来没有离开过他"。④ 这是对鲍德温与基督教藕断丝连，"斩不断，理还乱"之错综纠结关系的简约而真实的概括。其实，鲍德温虽然离开了教会，但他心里始终有一座"隐形的"教堂，他一直在默默地与上帝对话，将神的话语创造性地改写，贯穿到其文学创作中，以另类的方式传递着"福音"。

Douglas Field 认为鲍德温的宗教思想是一贯的。他的前两部作品，小说《向苍天呼吁》（1953）和戏剧《阿门角》（1954）以基督教为背景，明显延续了美国黑人文学的叙事传统。然而，即使在《未见之事的证据》这样的"世俗"文本中鲍德温对宗教的痴迷依然可见。⑤ 在《五旬节派与爵士乐：追踪鲍德温之宗教思想》一文中 Douglas 比较客观深入地探讨了鲍德温的宗教思想，将鲍德温的宗教思想研究向前推进了一步，是这一领域的新成果。Douglas 注意到了鲍德温对基督教会的否定与鞭挞，将鲍德温的宗教背景追溯到五旬节派，探讨了爵士乐与宗教的关系，认为鲍德温的宗教是以爱为基本原则的"新教"（new religion）。⑥ 这种建立在理解彼此苦难基础之上的爱（而不是上帝），才是获得拯救的源泉。

---

① Douglas Field, "Pentecostalism and All That Jazz: Tracing James Baldwin's Religion", *Literature & Religion*, No. 4, 2008.

② F. Standley & N. V. Burt, *Critical Essays on James Baldwin*, Boston: G. K. Hall & CO., 1988, p. 140.

③ Mani Sinha, *Contemporary Afro-American Literature: A Study of Man Society*, New Delhi: Satyam PublishingHouse, 2007, p. 83.

④ James Campbell, *Talking at the Gates: A Life of James Baldwin*, London: Faber & Faber, 1991, p. 4.

⑤ Douglas Field, "Pentecostalism and All That Jazz: Tracing James Baldwin's Religion", *Literature & Religion*, No. 4, 2008.

⑥ Ibid..

Derek Cyril Bowe 的博士学位论文《去见上帝：詹姆斯·鲍德温在小说与戏剧中与教会的争执》(1998) 从鲍德温的宗教生涯入手，以作品时间顺序将六部长篇和两部戏剧按主题归类，从身份、爱与性等方面探讨了鲍德温宗教思想的变迁与反复。Fontella White 的博士学位论文《詹姆斯·鲍德温的"圣经"》(2009) 指出，在鲍德温看来，苦难，尤其是精神上的创伤是确立美国黑人社会身份的必经之路，是彼此沟通协调的关键，[①] 并强调了磨难在黑人经历与《圣经》互文中的桥梁作用。鲍德温的"圣经"之核心思想乃是"罪""受难"和"毁灭"，而布鲁斯音乐则是表现这些宗教主题的重要介质。Clarence E. Hardy 的专著《詹姆斯·鲍德温的上帝：性、希望与黑人神圣文化的危机》(2003) 将鲍德温的宗教观置于黑人神圣文化的背景下，结合鲍德温自身的生命原则，探讨鲍德温与黑人教会的复杂关系，是目前较为深入地研究鲍德温宗教思想的力作。

鲍德温就像一个多面体。有人肯定了其宗教的一面，也有人关注的焦点不在于此，即淡化甚至否认了他的宗教情愫。Harold Broom 认为鲍德温属于"后基督教作家"，他的先知立场与其说是宗教性的，倒不如说是审美性的。[②] 黑人宗教对其语言节奏显而易见的影响往往被简单地视为他的文体风格而已。Cornel West 虽没有否认鲍德温的宗教道德，但更愿意从美学层面关注鲍德温的语言形式。[③] 鉴于鲍德温在《下一次将是烈火》和《告诉我火车开走多久了》中对教会的虚伪和政治上的不作为进行了无情攻击，Melvin Dixon 指出，鲍德温已弃教从文，以小说与散文取代布道，由虔诚的信徒摇身变为尖酸刻薄的怀疑论者。[④] Craig Werner 认为，面对种

[①] Fontella White, "James Baldwin's Bible: Reading and Writing African American Formation", *The Claremont Graduate University*, 2009, p. 179.

[②] Harold Broom, *James Baldwin*, Philadelphia: Chelsea House Publishers, 1986, p. 3.

[③] Cornel West, *Prophesy Deliverance: An Afro-American Revolutionary Christianity*, Philedelphia: The Westminster Press, 1982, p. 3.

[④] Melvin Dixon, *Ride Out of the Wilderness: Geography and Identity in Afro-American Literature*, Urbana & Chicago: University of Illinois Press, 1987, p. 124.

族压迫，鲍德温后期的作品摒弃了纯粹精神的处事方式，转而强调社会行动的功效。① 凡此种种说明，学界注意到了鲍德温作品中的世俗化倾向，但往往停留在现象表面。Douglas 则作了深入的挖掘，认为鲍德温虽然对基督教的批评一直都没有停止过，但其作品中的精神升华却是一以贯之的重心。这种灵魂上的超越不是发生于教堂之内，而是在教堂之外朋友或情人之间在欣赏音乐或做爱的过程中实现的。这看似荒诞的异端行为却被赋予了神圣的色彩。换言之，此世俗化实为鲍德温宗教思想在现实语境中的延伸与升华，是对基督教教义所做的实用主义改写。

总之，美国学界对鲍德温宗教思想的研究，成果载体既有期刊文章，更不乏博士学位论文和专著。要么是对单部作品的个案研究，② 要么是对多部代表作品的集中研究，探讨其内在的传承与超越，③ 也有将其小说、散文和戏剧全部纳入批评视野的宏大叙事研究。④

大多数学者意识到了鲍德温与宗教的一贯联系却未能作深入的探讨，仅仅停留在宗教对鲍德温生活与创作的影响这一层面，对于全面客观地展示鲍德温的宗教思想，都表现出或多或少的缺憾。有的聚焦于作品中的《圣经》意象，挖掘其叙事结构，探讨的只是作品与《圣经》的互文关系。⑤ 有的着眼于鲍德温对基督教的攻击，将其简单定位为怀疑论者，扣

---

① Douglas Field, "Pentecostalism and All That Jazz: Tracing James Baldwin's Religion", *Literature & Religion*, No. 4, 2008, p. 438.

② Carol Henderson, "Knee Bent, Body Bowed: Re-Memory's Prayer of Spiritual Re (new) al in Go Tell It on The Mountain", *Religion & Literature*, No. 1, 1995, pp. 75-88; Michael Clark, "James Baldwin's 'Sonny's Blues': Childhood, Light and Art", *CLA*, No. 2, 1985, pp. 197-205.

③ Lynn Orilla Scott, *James Baldwin's Later Fiction: Witness to the Journey*, East Lansing: Michigan State University Press, 2002; Clarence E. Hardy, "'His Sightless Eyes Looked Upward': The Hopes and Tragic Limits of Contemporary Black Evangelical Thought—A Reading of the Work of James Baldwin", *Union Theological Seminary*, 2001.

④ Lawrence Van Heusen, "The Embodiment of Religious Meaning in the Works of James Baldwin", *College of Humanities and Fine Arts*, 1980; Mani Sinha, *Contemporary Afro-American Literature: A Study of Man Society*, New Delhi: Satyam Publishing House, 2007.

⑤ James Tackach, "The Biblical Foundation of James Baldwin's 'Sonny's Blues'", *Renascence*, No. 2, 2007, pp. 109-118; Robert Reid, "The Powers of Darkness in 'Sonny's Blues'", *CLA Journal*, No. 4, 2000, pp. 443-453.

上叛教的罪名，① 虽然捕捉到了作品表面的世俗化倾向大肆渲染，却忽略了其对宗教虚伪与狂热的修正和超越，由此陷入肤浅的泥沼而不能捕捉到鲍德温宗教思想的独特性。同时，学界也往往把鲍德温作品中的布鲁斯音乐跟福音音乐的交替视为宗教世俗化的表征。②

多数研究往往局限于其长篇和戏剧，而将相关散文和诸多优秀的短篇挡在门外。这对于把握鲍德温宗教思想内在的一贯禀性不能不说是一个漏洞。然而，即使能填补这一空白者也不尽如人意。一方面，没能将所谓的"世俗化"小说囊括在内；另一方面，缺乏系统性和高度的抽象与概括性，只是分别探讨了其散文、长篇、短篇和戏剧中的宗教意蕴而不能打破体裁的局限，从中缕述作者宗教思想的特征和表现。

由是观之，鲍德温宗教思想研究依旧是一个有意义的话题，仍有很大的挖掘空间：即使在鲍德温土生土长的美国，学界也没有还原出他与基督教关系的真实面目，未曾挖掘出鲍德温与基督教关系的特殊性。恰如 Van Heusen 的博士学位论文《詹姆斯·鲍德温作品之宗教意蕴》（1980）所言，鲍德温的宗教心路历程是不争的事实，然而要充分地体现这一经历却绝非易事，不是简单的三言两语能够奏效的。鲍德温的宗教经历深邃神秘，但并非不可言传，是倾其毕生精力所孜孜以求的"启示录"。是故，用"虔诚"与"背叛"这类非此即彼的绝对标签来标识鲍德温的宗教伦理实乃苍白乏力，难中肯綮，未免有失公允，不乏顾此失彼之憾。

美国学界可能因为身处基督教文化的氛围内而丧失了对鲍德温作品中宗教情怀的敏感性，对于散见于其中的宗教意象采取了想当然的态度。相

---

① Leo Hamalian, "God's Angry Man", *Black American Literature Forum*, No. 2, 1991, pp. 417 – 420; Michael F. Lynch, "Just Above My Head: Baldwin's Quest for Belief", *Literature & Theology*, No. 3, 1997, pp. 285 – 298.

② Eleanor Traylor, "I Hear Music in the Air: James Baldwin's Just Above My Head", *First World*, No. 3, 1979, pp. 40 – 43; Gerald Byron Johnson, "Baldwin's Androgynous Blues: African American Music, Androgyny, and the Novels of James Baldwin", *Cornell University*, 1993.

反，由于对种族政治的敏感性，① 毋宁说对非裔作品的思维定式，评论界往往聚焦于作品中的意识形态问题而忽略了鲍德温文学之真正的灵魂所在，即错综复杂的宗教纠结。这显然无法将鲍德温的宗教世界淋漓尽致地由幕后推向前台，也就不能从根本上呈现其人其作的"全景图"。

二 国内研究现状及趋势

国内黑人文学的译介始于20世纪30年代，关注的焦点是种族政治关系。② 托尼·莫里森于1993年获诺贝尔文学奖之后，不但在西方读者和评论界引起轰动，国内的关注也随之升温，与之相关的专著、论文如雨后春笋般大量涌现，研究逐步深入。黑人文学研究的内容、视角和方法均随之表现出多样化的特征，③ 已呈蔚为大观之势。不过，国内学界对黑人男性作家的研究远不及对以艾丽斯·沃克、尼尔·赫斯顿和托尼·莫里森为代表的黑人女性作家的研究。这在很大程度上源于"女性研究理论和研究范式的体系化"。④ 相较于莫里森研究的热闹情景，对莫里森的精神生活和文学创作产生过的重要影响的鲍德温，国内的关注确实显现得有些稀疏冷清。

国内关于鲍德温的研究肇始于20世纪80年代，即始于作家人生暮年，远远滞后于国外。国人初识詹姆士·鲍德温缘于董鼎山先生刊发于《读书》杂志上的《美国黑人作家的出版近况》（1981）一文。在雨后春笋般的黑人新秀中，鲍德温被视为黑人民权运动的"非正式代言人"，⑤ 是最能

---

① Deak Nabers, "Past Using James Baldwin and Civil Rights Law in the 1960s", *The Yale Journal of Criticism*, No. 2, 2005, pp. 221–242; Steven Weisenburger, "The Shudder and the Silence: James Baldwin on White Terror", *ANQ*, No. 3, 2002, pp. 3–12.
② 王玉括：《非裔美国文学研究在中国：1933—1993》，《南京邮电大学学报》（社会科学版）2011年第2期。
③ 王玉括：《非裔美国文学研究在中国：1994—2011》，《外语研究》2011年第5期。
④ 隋红升：《身份的危机与建构——欧内斯特·盖恩斯小说中的男性气概》，博士学位论文，浙江大学，2010年。
⑤ 董鼎山：《美国黑人作家的出版近况》，《读书》1981年第11期。

有力地表达黑人潜意识的出色代表。他在60年代名噪一时，荣登大雅之堂得益于如火如荼的民权运动，乃时势造英雄的结果。由此鲍德温便以政治文学家的身份被定格于中国读者的印象中，而他的宗教情怀和艺术追求则抛于脑后。其次是吴冰教授刊登在《外国文学》上的《詹姆士·鲍德温》（1985），对其人生和创作进行了较为全面客观的评介，乃国内迄今所能读到的比较系统地介绍鲍德温的最早文献。

截至目前，鲍德温的长篇小说仅有三部译成中文，分别是《向苍天呼吁》（霁虹、宏前译，内蒙古人民出版社1984年版）、《比尔街情仇》（苗正民、刘维萍译，兰州大学出版社1988年版）和《另一个国家》（张和龙译，译林出版社2002年版）。众多短篇中，只有《在荒野上》（郭凤高译）和《生命的较量》（谭惠娟、詹春花译）全文发表在《外国文学》1984年第12期和2007年第3期。另外，《酸奶里的一只苍蝇》（节选）（佳宁译）发表于《中国翻译》1989年第4期。而其戏剧、散文和诗歌至今未有中译本问世。

鲍德温研究的升温始见于21世纪初，以其为题材的期刊文章、硕士学位论文与日俱增，研究对象和研究方法也呈多元化趋势。截至目前，国内收集到的相关期刊文章40余篇，硕士学位论文20余篇，与之相关的博士学位论文仅有4篇，其中以其为题材的博士学位论文3篇（包括中国台湾的一篇），以宗教为视角的博士学位论文仍为空白（2014）。相较于国外研究，国内的相关成果乃沧海一粟。就研究对象而言，往往仅聚焦于其第一部小说《向苍天呼吁》，从研究视角对身份探寻、父子关系、女性主义、文化批评、后殖民主义、生态主义等进行了探讨。其中，陈世丹的《〈向苍天呼吁〉：走向一种生态社会》（《山东外语教学》2011年第4期）从社会生态学的角度作了新的解读，此乃将生态主义引入黑人文学研究的鼻祖，开国内黑人文学生态研究之先河；焦小婷与吴倩倩的《〈向苍天呼吁〉中的狂欢化特质阐释》（《外国语文》2013年第1期）从狂欢诗学的视角对其进行观照，揭示黑人渴望人格尊严与种族平等的生命诉求。另外，罗虹与张兵三的《试论鲍德温〈比尔街情仇〉的后人道主义价值观》(《武汉纺织大学学报》2014 年第 2 期)则在后人道主义的视域内探讨了当代黑人的价值取向。俞睿的《詹姆士·鲍德温的跨空间写作》(《扬州大学学报》(人文社会科学版) 2015 年第 1 期)从空间理论的视角审视鲍德温的"边缘"身份,强调了跨空间写作对其从自我、种族和文化层面进行身份认同的特殊意义。这些都是国内鲍德温研究的新进展,标志着国内黑人文学研究范围的横向拓展和研究方法逐步向纵深发展的新动向。

国内有关鲍德温文学的宗教思想研究,主要表现在以下四方面。

第一,对鲍德温"爱"之思想的多角度探讨。余小玲(2010)以《向苍天呼吁》为例,聚焦于鲍德温爱的潜在力量,认为鲍德温立足黑人的文化传统,摆脱种族羁绊,把爱作为人与人之间沟通的桥梁。毛燕安(2005)从鲍德温性爱观对《另一个国家》进行文化解读,指出求同存异,勇于担当的爱乃是救赎的终极力量。彭秀峰(2004)认为,鲍德温的《向苍天呼吁》《另一个国家》和《乔万尼的房间》三部长篇表明基督教所宣扬的爱是引领其一生的精神旗帜,是人类共同的文化家园,消融了人与人之间的壁垒与孤独。以上研究均认识到了鲍德温所宣扬的爱之终极价值,却未论及这种主张的时代局限性,同时爱之宗教渊源的认知有待深入。

第二,从父子关系的角度观照鲍德温的宗教思想。李鸿雁(2008)以《向苍天呼吁》《阿门角》和《假如比尔街能够说话》为例,对鲍德温作品中的父亲形象进行分析归类,探讨了文本与《圣经》间的互文关系,认为各类父亲形象的塑造抒发了鲍德温内心对父爱的渴求。但从作品中父亲形象与《圣经》原型的对应中不难看出有附会之嫌。另外,李鸿雁(2006)提出,戏剧《阿门角》是对鲍德温在《向苍天呼吁》中开始的宗教批判的延续,通过塑造一个虽不完美但富有激情与爱心的父亲形象来表达对自己与已故继父之间紧张关系的遗憾,以及对继父的谅解。衡学民(2008)则以《向苍天呼吁》为蓝本,通过分析畸形的父子关系探讨了主人公约翰在宗教压迫之下的身份建构。

第三，从身份构建的角度，剖析宗教"结构"与"解构"的两面性。焦洪亮的硕士学位论文《〈向苍天呼吁〉中宗教象征体现的心理状态》（2004）聚焦于小说中大量的《圣经》隐喻和基督教仪式，揭示宗教象征主义在主人公人格独立过程中的作用。吴杰文在《从基督教的原罪观试论〈向苍天呼吁〉中的罪感意识》（2009）一文中，通过《向苍天呼吁》中几个典型人物，透析了原罪观带来的罪感意识，揭示了罪感意识所导致的人性扭曲和人格分裂，指出罪感意识乃是身份认同和解决种族关系的内在障碍。与之相关的还有许玉军的硕士学位论文《宗教世界里的身份诉求：〈向苍天呼吁〉的宗教解读》（2007）。该研究认为小说主人公约翰·格莱姆斯对上帝神圣的向往和敬畏与世俗快乐的吸引之间形成的对立加重了其皈依基督教的痛苦体验，从而推广到整个美国黑人社会在宗教世界中的信仰困惑以及身份诉求的危机。

第四，关注鲍德温宗教思想的世俗化倾向。国内部分学者认为鲍德温宗教情感的真实面目是一个波浪式的动态过程，世俗化倾向比较明显。宓芬芳和谭惠娟在《没有宗教的宗教——论詹姆斯·鲍德温对宗教的解构与回归》（2012）一文中指出，鲍德温的宗教纠葛经历了从信仰到背叛再到回归的过程，其宗教观与德里达的"没有宗教的宗教"有异曲同工之妙。认为鲍德温对上帝爱恨交加的矛盾情感，是由其社会历史背景、个人心理发展，以及20世纪美国黑人文学走出自然主义抗议文学窠臼、走向以黑人文化为基础的新型现代黑人文学的发展趋势所决定的。该研究将鲍德温的宗教思想与文学思潮联系在一起，相较于同类研究显得更有深度。

俞睿在《从"上帝"之爱到"人间"之爱——论鲍德温作品中的宗教观》（2010）一文中，分析了鲍德温小说中的宗教元素和鲍德温由上帝之爱向人间之爱的转变及其意义，认为鲍德温的宗教观并不囿于宗教所倡导的盲目的赎罪之心，而是以冷静和宽容的人间之爱对抗美国的种族仇恨，使非裔美国人真正摆脱内心的困惑，更有尊严地融入美国社会。李鸿雁在《圣徒的觉醒——鲍德温的戏剧〈阿门角〉主题浅析》（2006）一文中指出，鲍德温的戏剧《阿门角》将反宗教意识与爱两大主题完美地结合起来，把摒弃宗教、珍惜关爱作为该剧的主旋律。剧中的艺术家充满爱心、富于社会责任感和抗争精神，对同胞怀有浓厚的人文关怀。李丽程的硕士学位论文《教堂之外：论詹姆斯·鲍德温小说中的世俗化倾向》（2008）认为鲍德温小说中存在一种世俗化倾向，作者意欲否认世俗与神圣的二元对立，力图在世俗世界中实现基督教精神。宓芬芳的硕士学位论文《黑人宗教、性神话、音乐——詹姆斯·鲍德温文学作品研究》（2008）揭示了鲍德温怎样通过文学创作来批判黑人教堂里丑恶的上帝形象，并且追求理想博爱的民间上帝，认为鲍德温心目中的那个理想的、慈爱的、公平的上帝不在黑人教堂，而在家庭的亲情、情人的性爱和团体的关爱中。

综上所述，国内学界透过个别的文献作品，意识到了鲍德温浓浓的宗教情怀，从不同的角度做了相应的探究，但目前的研究还不能对鲍德温的宗教文学思想给出一个相对客观全面的回应，缺乏对其作品的整体把握，不免有以偏概全、管窥蠡测之憾。尽管鲍德温的宗教思想是贯穿始终的主要线索，但就此所做的研究却不在多数，以宗教为参照将其长篇、戏剧、文集和代表性短篇纳入叙事范围的系统研究尚未有先例。此即本课题的努力方向。

由是观之，以宗教的视角观照鲍德温的散文、戏剧、小说以及诗歌，同时兼顾黑人音乐在主题表达中的渲染作用，乃是客观真实地反映其宗教伦理思想之务实有效的途径，避免了顾此失彼的遗憾。同时以宗教为主线勾画出的鲍德温文学思想全景图，对于全面了解黑人文化思想不无裨益。

第三节　本书的思路与框架

一　本书的思路

本书基于鲍德温小说、戏剧、文集和诗歌的文本分析，系统探讨他的宗教思想对基督教的创造性传承与改写及其文学表现，旨在揭示其生命哲学意义。为此，文章从三方面展开论述。首先，将鲍德温的宗教思想置于欧美社会历史思潮与非洲传统文化的语境中，从存在主义、精神分析说、黑人女性主义、非洲传统宗教和黑人音乐等层面考察其多元化特征，旨在从宏观上昭示其充分尊重复杂人性的解放神学和敬畏生命本能的动态宗教特性。

其次，在深入分析鲍德温文学作品的基础上，从上帝、罪和救赎三个维度深入挖掘鲍德温宗教思想的人文主义内涵。很大程度上，鲍德温宗教思想的本质就是他与基督教上帝之间的一场博弈，他对上帝的敬畏、逃离与回归动态地演绎了其宗教思想的分裂特征。鲍德温与上帝的矛盾焦点是罪与救赎的关系，尤其是基督教压抑人性本能神学理性以及上帝在现世罪恶面前的无动于衷，他与上帝"争吵"的目的是最大限度地争取世俗权利。因此，鲍德温在吸收基督教教义中合理因素的基础上，颠覆了其有悖人性的相关规定，旨在建构种族和谐、家庭和谐与人性和谐的"宗教理想国"。因此，本文立足种族、宗教和家庭现实，立体揭示鲍德温的罪观和救赎观的世俗化倾向，凸显其人道主义内涵。

最后，运用主题学、神话原型批评、影响研究和"影响的焦虑"等理论，集中探讨鲍德温的宗教思想对其文学创作的影响。第一，鲍德温的文艺观可视为其对基督之爱中"只喜欢真理，不喜欢不义"的践行，透射出犀利的社会洞察力、强烈的社会道德责任感和睿智的哲学思辨；第二，以"求真"文艺观为统领，鲍德温运用读者耳熟能详的宗教表征，于共时层面上揭示其宗教认知的历时性，艺术地诠释了人性诉求与社会荒诞之间的终极悖论，彰显黑人存在困境的普遍性；第三，鲍德温文学中儿童形象乃其宗教理想的重要载体，具有宗教般的神圣和救赎价值，他们由幕后到前台的逐渐浮出过程充分表明了鲍德温对基督教《圣经》儿童观念的借鉴与超越。

二 本书的框架

本书从结构上分为三部分。第一部分即第一章,从五个方面阐述鲍德温宗教思想的立体特征。首先,鲍德温之宗教心路历程刻有存在主义的明显烙印,其宗教思想的本质就是一种存在主义,既有典型的个性化特征和族裔特色,又不失终极人文关怀的普遍性,乃其认识自我、认识世界的深度考量。其次,鲍德温塑造了许多"强势"的黑人女性形象,将其由幕后推向台前,成为风口浪尖上的主角和英雄。她们要么力挽狂澜,要么坚强隐忍,令男性形象相形见绌。这有力颠覆了基督教《圣经》中的父权思想和传统男女关系中的菲勒斯中心主义,折射出对女性的浓厚关怀。再次,性爱救赎、父子关系和梦乃是鲍德温表达宗教思想的个性化背景。鲍德温尤其强调性的终极救赎价值,与弗洛伊德之泛性论不谋而合,乃弗氏学说的翻版与升华。鲍德温文学中的诸多淫乱禁忌强烈地刺激了传统道德之敏感神经,极大地挑衅和颠覆了基督教性伦理,成为其宗教理想国当中格外刺目的一瞥。鲍德温文学中的父子关系既是作者本人现实父子纠葛的艺术再现,也是他与上帝对立统一关系的世俗表达,以独特的视角表达了理想父亲的终极悖论。而梦的运作则是性爱与父子关系的共同载体,将二者有机结合为鲍德温宗教思想的一个典型语境,传达了清醒状态下不便言说的心声。复次,黑人音乐和非洲传统宗教则构成了鲍德温宗教思想的族裔文化语境。一方面,黑人音乐乃其苦难历史的重要载体和表达方式。鲍德温文学中的黑人音乐不仅是控诉种族主义罪恶和宣泄内心愤懑的渠道,而且为其宗教思想的背离与回归提供了有效的语境,世俗音乐与宗教音乐的交替更迭淋漓尽致地活化出其宗教存在主义的路线图。另一方面,黑人宗教是欧美基督教文化传统与黑人传统文化的混生体,超越了传统基督教的来世思想,现世救赎的人文关怀愈发彰显,具有自然神论的鲜明特征。黑人宗教的本质是旨在摆脱压迫和种族歧视的解放神学,这决定了黑人宗教思想的世俗特征。最后,鲍德温宗教思想在基督教的框架内既保留了非洲传统宗教的痕迹，又颠覆性地改写了传统基督教教义中扼杀人性的宗教伦理，可视为对基督教的二次改造或深度改造。

第二部分包括第二章、第三章和第四章，从上帝、罪和救赎三方面系统探讨鲍德温的宗教思想。其中，第二章主要从种族与肤色、今生与来世以及上帝与父亲的角色转换等方面探讨鲍德温上帝观的变迁。鲍德温与上帝的关系经历了由虔诚敬畏到忤逆背离再到超越性回归的曲折反复，表现出既依赖又排斥的矛盾，动态地演绎了其独特的宗教存在主义。鲍德温宗教理想国中的上帝颠覆了白人上帝的种族偏见和黑人上帝的暴躁乖戾，超越了种族与肤色，是博爱的象征，真正践行了基督之爱的原初本义。鲍德温宗教思想因之成为泽被包括黑人与白人在内的全体人类的解放神学，其上帝观既独具个性，又不失普遍的实用主义性。他对基督教上帝的质疑亵渎、颠覆与重构，以及在极限境遇中对上帝的回归表征了其上帝观的分裂，一方面说明其在宗教问题上的主观能动性，旨在消解宗教的异化本质；另一方面则印证了现实中理想上帝的遥不可及，由此昭示出人之存在的悖论常态和宗教关怀的终极性。

第三章从种族主义之罪、基督徒之罪与家庭伦理的背离三方面探讨鲍德温关于罪的思想，与下文的救赎观相呼应。从宗教哲学的层面将黑人的境遇置于社会历史文化语境中加以审视，说明鲍德温宗教思想既有一定的神学基础，又有超越宗教的世俗性；既具有鲜明的族裔特色，又不失普遍的人文关怀。鲍德温消解了基督教的原罪说，否定了人性恶的论调，认为罪的产生有其复杂的社会原因，印证了存在先于本质的存在主义思想。首先，鲍德温拓展了种族主义的外延，将其罪恶也指向了黑人种族主义者，说明了白人种族主义和黑人种族主义的双刃剑性质，强烈呼吁白人与黑人尊重彼此人性的种族和谐。其次，基督徒的堕落与狂热，骄傲与冷漠是宗教色彩更为鲜明的罪过。鲍德温借此鞭挞了宗教的伪善与腐败，揭示了宗教本意被扭曲的宿命和践行基督之爱的现实困境，昭示探索宗教真理之路的曲折坎坷。最后，从夫妻伦理、父女伦理和兄弟伦理的层面批判了男性霸权主义、父亲人性的沦丧以及兄弟亲情背离，旨在说明和谐的家庭伦理不仅符合宗教的期待视野，更是黑人对抗主流社会偏见的有力武器。

第四章从种族关系、家庭凝聚力、性爱和悲剧意识四方面探讨鲍德温救赎思想，很大程度上可视为其罪观的自然延续和拓展。鲍德温不但肯定了种族和谐与家庭凝聚力对黑人身份诉求的建设性，还将黑人的出路寄托于性爱的终极救赎价值和饱富哲思的悲剧意识，表现了其对基督教思想的叛逆性传承与改造，昭示的是立足客观现实、以人为本的生命哲学。首先，种族之爱是对基督之爱的现实变体，是宗教理性与现实理性的高度统一，彰显的是打破种族偏见的博大超然，亦不乏超越时代的理想主义色彩。其次，鲍德温对黑人家庭之特殊意义的认知乃其个人经验和种族经验共同作用的结果，旨在说明和谐的家庭既是挡风遮雨的温馨港湾，更是身份建构和应对种族迫害的坚强堡垒，具有无可替代的现实救赎作用。再次，鲍德温对边缘之爱的张扬一方面是充分尊重、释放复杂人性本真的人道主义；另一方面又显离经叛道，是对基督教律法的公然挑衅。此乃鲍德温"宗教理想国"在现实语境中对基督之爱的另类阐释。最后，鲍德温的悲剧意识基于其对内在真实的执着探求，集古希腊悲剧传统、尼采的超人精神、伊壁鸠鲁的死亡哲学和基督教的苦难观于一身，从形而上的高度表达了人之存在的终极状态，彰显了一位道德家的深邃思想之睿智和一位作家高度自觉的责任担当。

第三部分包括第五章、第六章和第七章，从文艺观、启示文学和儿童观三方面探讨鲍德温对基督教思想和《圣经》的辩证吸收和艺术再现。其中，第五章主要从鲍德温对艺术的性质、艺术家的本质的界定系统阐明其文艺观的人性至上论。鲍德温强烈的求真意识与先知般的社会担当乃其对基督之爱创造性发挥和生动的艺术表达，是感性之爱与理性之爱的高度统一。他对黑人与白人关系问题的换位思考，对边缘之爱的哲学审视，其作品鲜明的自传性、作品题材的突破性、文艺救赎的悖论及其对他者意识与集体意识的艺术表现，在很大程度上滥觞于其立足当下、以人为本的世俗宗教立场，凸显了一个以求真为目的的见证者矢志不渝的执着，乃其宗教思想的艺术再现。

第六章主要在神话原型的视域内，用主题学的方法，从作品标题、意象、人物等宗教表征探讨基督教《圣经》对鲍德温文学创作的影响，关注原型与作品之间的对应和偏离，由此揭示鲍德温对基督教原初教义的继承、颠覆和超越，突出其宗教思想世俗化的人道主义特征。毋庸置疑，鲍德温文本与《圣经》之间的互文绝非对神话原型的生搬硬套，而是一种创造性的发挥。他利用大家熟知的宗教题材，通过对基督教《圣经》的戏仿与改写对美国现实进行审视，在表现黑人族裔困境的同时，拷问了主流价值观之荒诞，再次彰显人性深处被遮蔽的真实，透射出一位人道主义者厚重的人文关怀。所有这些既凸显了一位虔诚信徒根深蒂固的《圣经》学养，又表现出一位锐意进取、勇于挑战传统的宗教叛逆者的大义凛然和不向流俗陈规屈服的高贵品格。

第七章从影响研究的角度探讨鲍德温对《圣经》儿童思想的艺术开发和对儿童正能量的张扬。儿童在基督教《圣经》中占有不可忽视的地位，被赋予神性，往往是公义美好的象征和人神之间的桥梁。深谙此道的鲍德温将儿童思想引入文学创作，使散见其中的婴孩形象成为表达宗教思想的重要媒介，其价值取向与叙事模式均昭示出与基督教《圣经》的浓厚血缘关系。鲍德温语境中的儿童因与苦难、基督之爱以及理想父子关系融为一体而超越了基督教中的单一神性维度而具有更为厚重的人文内涵。鲍德温从种族伦理、家庭伦理、社会伦理和性爱伦理等方面，创造性地拓展了《圣经》儿童的神性特征，将其指向宗教伦理所不容的淫乱，以异教徒姿态宣告了其宗教立场的世俗化。另外，儿童也是鲍德温文学叙事的一个独特视角，他以小孩子的纯真善良审视成人世界的真善美丑，有力地增强了作品的文本张力。鲍德温儿童观既有根深蒂固的神学基础，更不乏深刻的哲学思辨，在浓浓的人文关怀背后流露出一位孤独行者的执着艰辛与凄苦无奈。

第四节　本书的创新之处

在借鉴国内外已有研究成果、充分把握鲍德温文学文本和基本思想的基础上，摆脱传统研究的制约，力求在以下几方面实现突破和创新。

第一，占据的材料相对全面、丰富、新颖。本书将鲍德温的长篇小说、短篇小说、戏剧、散文、诗歌、儿童故事等各类体裁均纳入观照视野，从宗教的视角宏观把握鲍德温其人其作，力求相对客观全面地呈现鲍德温宗教思想的解放神学本质以及宗教对其文学创作的影响。这在国内外尚属首例。随时与美国得克萨斯农工大学黑人研究中心保持畅通联系，及时跟踪国外鲍德温研究的最新进展，以确保本研究的时效性。

第二，对鲍德温文学文本的宗教表征进行系统研究。鲍德温的作品具有鲜明的宗教表征，他以圣经人物命名作品主人公，对典型《圣经》意象的反复艺术再现以及作品标题的宗教性，一方面反映了宗教意识是鲍德温文学表达的自觉，另一方面折射出其复杂的宗教心路历程，特别是对基督教教义的改写与超越。从文学宗教表征和圣经原型的对应与分裂，由表及里地系统探究鲍德温的宗教思想，昭示其宗教思想与基督教的契合与背离，这在国内外尚无涉足者。

第三，首次系统探讨鲍德温文学中的儿童主题。儿童主题乃鲍德温文学思想的有机组成，其价值取向和叙事模式均昭示出与基督教《圣经》的浓厚血缘关系。笔者认为，兹明显的"互文性"实质上是传承与超越的并置，很大程度上暗合了布鲁姆的"影响的焦虑"理论。鲍德温创造性地拓展了《圣经》儿童的神性内涵，将其指向宗教伦理所不容的"淫乱"，以"异教徒"姿态宣告了其宗教立场的世俗化。鲍德温儿童观既有根深蒂固的神学基础，更不乏深刻的哲学思辨，其人文关怀彰显出挑战流俗陈规、张扬边缘人性的"另类"道德家气度，是研究鲍德温宗教思想的一个有效视角。

第四，从历时层面梳理鲍德温的父子关系，旨在客观呈现其"父亲的悖论"。扭曲的父子关系构成了鲍德温传奇人生中浓墨重彩的一笔，乃其终生挥之不去的心理阴影和难以释怀的纠结与遗憾，极大地影响了其人生观和文学诉求。学界对此虽有提及，却往往停留在其自传性和黑人父子关系的层面，不曾做深入探讨。其实，父子伦理是鲍德温文学的一个永恒主题。第一部小说《向苍天呼吁》显然是对作者父子关系的艺术再现，自传性不言而喻。以后的作品不再对此大肆渲染，只是一带而过，留给读者无足轻重的审美错觉。不过，综观这些零散的文本表现，依然可以发现鲍德温探寻父子和谐之路的艰辛与孤独，貌似不经意的只言片语却折射出其内心世界的辛酸与无奈。有鉴于此，本文立足于鲍德温本人的父子关系，从实证主义、精神分析和宗教视角，把散见于作品中的黑人父子关系和白人父子关系均纳入观照视野，旨在立体呈现"父亲的悖论"这一人伦常态，揭示鲍德温父子关系的现实基础和神学根源，昭示其突破种族樊篱的超越性。

第一章 鲍德温宗教思想的多元特征

第一节 存在主义特征

　　旅居法国期间，纠结于跟赖特的矛盾，鲍德温刻意疏远了以萨特为代表的存在主义者，表示对这"古怪的信条"并不感兴趣。然而，这并不代表他和存在主义绝缘，其人生轨迹有力地证明他是一个十足的存在主义者。鲍德温14岁皈依基督教，做了三年童子布道者后，对文艺创作的朝圣激情令其毅然弃教从文，开始了对传统教义进行修正的艰辛之路，旨在张扬复杂人性的本真。他公开自己的同性恋倾向，视之为爱的最高形式，并给予充分的文学表达，挑战了流俗陈规的道德底线。他师承赖特，又与之分道扬镳以摆脱"抗议"文学的喧嚣，为此遭受激进的种族主义"左派"的诟病，背上种族立场不坚定的骂名。基于大同世界的宗教理想主义，他极力主张"以爱释恨"，给身处种族困扰的美国指明方向。为寻求身份认同的自由，他奔走异国他乡，在美国民权运动如火如荼之际，毅然归国为之摇旗呐喊，表现出高度的政治责任感与爱国热情，被称为"黑人耶利米"。凡此种种均表明鲍德温的一生都在"极限境遇"中不断地进行"自由选择"以求索人生的真谛。命运多舛的传奇人生凸显了他"孤独""痛苦""荒诞"和"自由选择"等存在主义母题，而其颇具自传性的文学世界则戏剧性地彰显了一位存在主义者的典型姿态。鲍德温一方面公开"排斥"存在主义,另一方面他的人生与文学又表现出鲜明的存在主义特征。鉴于此悖论,我们可以说鲍德温的人生哲学是一种"无意识存在主义"。

存在主义者认为,在荒诞的世界里人是一个悖论式的存在。一方面,面对顽固的异己力量人是无助的,是"诸多无法控制因素的产物";① 另一方面,人有"自由选择的绝对权利",② 因而又是乐观的。自由选择作为存在主义的核心要旨,是以选择后的责任为前提的,彰显出鲜明的人道主义色彩。鲍德温的人生轨迹表明他是一个典型的存在主义者,主要表现在其"悲剧意识""宗教意识"和"历史意识",其不断自由选择的心路历程刻画了一位于困境中执着求索人生真谛的"道德家"形象。

一 存在主义框架内的悲剧意识

鲍德温语境中的悲剧意识含有两层基本意思。首先,他批判了美国人对危险的迟钝,因为世上根本没有安全可言,③ 所谓的安全纯属幻想的虚拟状态。由此,他强调了洞察危机的敏感性。人们不但不了解世界范围的潜在危机,而且对自己的危险处境也毫不知情。悲剧意识的缺乏是一件十分可怕的事情,尤其是白人在美国种族问题认知上自欺欺人的愚蠢与无知。更确切地说,这透视出美国主流社会的"真正目标与现行标准存在的严重问题"。换言之,人们言不由衷,现实与人们所宣称之间大相径庭,导致失望和不确定。此情形"非常危险"。④ 鲍德温始终强调,美国人在这方面的缺失不能不说是极大的遗憾,悲剧感的缺席令其无法摆脱自我蒙蔽

---

① R. Jothiprakash, *Commitment as a Theme in African American Literature: A Study of James Baldwin and Ralph Ellison*, Bristol: Wyndham Hall Press, 1994, p. 19.
② Jean-Paul Sartre, *Existentialism and Humanism*, London: Methuen Ltd., 1970, p. 47.
③ Fred L. Standley and Louis H. Pratt, *Conversations with James Baldwin*, Jackson and London: University Press of Mississippi, 1989, p. 22.
④ Ibid..

的困境，因为社会一直极力在其公民中造成安全的错觉。① 这将是一个永恒的事实。按照亚里士多德的观点，无知与判断失误是导致悲剧的重要原因。② 因此，始终以"见证者"自居的鲍德温摇旗呐喊，致力于唤醒被蒙蔽的同胞，毕竟"艺术家就是要打破这种（虚假的）和平"。③ 鲍德温选择了充当社会的"见证者"，这意味着他选择了孤独，但这"无论如何也不会阻止他积极投身于政治或社会事务"，因为这种出世的选择，艺术家"保持独立公允的立场是必要的"。④ 不过，鲍德温尤其强调了美国传统种族政治立场的荒诞性，把批评的矛头指向了主流社会的白人世界，透射出其植根于基督之爱的另类人文主义关怀。由是观之，鲍德温悲剧观念与亚氏的"过失说"显然是一脉相承的。他一直认为美国的种族问题不只是黑人的问题，更是白人的问题。为保证种族优越感，白人顽固地坚持对黑人的歧视与迫害，而不愿正视可能产生的可怕后果。实质上，种族主义的受害者不只是黑人，白人同样是。他们始终以优等种族自居，不愿打破"种族优越论"的神话，因此一直生活在自我蒙蔽的虚幻中。换言之，主流社会无视种族矛盾的困境，不愿积极主动地寻求出路，宁愿通过死守自己编造的神话进行自我麻痹。而鲍德温则主张以爱释恨，呼唤黑人要爱白人，憧憬着种族和谐的美好蓝图。这是应对种族困境的理想策略，在种族主义甚嚣尘上的特殊背景下既具有超凡脱俗的前瞻性，更不乏脱离实际的理想主义色彩。由此不难看出，鲍德温对白人的关怀乃其悲剧意识的"另类"特征，这种超越种族偏见的高度理性在当时的确令人费解。

---

① Fred L. Standley and Louis H. Pratt, *Conversations with James Baldwin*, Jackson and London: University Press of Mississippi, 1989, p. 21.
② ［希］亚里士多德：《尼各马科伦理学》，中国社会科学出版社1990版，第105、139页。
③ James Baldwin, *The Last Interview and Other Conversations*, Brooklyn: Melville House, 2014, pp. 31–32.
④ R. Jothiprakash, *Commitment as a Theme in African American Literature: A Study of James Baldwin and Ralph Ellison*, Bristol: Wyndham Hall Press, 1994, p. 109.

其次，鲍德温始终主张，要对所处境遇保持清醒认知并采取积极的应对策略，努力于困境中求生存。显然，其悲剧意识实质上强调的是对危机的敏感性和勇于面对现实，于极限境遇中彰显"超人精神"的超拔。于此意义上，鲍德温的悲剧意识明显地流淌着尼采悲剧观的基因。从20世纪初到60年代末，尼采哲学曾三次波及美国，[①] 而后现代文化语境中的美国大众却偏偏忽略了"尼采式的悲剧认同精神"。所以，鲍德温一直抱怨美国公民缺乏必要的悲剧意识。尼采认为，具有悲剧精神并非因为不可抗拒的异己力量导致无法挽回的生命财产损失而沉迷于悲观失望的消极状态，而是在常人无法摆脱的虚无中"创造性地肯定生命的意义"。[②] 尼采悲剧观的价值在于为深陷困境的迷茫者指明了方向，在绝望中发现希望，在虚无中创造意义，是一个洞察幽微、重建存在的二元对立体。尼采旨在建构的悲剧意识显然蕴藏着"超人"的精神文化因子。超人是尼采哲学中无论如何也不能忽视的重要元素，但多为人误解。第二次世界大战后，由于希特勒对尼采哲学的粗制滥造导致了其影响的式微。他的"超人"往往被译为"Superman"，其实"Over-man"更符合尼采的本意。前者强调目空一切的傲慢以及无所不能的征服力，后者则更强调精神意志层面的坚忍与超越，因为尼采反对消极被动、低俗平庸的"奴隶心态"，[③] 主张心智的提升。被马克思誉为"哲学日历中最高尚的圣者和殉道者"[④] 的普罗米修斯可以说代表了古希腊悲剧精神的至高境界，他不畏强权，为天下芸芸众生的福祉甘愿承受高加索上凄风苦雨的蹂躏，在苦难的轮回中见证了自我牺牲的伟大。尼采推崇的正是这种古希腊式的悲剧精神。鲍德温对悲剧的体认既暗合了古希腊传统，又不失黑人文化特色，认为布鲁斯音乐与灵歌是

---

① Tong Ming, *A History of American Literature*, Beijing: Foreign Language Teaching and Research Press, 2009, pp. 195-196.

② Ibid..

③ Ibid., p. 195.

④ 马克思：《博士论文（序）》，转引自王化学《西方文学经典导论》，山东人民出版社2005年版，第31页。

悲剧意识的载体或范例。而这两种黑人音乐的应有之义就是在困境中探寻生命的价值，颇有海明威笔下的"硬汉形象"在挫折面前毫不气馁的"优雅"风范。所以，悲剧感又是"一种面对现实，失之泰然的能力。抑或是预感到不幸即将来临的能力"。兹对不幸的敏感性，即危机意识是渡过难关，避免不幸的唯一保证，哪怕是"一种微弱的保证"。① 所以，悲剧意识非但不像一般认为的那样可有可无、无关紧要，而是必不可少的。另外，贯穿鲍德温文本的黑人灵歌也是其悲剧意识的艺术表达，因为这种黑人独有的艺术形式所表达的是黑奴隶在异己的敌对社会环境中求生存的决心，乃其人性尊严的见证。②

鲍德温悲剧意识的"硬汉"特征在小说《比尔街情仇》和《就在我头顶之上》中得以淋漓尽致的艺术表现。《比尔街情仇》刻画了两个普通黑人家庭在种族困境中不屈不挠，与厄运抗争的坚强形象。黑人青年弗尼因"莫须有"的罪名锒铛入狱，怀有身孕的未婚妻蒂什一家和弗尼的父亲为此展开了漫长而艰辛的拯救之路，谱写了一首爱的赞歌，彰显了黑人对生命的执着追问。为了尚未出生的儿子，弗尼努力调整好心态，与亲友的不懈努力默契配合，期待"天堂"的大门为他打开的那一天。蒂什对弗尼的爱，尤其是腹中的胎儿成为她的精神支柱和活下去的最好理由。蒂什的母亲莎伦夫人为冤案赴汤蹈火，克服了种族、语言、交通等多方面的挑战，对女儿、女婿真挚复杂的爱和对尚未出世的外孙的骄傲令她置生死于不顾。众志成城，否极泰来。弗尼被保释出狱与孩子的降生几乎同时，父子俩同时走出黑暗成为新生的象征。黑人民族的这种坚忍秉性在小说《就在我头顶之上》再次得以充分的诠释。女主角朱丽亚虽尚未成年却仅靠在教会的工作肩负起养家糊口的重担。年幼的她经历了丧母的打击，与兄弟分离的悲伤。尤其是父亲的兽行不但剥夺了她的童贞，而且令其丧失了生

---

① Fred L. Standley, Louis H. Pratt, *Conversations with James Baldwin*, Jackson and London: University Press of Mississippi, 1989, p. 22.
② 雷雨田：《美国黑人神学的历史渊源》，《湘潭大学社会科学学报》1999 年第 5 期。

育能力。继而经受了感情的反复挫折。然而，这些常人无法承受的生命之重却无法将她击垮。非洲之旅后，她脱胎换骨，获得了重生，一改柔弱女子的被动，成为自己命运的主人。"朱丽亚没有死。朱丽亚根本不会死。"[①] 小说从女性主义的视角聚焦于黑人妇女强大的生命意志力，重申了鲍德温的悲剧意识所强调的"超人"气质。

二 存在主义框架内的宗教意识

某种意义上，鲍德温的复杂宗教心路历程成就了其存在主义。即鲍德温式的存在主义是宗教（意义上的）存在主义。恰如伊丽莎白·摩尔所言："纵观鲍德温早期的小说与散文就会发现，他的存在主义似乎是某种宗教思想的产物。该宗教思想摒弃一切宗教形式，却始终保持了普遍体验与个体灵魂的宗教意识。"[②] 鲍德温存在主义虽刻有鲜明的宗教印记，却不是严格意义上的"宗教存在主义"。根据对宗教的态度，存在主义分为无神论存在主义和有神论存在主义，即宗教存在主义。法国的加布里尔·马塞尔可谓宗教存在主义之集大成者，其标新立异之处在于借用存在主义之荒诞性在人与上帝之间牵线搭桥，将存在主义改造成宗教哲学，为唯心主义哲学增员添丁。宗教存在主义不否认理性与科学对人的异化作用，同时涂抹上了浓厚的宗教神秘主义色彩：基于现象学方法论，它认为个体的真实存在见诸以敏锐的感觉和丰厚的情感去把握的宗教体验中，是理性无从证明与把握的。这种存在比现实的物质世界更实在、更本质。马塞尔将个人的主体性置于突出的地位，强调此主体性是通过与上帝的交往实现的，人唯有相信上帝的存在才能摆脱荒诞之纠缠。上帝因此成为"存在世界的

[①] James Baldwin, *Just Above My Head*, New York: Dell Publishing, 1979, p. 277.
[②] Elizabeth Roosevelt Moore, "Being Black: Existentialism in the Work of Richard Wright, Ralph Ellison and James Baldwin", *The University of Texas at Austin*, 2001, p. 65.

最高本质",① 跃居本体论的高度。宗教存在主义的另一突出特点是强调个体之间是一种平等的友好对话关系，决不能将对方"客体化"，而要将其"当作精神上的亲近的'你'",② 因为彼此之间的交往是通向天堂的必由之路。这无疑是对萨特"他人就是地狱"这个存在主义命题的另类阐释。有鉴于此，"爱"成为贯穿于人与人之间、人与上帝之间的纽带，乃是最高的道德原则。总之，人神关系的本体论地位，以及爱的绝对拯救功效成为宗教存在主义的最大亮点。鲍德温的宗教"理想国"极大地拓展了上帝之爱的外延，将其指向了宗教理性所不容的"淫乱"，呈现出鲜明的世俗特征，旨在强调当下救赎。他超越种族的羁绊，从黑人推及包括白人在内的人类整体，大胆客观地拷问人性之幽微，散发出浓浓的人文主义情怀，成为当仁不让的"博爱"践行者。因此，其"宗教存在主义"是一种更加人性化、更富包容性的世俗宗教哲学。鲍德温超越了传统宗教存在主义，像尼采那样将基督教上帝判了死刑。所不同的是，他又创造了自己的上帝，旨在释放被传统宗教理性压抑的人性本真。其宗教理想暗合了"存在主义者的终极价值",③ 挑战了传统宗教道德底线，诚如萨特所言，"本真性的选择似乎是一个道德抉择"。④

费尔巴哈认为，宗教的本质是人的自我对象化。换言之，某种意义上，宗教是人类给自己套上的精神枷锁。虔诚的教徒把宗教作为衡量和规范言行的终极尺度，不自觉地使之成为一种异己存在。即人通过宗教而自我异化了，本初的自我被刻意压抑扼制，处于窒息状态。这种局面的形成源于人创造了一位至高无上的神，将自己置于被"奴役"状态，宇宙存在秩序是以神为中心，而不是相反。文艺复兴颠覆了宗教神学的统治地位，

---

① 樊莘森、王克千：《评马塞尔的宗教存在主义》，《复旦学报》（社会科学版）1980 年第 3 期。
② 同上。
③ ［美］托马斯·R. 弗林：《存在主义简论》，莫伟民译，外语教学与研究出版社 2008 年版，第 225 页。
④ 同上书，第 209 页。

恢复了人的中心地位。但这并非意味着宗教的彻底消亡。秉承人文主义的精神命脉，人们努力缓和宗教与世俗的对立，致力于两者的最大交集。鲍德温正是这样一位"改革者"，其宗教具有极大的包容性，乃释放复杂人性的解放神学，旨在消解基督教扼杀人性的不合理因素。由此重申了"人是宇宙之精华，万物之灵长"的人文主义命题，颇具自然神论的世俗性。

自然神论是18世纪理性主义在北美大陆与清教主义激烈碰撞、融合的产物。换言之，它是科学理性与神学理性相互妥协的结果。欧洲大陆刮来的启蒙之风不可能将早已根深蒂固的清教思想冲击得荡然无存，但是理性主义之人文关怀比之于清教主义禁欲的苛板显得生命力十足，对长期受制于原罪说和宿命论，却在慢慢觉醒的广大民众尤其具有强大的吸引力。自然神论不否定上帝乃是宇宙之本体，万物之根源，但同时也极大地冲击了上帝的绝对权威，放眼今生今世，强调人的自我改造能力与其建造人间乐园的主观能动性。自然神论者没有像尼采般极端，宣布"上帝死了"，而是打造了一个人神共处的和谐空间，将上帝束之高阁，却要充分发挥他赋予世人的自由意志，使其成为改造当下、重建伊甸园的主宰。自然神论语境中的上帝一下子显得那么宽容大度、仁爱亲民，而旧约圣经中那个独裁暴戾的上帝已淡出人们的视野。启蒙主义者构建的这种以人为中心、人神和平共处、上帝权力下放的世俗神学不但保留了人们的信仰和终极追求的理想，而且充分挖掘了基督教上帝创世计划的人文关怀，颠覆了传统神学对基督教教义的扭曲，树立起全新的宗教观，将原初教义中改造人类、提升心性感悟的正能量发挥到了极致。鲍德温对上帝过度干预的否定以及对基督教非人性化教义的解构使其宗教存在主义与自然神论在很大程度上具有了交集。他虽退出教会，但并未宣布自己是无神论者，旨在建构充分张扬人性的世俗宗教。由是，鲍德温既没有完全否定基督教，成为尼采般的宗教虚无主义者，也没有原教旨主义者的迷信与狂热。相反，他求索生命哲学的动态宗教立场彰显了理性与情感的有机结合。因此，完全有理由说，鲍德温之宗教"理想国"呈现的就是一种自然神论宗教观，将传统宗教改造为充分尊重人性的"解放神学",焕发出动态宗教的人性关怀。

三 存在主义框架内的时间意识

莫里森认为小说中祖先式人物代表一种超越时空的智慧,对其他人物具有积极的"指导性和保护性"作用。她根据自己的创作经验,敏感地断定鲍德温作品中祖先的缺席则产生了"巨大的毁灭性后果,导致了作品本身的混乱"。[1] 显然,莫里森戏剧性地强化了祖先在场对黑人文学的建设性,旨在通过对族裔文化传统的认同来建构黑人文学的民族身份。作为非洲黑人最典型的传统宗教形态,祖先崇拜折射出黑人与众不同的时间观。西方一般认为,时间是由过去、现在和未来构成的直线存在,而非洲黑人对时间的理解则更为简单,认为时间是分别以"过去"和"现在"为端点的一条绵长的线段,未来是不存在的。他们的时间概念中只有过去时与现在时,由现在指向过去,因为已经发生的时间代表既成事实,是有意义的实质性存在。黑非洲的时间哲学观一直或隐或显地在美国黑人的文化血脉中流淌,成为黑人挥之不去的标志性特征,因为"过去是不可否认的,是理解当下现实的钥匙"。[2] 所以,鲍德温文学中祖先人物的空缺并不代表他像欧洲存在主义者那样与过去分道扬镳,相反,他一直强调"面对和拥抱自己的过去在探寻存在意义上的身份和真实性的紧迫性"。[3] 他以不同的方式呈现了对过去的体认,将之内化为其人生哲学的潜意识,并给予充分的艺术表现。毕竟,"在很大程度上,黑人作家的中心任务就是探寻如何正视过去的基础"。[4] 这无疑暗示了黑人认同过去的途径必然呈现出多元化特

---

[1] Toni Morrison, "Rootedness: The Ancestors As Foundation", Henry Louis Gates Jr. & Nellie Y. McKay, *The Norton Anthology of African American Literature*, New York and London: W. W. Norton & London, Inc., 2004, p. 2289.

[2] C. W. E. Bigsby, *The Second Black Renaissance*, Westport: Greenwood Press, 1980, p. 5.

[3] Elizabeth Roosevelt Moore, "Being Black: Existentialism in the Work of Richard Wright, Ralph Ellison and James Baldwin", *The University of Texas at Austin*, 2001, p. 188.

[4] C. W. E. Bigsby, *The Second Black Renaissance*, Westport: Greenwood Press, 1980, p. 5.

征，鲍德温就以"苦难"与"儿童"为载体凸显了其历史意识的与众不同。

在鲍德温的语境中，与其说黑人的过去与苦难是无法分割的统一体，毋宁说过去就是苦难的同义语。毋庸置疑，黑人的历史充斥着"绑架、烈火与折磨"，他们为彰显自己的人性与尊严展开了无休止的抗争。尽管过去是恐怖的，鲍德温依然从审美的视角确认了其存在主义意义上的价值，认为"过去包含了某种很美的东西"。① 鲍德温对黑人民族苦难历史的坦然与肯定并非意味着他在此问题上的故作姿态，毕竟认同苦难的"救赎与神圣特性"者绝非一人。② 认同过去是身份建构的必由之路，"在鲍德温的文学世界中该渠道唯有通过个人苦难方能开通"。③ 即磨难是个体认识自我，确认身份的基本前提，"不经历磨难者永远不能真正成长起来，也永远不会认识真正的自我"。④ 鲍德温的坎坷人生经历铸就了其对人生的深邃洞察力，并得以艺术化再现。如前所述，小说《就在我头顶之上》的女主角朱丽亚的成长之旅充满了各种致命的打击，是作者本人苦难现实的戏剧性表现。相较于同龄人，朱丽亚显然过早地承担了常人所不能承担的"生命之重"，也正是通过备受身心煎熬的历练，她才认清了宗教的虚伪与欺骗，世态炎凉的无奈与荒诞。鲍德温没有把苦难的拯救价值仅仅局限于当事者一人，认为苦难对他人同样具有救赎功能，尽管受难者也许对此并不知情。⑤ 例如，小说《另一个国家》的男主角鲁弗斯本是出色的爵士乐鼓手，在堕落中失去自尊，终致无法承受负罪感的折磨而跳水结束了年轻的生命。小说开始不久，鲁弗斯就以这样的悲剧退场了，但他却"贯穿小说始终，成为一种隐形的存在和力量，改变着他的朋友和妹妹的人生轨迹"，

---

① James Baldwin, *The Fire Next Time*, New York: The Dial Press, 1963, p. 112.
② Michael Lynch, "Beyond Guilt and Innocence: Redemptive Suffering and Love in Baldwin's Another Country", *Obsidan II*, No. 1 - 2, 1992, p. 2.
③ Louis H. Pratt, *James Baldwin*, Boston: Twayne Publishers, 1978, p. 33.
④ James Baldwin, *The Fire Next Time*, New York: The Dial Press, 1963, p. 112.
⑤ Vyacheslav Ivanov, *Freedom and the Tragic Life: a Study in Dostoevsky*, New York: Noonday Press, 1957, p. 81.

为他们"提供了成长的必要条件",① 尽管鲁弗斯的"反英雄"特征使磨难对他本人没有任何意义,但是维瓦尔多将之视为基督式的人物,妹妹伊达则把他奉为烈士和偶像。这样每个活着的人都通过各自的磨难与他实现了精神上的融合,不同程度地超越自我,升华了对彼此的认知。

如果说苦难与过去的联姻表征了鲍德温时间观的族裔特色,那么其儿童观念与过去并置则透射出深刻的宗教根源,在哲学基础上增加了神学的维度。儿童是基督教《圣经》中的一个核心意象,乃神与人对话的重要介质,是"被拣选者"的象征。自幼饱受钦定版《圣经》滋养的鲍德温不但秉承《圣经》中小孩子的宗教神性,而且扩大了其能指对象,将儿童的圣洁指向了为流俗陈规诟病的宗教"淫乱"。鲍德温儿童观彰显了其宗教理想的解放神学特征,乃其生命哲学的有机构成,旨在为荒诞困境中的成人世界营造一个超脱释然的温馨港湾,因此暗合了华兹华斯提出的"儿童乃是成人的父亲"。② 该命题显然不是一般意义上的伦理错位,而是形而上的人生哲学观念。就时间顺序而言,代表人生起点的童年阶段先于象征人生终点的成年或老年阶段。所以,儿童理应为成人之父。同时,从童年到成年的转化意味着"由神圣到世俗化的悲哀",③ 也即儿童代表一种比成年更高的存在状态。从基督教赋予儿童的神性与老子以婴孩喻其"道"来看,儿童具有了本体论的高度,因而成为人生终极诉求的载体,因为儿童是通往或连接天国的桥梁。童年的认知主要来自对前存在的天国景象的"模糊记忆",尽管这模糊记忆随着年岁增长而愈加模糊,只要能维持淡薄的感觉和记忆,离去的天堂仍是此在的令人温馨的精神家园。因此,鲍德温完全剔除了人性中的原罪因子,将小孩子视为人类堕落以前的纯朴状态。他赋予儿童潜在的多元救赎价值,以之审视成人世界万象,使其成为自己宗

---

① Michael Lynch, "Beyond Guilt and Innocence: Redemptive Suffering and Love in Baldwin's Another Country", *Obsidan II*, 1992 (1-2), pp.8-9.
② [英] 华兹华斯:《华兹华斯诗歌精选》,杨德豫译,北岳文艺出版社2000年版,第2页。
③ 蓝仁哲:《解读命题"儿童乃是成人的父亲"》,《国外文学》2005年第4期。

教"理想国"的代言人。从表现原罪思想的《向苍天呼吁》到宣扬同性恋主题的《乔万尼的房间》，再到鞭挞种族主义罪孽的《比尔街情仇》，婴孩的正能量总是或隐或显地穿插其中，从正反两面昭示其神性特征与"终极救赎"的人文关怀。鲍德温儿童观念蕴含的时间哲学集存在主义、功利主义和实用主义等于一身，消解了基督教扼杀人性的冰冷理性，颠覆了"宗教是人跟自己的分裂"[①] 之本质，使之转化为一种建设性的解放力量。

第二节 女性主义特征

一般来说，"种族、阶级和性别的共时压迫"[②] 是美国黑人妇女的共同宿命，她们承受了比白人妇女更大的压力。所以，"着眼于性别、种族、阶级的连锁本质是一种改变了女权主义思想方向的观点"，[③] 即传统女性主义观照视野的多元化表明黑人妇女遭受的压迫也成为其关注的对象，预示着黑人女性主义的诞生。20世纪70年代美国黑人女性主义文学兴起之际，鲍德温虽已经步入人生暮年，但他的作品自始至终贯穿着明显的黑人女性主义思想。尽管其女性人物"在男人的生活中占据中心地位或为颇具塑造性的力量"，[④] 却未引起学界的足够重视。事实上，鲍德温的女性主义观念具有鲜明的时代特色，演绎了其宗教思想的变迁，成为其宗教理念的"复调"。因此，黑人女性主义无疑是审视其宗教思想的又一个有效视角，舍此不足以客观全面地呈现鲍德温宗教"理想国"的全貌。

---

① [德] 费尔巴哈：《基督教的本质》，荣震华译，商务印书馆2013年版，第67页。
② 周春：《抵抗表征：美国黑人女性主义的形象批评》，《湖南师范大学社会科学学报》2005年第5期。
③ [美] 贝儿·胡克斯：《女权主义理论：从边缘到中心》，晓征、平林译，江苏人民出版社2001年版，序言第5页。
④ Trudier Harris, *Black Women in the Fiction of James Baldwin*, Knoxville: University of Tennessee Press, 1985, p.4.

相较于传统黑人女性主义，鲍德温的女性观念以宗教为基调，在历时的层面上或隐或显地揭示了父权与种族歧视对黑人女性的压制，以及她们为摆脱羁绊而进行的抗争。她们的性格特征动态地隐喻了鲍德温宗教理念的世俗化过程，彰显了旨在释放人性本真与强调当下救赎的解放神学特征，活化出一个宗教叛逆十足的"道德家"形象。鉴于鲍德温当年的沉重"原罪"思想，他早期作品中的女性尽管也不乏反抗意识，但始终摆脱不了传统宗教伦理的窠臼而不得不向强大的父权低头，将重生的希望寄托于宗教的拯救。随着认知的不断深入与理性化，鲍德温清醒地意识到宗教在现实境遇中的"无能"，随之塑造了一批冲破宗教禁忌，公然忤逆上帝的"异教徒"黑人女性。这种与宗教的对抗终于发展为原本虔诚的信徒毅然决然地与教会分道扬镳，到教堂之外求生存。鲍德温文学对黑人妇女的人文关怀由此艺术地再现了作者本人求索生命真谛的曲折宗教心路历程。

一 《向苍天呼吁》与《在荒野上》：走不出教堂樊篱的黑人女性

鲍德温小说处女作《向苍天呼吁》中的主人公约翰及其父母均来自鲍德温现实生活中的原型，艺术地再现了作者的苦涩童年和皈依之路。小约翰是私生子，随母亲来到继父家后备受歧视和虐待，是继父发泄怨愤的"替罪羊"，母子俩敢怒而不敢言。为此，作者在小说中安排了一位处处与继父对抗的姑母佛罗伦斯，也就是加百列的姐姐，使其成为约翰母子的保护伞。她掌握着弟弟鲜为人知的"秘密"，借此使其家庭暴力有所收敛。不过，这位貌似强硬的"女英雄"最终也不得不与伊丽莎白一起跪倒在圣坛前忏悔"罪孽深重"的过去。她们向加百列的屈服表征了父权无可取代的权威，而至高无上的父权背后的强大支撑却是根深蒂固的"原教旨主义"理念。[1]

---

[1] Trudier Harris, *Black Women in the Fiction of James Baldwin*, Knoxville: University of Tennessee Press, 1985, p. 12.

加百列身为当地牧师,是上帝的"代言人",掌握着拯救众生灵魂的神权,这无疑抬高了其在人们心中的地位。伊丽莎白婚前犯下了不可饶恕的"淫乱"之罪,小约翰就是活见证。按照旧约传统,淫乱者必死,私生子不得活。伊丽莎白的情人理查德在小约翰出生前割腕自杀,成为罪有应得之象征和警告,伊丽莎白母子能够幸存似乎纯粹是上帝的"恩典"。因此,尽管佛罗伦斯早就向她透露了加百列斑斑劣迹,可是她与他初次见面就将重生的希望寄托在了这位道貌岸然的伪君子身上。他看似心地善良,善解人意,明知她"未婚先育"的罪孽却不肯怪罪,伊丽莎白于是对他产生了幻想。只要加百列宽容,她就能逃避"末日审判"时永劫不复的灾难。另外,他还是一家工厂的工人,能够使她们母子衣食无忧。这样,灵魂救赎与物质生活保障就成为伊丽莎白将自己托付给加百列的最好的理由,投靠他的安全感仿佛就在眼前。因此,她将佛罗伦斯之前的警告抛置脑后,按照加百列的指示加入教会,祈求上帝的宽恕与保佑。母亲去世后,伊丽莎白自8岁开始就接受姨妈宗教救赎的熏陶,可是向往自由的天性令她桀骜不驯,离经叛道,终于逃离姨妈视线,从美国南方来到纽约。而最后荒诞的结局表明,她无论如何也摆脱不了黑人女性的宿命,这不能说是其人生的一个"讽刺"。[①] 佛罗伦斯似乎是一个叛逆性更强的黑人女性,然而其结局与伊丽莎白并无二致。佛罗伦斯的母亲拉结经历了蓄奴制的洗礼,是虔诚的信徒。她目睹了黑奴反抗的无济于事,将其解放归功于上帝的力量。根深蒂固的宗教救赎观念造就了其听天由命的消极人生哲学和重男轻女的父权思想,所以她认为佛罗伦斯应该料理家务,照顾好弟弟,将来要就近嫁人以便关照母亲的需要。生性叛逆的佛罗伦斯厌倦了母亲的循规蹈矩,力求改变自己的生存环境。而且母亲的偏心让她对弟弟的憎恨终生难以释怀。因此,带着自己的美好梦想,她毅然离开了垂危的母

[①] Trudier Harris, *Black Women in the Fiction of James Baldwin*, Knoxville: University of Tennessee Press, 1985, p. 17.

亲和令她失望的弟弟，踏上了漂泊的艰难旅程。与伊丽莎白的命运一样具有讽刺意味的是，"她为逃离母亲的说教所做的努力与其消解上帝影响力的企图都是徒劳的"。① 因为即使到了北方她也未能摆脱女人的传统身份，不幸的婚姻以失败告终。她发过毒誓，如果上帝拣选了加百列，她宁死也不会屈服在其圣坛前。佛罗伦斯原本可以将其掌握的加百列的性丑闻告诉伊丽莎白，使后者明白自己并非是唯一有婚前不洁行为的"罪人"，以此达到报复他的目的。但是，她一直对此缄口不言。在办公大楼当保洁员的经历让她保持了高度的理性，没有对弟弟的婚姻做过度的干涉：有一个养家糊口的男人在外打拼，女人就可免去工作的压力和由此带来的屈辱，即使这个男人有时太离谱。毋庸置疑，"如果有一个爱自己的丈夫，那是无比浪漫的事，如果根本没有丈夫，那是无比沉闷乏味的"。② 残酷的现实经验让佛罗伦斯清醒地预料到了反抗的可怕后果，即使把男人搞得身败名裂，到头来最难堪的还是女人。经历了现实生活的洗练之后，佛罗伦斯还是不情愿地认同了母亲当年的教化，匍匐在加百列的圣坛之前，忏悔从前的"过失"。

黑人女性的宿命在短篇小说《在荒野上》③（1958）中得以更富戏剧性的表现。女主角路得逃离宗教到男人中寻求避难所未果的悲剧既深刻地揭示了黑人女性进退维谷的两难境地，又表明黑人自我异化绝非是在主流社会中实现身份确认的良策。鲍德温借此表达了对具有反抗精神的黑人女性在当时的家庭、社会、种族和宗教环境中毫无立足之地的困境的同情，尤其强化了黑人女性生存境遇的悖论。归根结底，小说将批判的矛头再次指向了黑人社区的宗教流俗陈规，揭示了宗教在黑人生命中扮演的"反面角色"。黑人姑娘路得因"莫须有"的婚前性行为遭到父亲与弟弟的打骂，

---

① Trudier Harris, *Black Women in the Fiction of James Baldwin*, Knoxville: University of Tennessee Press, 1985, p. 15.
② Ibid., p. 22.
③ 该小说英文标题为 *Come out The Wilderness*，直译为《走出荒野》。因女主人公始终徘徊在心灵的荒原，未能实现精神独立，故译为《在荒野上》更切题。参见郭凤高发表于《外国文学》1984年第12期的译文。

她拒绝到教堂忏悔以示自己清白，因为她的确没有什么需要忏悔。家人非但不能对她表示理解，而且将其黑皮肤与淫乱之罪相提并论，让她永远摆脱不掉罪影的纠缠。路得由此开始憎恨自己的肤色，自暴自弃，认为黑人天生低贱。她"异教徒"般的固执迫使其离家出走，另谋生路。但这并不意味着彻底解脱，因为她"虽然走出了教堂，但走不出教会伦理的牵制；虽然走出了黑人社区，但摆脱不了黑皮肤的暗示"。[①] 为表示对强加给她的荒诞宗教罪名表示反抗，路得选择了"堕落"，先后与三个男人纠缠在一起，希望从中找到依靠。在一定程度上，他们都曾是她的"救世主"，但是由于路得无法走出心中的阴影，这些情感纠葛均告流产。小说最后以女主人公的犹豫不决收场，象征着路得前途未卜，依旧游荡在精神的荒野，"路得是个迷茫的女子，她身上没有为自己创造一种新生活的能力"。[②] 追根溯源，宗教制造了路得的罪名，逃离宗教又让她众叛亲离，居无定所，处境更加可怜。就像易卜生笔下的娜拉，路得将何去何从，无人知晓。鲍德温以这种开放式的结局委婉地传达了浓浓的人文关怀，暗示了黑人逃离宗教的可怕后果。

以佛罗伦斯、伊丽莎白和路得为代表的黑人妇女的荒诞悲剧反映了宗教意识对其生命挥之不去的制约，从不同层面表明她们的宿命就是在宗教的樊篱中循规蹈矩，听天由命，因为反抗就是跟自己作对。这也折射出鲍德温早年在"原罪"困扰中抗争无果的纠结，生动地再现了他当年对宗教产生质疑时举步维艰的现实图景。

二 从《另一个国家》到《比尔街情仇》：在教堂之外成长的黑人女性

鲍德温是人道主义者，他不忍心一直看着黑人妇女在传统伦理的束缚中遭受身心的折磨。所以，其后来的作品中黑人女性的成长经历又曲折地

[①] Trudier Harris, *Black Women in the Fiction of James Baldwin*, Knoxville: University of Tennessee Press, 1985, pp. 94–95.

[②] Ibid., p. 95.

反映了世俗救赎对宗教救赎的胜利。小说《另一个国家》中的伊达、《比尔街情仇》中的蒂什和戏剧《查理先生的布鲁斯》中的胡安妮塔在教堂之外实现人生诉求的心路历程即为典例。

伊达的人生轨迹尽管没有彻底摆脱伊丽莎白、佛罗伦斯和路得的宿命，但就其个人身份的建构而言，她至少实现了某种程度上的超越。鉴于其对教会保持了更远的距离，伊达显然成为一个过渡人物。浓厚的宗教氛围滋养了伊达与哥哥鲁弗斯的音乐天才，教会成为他们这些未成年的黑孩子的安全之所。鲁弗斯本为出色的爵士乐鼓手，后来吸毒堕落，在绝望中跳水自杀。妹妹只看到其光辉的一面，视之为心目中的榜样和"守护神"。悲恸欲绝的伊达把哥哥的死归咎于他周围朋友的冷漠，并跟他们纠缠在一起旨在通过转嫁自己的痛苦来实行报复。即使钟情于她的白人青年维瓦尔多也未能逃脱这位"复仇女神"的精神折磨。伊达一直佩戴着鲁弗斯送给她的蛇形戒指，这显然表征了其骄傲与报复的本性，使她完全成为仇恨的化身。对哥哥近乎癫狂的爱扭曲了伊达的灵魂，使之将基督之爱忘得一干二净，代之以仇恨与强烈的报复欲望。仅此而言，伊达已经偏离宗教伦理的轨道，与之背道而驰。同时，在"美国梦"的诱惑下，伊达放弃了家庭的宗教传统，到外面的喧嚣世界展示其音乐才华。她演唱的依旧是黑人布鲁斯，但已经远离了黑人传统，因为她没有黑人朋友，不再造访黑人教会。伊达将自己视为她所交往的白人圈的一分子。更不可思议的是，为跻身于上流社会，她出卖自己的身体以利用文艺圈内的白人大腕，将"淫乱"之罪的可怕后果抛到九霄云外。可见，伊达越走越远，与其自幼接受的宗教教化彻底绝缘，原本圣洁的灵魂就这样堕落了。

鲍德温一直坚持认为，苦难是彼此沟通的桥梁。的确，伊达将鲁弗斯的死亡所带来的痛苦转嫁给他的朋友，使他们逐步走进了鲁弗斯鲜为人知的内心世界。在这个相互折磨的"变态"交流中，他们踏入彼此的精神领地，伊达对白人朋友所代表的主流社会的认知得到了极大的提升。同时，不懈的努力终于让她能够在重要的演艺场合崭露头角，歌唱生涯的质的飞跃表明她在一定程度上实现了自己的"梦想"。因此，相较于鲍德温前期作品中的黑人女性，走出教堂的伊达获得了实质性的发展，成为鲍德温女性画廊中极具代表性的过渡人物。不过，掩卷思之，却不难发现，伊达的超越并不代表她对宗教的彻底胜利。恰如哈里斯所言，"伊达也许走出了教堂"，但空间上的距离不一定意味着她"彻底摆脱了教会成长经历所赋予的道德观念"。[①] 小说最后呈现了伊达平静的睡梦一幕，但历经世俗社会坎坷的洗礼后，其看似平静的表面却掩藏着鲜为人知的斗争。当她独自一人冷静下来时，根深蒂固的宗教理性的复活也会严格地拷问其道德良知，让她为自己显著的"罪行"而"忏悔和懊恼"。[②] 由是观之，伊达表面的桀骜不驯和一度的风光无法遮掩内心的脆弱，其纠结源于对宗教与种族文化传统的背离。显然，伊达就像《在荒野上》中的路得，虽置身教堂之外，却无从逃离宗教道德之拷问。至此，鲍德温的黑人女性依旧未能彻底摆脱宗教的桎梏，实现独立自主的诉求。

　　鲍德温前期作品中黑人女性毅然走出教堂却又不得不回归的纠结在戏剧《查理先生的布鲁斯》（1964）中实现了彻底的了断，黑人姑娘胡安妮塔干净利索地呈现出"异教徒"的洒脱，公然挑衅了基督教的权威，令置身教会的信徒相形见绌。十年之后，这种转变在小说《比尔街情仇》（1974）中得以全方位的艺术表现。当然，黑人女性的特征是与鲍德温不同时期的人生观和价值观的变化分不开的。此时，他已深刻体会到教会对黑人的现实生活非但无能为力，有时甚至成为种族主义的帮凶。因此，他开始在作品中构建另类宗教与世俗的二元对立，完全颠倒了二者的顺序，揭露了基督徒的软弱无能或宗教虚伪，赋予热爱世俗生活的"异教徒"基督般的神圣。由此旗帜鲜明地开始了他对传统宗教的改写和对世俗宗教神性的言说，关注的焦点由教会女性或有宗教背景的女性转向了

[①] Trudier Harris, *Black Women in the Fiction of James Baldwin*, Knoxville: University of Tennessee Press, 1985, p. 96.

[②] Ibid., p. 127.

立场坚定的"异教徒"。《查理先生的布鲁斯》中胡安妮塔的男友理查德死于白人种族主义者莱尔之手，一贯实行双重标准的陪审团却将凶手无罪释放。女主角义愤填膺，在法庭上当众自豪地宣告了其与男友的"性爱狂欢"，将之与母亲对上帝的爱相提并论。她非但没有顾忌所谓的"淫乱"之罪，反而幻想自己已经怀孕，以此实现对白人种族主义的对抗。此处，鲍德温显然戏仿了基督教中"童贞女怀孕"的神话，赋予了未婚先孕以宗教般的终极救赎价值。相较于胡安妮塔在种族困境面前的积极主动，理查德的父亲默里迪安牧师的消极被动却匪夷所思，讽刺意味十足。在理查德丧命之前，黑人教友比尔因妻子被莱尔看中而丢了性命，理查德的母亲也明显遭白人暗算。显然，这些都是对黑人教会无能的绝妙讽刺。教会作为黑人的避难所，不但无法拯救虔诚的信徒，倒是"因信称义"地教诲令其盲目地相信白人的良心，寄希望于将来。这无疑削弱了黑人的战斗力，使其处于被动的尴尬境地。更确切地说，黑人教会不自觉地成为白人种族主义的帮凶！未婚夫的离世是胡安妮塔的悲剧，但她没有被击垮，而是通过寄希望于想象中的孩子来延续其与理查德的爱情，更赋予了他种族救赎的重任。这种绝路求生的方式似乎有些荒诞，却在"极限境遇"中塑造了一个不屈不挠的黑人女英雄，成为鲍德温中后期作品中的一个亮点。他在表现黑人妇女悲剧的同时，用更多的笔墨刻画了众多"强势"的黑人女性形象，使之成为力挽狂澜或与男性抗衡的女"英雄"，消解了菲勒斯中心主义，在感情的天平上偏向了女性一边，将其由幕后推向台前，从而将男性平庸化。

胡安妮塔"童贞女怀孕"的救赎计划能否成功，虽不得而知，其"异教徒"姿态却是在重压之下的另类"优雅"和精神胜利，象征性地标志着世俗对宗教的颠覆。这种通过黑人女英雄彰显出的宗教世俗倾向在《比尔街情仇》中更为跌宕昭彰，世俗正义与家庭挚爱取代了宗教被动与伪善，教堂之外的女强人取得了实质性的胜利。

她们既没有佛罗伦斯与伊达等人的纠结，更没有胡安妮塔的悬念，昭示了黑人女性在教会之外求生存的自由选择的绝对理性。鲍德温在《比尔街情仇》中通过信徒的伪善与"异教徒"的正能量之对比，完成了对宗教内涵的改写，世俗救赎随之成为其"宗教理想国"的一种"新常态"。小说以男主人公弗尼的冤案为主线将黑人女性分为尖锐对立的两个阵营，即世俗与宗教的对峙。弗尼的母亲亨特太太是自满、自义的信徒，试图让丈夫皈依的努力失败后便寄希望于儿子，幻想有朝一日能把他带到主的面前。可弗尼跟父亲一样"不知悔改"，这让她大失所望。她在拯救弗尼出狱问题上不可思议的冷漠彻底颠覆了一个基督徒的博爱形象。尤其得知儿子的女友蒂什怀孕后，亨特太太送出的不是衷心的祝福，而极尽诅咒，认为这是不可饶恕的"淫乱"之罪。言外之意，弗尼的灵魂堕落了，肉体的拯救已经没有任何意义。经常随她出入教堂的两个女儿虽然也干了见不得人的丑事，却打着宗教的幌子自命清高，当母亲的却装作毫不知情。其实，以禁欲主义苛求别人的亨特太太本人何尝不贪恋肉体的快乐，陶醉在性爱中就完全忘却了自己的宗教身份，任由丈夫侮辱性的摆布，心甘情愿地被其称为"黑母狗"。她自诩的圣洁与其在肉欲冲动面前的低俗下流之鲜明对照彻底消解了其基督徒的尊严。亨特太太的宗教虚伪令其在儿子的灾难面前表现出不可思议的冷漠。相反，"宽容""谅解""慷慨的牺牲"和"真挚的爱"这些基督徒本该拥有的美德却出人意料地在教堂之外的异教徒身上复活了。以莎伦夫人为首的蒂什一家为还弗尼清白，各尽所能，不惜一切代价，谱写了一曲感天动地的大爱之歌。蒂什忍受了弗尼母亲与姐姐们的冷漠与侮辱，克服种族歧视的伤害，定期到监狱探视弗尼并把孩子的每一点变化告诉他，使这个尚未出生的小家伙成为弗尼的精神支柱。蒂什的姐姐非但没有抱怨妹妹比自己先嫁且未婚先孕，反而将弗尼视为亲弟弟并为之充分利用一切可能的社会关系进行斡旋。尤其是莎伦夫人不但祝福蒂什和她腹中的孩子，而且不辞辛劳，远赴波多黎各寻找证人以便早日为弗尼平反。这些传播正能量的黑人女性虽不是教会的积极分子，却不折不扣地诠释了上帝之爱的本质。她们艺术地诠释了鲍德温早在文集《下一次将是烈火》中提出的宗教观,"如果说上帝观念真的还有用,那就是让我们变得更强大,更自由,更富有爱心。否则,上帝就该从我们面前滚蛋了"。所以,"真正有道德之人"就应该"首先摆脱基督教会的禁忌,所谓的犯罪,及其虚伪"。① 鲍德温改写基督教扼杀人性之流俗陈规的决心跃然纸上,解放神学的构想亦不言自明。以蒂什一家为代表的异教徒通过发自内心的真爱使传统的宗教禁忌和罪名显得荒诞可笑,其超越宗教的果断与洒脱彻底摆脱了以前黑人女性与宗教间藕断丝连的纠结。小说最后婴儿的降生与弗尼被保释出狱几乎同时,象征性地宣告了黑人女性于教堂之外的胜利。

三 《阿门角》与《就在我头顶之上》:放弃圣职的黑人女性

鲍德温为更有效地表达世俗对宗教的胜利,特意在黑人女性中塑造了两个黑人女信徒,书写了她们放弃圣职回归世俗的心路历程。黑人女牧师与教会的决裂对宗教的解构更显彻底,毕竟她们的圣职体验赋予了她们更深刻的宗教洞察力,鲍德氏借此彰显了世俗理性对宗教理性的彻底胜利。戏剧《阿门角》中的玛格丽特牧师可谓心无旁骛,一心向主,极力把丈夫与儿子拉到基督跟前,结果大失所望。她为了教会工作牺牲了家庭幸福,丈夫路加离家出走,儿子大卫对其阳奉阴违,站到了父亲一边。女牧师的"主本位"意识即使她的教友也觉得有违人性,匪夷所思。她不允许教会的兄弟姊妹有任何私心杂念,担心如果心思"只要有一刻没用在主身上,撒旦就会引你堕落",② 活脱脱一个原教旨主义者。更有甚者,当杰克逊太太求教会为生病的孩子祈祷时,玛格丽特竟然建议孩子的母亲离开丈夫,但遭到对方强烈反对,也引得女教友们忍俊不禁,当众失声嘲笑。由是观之,她的宗教虔诚不惜以家庭和赖以谋生的工作为代价。这种"残忍的虔

---

① James Baldwin, *The Fire Next Time*, New York: The Dial Press, 1963, p.67.
② James Baldwin, *The Amen Corner*, New York: Dial Press, 1968, p.9.

诚"将其"变为一个女暴君"。① 是故，当路加带病归来时，她却不肯为了照料丈夫而取消到费城布道的安排，理由是"在这个家里，主永远至上"，②导致原本幸福温馨的家庭支离破碎，名存实亡。毕竟，主的恩典与天堂的美好太过遥远，无论如何也抵挡不住天伦之乐的诱惑。这位一度呼风唤雨、俨然不可侵犯的牧师在会众的声讨中终于良心发现，人性复苏，最后做了世俗的选择，重新回到了丈夫的怀抱。其回心转意、弃教从俗的巨大转变的确令路加始料不及，喜出望外。显然，玛格丽特对家的回归是整个戏剧的一个隐喻，鲍德温以此诠释了上帝之爱的本质，恰如牧师最后的顿悟，"爱上帝就是爱他所有的孩子——他们中的每一个人！——并且与之同甘共苦，不惜任何代价！"③ 某种意义上，宗教的历史就是被曲解的历史，人们往往有意或无意地偏离了上帝之爱的真谛，使宗教变为"人跟自己的分裂"。④ 其实，爱上帝并不意味着放弃世俗生活，相反，好好把握当下是为了更好地敬畏上帝，因为"若不爱看得见的弟兄，怎能爱看不见的神呢？"⑤

鲍德温的小说收官之作《就在我头顶之上》通过童女布道者朱丽亚由虔诚到与教会分道扬镳的宗教"路线图"强化了《阿门角》的世俗救赎主题。不过，该艺术再现绝非简单的复制，而是一种超越性的主题回归，既象征着世俗对宗教的胜利，更宣告了黑人女性的实质性独立，乃鲍德温黑人女性主义关怀的核心要旨。小说女性主义对《阿门角》的超越表现在以下几个方面。首先，朱丽亚7岁即成为"上帝的使者"，暗合了《圣经》中小孩是上帝"拣选者"的儿童观，神性十足，拉近了与上帝的距离。至于玛格丽特如何担任圣职却不得而知。两位上帝的"代言人"都曾表现出

---

① James Baldwin, *The Amen Corner*, New York: Dial Press, 1968, p. xvi.
② Ibid., p. 31.
③ Ibid., p. 88.
④ ［德］费尔巴哈：《基督教的本质》，荣震华译，商务印书馆2013年版，第67页。
⑤ 《圣经·新约·约翰一书》第四章第二十节。

近乎癫狂的宗教热情，是人们心目中了不起的精神领袖。不过，就威信而言，朱丽亚显然在玛格丽特之上，后者对家庭的冷漠和对教友的苛刻曾一度引起会众的非议。其次，她们最后都坚决地离开了一度迷狂的教会，到现实生活中探求生命的真谛。所不同的是，《阿门角》定格在玛格丽特与家人的"大团圆"场面，至于她退教还俗的决定是福是祸，她是否还会纠结于自己的选择却不得而知。而《就在我头顶之上》的表现重点却没有停留在朱丽亚退出教会的瞬间，而是将其教会之外的生活置于更广阔的文本空间，见证了其摆脱宗教后的自救与成长，印证了其选择的绝对理性。因为"唯有放弃教会后，她才能真正成长起来"，[①] 否则就意味着慢慢地自我毁灭。因此，完全有理由说朱丽亚是鲍德温塑造的黑人女性中解放最彻底的一位，她至少摆脱了对教会和男人的依赖，确立了自己的生活准则，赢得了男主人公之一（也是小说的叙述者）霍尔的尊敬。走出教会的朱丽亚推翻了鲍德温文学中一直压抑其他黑人女性成长的负罪感，毫无顾忌地参与被视为罪孽的行动中，颠覆了"女人应为某些与生俱来的罪行忏悔"[②] 之类的谬论。她第一个站出来否定了教会的清规戒律对生活的指引作用，将教会束之高阁。她的非洲之旅也是其对教会胜利的一个隐喻。她所在的教会除了将非洲视为传教士前往教化野蛮人的地理名词外，几乎从不提及。朱丽亚在人生低谷造访非洲回来后脱胎换骨的质变也表征了其与教会之间已经产生了一条巨大的鸿沟。

就揭示黑人女性意识的觉醒而言，赫斯顿的《他们眼望上苍》具有里程碑式的意义，女主角珍妮·克劳福德由此成为"新黑人女性"的榜样，她的一句经典台词成为黑人妇女的独立宣言，"有两件事是每个人必须亲身去做的，他们得亲身去到上帝面前，也得自己去发现如何

[①] Trudier Harris, *Black Women in the Fiction of James Baldwin*, Knoxville: University of Tennessee Press, 1985, p. 165.
[②] Ibid., p. 204.

生活"。① 这是其人生经历的经典总结，人既要有信仰，也要有实际行动。完全沉湎于万能的上帝不会解决任何实际问题，生活的真谛在于怀揣梦想去冒险，去打拼。相较于朱丽亚的"变形记"，珍妮的顿悟显然不值得大惊小怪，毕竟她还不能放弃对上帝的幻想，而前者已经将上帝判了死刑，摆脱了至高无上的男性形象——上帝——的枷锁。走出教会的朱丽亚对父权的解构是其实现完美"自治"的另一个重要维度，她对霍尔的精神威慑即为典例，影射了小说标题的所指。"就在我头顶之上"本与天国音乐有关，暗示了高高在上和不可知的神秘性。某种意义上，蜕变后的朱丽亚凌驾于霍尔之上，尽管后者一直钟情于她并与其有过多次的肉体接触，她却始终是一个参不透的神秘存在，因为"她有某种可望不可即的东西，无论如何也取不走"。② 这种飘忽不定的神秘性与其说是她作为女人的美德，毋宁说是霍尔作为男人心有余而力不足的局限与尴尬。所以后者做出如下评论自然见怪不怪了："面对——不如说忍受——这样一位你永远无法与之分离的美女简直令人惊讶。她绝不会属于你或向你屈服，绝不会，绝不会。她有一种令石头和钢铁俯首帖耳的致命的法宝，要撼动它绝非易事。"③ 这就是走出男人樊篱的朱丽亚，她"不再迷茫探索，而成为别人探索的对象"。④ 她的胆识与果敢，在极限境遇中死而复生的奇迹令以霍尔为代表的黑人男性望尘莫及。至此，鲍德温通过一个弱小黑人女子彻底解构了父权往日的神威，实现了其黑人女性主义人文关怀的巨大飞跃。

由是观之，鲍德温在文学作品中所塑造的女性形象历时地彰显了其宗

---

① ［美］佐拉·N. 赫斯顿：《他们眼望上苍》，王家湘译，北京十月文艺出版社2009年版，第208页。
② Trudier Harris, *Black Women in the Fiction of James Baldwin*, Knoxville: University of Tennessee Press, 1985, p. 203.
③ James Baldwin, *Just Above My Head*, New York: Dell Publishing, 1979, p. 525.
④ Trudier Harris, *Black Women in the Fiction of James Baldwin*, Knoxville: University of Tennessee Press, 1985, p. 204.

教观念的世俗化,其中亦不乏她们与男人间的缠绵纠葛,或隐或现地表现出男性中心主义的羁绊。她们逐渐与教会划清了界限,终于实现了精神独立和世俗救赎,但多不能摆脱对男性的经济、社会或精神依赖。鲍德温对黑人女性人文关怀的漫漫求索之路并未止于传统女性主义的窠臼,在收官之作中通过一个柔弱女子对教会和男性的彻底独立实现了其黑人女性造型的完美超越,开创了黑人女性主义的新篇章。

第三节 精神分析特征

弗洛伊德主义在鲍德温解放神学的形成中明显起到了推波助澜的作用,后者对性爱的推崇,对理想父子关系一如既往的求索以及作品中梦境的纵横交错固然与其自身的经历密不可分,同时也昭示了精神分析说的深刻影响。鲍德温自身的同性恋倾向使之将其作为爱的最高形态并赋予终极救赎价值,而弗氏则对同性恋表示理解,认为这是一种客观存在,既不肯定也不否定。他在《梦的解析》中提出的"俄狄浦斯情结"既暗合了鲍德温本人与继父的纠结,又诠释了其文学世界对父子伦理的反复解构与重建。鲍德温对和谐父子关系的求索影射了其与上帝始终不能释怀的纠葛,而"性爱万能论"则公开挑战了基督教伦理的"淫乱"禁忌,触及了"同性恋恐惧症"的敏感神经。穿插其中的梦则是黏合剂般的结构背景,将"性爱"与"父子关系"有机组合在一起,成为鲍德温"宗教理想国"的重要维度,有力彰显其动态宗教观的生命哲学内涵。

一 从《向苍天呼吁》到《比尔街情仇》:性爱万能论

尽管性和爱并非完全是一回事,鲍德温却始终坚持"性爱万能论",因为"假如一个人没有了性欲,他的可能性、爱的希望也就随之丧失殆尽"。① 被鲍德温赋予终极救赎价值的爱往往是被传统伦理所不容的"边缘之爱":婚前性行为和同性恋,彰显了其宗教"理想国"释放人性本真的解放神学特征。鲍德温对基督教神话"童贞女怀孕"的巧妙戏仿使未婚先孕获得了合法性,而其对儿童神性的转移则同时为两种宗教"淫乱"正名,活化出一位充分尊重复杂人性的另类"道德家"的形象。

鲍德温对"童贞女怀孕"的戏仿在历时层面上反映了其宗教观的变化,昭示出鲜明的人道主义立场,既为现实中的"童贞女怀孕"抹去"淫乱"罪名,又赋之以超越宗教的世俗救赎价值。自传体小说《向苍天呼吁》映射出作者早期背负的沉重原罪枷锁,而"童贞女怀孕"的不同结局则成为"俄狄浦斯情结"的另类表达,是少年的他仇视继父心理的艺术呈现。戏剧《查理先生的布鲁斯》对"童贞女怀孕"的假想与渴望则赋予性爱以宗教般的神圣,具有浓厚的种族政治色彩;寄于性爱"狂欢"的古希腊式"悲剧意识"初露端倪。"童贞女怀孕"在小说《比尔街情仇》中则呈现出更多宗教意蕴的世俗表达,全方位诠释其"悲剧意识",成为在极限境遇中肯定生命价值的"自由选择",演绎具有族裔特色的生命哲学。在表现原罪与宗教救赎思想的小说《向苍天呼吁》中,鲍德温颠覆了"私生子不得活"的旧约律法,赋予伊丽莎白与理查德的私生子小约翰以潜在的拯救功能,表征了鲍德温挑战压抑人性的宗教陈规的开端。女主角是虔诚的教徒,在祷告中幡然醒悟,意识到孩子当初对未婚夫的救赎价值。因此,她忏悔的不是未婚先孕的"淫乱"之罪,而是没有向男友透露怀孕的喜讯。这种宗教忤逆肯定的是宗教所不能及的当下救赎,宣告了以原罪为借口的来世永生之荒诞。鲍德温借此建构的"世俗宗教"初露端倪,在《查理先生的布鲁斯》中通过女主角胡安妮塔对怀孕的迷狂得以更富戏剧性的表现。与《向苍天呼吁》同名的男

---

① Nikki Giovanni, *James Baldwin and Nikki Giovanni: A Dialogue*, Philadelphia: J. B. Lippincott Company, 1973, p. 40.

主人公，即胡安妮塔的男友理查德毙命于白人枪下，凶手却被无罪释放。面对无法扭转的种族困境，女主人公并未消沉低落，而是寄希望于理查德的"遗腹子"，将其视为他们真爱的见证与和生命的延续。黑人种族的强大生殖力往往令主流社会望尘莫及，不寒而栗。这个想象中的婴孩因之肩负起种族救赎的重任，隐喻了黑人与白人之间没有硝烟的抗争，是黑人在种族困境中构建族裔身份的象征。因此，胡安妮塔在法庭上公开宣告了其与理查德"性爱狂欢"的神圣，语惊四座，令人汗颜。鲍德温在《比尔街情仇》中将《向苍天呼吁》与《查理先生的布鲁斯》中小孩子的潜在救赎价值付诸实践，使蒂什腹中婴孩实实在在地成为力挽狂澜的"救世主"，现世救赎价值跃然纸上。弗尼与蒂什因此成为约瑟与玛丽的化身，非但摆脱了"淫乱"之罪，反倒因其所遭受的种族磨难成为蒙受神恩者，因为神要借人的磨难彰显自己的荣耀。①

上述作品中未婚先育的情侣均为"罗密欧与朱丽叶"式的恋人。他们之间只有纯真的爱，其结合绝非只图一时之快的肉欲淫乱。虽无牧师祝福，却胜过徒具形式的明媒正娶。作家通过他们幸福的性体验颠覆了传统的基督教性伦理，也借以建构起新标准，即心心相印的男女双方，既然已死心塌地将彼此交托给对方，那么在他们之间发生的一切，只要不危及他人，都应视为神圣。鲍德温解构宗教权威的魄力凸显了其宗教思想的世俗化性征，旨在为那些被主流价值观边缘化的"局外人"抱不平。兹另类人文关怀通过戏仿基督教神话"童贞女怀孕"得以充分彰显，更确切地说，是那些不在场的小孩子所具有的潜在正能量为其未曾蒙面的父母洗清了"罪名"。

鲍德温通过戏仿基督教神话所呈现的生命哲学在其对同性恋的激赞中得以更充分的诠释。同性恋主题在其第一部小说《向苍天呼吁》中就已经崭露头角，被赋予了宗教般的救赎价值。尤其是小说最后伊利沙在约翰额

---

① 《圣经·新约·约翰福音》第九章第一节至第十二节。

头上的"神圣"一吻"进一步加强了小说的同性恋主题"。① 与其说约翰的灵魂得救是因为他皈依了基督，倒不如说是教友伊利沙所具有的神性让他看到了未来的希望。约翰因伊利沙的祷告而变得坚强起来，获得了与黑暗作斗争的勇气和力量，伊利沙的一言一行都让他有一种神圣感。不难理解，伊利沙已经成为约翰心目中"基督式的人物"。② 鲍德温的第二部小说《乔万尼的房间》则以主人公乔万尼因同性恋情的失败所导致的悲剧从反面表现了同性恋的终极救赎价值，不但彻底颠覆了圣经律法对"淫乱"的界定，而且极大地挑战了时人的伦理道德底线，一个宗教叛逆者的锋芒初露端倪。鲍德温的现世救赎思想由此一发不可收，成为其人道主义宗教观的根脉，宗教的世俗化性征随之愈发彰显。第三部小说《另一个国家》从正面肯定了同性恋的"救世主"地位，是所有作品中该主题表现最充分的一部，兹见于埃力克与维瓦尔多和伊夫之间的情感纠葛。维瓦尔多从未有过这种真爱的超越感受，其穿越时空的神奇"重生"体验彻底颠覆了同性恋者必死的宗教禁忌，③ 诠释了鲍德温"通过无性别差异的爱来救赎人类"④ 的解放神学。

鲍德温在访谈中表示，"我从来不懂'同性恋'一词到底意味着什么。但我并不想因此让人觉得自己在这个问题上漠不关心或高高在上"。同时，他又感到对所谓"同性恋现象"有一种"特殊的责任"，因为他"不得不为其作见证"。⑤ 鲍德温在同性恋问题上的悖论立场表明，他已在潜意识中将之视为一种客观实在，无须刻意做出任何阐释。所以，对外界强行以

---

① ［美］伯纳德·W. 贝尔:《非洲裔美国黑人小说及其传统》，刘捷等译，四川人民出版社2000年版，第284页。
② 同上。
③ 《旧约·利未记》第二十章第十三节。
④ ［美］詹姆斯·鲍德温:《另一个国家》，张和龙译，译林出版社2002年版，译序第5页。
⑤ Matt Brim, "James Baldwin's Queer Utility", *ANQ: A Quarterly Journal of Short Articles, Notes, and Reviews*, No. 4, 2011.

"同性恋"为标签来界定其身份,他感到有义不容辞的责任去进行反抗。①鲍德温始终以"见证者"者身份自居,批判外在秩序的虚伪性,强调内在的真实性。查理斯·泰勒(Charles Taylor)的真实性理论认为,所谓"真实性"就是"对本真性的恪守和对社会习俗,甚至那些很有可能被我们当成道德之律条"的东西进行不断抵抗。②换言之,纯粹意义上的真实意味着解构传统,释放被压抑的人性本真。鲍德温对同性恋的张扬无疑挑战了主流价值观,严重刺激了"同性恋恐惧症"的敏感神经。正是于此意义上,他的"异教徒"姿态彰显了尊重人性"真理"的"道德家"风范。其"真理"显然是对基督之爱的世俗化重构,对正统宗教神学的大胆亵渎和践踏,"彻底颠覆了传统性别秩序中以异性恋身份为唯一合法身份的价值规范,把男同性恋气质视为男性气质的一种特殊类型",③袒露了对男性气质多元化的认同。

二 从《向苍天呼吁》到《小家伙》:父子关系的求索之路

较之于英国文学中父亲的丰满形象,美国文学的一个显著特点就是理想父亲形象的缺失。这在非裔美国文学中表现得尤为突出,而鲍德温的文学世界又堪称其中的典型。从宏观上讲,基督教《圣经》就是一部父子伦理的史诗,而鲍德温的作品总是直接或委婉地表现父子关系的曲折奥妙。是故,两者构成明显的"互文"关系。这既是他本人纠结父子关系的真实写照,又是基督教《圣经》父子伦理的艺术再现。某种意义上,鲍德温的父子关系乃其与上帝纠结的另类言说,从世俗与宗教层面诠释了弗洛伊德的"俄狄浦斯情结"。

---

① Matt Brim, "James Baldwin's Queer Utility", *ANQ*: *A Quarterly Journal of Short Articles*, *Notes*, *and Reviews*, No. 4, 2011.
② 隋红升:《自我的恪守与流俗的抗拒——论〈达荷美人〉中男性气概的真实性原则》,《山东外语教学》2014年第4期。
③ 刘岩:《男性气质》,《外国文学》2014年第4期。

在西方伦理关系中，父子矛盾是最古老的范畴，滥觞于《圣经·旧约·创世记》中上帝对亚当夏娃的惩罚。它贯穿人类社会始终，成为潜藏于人类意识深层的一种"惯性"积淀。揭示父子纠葛，求索"父慈子孝"的理想父子关系成为自幼缺乏父爱的鲍德温之义不容辞的道德责任，更是不自觉的自觉。鲍德温一生不知亲生父亲为谁，3岁就随母亲到了继父家中，因长相丑陋和私生子身份，受尽继父的歧视和虐待，惶惶不可终日，父爱的缺失令原本苦涩的童年更加灰暗。父子也曾尝试接受对方，但一切努力均以失败告终。鲍德温弃教从文后，始终努力于其文学世界中建构一种和谐的父子关系，以补偿现实中父慈子孝的缺失所造成的心理创伤，但结果往往不尽如人意。《向苍天呼吁》中约翰与继父加百列的矛盾纠葛纯属鲍德温父子关系不折不扣的艺术再现，自传性不言而喻。鲍德温清醒地认识到，继父的强势很大程度上源于宗教的力量，因此他借宗教之名解构继父权威。这意味着他苦苦追寻的理想父亲形象彻底消失，而父爱的缺失对未成年的孩子尤为残酷。弗洛伊德认为，父爱是孩子免遭恐惧的"避难所"，而孩子的"无助将贯穿整个生命"，因此需要一位始终在场的"更强大的父亲"。[1] 自在永在的上帝恰好扮演了这样的角色。是故，从心理学角度看，鲍德温皈依上帝乃是他"扼杀"现实中的父亲之后，到精神世界寻求补偿的一种"无意识自觉"。这种行为策略折射出普遍存在的"父亲的悖论"：成功的父亲不仅为孩子悦纳，还要得到社会的认可，是家庭伦理与社会伦理相融共生的产物，但客观矛盾往往是，"一方面的成功会以另一方面的失败为代价，但是仅仅一方面的成功并不能造就成功的父亲"。[2] 由是观之，鲍德温的继父是一个彻底失败的父亲，他面对白人时阳奉阴违的痛苦丑态为继子深恶痛绝。身为牧师，他并未将基督教的正能量传递给孩子，暴戾的性情像

---

[1] ［奥］弗洛伊德：《论文明》，徐洋等译，国际文化出版公司2004年版，第28页。
[2] 黄淑芳：《〈修补匠〉中父亲的缺场与儿子的追寻》，《外国文学研究》2013年第5期。

一条无法逾越的鸿沟横亘在父子之间。这位被孩子疏远的父亲可悲地成为家中的"局外人"、社会上的"边缘人"。父亲形象的垮台无形中构成了鲍德温终生的遗憾与纠结,因此转向上帝寻求"庇护",因为"上帝是安全的同义语"。① 有鉴于此,鲍德温皈依基督的心路历程实质上演绎了一场父子伦理剧,乃一个弱者寻求庇护的无奈之举,就像继父的宗教热情是希望上帝能够代之报复"恶魔般的白人"② 一样,其宗教虔诚因之大打折扣。

《乔万尼的房间》对该主题的涉及比较含蓄,着墨不多,但父子的隔阂依旧清晰可见。《另一个国家》中鲍德温采取了不同于前的表现手法,父亲以缺失状态存在,几个不同种族、国籍各异的年轻人之迷茫堕落无不与父亲密切相关。《告诉我火车开走多久了》和最后一部小说《就在我头顶之上》中父子关系比较平和,因为父亲与母亲的关系比较融洽,孩子毕竟感受到了家的温馨,但父亲的形象绝非儿子期待的那般完美。鲍德温的天命之作《比尔街情仇》将父子关系置于儿子蒙冤入狱的极限境遇,父亲的角色因之显得尤为重要。其实此前因为家庭内部宗教信仰的分歧,父子俩就已属于统一战线了。儿子遭遇不测后,父亲皆尽所能以筹齐保释金,但终不抵沉重的压力而自行了断。这是一个懦弱的父亲形象,非但不能成为困境中儿子的精神支柱,反倒加重了其心理创伤。戏剧《阿门角》和《查理先生的布鲁斯》中的两位父亲都不同程度地令儿子失望,唯一不同的是前者属于鲍德温父亲造型中的叛逆浪子。在众多的父亲形象中,要么暴躁乖戾,要么平平庸庸,往往无法在家庭与社会两个层面同时扮演成功的角色,不能满足孩子的期待视野。唯有《小家伙》中的父亲在两者之间找到了最佳结合点。TJ 的父亲虽然只是一名出租车司机,但在儿子幼小的心灵中,他在家中的对妻儿的挚爱及

---

① James Baldwin, *The Fire Next Time*, New York: The Dial Press, 1963, p. 30.
② Harold Bloom, *James Baldwin*, Philadelphia: Chelsea House Publishers, 2006, p. 19.

其在外的担当则构筑了一个父亲的伟岸形象。借此，已过不惑之年的鲍德温之漫漫寻父路暂时画上一个圆满的句号，苦苦求索的心灵在文学的虚拟世界中得以抚慰安歇。

三　从《向苍天呼吁》到《就在我头顶之上》：无处不在的梦境

托尔斯泰认为，"在梦中，有比现实更好的一面；在现实中，也有比梦更好的一面。完整的幸福应该是两者的结合"。① 鲍德温的文学世界就是在梦与现实的交错中展开的，昭示了精神分析的深刻烙印。弗洛伊德认为，艺术的本质就是被压抑的性欲的升华。鲍德温对性的激赏在很大程度上证明了这一点，他对包括同性恋和婚前性行为在内的"边缘之爱"的推崇在其文学世界中得以淋漓尽致的艺术表现。而弥散其中的梦则成为释放这些潜意识的绝佳途径，是"清醒状态时精神活动的延续"和"愿望的达成"。②《另一个国家》中白人青年维瓦尔多虽然一开始意识到自己的同性恋倾向，但迫于世俗道德的压力而不敢"出柜"，该情结并没有随着时间的流逝而消亡，只不过被压抑在潜意识中而已，一旦时机成熟，迟早还会爆发。埃力克虽然是促成其愿望实现的动因，但维瓦尔多酣畅淋漓的同性恋体验却是在梦中开始，在梦一般的现实中完成的。所以，"这曾是一个梦"，但又"不是一个梦，类似的梦境能持续多长？"维瓦尔多不希望美梦旋即破灭，只留下昙花一现的遗憾，所以他"专心致志地要把这一时刻，这一属于他们的时刻带到尽可能远的地方去"。③

梦是被压抑的本能之反映，所以它采取的是迂回的表现形式，即梦是本能欲望的"伪装"，具有"显现内容"和"潜在思想"两个层面。前者是梦中呈现的现象或事件，后者是隐匿其后的欲望。④ 梦中满

---

① 林郁编译：《托尔斯泰如是说》，二十一世纪出版社2011年版，第89页。
② 李思孝：《简明西方文论史》，北京大学出版社2003年版，第396页。
③ [美]詹姆斯·鲍德温：《另一个国家》，张和龙译，译林出版社2002年版，第377页。
④ 朱立元：《当代西方文艺理论》，华东师范大学出版社2005年版，第64页。

足性冲动的艺术表现形式在《告诉我火车开走多久了》中以相对含蓄的方式得到了延伸。雷欧对哥哥迦来的感情冲动同样是在梦中实现的，原本失落的兄弟情谊在同性之爱中得以弥合，一直被压抑的欲望通过梦这个屏障得以释放，双方心知肚明却避免了清醒状态时的尴尬与自责。

传统精神分析批判将文学艺术与幻想或白日梦相提并论，视之为作者的"幻想透射"。[①]鉴于鲍德温创作的自传性，其文学世界中的各种梦境完全有理由看作他本人被压抑的冲动复活。当然，这种冲动绝非止于上文所提的性欲望，其外延远远超越了弗氏的"泛性论"，指向了现实中各种一度被遏制或无法实现的愿望或精神诉求：《向苍天呼吁》中表现加百列之父权思想的求子之梦，《另一个国家》中表现维瓦尔多因鲁弗斯之死而愧疚不已的恐惧之梦，《告诉我火车开走多久了》中表现雷欧文艺救赎悖论的梦，《就在我头顶之上》中表现霍尔因丧弟而痛苦纠结的半梦半醒的痛苦状态，所有这些一起勾勒出一幅黑人生存境遇的全景图，既具有鲜明的族裔特色，更不乏人生荒诞的存在主义悖论之共性。其中，《告诉我火车开走多久了》在很大程度上既是鲍德温本人创作之路的艺术再现，更是黑人艺术家这个特殊群体在主流社会中身份诉求的举步维艰之真实写照。鲍德温就是这样一个"白日梦者"，对种族歧视和种族迫害不便公开声讨的纠结压抑只好借梦的混乱状态得以释放，由此修复清醒状态所承受的打击创伤。

从对性的高度赞赏来看，鲍德温文学显然是弗氏学说的一个生动注脚，彰显了人类本能的巨大力量。然而，鲍德温的高明之处就在于没有仅仅局限于此，而是对前辈思想进行充分的挖掘以为己用，更见主观能动性。于此意义上，鲍德温的精神分析无疑是"旧瓶装新酒"。

---

① 朱立元：《当代西方文艺理论》，华东师范大学出版社2005年版，第68页。

第四节　音乐质素

在荒诞的生存境遇中，黑人"要么在噪音中死去，要么与音乐共生"，求生的本能让他们选择了音乐，① 因为"只有通过音乐，美国黑人才能讲述自己的遭遇"。② 黑人音乐赋予黑人以时间上的方向感，不但使其泰然自若，而且具有升华心性之功效。③ 弥漫在鲍德温作品中浓厚宗教氛围的黑人音乐为其解放神学提供了自由选择的语境，彰显了其宗教诉求在世俗与神性间的巨大张力和鲜明的族裔特色。鲍德温宣称"对音乐一无所知"，④ 但他作为艺术家的良知与使命感使其成为民族传统的捍卫者与传承者，在自己的文学世界里尽情张扬黑人音乐的艺术魅力，使之成为表达其宗教理想的有效手段和言说黑人命运的隐喻。鲍德温将宗教思想融入黑人音乐，"有意识地把音乐提高到宗教的高度"。⑤ 纵横交织于其文学作品中的黑人音乐既有世俗的布鲁斯和爵士乐，更不乏宗教性的灵歌和福音音乐。它们不仅是控诉种族主义罪恶和宣泄内心愤懑的有效渠道，而且为其宗教思想的背离与回归提供了有效的语境，世俗音乐与宗教音乐的交替更迭淋漓尽致地活化出其宗教存在主义的路线图。

一　《索尼的布鲁斯》与《比尔街情仇》：布鲁斯的宗教政治文化隐喻

非洲黑人自从踏上贩奴船的那刻起，就注定了要过牛马不如的非人生

---

① Ralph Ellison, *Shadow and Act*, New York: Vintage Books, 1995, p. 187.
② James Baldwin, *Notes of a Native Son*, Boston: Beacon Press, 1990, p. 24.
③ Ralph Ellison, *Shadow and Act*, New York: Vintage Books, 1995, p. 198.
④ James Baldwin, *The Cross of Redemption: Uncollected Writings*, New York: Vintage Books, 2010, p. 70.
⑤ 宓芬芳、谭惠娟：《黑人音乐成就黑人文学——论布鲁斯音乐与詹姆斯·鲍德温的〈索尼的布鲁斯〉》，《北京第二外国语学院学报》2011年第4期。

活。为宣泄内心压抑与愤懑、缓解单调无聊的劳动强度，他们喊出了一种步调一致的声音，逐渐内化为自觉的习惯，黑人布鲁斯音乐就这样诞生了。布鲁斯不仅是黑人苦难史的重要载体和表达方式，而且是黑人在美国主流社会求索种族身份的文化之根脉。即使在黑人获得自由之后，这种音乐形式依旧是他们表达当下痛苦、记录社会罪恶的特有民族文化符号，成为黑人宗教对现实苦难无能为力之困境的有效调节机制。在鲍德温的语境中，布鲁斯不是具体的音乐形式，而是"生活经历或生存状态"。[1] 作为一个巨大的隐喻，布鲁斯迂回曲折地烘托了其宗教思想的解放神学本质，因为"他的《圣经》就是通过布鲁斯音乐来激活的"。[2]

《索尼的布鲁斯》乃鲍德温为数众多的短篇小说之翘楚，围绕价值观迥异的兄弟俩之纠葛展开。哥哥是高中几何老师，积极向主流社会靠拢，看不惯弟弟的颓废落魄。酷爱音乐的弟弟索尼为摆脱令人窒息的种族政治所带来的压抑走上了"瘾君子"之路，结果锒铛入狱。最终索尼演奏的一曲布鲁斯消除了哥哥对他的误解，也帮对方重新认识了自己。杜波伊斯的"双重意识"一针见血地指出了美国黑人在主流社会中的两难境地，"社会希望非裔美国人遵循美国价值观，但又阻止非裔美国人享受遵循美国价值观后带来的物质利益和社会利益"。[3] 他们不断选择的坎坷经历表明，盲从白人文明与极端民族主义均非良策，只有立足黑人文化之根，适应借鉴主流价值观才是建构族裔身份的根本。哥哥对布鲁斯的认同成为弥合兄弟嫌隙的前提，象征着对种族文化传统的回归。黑人传统文化的强大凝聚力就在于将黑人团结在一起，此乃黑人对抗白人价值观的异化，跻身主流社会，实现身份认同的关键所在。由是观之，小说以布鲁斯为题表征了对黑

---

[1] James Baldwin, *The Cross of Redemption: Uncollected Writings*, New York: Vintage Books, 2010, p. 70.

[2] Fontella White, *James Baldwin's Bible: Reading and Writing African American Formation*, The Claremont Graduate University, 2009, p. 182.

[3] 庞好农：《非裔美国文学史（1619—2010）》，中央编译出版社2013年版，第187页。

人种族文化的回归，强调了坚守自己的文化传统是黑人立足不败之地的根本。某种意义上，"索尼的布鲁斯"具有很大的欺骗性，往往被视为兄弟握手言和的催化剂。事实上，被主流文化异化的哥哥回归种族传统的另一个重要动因是其幼女格蕾丝的夭折：丧女之痛让他设身处地地体会到了索尼的孤苦，促其迈出了认同亲情的关键一步。鲍德温巧妙地将其一以贯之的儿童观念隐匿其中，再次诠释了《圣经》赋予儿童的救赎价值。弥漫在这首布鲁斯中的宗教意蕴还见于鲍德温反复强调的"苦难救赎"主题。兄弟俩不同的苦难经历不但使其重新认识了自己，而且更好地了解了对方，他们的回归演绎了一幕现代版的"浪子回头"，艺术地表现了鲍德温之爱的丰厚内涵。

戏剧《查理先生的布鲁斯》同样是以黑人音乐为题的范例。作品以黑人青年理查德之命案为主线，揭露了美国司法制度的双重标准，再现了美国黑人的种族困境，以及他们在"极限境遇"中的自由选择所蕴含的价值取向，谱写了一曲跌宕起伏的"黑人怨"。比如，沃特斯·E. 特平将理查德成长的心路历程喻为"永不止息的布鲁斯"。[①] 不过，戏剧的鲜明政治色彩并未遮掩其力透纸背的宗教情怀。黑人教会的无助，黑人基督教对种族主义的"帮凶"作用均得到不同程度的批判，而鲍德温宗教思想的世俗化特征亦在这曲黑人悲歌中展示得淋漓尽致。换言之，鲍德温在布鲁斯的框架内迂回曲折地演绎了其动态宗教的解放神学本性，立体呈现其宗教理想的多维性。首先，理查德与虔诚的祖母之间在人生观和种族观上的代际差异强化了鲍德温一贯的种族立场，乃其博爱思想的艺术表现：仇恨于人不利、于己害处更大，醉心于报复者必将被这毒药般的恨吞噬。剧中理查德之祖母即为鲍德温种族哲学的代言人，她提醒愤愤不平的理查德说，"不要认为世上的所有痛苦都是白人造成的"，[②] 所以她不再恨白人因为"他们

[①] Waters E. Turpin, "A Note on Blues for Mister Charlie", in (ed) Therman B. O'Daniel, *James Baldwin: A Critical Evaluation*, Washington D. C.: Howard University Press, 1977, p. 95.

[②] James Baldwin, *Blues for Mister Charlie*, New York: Dial Press, 1964, p. 21.

也很可怜"。① 毕竟，仇恨"什么问题也解决不了，永远不会"，而且"仇恨就是一服毒药"。② 她对孙子的教诲一语成谶，理查德报复白人的计划以其毕命而告终，其悲剧从反面说明"爱你的敌人"于化解种族矛盾的必要性。另外，频繁出现的种族悲剧则印证了以爱释恨的种族策略在当时种族主义甚嚣尘上的背景中的"乌托邦"性征。其次，鲍德温对基督教会的一贯批判姿态，在该戏剧中得以淋漓尽致的展示。第一，戏剧的一个主要场景设置在黑人教会，这里的很多会众并不敬畏上帝，毫无顾忌地公开辱骂，因为所谓万能的上帝总是站在白人一边。第二，悲剧集中发生在牧师马利迪安一家。救世主不但没有因为他们的虔诚格外关照其安全，具有讽刺意味的是，马利迪安的妻儿先后丧命于白人之手，凶手却逍遥法外。对此牧师束手无策，痛苦的表情如同"被鞭子反复抽打过一样"。③ 这从侧面揭示了黑人教会在社会政治上的无奈与尴尬。第三，宗教作为黑人的避难所，不但无法拯救那些虔诚的信徒，反而"因信称义"地教诲令其盲目地相信白人的良心，寄希望于将来。这无疑削弱了黑人的战斗力，使其处于被动的尴尬境地。更确切地说，黑人教会不自觉地成为白人种族主义的帮凶！鲍德温与基督教之间挥之不去的纠葛由此可见一斑。最后，鲍德温宗教思想的世俗性通过理查德之女友胡安妮塔对怀孕的幻想得以充分的说明，其"童贞女怀孕"情结颠覆了传统宗教伦理压制人性的荒谬，透射出浓厚的人文主义情愫。对此，前面已有专论，不再赘述。

鲍德温的天命之作《比尔街情仇》的标题取自黑人世俗歌曲"比尔街布鲁斯"（*Beale Street Blues*）。布鲁斯是黑人对愤懑和忧伤的宣泄，所以单从作品的题目即可预测到黑人多舛的命运。然而，布鲁斯的作用绝非仅止于一个结构上的隐喻，更在于为作者的辩证宗教立场提供了有效的族裔语境。弗尼冤案的始末无疑是黑人种族困境的缩影，乃布鲁斯音乐之阴郁、

---

① James Baldwin, *Blues for Mister Charlie*, New York: Dial Press, 1964, p. 16.
② Ibid., p. 21.
③ Ibid., p. 20.

悲怆与高亢的文学书写。小说借此既有力地批判了美国主流社会的双重标准和司法制度的荒诞，又彰显了鲍德温大胆改写基督教教义的勇气和谴责宗教虚伪，张扬人性本真的"道德家"风范。世俗音乐因之染上了浓厚的宗教色彩，成为鲍德温宗教思想的申诉空间。弗尼的母亲亨特是虚伪的宗教狂热者，因丈夫与儿子不肯皈依而与他们形同陌路，尤其是她在儿子锒铛入狱后的冷漠对其自满自义的"圣徒"身份构成了绝妙的讽刺。她对未来的儿媳蒂什"未婚先孕"耿耿于怀，极尽诅咒，就连其腹中胎儿亦不肯放过。可笑的是，这位人前道貌岸然、正襟危坐的亨特太太享受性爱时的放浪表明她根本不是一位大张其词的禁欲主义者。基督徒应有的宽容与博爱在这个严以律人、宽以待己的信徒身上已荡然无存。相反，基督之爱在以蒂什的母亲为代表的"异教徒"身上得以淋漓尽致的呈现。他们为给弗尼昭雪而赴汤蹈火、不遗余力，谱写了一曲感天动地的爱之赞歌。另外，他们非但没有视蒂什的未婚先孕为辱没门庭的淫乱，反而对其关爱有加，以其腹中胎儿为战胜困难的精神支柱。由是观之，这些几乎从不出入教堂的人以实际行动印证了基督之爱的真谛。所以，这首"比尔街布鲁斯"一方面演绎了美国的种族政治痼疾给黑人造成的创伤以及黑人在困难面前的"悲剧意识"，诠释了布鲁斯作为黑人生存策略的本质及其折射的黑人在重压之下的"硬汉"精神。[1] 另一方面以两个黑人家庭在种族困境面前截然不同的态度，从宗教的层面拷问了人性的良知，无情地撕开了宗教狂热者的伪善面纱，建构了充分尊重人性的世俗宗教。成为鲍德温生命哲学的又一范例。在此，布鲁斯音乐成为表现宗教主题、诠释其生命哲学的重要介质。

二 《向苍天呼吁》与《就在我头顶之上》：宗教音乐的审美张力

一度在黑人文坛并驾齐驱、分庭抗礼的赖特、艾立森和鲍德温各有千

---

[1] Trudier Harris, *Black Women in the Fiction of James Baldwin*, Knoxville: University of Tennessee Press, 1985, p.202.

秋，独具魅力，以各自的独特风格成为关注的中心。有论者认为，在挖掘黑人文化方面，"赖特和艾立森似乎更青睐口头形式的布鲁斯、民间故事和劳动号子，而鲍德温则对黑人教会及其灵歌和福音诗歌情有独钟"。① 鲍德温作品的音乐性具有世俗与宗教两个层面，而其浓厚的宗教意识无疑使宗教音乐更引人关注。一个有趣的现象是，世俗音乐为宗教思想提供了言说的语境，而宗教音乐在表达宗教思想的同时亦成为世俗叙事的参照。两种音乐交互穿插、相得益彰，使鲍德温宗教思想左右逢源，表现方式灵活多变，不拘一格，审美张力得以自由扩张。鲍德温的第一部小说《向苍天呼吁》和最后一部小说《就在我头顶之上》均以黑人灵歌为标题，渲染了浓厚的宗教气氛。不同之处在于前者是纯粹的宗教题材，而后者则在世俗叙事中穿插了或隐或显的宗教思想，宗教性虽不如前者明显，却在历时层面上表征了作者宗教思想的成熟以及对基督教伦理的超越性回归，昭示了其宗教思想表现手法的灵活性。

  宗教音乐与宗教的密切关系自不待言，不过鲍德温作品中的宗教音乐并非纯粹宗教思想的注脚，通常是一种比喻或象征。宗教音乐的文本意义有时甚至与其本意相去甚远，可视为一种"创造性变形"。《向苍天呼吁》是与耶稣降生有关的灵歌，旨在向世人宣告救世主来临的福音，而同名小说以主人公约翰的灵魂得救暗合了音乐标题的救赎内涵。音乐中的救赎对象是普天之下的芸芸众生，而小说中的得救者乃是一个背负沉重原罪枷锁的懵懂少年。灵歌中的福音宣告者加百列（Gabriel）是耶和华手下的一名大天使，乃上帝救赎计划的忠诚助手，而小说中的同名黑人牧师——约翰的继父——名义上是上帝的代言人，却并不为儿子皈依基督感到欣慰。加百列因约翰是私生子而视之为罪恶之果、撒旦的化身，即使在约翰灵魂得救后也不肯从内心宽恕他。加百列的宗教偏执完全背离了基督之爱的真谛，鲍德温由此开始了批判基督教之伪善与欺骗，求索宽厚仁慈上帝的漫

---

① Kalu Ogbaa, "Protest, Individual Talents of Three Black Novelists", *CLA*, No. 2, 1991.

漫之旅。灵歌背后的上帝赋予人类自由选择的权利,他为世人偏离正道而大发雷霆,不过只要后者悔改,就有重生的机会。上帝就这样在惩罚与宽恕的反复中锤炼世人的心性,旨在使后者能够成为天国的"选民"。小说中的加百列皈依前放浪形骸,是典型的"浪子",即使在成为牧师后也无法彻底摆脱"罪中之乐"。然而,仅从他对妻子伊丽莎白婚前不洁行为的耿耿于怀就足以看透其虚伪及其"宗教审判"的双重标准:以"原教旨主义者"的姿态拷问他人灵魂的同时自己却在反复乞求上帝的宽恕中不断沉沦。小说中约翰父子的纠葛即为鲍德温现实父子关系的艺术再现,自传性十足。因此,宗教歌曲之本来面目与其在小说语境中的巨大反差何尝不是鲍德温借以表达父子伦理的有效"道具",其"俄狄浦斯情结"跃然纸上。前文对此已有论述,此处不再赘述。

  黑人神学家詹姆斯·孔恩认为,黑人的灵歌最初"表达了奴隶们在一个意图把他们消灭的社会中求存的决心,它们是黑人奴隶尊严的明证"。[①] 与布鲁斯一样,灵歌是黑奴应对命运坎坷的种族苦难的具有族裔特色的生存策略,乃其在奴隶制的牢笼中不至消沉的有效调节机制,这与鲍德温反复强调的"悲剧意识"不谋而合,成为一种积极的人生哲学,颠覆了传统意义上的悲剧观。该文化传统薪火相传,生生不息,成为黑人立足于主流社会的精神家园。鲍德温对这种音乐形式的灵活驾驭从宏观上艺术地诠释了宗教音乐对于表现黑人价值观的特殊意义。

  小说《就在我头顶之上》的总标题和分标题要么是宗教歌曲,要么具有明显的宗教意蕴,从结构上渲染了浓厚的宗教色彩。而小说的内容并非一般意义上的宗教题材,压倒性的世俗特征给人文不对题的错觉。这种错觉实质上暗合了小说总标题蕴含的晦涩。"就在我头顶之上"本与天国音乐有关,进而引申为遥不可及和无法理解的"形而上"特征或神秘性。[②]

[①] 雷雨田:《美国黑人神学的历史渊源》,《湘潭大学社会科学学报》1999 年第 5 期。
[②] Trudier Harris, *Black Women in the Fiction of James Baldwin*, Knoxville: University of Tennessee Press, 1985, p. 203.

需要强调的是，小说表现黑人生存境遇的同时亦诠释了鲍德温颇具哲思的世俗神学。众所周知，男同性恋在鲍德温的宗教理想国中具有终极救赎价值，《另一个国家》中美国男孩埃力克与法国男孩伊夫的恋情即为典例。鲍德温在《就在我头顶之上》中通过霍尔对自己同性恋倾向的压抑所导致的困惑再次宣扬了同性恋的身份建构价值。作为小说的叙述者，霍尔以近乎自然主义的方式讲述了弟弟阿瑟的同性之爱，以此补偿自己因害怕"出柜"带来的可怕后果而无法体验的快乐。他不能驱除流俗陈规对同性恋的偏见，也就无法真正理解阿瑟，更无法认识本真的自我，所以鲍德温说每个人在自己面前都是"陌生人"。一个不能充分尊重自己性取向的人就无法了解周围的任何人，[①] 所以霍尔也就不能走进女主人公朱丽亚的内心世界，尽管他们之间有过不止一次的肉体之爱。相较于其他人物，朱丽亚的经历更显复杂，在霍尔眼中，她始终是一个无法读懂的"神秘者"："面对——不如说忍受——这样一位你永远无法与之分离的美女简直令人惊讶。她绝不会属于你或向你屈服，绝不会，绝不会。她有一种令石头和钢铁俯首帖耳的致命的法宝，要撼动它绝非易事。"[②] 由是观之，鲍德温将同性恋视为男性气质中的一种客观实在，一种解放力量。因此，不能充分释放这种本能冲动的可怕后果就是永远让别人处于"我的头顶之上"，将真实的自我封闭在"不可知"的牢笼里，无法通往自己与他人心有灵犀的"另一个国家"。

总之，世俗音乐和宗教音乐都是黑人宣泄愤懑、追求自由、张扬个性无法替代的媒介。不了解黑人音乐，就无法感受黑人坎坷的命运，无法读懂其内心的苦楚。作为一种结构和比喻，黑人音乐贯穿于鲍德温的大多数作品，与宗教思想融为一体。世俗音乐（布鲁斯、爵士乐）与宗教音乐（灵歌、福音诗歌）的交替登场，折射出鲍德温在世俗与宗教的天平上进行选择的矛盾与纠结。黑人音乐的在场不但营造了一种鲜活的

[①] Trudier Harris, *Black Women in the Fiction of James Baldwin*, Knoxville: University of Tennessee Press, 1985, p. 203.

[②] James Baldwin, *Just Above My Head*, New York: Dell Publishing, 1979, p. 525.

氛围，而且为强化鲍德温的宗教思想增加了一个重重的砝码。鲍德温对黑人音乐出神入化的运用，使之成为其文学表达的重要手段和内在质素。这样，音乐与宗教水乳交融，构成了作品的有机统一，自然而不显矫揉造作。

第五节　黑人宗教因子

　　鲍德温的族裔身份决定了其宗教思想的黑人性，其宗教思想的仪式和内容均表现出有别于白人宗教的独特之处。该族裔性滥觞于遥远的黑非洲，是美国黑人经历沧桑岁月的洗礼后在新大陆保留下来的挥之不去的种族文化痕迹，也是他们在主流社会确立身份的根基。因此，从理论上讲，鲍德温宗教思想的源头是非洲传统宗教，不过，更直接的根源应该是黑人奴隶的宗教。强调"黑人性"并没有否定主流文化价值观的介入，因为非洲传统宗教漂洋过海来到新大陆后依然摆脱不了"本土化"的宿命。作为一种生存策略，初到北美大陆的黑奴皈依了基督教，但其信仰绝非是对白人基督教的全盘接受，而是在保留非洲传统宗教的价值观和崇拜仪式的基础上，对基督教教义进行改造的结果。不难理解，黑人宗教的本质是一种旨在摆脱压迫和种族歧视的解放神学，此解放神学的性质决定了黑人宗教思想的世俗特征：黑人奴隶在暗无天日的困境中既寄希望于来世，更看重如何摆脱当下被奴役的枷锁。而鲍德温宗教神学的内涵大大超越了祖先的生存诉求，其世俗性挑衅了包括普通黑人信徒在内的传统宗教理性之底线，背上了"淫乱"的罪名。所以，鲍德温宗教思想可视为对基督教教义的"二次改造"或"深度改造"，在基督教的框架内既保留非洲传统宗教的痕迹，又颠覆性地改写了基督教教义中扼杀人性的宗教伦理。

一　黑人宗教的非洲渊源

为了生存，"黑人一来到北美大陆就必须接受十字架"。① 然而，这并非意味着黑人宗教是对白人基督教教义的全盘接受。一般认为，美国黑人宗教是继承非洲传统，借鉴欧美文化模式以及黑人在等级分明的种族主义社会中针对自己的从属地位作出宗教反应的结果。可见，黑人宗教融合了非洲传统与白人文化价值观，是非洲传统宗教与白人基督教的"混血儿"，乃黑人在无助的境遇中寻求避难的生存策略。追根溯源，美国黑人宗教的历史既非"始于新英格兰和弗吉尼亚虔诚的白人的奴隶"，亦非肇始于"南卡来罗纳州和佐治亚州的种植园中，而是滥觞于非洲"。② 这里所谓的非洲主要指西非，因为大部分奴隶出自人口稠密的西非。③ 西非传统宗教之所以能够与西欧殖民者传入北美大陆的基督教碰撞融合是因为"在神圣物的表现形式上，西非宗教与基督教也有着至高上帝唯一性方面的类似性。西非宗教中至高存在或创世主的超越性质，使其与基督教中全知全能的上帝具有一定可比性"。这种相似性"将起到一种润滑作用，并为接触双方提供一个在某种程度上得以共享的话语平台，从而使得黑人的皈依过程变得较为容易"。④

西部非洲居民相信"一个真正的上帝，但他们所知的唯一特性是他很凶猛"，⑤ 被掳掠为奴的黑人在美国本土化的进程中也将这种恐惧移植到了基督教上帝的身上。是故，美国黑人宗教强调的重点是愤怒的上帝对罪人

---

① James Baldwin, *The Cross of Redemption: Uncollected Writings*, New York: Vintage Books, 2010, p. 95.

② Gayraud S. Wilmore, *Black Religion and Black Radicalism: An Interpretation of the Religious History of African Americans*, Michigan: Orbis Books, 1998, p. 2.

③ 张宏薇:《托尼·莫里森宗教思想研究》，博士学位论文，东北师范大学，2009年，第36页。

④ 高春常:《世界的祛魅：西方宗教精神》，江西人民出版社2009年版，第267页。

⑤ World Missionary Conference, *Report of Communion IV: the Missionary Message in Relation to No-Christian Religions*, Edinburgh: Oliphant, Anderson & Ferrier, 1910, p. 25.

的惩罚，却忽略了上帝宽容仁慈的一面。所以，有论者称，黑人宗教充斥着"地狱之火、炼狱的燃料、通红的铅条"。① 可见，黑人皈依宗教在很大程度上不是针对基督的福音，而是出于对上帝的恐惧。这在鲍德温的小说《向苍天呼吁》中得以生动的体现。不管是鲍德温在教会的亲身体验，还是作为牧师的继父一直向他灌输的宗教思想，在他心目中塑造的始终是一位冷酷无情、伺机惩罚、令人不寒而栗的上帝。所以，鲍德温抱怨道，黑人宗教实质上是"惧怕上帝"的同义语，因为祖先留给我们的是"只知报复的上帝"，而我们只有在他面前不停地颤抖。这是相当令人绝望的。②

此外，黑人宗教中喜怒无常的上帝形象与非洲宗教中的祖先崇拜密切相关。普遍认为，西非的神灵世界由至高存在（造物主）、次级神祇和祖先亡灵构成。至高神完成创世使命后便抽身隐退，往往不介入人们的日常生活，以"缺席"状态存在着，除非万不得已，人们不会轻易向其发出求助，实则成为一个抽象的概念。次级神祇和祖先亡灵成为与其交流的中介和宗教仪式敬拜的焦点。对已故祖先亡灵的敬畏乃是生命意义之所在，脱离了祖先的眷顾与庇佑一切皆为枉然。祖先崇拜因之成为非洲土著黑人重要的宗教仪式和日常生活中的精神依傍，因为冥界的先人时刻关注着阳世子孙的一切活动，决定着他们的旦夕祸福。家庭兴旺是祖先的功德，时运不济则归咎于不肖子孙之冒犯。是故，对祖先的敬拜无疑成为其信仰的重中之重，虔诚敬畏自不待言。祖先既可泽被后世，亦可带来厄运，打破正常的生活秩序，此捉摸不定的性情决定了后人虔心敬拜的同时亦不乏畏惧之情。所以，生者处处小心谨慎，唯恐因疏忽或种种罪过冒犯了先人，从而招致疾病、厄运或坏天气等惩戒。他们对祖先的鬼魂"既害怕又崇拜；既畏惧又求助"，③ 因为祖先亡灵的不满会招致无法预料的灾难。所以，

---

① 高春常：《文化的断裂——美国黑人问题与南方重建》，中国社会科学出版社2000年版，第106页。
② James Baldwin, *Notes of a Native Son*, Boston: Beacon Press, 1990, p. 65.
③ 宁骚：《非洲黑人文化》，浙江人民出版社1993年版，第141页。

"为了保护、调用亡灵法力或平息被扰动的亡灵,必须设立祖先祭坛,定期举行隆重的仪式……在仪式中,祖先亡灵可能附着于舞者身上,并借助舞者的声音和姿势向其亲属讲话"。①

因此,黑人教会自然将其对非洲祖先的恐惧与旧约上帝的暴躁乖戾联系在一起,黑人宗教中的上帝便成为非洲祖先的变形。换言之,黑人对基督教上帝的阐释在无意识中受制于祖先崇拜的"期待视野",从而聚焦于上帝易怒、暴躁和动辄降天罚的一面。黑人宗教中的上帝因此成为暴君的同义语,令人胆战心惊,不寒而栗。加之对人的罪性与救赎道路之艰难性的过度渲染,黑人整日笼罩在恐惧的阴影里。鲍德温关于上帝问题表现出的现世"功利主义",毋宁说对上帝的"亵渎",与黑人教会的宣传密不可分。其宗教思想显然是在传统基督教教义基础上的不自觉地从黑人社会文化视角重新阐释的结果,乃黑人"双重意识"或"社会化矛盾心理"的精神体现。黑人与上帝的纠葛乃其宗教历史上的永恒主题,因融入了非洲传统宗教中"祖先崇拜"的元素而具有了鲜明的族裔特色。

非洲文化传统在黑人宗教中的印迹除了令人心惊胆战的上帝外,极具代表性的另一典型就是崇拜仪式中的宗教狂热,这在新教中的"五旬节派"表现得尤为突出。黑人在教会敬拜上帝时会全身心地投入并伴以肢体、语言和精神上的狂热,其激情颇有感染力,几令旁观者不能自已。杜波伊斯对此情此景的切身体悟令人感同身受,他说面对这样的场景让人感觉空气中仿佛弥漫着"一种被压抑的恐惧"和"愤怒的疯狂"。② 这种宗教热情发端于非洲黑人能歌善舞的悠久传统,乃浸润于非洲歌舞中强大而神圣的生命意识在新大陆的再次绽放。黑人歌舞乃其释放压力、宣泄喜怒哀乐的最佳途径和有效策略,这种独有的艺术形式早已成为其文化血脉中

---

① Janheinz Jahn, *Muntu: African Culture and the Western World*, New York: Grove Press, 1990, p. 163.

② W. E. B. DuBois, *The Souls of Black Folk*, New York: New American Library, 1969, pp. 140–141.

奔流不息的生命意识自觉。来到新大陆后，非洲黑人将此文化载体移植到与白人基督教杂交后的宗教中，代代相传，生生不息，使之成为种族记忆的动态"能指符号"，将其在美国的坎坷命运与神秘自由的非洲永远联系在一起。非裔美国黑人就是以这种方式表现种族文化的强大生命力的，而肩负着传承民族文化使命的黑人作家更会自觉地在其文学世界中创造性地彰显族裔文化的魅力。托尼·莫里森的小说《宠儿》中，在祖母贝比萨格斯的布道坛上，会众纵情地扭动身体，无拘无束地放声高歌，大声哭泣，"完全以一种疯狂的状态表达自己的热情与虔诚。这种祈祷仪式是非洲民族神秘与热情的表现，同时也是对基督教黑人式理解的表现"。[①] 鲍德温在小说《向苍天呼吁》《比尔街情仇》和戏剧《阿门角》中提及的"五旬节派别""圣打滚派"等黑人宗教的崇拜仪式所表现出的宗教狂热既表征了其宗教思想的黑人性，又印证了其捍卫、延续族裔传统的无意识自觉。以下是《向苍天呼吁》中有关伊利沙教友的描述，极具代表性：

> 伊利沙仰着脑袋，双目紧闭，坐在钢琴前边弹边唱，额头上渗出一粒粒汗珠。随后，他像一只在深山峡谷中遇险的大黑猫，身体挺得笔直，颤抖着，口中不住地喊叫：耶稣，耶稣，主耶稣啊！他疯狂地弹完最后一个音符，抬起双手，手掌向上，朝两边伸开。四周立刻响起手鼓声，替代刚刚消失的钢琴曲。伊利沙的喊叫引来了一片应答声。他站起来，转过身，双目依然紧闭着，狂热使他的脸变得绯红、异样，肌肉在长长的黑脖子上跳动、膨胀。他似乎透不过气来，整个躯体盛不下这种激情，仿佛要分解到等待着的人们中间去。他那双连指头都僵硬了的手开始向身体两侧移动，然后收回来紧贴着臀部，那双瞎了似的眼睛往上翻着，它也跳起舞来。接着他两手紧紧捏成拳头，头猛然低下，满脸的汗水冲淡了敷在头发上的厚厚发油，其余的

[①] 洪增流：《美国文学中上帝形象的演变》，中国社会科学出版社2009年版，第238页。

人也都跟着他加快了节奏。他的臀部贴着礼服疯狂地扭动着,鞋跟敲击着地板,两只拳头在身体两侧擂鼓似地来回摆动。他就这样低着头,拳头打着拍子,在跳舞的人们中间不顾一切地跳着、跳着,教堂的墙壁仿佛就要在这轰鸣声中震塌下来。突然,伊利沙又大喊一声,抬起头,两臂高举空中,汗水像雨点一样从额头上滴下来,整个躯体似乎永不停止地跳着。有时,他跳得直到倒下去才罢休,如同一头牲畜遭到铁锤的打击以后跌倒在地,脸贴着地面,呜咽起来。紧接着,一片巨大的呜咽声充满了整个教堂。①

二 黑人宗教的解放神学特征

黑人宗教既是非洲传统宗教在新大陆的"创造性变形",更是黑人于种族主义境遇中的求生策略。与其说黑奴被压迫被剥削的非人处境使黑人教会成为他们的避难所,毋宁说是"综合福利所"。② 他们可以在这里寻求经济救助,获得文化熏陶,宣泄内心的愤懑,暂时性地远离喧嚣。某种意义上,黑人宗教的历史就是一部黑人受奴役的血泪史,这决定了黑人神学的旨归是帮助黑人从种族歧视、偏见与隔离的枷锁下解放出来,构建一个公平合理的大同世界。所以,黑人宗教从诞生的那一刻起,不可避免地刻上了种族政治的烙印。黑人教会的另一个重要功能就是黑人热议政治的场所。换言之,黑人教会与其说是宗教崇拜的圣所,不如说是他们暗中与白人周旋较量的政治阵地,因此兼有宗教团体与政治组织双重身份。约翰斯通就特别强调了黑人教会的社会政治功能,认为它最基本的功能是为黑人"在敌对的白人世界中"提供"庇护所",同时成为黑人"相互交往的结

---

① [美]詹姆斯·鲍德温:《向苍天呼吁》,霁虹、宏前译,内蒙古人民出版社1984年版,第5—6页。
② 罗虹:《从边缘走向中心——非洲裔美国黑人文化》,中国社会科学出版社2013年版,第66页。

构性环境"。① 作为黑人社区的主要"调停和社会化机构",黑人教会不但可以"向人们灌输某些经济理性和其他文化生存技能",而且也是"向黑人社区提供领导人的主要源泉,因此它总是被要求提供这样的领导人:他们能够揭露社会不公,并能组织人们向居统治地位并不断使黑人社会屈居次等地位的社会体系发起挑战"。② 因此,纳特·特纳、马尔科姆·埃克斯、马丁·路得·金等许多优秀的黑人领袖均出自黑人教会,他们甘愿为黑人的自由平等赴汤蹈火,身先士卒。尽管有人一直强调"黑人宗教面对来自主流社会的白人种族主义和社会性排斥作出的反应是融通性和退缩性的",其实,黑人的抗争从来就没有停止过,"黑人宗教的队伍中却一直都存在着某种程度的积极和持续性的对抗"。③ 黑人在种族压迫中的"默认退缩与反叛对抗策略"被称为"适应对抗的辩证法"。④ 黑人宗教的解放神学特征由此可见一斑。

　　蓄奴制时期的黑人改变了上帝的肤色,创造了"黑人上帝"和"黑人耶稣",希望上帝会惩罚欺压他们的白人,还他们公道和正义。黑奴以内心的对抗姿态保持了做人的尊严,其信仰范式成为黑人神学的萌芽。20世纪60年代的"民权运动"极大地推动了黑人神学的发展,从此前仆后继的黑人神学家纷纷登场,各抒己见,出现了"百家争鸣"的热闹情景,黑人神学蔚为大观。黑人牧师艾伯特克·利奇主张宗教的"纯黑化",认为"黑人完全不需要保罗和白人的来世教义",因为"所有的宗教都产生于黑人民族"。⑤ 该立场虽不乏极端之嫌,依然引起极大轰动。马丁·路得·金的"非暴力"思想成为黑人神学运动中的一个亮点,却遭到以马尔科姆·

---

① [美]罗纳德·L. 约翰斯通:《社会中的宗教:一种宗教社会学》(第八版),四川人民出版社2012年版,第417页。
② 同上书,第500页。
③ 同上书,第499页。
④ C. Eric Lincoln and Lawrence Mamia, *The Black Church in the African - American Experience*, Durham, N. C.: Duke Univesity Press, 1990, pp. 14 – 15.
⑤ 罗虹:《从边缘走向中心——非洲裔美国黑人文化》,中国社会科学出版社2013年版,第106页。

埃克斯为代表的激进派的强烈反对。后者认为前者的思想对黑人是一个误导，徒劳无益，黑人应该采用一切可能的手段去争取和捍卫自己的权利。詹姆斯·科恩的著作《黑色神学和黑色权力》《黑人解放神学》和《受压迫者的上帝》奠定了黑人神学的基础，认为白人的基督教不适合"黑人经验"，[①] 黑人应该根据自己的历史和现实处境来理解上帝的本质。"黑色权力"表征了科恩神学思想的激进转向，将黑人的自由与解放置于最高的地位，为此甚至可以不择手段。"黑色权力"与"黑人神学"相辅相成，是黑人解放神学的一体两面。"黑人权力"关注的是黑人政治、经济和社会处境的提升，而"黑人神学"则诉诸上帝的力量来摆脱白人种族主义，以达到确认黑人身份的目的。换言之，"黑人神学是黑色权力在宗教上的对应物，是黑色权力的神学武器，而黑色权力是黑人神学的政治武器"。[②]

另外，也出现了一些更为开放包容、着眼大局的"理想主义者"，他们的观点在当时的特殊政治环境中带有明显的"乌托邦"色彩。詹姆斯·罗伯茨的神学思想以种族融合为旨归，着眼于全球性神学的构建，认为暴力冲突只会令结果更糟糕，而黑人与白人两个种族间的和解是一种"建设性的、深谋远虑的、长期的、大规模的重新定向"。[③] 无独有偶，梅杰·琼斯的"希望神学"打破种族界限，摒弃肤色偏见，认为未来"属于有希望的人"。[④] 可以说，西舍尔·科恩站在了哥哥詹姆斯·科恩的对立面，他不主张黑人神学因过度政治化而冲淡了宗教价值。

就黑人的解放而言，鲍德温"以爱释恨"的种族政治立场与上述黑人神学家具有极大的相似性。不过，鲍德温宗教思想同时表现出离经叛道的"异教"特征，将批判的矛头对准了黑人教会。鲍德温自身传奇般的宗教

[①] 罗虹：《从边缘走向中心——非洲裔美国黑人文化》，中国社会科学出版社2013年版，第107页。
[②] 同上书，第108页。
[③] [美] 弗姆：《当代美洲神学》，赵月瑟译，四川人民出版社1990年版，第64页。
[④] 罗虹：《从边缘走向中心——非洲裔美国黑人文化》，中国社会科学出版社2013年版，第110页。

经历，尤其是三年童子布道生涯，让他看透了教会的虚伪与腐败，因此毅然决然地退教还俗，在教堂之外探求救赎之路。鲍德温在文学世界中不断完善自己的宗教理想国，以犀利的笔触揭露了黑人教会的政治无能和种族主义的"帮凶"的反作用。鲍德温的宗教理想远没有黑人种族主义者那般极端，相反，他将白人也视为自己的神学解放对象。显然，鲍德温神学是对一般黑人神学的改造，而后者是对白人基督教教义的改造。是故，鲍德温的宗教思想是对传统基督教的"二次改造"，既颠覆了白人基督教对黑人的压迫与愚弄，又超越了普通黑人宗教的狭隘性。于此意义上讲，鲍德温神学集族裔性和普遍性于一身，世俗性跌宕昭彰，是真正的解放神学。

第二章　鲍德温文学中的上帝

　　鲍德温将陀思妥耶夫斯基视为自己文学成长道路上非常重要的一位引路人，[①] 却没有完全承袭他的宗教思想，而是走向其反面，到教堂之外寻找一位宽容仁慈的世俗上帝。鲍德温宗教理想国中的上帝颠覆了白人上帝的种族偏见和黑人上帝的暴躁乖戾，超越了种族与肤色，是博爱的象征，真正践行了基督之爱的原初本义。鲍德温宗教思想因之成为泽被包括黑人与白人在内的全体人类的解放神学。鲍德温与上帝的关系经历了由虔诚敬畏到忤逆背离再到超越性回归的曲折反复，表现出既依赖又排斥的矛盾，动态地演绎了其独特的"宗教存在主义"。某种意义上，鲍德温的上帝观实为其终生难以释怀的父子关系在宗教层面上的艺术再现。同时，他求索理想上帝的漫漫长路透射出其对上帝"三位一体"位格的肢解，表达了人神和谐的美好愿景。鲍德温上帝观既独具与众不同的个性，又不失黑人上帝观总体上呈现出的普遍实用主义性。

第一节　白人上帝与黑人上帝

　　如前所述，鲍德温的宗教理想打破了种族和肤色界限，其上帝既非白人，亦非黑人，而是一个公正仁慈、宽厚包容的客观存在。鉴于此超越

[①] 在鲍德温公开承认对其产生过重要影响的十部世界文学巨著中有三部是陀思妥耶夫斯基的作品，即《罪与罚》《群魔》《卡拉马佐夫兄弟》。另外，苏俄文学对鲍德温的滋养还见于巴赫金与契诃夫等人的影响，今后将专文对此进行探讨。

性，本节欲在上帝观的动态性与多元化的基础上简要梳理美国白人宗教与黑人宗教中上帝观的来龙去脉，旨在为凸显鲍德温上帝观的独特性提供一个必要的参照系。

一 上帝观的演变与多元化

费尔巴哈认为，上帝的本质是人的自我异化。这就意味着人对上帝的认知是一个动态的、多元化的过程。宗教的时代性是其存在价值的重要体现，所以上帝观要与人们的现实生活同步，即上帝的日益世俗化是历史的必然。在基督教传统中，创造了宇宙万物的上帝在人类始祖犯下"原罪"后，就开始了其漫长而宏大的拯救计划，成为"救赎"的象征。到了中世纪，这个自在永在的神经历了由"秩序"到"至爱"，再到"永恒的爱"和"永恒的公正"，最后到"高尚精神的关系结构"[1] 这样一个曲折复杂的"变形"过程。在清教土壤上成长起来的美国文学自始至终贯穿着"重建伊甸园"这样一条主线，人与上帝的关系自然就成为演绎、探索该宗教神话的重要视角。美国主流文学中的上帝最初是清教徒所敬畏的万能神，后来成为超验主义者信仰中人神相通的"超灵"，在自然主义文学中上帝的缺场导致了一个悲观冷漠的荒凉世界，到了现代主义时代上帝被判死刑，形象彻底扭曲。背叛了上帝的人们游荡在精神的荒原，不知何去何从，于是又回过头来寻找精神的上帝。美国文学就这样艺术地再现了人们对上帝形象由笃信到质疑，再到解构与回归的曲折复杂的求索过程。无论如何，美国文学中的上帝"变形记"印证了上帝观念的永恒存在场这样的不争事实，因为"甚至他的缺席也以悖论的方式强烈地昭示了他的在场"。[2]

既然上帝观是"人类头脑的产物，人类思想不可避免的多样性必然导致上帝观念的多元化，西方宗教哲学关于上帝的解说如此纷纭多变则完全

---

[1] 刘建军：《基督教文化与西方文学传统》，北京大学出版社 2005 年版，第 11 页。
[2] 洪增流：《美国文学中上帝形象的演变》，中国社会科学出版社 2009 年版，前言第 2 页。

不足为奇"。① 上帝观的多元化可以从宗教哲学、宗教伦理学等不同领域进行共时层面上的观照,也可从基督教教义本身来探讨,而上帝的性质和各种神论则是更具代表性的有效视角。何光沪与金丽两位学者关于上帝属性的认知比较有代表性。前者认为上帝具有"绝对性""相对性""超人格性""人格性"和"神圣性"② 等维度。后者认为上帝的立体性表现在"自有永有者""造物主""唯一神""人格神""仁慈与公义的神"和"超越的神"。③与之一脉相承的是,各种神论亦从各自的认知角度确认了上帝的本体性。自然神论认为上帝是"第一推动力";而泛神论认为"上帝即世界万物";在过程神论那里,上帝乃"事物发展进化";宇宙神论则将上帝视为"宇宙和谐、秩序、规律的创造者和维持者";在超越神论看来,上帝是"绝对另一体";到了道德神论那里,上帝则是"社会公义、道德规范之保障"。④

二 上帝的肤色与种族身份

某种意义上,宗教的历史就是被曲解的历史,因此基督教中万能的上帝也无法摆脱这一宿命。基督教《圣经》并未规定上帝的肤色或种族,但由于以色列先民自称是上帝的"选民",上帝也就被默认为是白人。如果一定要找出依据,旧约先知但以理关于上帝的印象似乎可以提供一点儿模棱两可的证据,"我观看,见有宝座设立,上头坐着亘古常在者,他的衣服洁白如雪,头发如纯净的羊毛"。⑤ 对此,黑人却不以为然,他们认为如果上帝的头发纯净如羊毛,这恰好说明上帝是黑人,而白人种族主义者却蛮不讲理地将黑人头发卷曲如羊毛的特征强行移植到自己头上。因此,在

---

① 何光沪:《多元化的上帝观——20世纪西方宗教哲学概览》,贵州人民出版社1999年版,第62页。
② 张宏薇:《托尼·莫里森宗教思想研究》,博士学位论文,东北师范大学,2009年,第13页。
③ 金丽:《圣经与西方文学》,民族出版社2007年版,第109页。
④ 张宏薇:《托尼·莫里森宗教思想研究》,博士学位论文,东北师范大学,2009年,第13页。
⑤ 《圣经·旧约·但以理书》第七章第九节。

黑人当中流传着"黑皮肤上帝"或"黑色耶稣"的说法。显然,"不是肤色,而是罪恶;不是神,而是人提供了对奴隶制存在的真正解释"。①

　　白人种族主义者为了捍卫自己的种族优越性,想方设法从《圣经》中挖掘神学证据,"挪亚的诅咒"就成为他们据理力争的有效佐证。根据《圣经》记载,挪亚醉酒后赤身睡在葡萄园的帐篷中,他的儿子含因无意间目睹了父亲的裸体而受到诅咒,"迦南当受咒诅,必给他弟兄作奴仆的奴仆"。②含的两个兄弟闪和雅弗闻讯后拿了衣服倒退着走进帐篷盖在父亲身上,挪亚清醒后就祝福他们,"耶和华闪的神,是应当称颂的,愿迦南作闪的奴仆。愿神使雅弗扩张,使他住在闪的帐篷里,又愿迦南作他的奴仆"。③就这样,含与儿子迦南的人生轨迹就此彻底改变,沦为奴仆,成为人下人。闪、含和雅弗三兄弟的后裔散居各地,而含因受诅咒的缘故被视为非洲人的祖先,所以黑人是含的后裔,不受上帝的眷顾,理当任人奴役。白人种族主义者据此给上帝贴上了种族身份的标签,为其种族暴力找到了强大的靠山。

　　在异教徒看来,《圣经》中许多相关记载的确印证了奴隶制的合法性。首先,旧约中埃及法老因亚伯兰之妻的缘故赠予他许多"仆婢";④耶和华与亚伯拉罕所立的"割礼"之约就包括"用银子买的"奴仆;⑤他还指示摩西让奴隶共同参与第一个"逾越节"。⑥另外,上帝准许以色列从周边国家购买仆婢作为可继承的家产,"至于你的奴仆、婢女,可以从你四围的国中买。并且那寄居在你们中间的外人和他们的家属,在你们地上所生的、你们也可以从其中买人,他们要作你们的产业。你们要将他们遗留给

---

① 雷雨田:《美国黑人神学的历史渊源》,《湘潭大学社会科学学报》1999年第5期。
② 《圣经·旧约·创世记》第九章第二十五节。
③ 《圣经·旧约·创世记》第九章第二十六节至第二十七节。
④ 《圣经·旧约·创世记》第十二章第十六节。
⑤ 《圣经·旧约·创世记》第十七章第十三节。
⑥ 《圣经·旧约·出埃及记》第十二章第四十四节。

你们的子孙为产业,要永远从他们中间拣出奴仆"。① 其次,新约中亦不乏令南方种植园主理直气壮地推行蓄奴制的有力证据。例如,耶稣晓谕奴隶和主人都要以自己的身份蒙受神命召唤;② 保罗告诫奴隶,"你们作仆人的,要惧怕战兢、用诚实的心听从你们肉身的主人,好像听从基督一般";③ 另外,他还在《彼得前书》中这样告诫奴仆,"你们作仆人的、凡事要存敬畏的心顺服主人,不但顺服那善良温和的,就是那乖僻的也要顺服"。④ 奴隶主因之可以据理力争,振振有词,认为他们"维护蓄奴制不是因为贪婪,而是按上帝的原则行事"。⑤ 是故,反对奴隶制的开明人士援引的《圣经》证据就明显地缺乏说服力,显得大而空。他们不赞成奴隶制的理由主要是,上帝创世后按照自己的形象造人,因此人人平等。另外,他们站在被奴役者的立场重新阐释了摩西律法,认为亚伯拉罕为奴隶行割礼旨在将其纳入自己的约,是平等的体现。另外,《圣经》也有释放奴隶的明文规定,"人若打坏了他奴仆或是婢女的一只眼,就要因他的眼放他去得以自由。若打掉了他奴仆或是婢女的一个牙,就要因他的牙放他去得以自由"。⑥ 他们还声称,《圣经》中的奴隶制与美国南方实施的奴隶制截然不同。⑦ 毋庸置疑,这些借口非但不足以将对方驳倒,反而有强词夺理、生拉硬扯之嫌。

虽然种族主义者断章取义,背离了基督教的博爱精神,但美国的历史与现实表明他们的确成功地将上帝争取到了自己一边,维护了白人优越论的种族神话。其实,黑人的上帝观亦不乏利己和实用主义的成分,毕竟,

---

① 《圣经·旧约·利未记》第二十五章第四十四节至第四十六节。
② 《圣经·旧约·哥林多前书》第七章第十九节至第二十一节。
③ 《圣经·新约·以弗所书》第六章第五节。
④ 《圣经·新约·彼得前书》第二章第十八节。
⑤ Bruce Feiler, *America's Prophet*: *Moses and American Story*, New York: Harper Collins Publishers, 2009, p. 154.
⑥ 《圣经·旧约·出埃及记》第二十一章第二十六节至第二十七节。
⑦ Bruce Feiler, *America's Prophet*: *Moses and American Story*, New York: Harper Collins Publishers, 2009, p. 154.

"上帝是一个观念，一种价值理想"。① 黑人以自己的方式重新阐释了对上帝的理解，其上帝观与其社会处境密切相关，带有鲜明的族裔特色，透射出非洲传统宗教的价值痕迹。他们不同意白人的"原罪"说，因为在非洲传统宗教中没有这一说法。黑人认为自己受奴役不是因为"原罪"，而是"上帝对其人种的正义惩罚"，② 与其说"原罪"与道德有关，不如说是因为违背了宗教禁忌。也许是"遭受压抑，感觉社会不公的人极有可能会强调上帝公正的一面"，③ 黑人相信上帝总是站在正义的一面，奴隶制与上帝正义美好的秉性格格不入。④ 他们根本不承认上帝会有偏见，因为所有种族都与上帝一脉相承，没有高低贵贱之分，黑人也是上帝按自己的形象创造的杰作。上帝没有设置种族界限，白人与黑人就都是上帝的子民，而白人却对自己的同胞犯下了不可饶恕的罪孽。因此，黑人相信会在"末日审判"时成为上帝的选民，相反，白人则因其罪过必遭地狱之罚。他们由此看到了自由的曙光，将自己视为在埃及为奴的古以色列人，有朝一日上帝也会派摩西帮其摆脱奴役。

总之，黑人宗教是非洲传统宗教"嫁接"到白人基督教之上的合体，某种意义上是非洲宗教在新大陆的"本土化"。黑人宗教是对白人宗教的改造性接受，两者既相互联系，又相对独立。社会、种族地位的不同导致了两种宗教诉求的巨大差异，基督教中的上帝也就分裂为两个截然不同的形象。白人与黑人上帝观的差别在很大程度上可视为种族矛盾在宗教层面的表现，毕竟"上帝形象是一种文化符号"。⑤

---

① 张宏薇：《托尼·莫里森宗教思想研究》，博士学位论文，东北师范大学，2009 年，第 13 页。

② Bruce Feiler, *America's Prophet: Moses and American Story*, New York: Harper Collins Publishers, 2009, p. 154.

③ 罗虹：《从边缘走向中心——非洲裔美国黑人文化》，中国社会科学出版社 2013 年版，第 20 页。

④ Benjamin E. Mays, *The Negro's God*, New York: Russell & Russell, 1968, p. 249.

⑤ 张宏薇：《托尼·莫里森宗教思想研究》，博士学位论文，东北师范大学，2009 年，第 41 页。

三 来世与今生

在传统基督教中,"圣父—圣子—圣灵"的位格表明上帝的具体形象最终远离世人,高高在上,幻化成一种神秘虚无、形而上的终极存在。旧约时代,创造宇宙万物的上帝耶和华在人类始祖亚当与夏娃犯下"原罪"后开始了其漫长而宏大的救赎计划。"挪亚方舟""出埃及"等史诗般的《圣经》传奇故事以及新约中耶稣的诸多神迹,均透射出上帝宣讲来世福音的同时也没有对其子民的当下疾苦视而不见。换言之,"圣父"时代的上帝一方面通过以色列先民跌宕起伏的坎坷命运彰显了无所不能的神性和唯一神的绝对权威,另一方面惩恶扬善,关心世人衣食住行的正义与恩慈又昭示了其世俗人性的特点。而兼有神子与人子双重属性的耶稣基督,其"永恒"福音背后是一个似乎更关注人们今世福祉的人道主义者形象。耶稣被钉十字架、复活升天后所迎来的"圣灵"时代将信徒的人生诉求定格在遥遥无期的天国来世,使"恒久忍耐"成为世人消极被动地打发今生时光的最佳借口。一言以蔽之,从历时层面看,基督教上帝压倒性的神性中亦不乏世俗特征,但其终极追求的来世思想决定了上帝这个至高存在关注的目标不在今生而在来世。

世俗化是宗教发展的必然趋势,而黑人宗教的非洲传统和黑人弱势群体的特殊性则决定了其上帝观更加鲜明的世俗性和种族色彩,其关注的焦点是"黑人最迫切的需要和追求"。[1] 黑人的上帝既是今生的,也是来世的。更确切地说,"此岸"与"彼岸"对黑人并没有严格的区别,"现世的解脱和自由诉求就是灵魂拯救的主要组成部分"。[2] 这种悖论首先见诸其宗教崇拜的非洲性上。美国黑人相信上帝的同时,依然崇拜着非洲传统宗

---

[1] Benjamin E. Mays, *The Negro's God*, New York: Russell & Russell, 1968, p. 255.
[2] 高春常:《世界的祛魅:西方宗教精神》,江西人民出版社2009年版,第307页。

教中的神灵,① 因为这些神灵与其日常生活息息相关。白人基督教中上帝的绝对权威在此受到了挑战,由此印证了黑人对风调雨顺、否极泰来等世俗幸福的追求。而宗教仪式上的舞蹈与"灵歌"则是他们用以取悦上帝和神灵的有效手段,这些具有族裔特色的艺术形式是宗教与世俗的有机结合,成为黑人在"新大陆"的独特生存机制。激情四射的非洲舞蹈既表达了对上帝的敬畏与虔诚,又宣泄了黑人在日常生活中无法言说的内心压抑与苦闷。他们借此相互之间心有灵犀,更好地团结一致,增强了民族凝聚力,使之成为没有硝烟的反抗种族压迫的策略。宗教性与世俗性的融合在黑人"灵歌"中表现得尤为突出。黑人神学家詹姆斯·科恩认为,灵歌是黑人宗教本质的生动体现,印证了黑人神学的解放本质。黑人的上帝就以这种独特的方式被"形式化"于歌曲中,成为灵歌核心要义的表达对象。② 比如,《在上面的天国》就淋漓尽致地体现了黑人对非洲传统中"天国"的观点。

主啊,在人世间我已经承担了许多十字架上的磨难,

主啊,在天国里我盼望与你相见。

你若在路上遇见十字架的磨难,

只须一直相信耶稣,

还别忘记祈祷。

走在天国路上的疲惫旅人,

走在天国路上的疲惫旅人,我们为他们欢呼。③

黑人将自己此生遭受的奴役与耶稣的苦难相提并论,耶稣被钉十字架

---

① 罗虹:《从边缘走向中心——非洲裔美国黑人文化》,中国社会科学出版社2013年版,第20页。
② James H. Cone, *The Spirituals and the Blues*, New York: Orbis Books, 1992, p. 66.
③ William Francia, Charles P. Ware, Lucy M. Garrison, *Slave Songs of the United States*, Michigan: A. Simpson & CO., 1995, p. 59.

后复活升天的神话让他们看到了天国的希望。他们相信今世的苦难是通往上帝之国的桥梁，在那里人人平等，与上帝同在。与此同时，灵歌冲破宗教界限，具有了表达黑人命运的世俗性。许多灵歌是奴隶对圣经故事进行改变以表达自己对自由的向往，因此"逃亡"主题比较明显，成为他们与悲惨命运抗争的一种方式。灵歌《去吧，摩西》就表达了黑奴对蓄奴制的反抗，旨在证明黑人在窒息的"极限境遇"中求生和维护做人尊严的决心，以此凸显他们寄寓上帝的世俗救赎特征。

> 去吧，摩西。
> 到埃及去，
> 告诉法老王，
> 放我的臣民走，
> 只要以色列在埃及，
> 放我的臣民走。
> 如此沉重的压迫，
> 他们再无法忍受，放我的臣民走。①

黑人上帝的世俗性还外化于黑人教会的政治与世俗色彩。黑人教会不但是黑奴的避难所和福利院，也是黑人热议政治的场所，既是废奴运动的重要阵营，也是民权运动的喉舌组织机构。换言之，黑人教会与其说是宗教崇拜的圣所，不如说是他们暗中与白人周旋较量的政治阵地，因此兼有宗教团体与政治组织双重功能。黑人牧师亨利·加内特的种族立场代表了黑人上帝热衷于尘世纠葛的世俗性。他把基督教变为有力的抗议工具，严厉谴责了蓄奴制的罪恶，坚决否定了奴隶制的宗教基础和白人优越论的《圣经》依据。加内特告诫奴隶，上帝是正义的化身，不会让他们遭受片

---

① James Weldon Johnson and J. Rosamond Johnson, *The Books of American Negro Spirituals* (Vol. 1), New York: Viking Press, 1969, p. 51.

刻的苦难,支持奴隶行动起来。所以,黑奴应该采取一切可能的手段奋起抗争,解放自己。

有黑人神学家明确指出了黑人宗教的世俗性,认为"把神圣生活与世俗生活结合起来,是黑人神学的典型特征……所以,美国的黑人宗教使当代世界与天国建立了密切的联系"。① 黑人上帝会帮助其"选民"在每次危机中胜出,保护他们不受危险和疾病的侵扰,他不仅"参与我们的战斗,而且还会为我们在天国准备一位置"。黑人的祷告也体现了他们今生与来世对上帝的期望,乞求上帝关心其眼下的疾苦,并最终为他们"在那个城市"提供一个"永久的安息之所"。②

相较于主流社会,美国黑人的宗教气质尤为强烈。尽管当下社会境遇中磨难与挫折有时会动摇他们对上帝的信念,不过以罗伯茨与科恩为代表的黑人神学家表示,"上帝之死"的神学观绝不会成为黑人宗教的常态,上帝的不在场对绝大多数黑人而言是"一种奢侈",③乃殷实的中产阶级的专利。黑人感兴趣的"不是对上帝作神学或哲学的讨论",他们崇拜的上帝"能够帮其弥合理想与现实之间的鸿沟"。④ 黑人的上帝永远不会死,他是帮助黑人获得最终解放的精神之源,实现种族融合的宗教保障。詹姆斯·罗伯茨以种族融合为旨归的神学思想强调黑人与白人两个种族间的和解,而梅杰·琼斯的"希望神学"重申了打破种族界限、摒弃肤色偏见的必要性,西舍尔·科恩则主张弱化黑人神学的政治倾向。在种族关系依旧紧张的社会背景下,此类观点虽不乏理想主义色彩,但从长远计却足以说明黑人上帝观历经反复后所表现出的理性高度。

---

① 雷雨田:《美国黑人神学的历史渊源》,《湘潭大学社会科学学报》1999 年第 5 期。
② Benjamin E. Mays, *The Negro's God*, New York: Russell & Russell, 1968, p. 246.
③ James Deotis Roberts, *Liberation and Reconciliation: a Black Theology*, Philadelphia: Westminster Press, 1971, p. 18.
④ Benjamin E. Mays, *The Negro's God*, New York: Russell & Russell, 1968, p. 255.

作为黑人上帝观的永恒标签,世俗性与神圣性的联姻历时地呈现出波浪式的动态趋势。非洲黑人从被贩运到美国开始,历经南北战争与民权运动,随着黑人社会地位和物质生活水平的不断提高,宗教崇拜在保持传统的同时,关注的焦点也慢慢由物质层面指向精神层面,由今生转向来世,黑人上帝与白人上帝有了更大的交集。不同种族的上帝永远不会重合,但其来世救赎却是所有宗教的终极人文关怀之所在。

第二节 鲍德温对上帝的逃离与回归

鲍德温自幼饱读《圣经》,在浓厚的宗教氛围中长大,14岁皈依基督后做了三年童子布道者。不过,由此形成的强烈宗教意识并不代表他对上帝始终如一的虔诚。总体而言,鲍德温与基督教上帝一直处于紧张对立的敌对状态,一开始对上帝的认知就背离了基督教的原初本意。他本人的传奇人生注定了其上帝观的离经叛道和实用主义原则,他对基督教上帝的解构与重建旨在释放被遮蔽的人性本真,构建种族和谐的理想社会。鲍德温与上帝的关系经历了短暂的虔诚后完全走向其反面,但这并不代表他将上帝判了"死刑",而是把上帝作为其生命哲学的有效"道具",在嬉笑怒骂或揶揄讽刺中若即若离,幻化出一个由"虔诚敬畏,亵渎逃离,无奈回归"交织反复的动态宗教路线图,成为"基督教境遇伦理学"的另类书写。

一 《向苍天呼吁》:鲍德温对上帝的畏惧

罗伯特·A. 博恩认为,鲍德温皈依上帝的主要动因是内心的恐惧感,[①] 而鲍德温本人在其最著名的文集《下一次将是烈火》中的记载表明

---

① Kenneth Kinnamon, *James Baldwin: A Collection of Critical Essays*, New Jersey: Prentice-Hall, Inc., 1974, p. 32.

事实的确如此,"十四岁那年,我毕生第一次对内心的罪恶与外部世界的罪恶产生了恐惧"。① 换言之,是沉重的罪感将鲍德温赶进了教会,使之拜倒在上帝的神坛前。

　　继父的布道给少年鲍德温留下了两个挥之不去的可怕印象。首先是沉重的原罪意识,而黑色代表罪恶,与地狱相连。鲍德温个头矮小,相貌丑陋,继父的取笑与虐待让他深信这是"罪"的表现。同时,青春期的性冲动加剧了其负罪感,因为鲍德温所属的"五旬节"教派认为"性和罪孽等同",② 末日审判会将罪人打入烈焰熊熊的地狱,永劫不复。少不更事的鲍德温因之诚惶诚恐,总担心会经不住撒旦的引诱而招致天罚。这在其自传体小说《向苍天呼吁》中得以淋漓尽致的艺术再现。与鲍德温本人一样,小说主人公约翰也是私生子,深受继父的歧视和虐待,挣扎在恐惧和负罪的煎熬中。因为在继父看来,他完全是罪孽的化身,长着撒旦一样的脸,"他那淫荡贪婪的嘴在颤抖着狂饮地狱之酒"。就连他下巴颏上的裂口也是"魔鬼的小指头留下的记号"。③ 继父是牧师,乃上帝的代言人,他不断灌输的原罪思想令约翰幼小的心灵背负起沉重的精神枷锁,成为私生子应有的惩罚。另外,充斥哈莱姆街头巷尾的堕落情景,尤其是黑人少男少女的沦丧,更让他感到这是个好人难寻的罪人世界。为远离罪恶、灵魂得救,约翰经历了复杂的思想斗争后,皈依基督,走上了圣洁之路。约翰背负的沉重原罪枷锁,以及对灵魂重生与复活的希望,充分体现了少年鲍德温对上帝的畏惧。与约翰一样,鲍德温于14岁生日那天皈依上帝的深刻宗教体验中重新审视了以前司空见惯的罪孽,备感恐惧万分,因此将这脱胎换骨的宗教仪式称为"延长的宗教危机"。④

---

① James Baldwin, *The Fire Next Time*, New York: The Dial Press, 1963, p. 30.
② [美]伯纳德·W. 贝尔:《非洲裔美国黑人小说及其传统》,刘捷等译,四川人民出版社2000年版,第283页。
③ [美]詹姆斯·鲍德温:《向苍天呼吁》,霁虹、宏前译,内蒙古人民出版社1984年版,第27页。
④ James Baldwin, *The Fire Next Time*, New York: The Dial Press, 1963, p. 29.

其次是黑人教会中的上帝是一个性情暴虐、动辄降天罚的超自然至高存在，他驾着"挟带着雷火的战车"，一副"怒发冲冠"的样子。① 显而易见，黑人教会中一味强调惩罚报应的上帝形象与黑人宗教的非洲传统密切相关，西非居民信仰的上帝最突出的特点就是"很凶猛"，② 人们对其怀有极大的畏惧心理，将之视为所有灾难的制造者。被掳掠为奴的黑人在美国本土化的进程中也将这种恐惧移植到了基督教《圣经·旧约》中上帝的身上。因此，美国黑人宗教强调的重点是愤怒的上帝对罪人的惩罚，却忽略了上帝宽容仁慈的一面，因为黑人的祖先留给他们的是一个只懂报应、令人不寒而栗的上帝。③ 不管是鲍德温在教会的亲身体验，还是作为牧师的继父想整日向他灌输的"原罪"思想，呈现给他的都是一位冷酷无情、伺机惩罚人的上帝。因此，黑人宗教的本质就是对上帝的恐惧，因为爱在黑人教会中一直是缺席的。

尽管黑人基督教"从内容来看，人们祷告的是同一个耶稣，崇拜的是同一部《圣经》，信仰的都是强调自助和灵魂拯救的新教价值体系"，④ 但黑人上帝的"暴君"形象与《圣经》对基督的"博爱"造型在少年鲍德温心中构成了两个截然不同的上帝。虽然鲍德温迫于沉重的罪感在黑人教会完成了皈依的宗教仪式，他所向往的却是一个海纳百川、大爱无疆的上帝。因此，就像《向苍天呼吁》中的约翰，他"不愿追随他的父亲，他向往的是另一种生活。他希望走出父亲的黑暗家庭，离开父亲的教堂"。⑤ 这就决定了鲍德温从皈依的那一刻起就开始了对黑人上帝的逃离和对以爱为

---

① [美]詹姆斯·鲍德温：《向苍天呼吁》，霁虹、宏前译，内蒙古人民出版社1984年版，第28页。
② World Missionary Conference, *Report of Communion IV: the Missionary Message in Relation to No-Christian Religions*, Edinburgh: Oliphant, Anderson & Ferrier, 1910, p. 25.
③ D. Quentin Miller, *Re-Viewing James Baldwin: Things Not Been Seen*, Philadelphia: Temple University Press, 2000, p. 35.
④ 高春常：《文化的断裂——美国黑人问题与南方重建》，中国社会科学出版社2000年版，第106页。
⑤ 钱满素主编：《美国当代小说家论》，中国社会科学出版社1987年版，第161页。

旨归的上帝的漫漫求索之路。当然，鲍德温与黑人上帝分道扬镳的原因不止于后者造成的恐惧，黑人教会的腐败、偏狭以及他本人对性的渴望和对文学创作的"朝圣"激情交织在一起，如同一股势不可当的洪流使之毅然作出了到教堂之外重建"宗教理想国"的大胆决定。

鲍德温在阅读钦定版《圣经》与黑人教会的崇拜仪式中形成了自己最初的价值观。尽管他因黑人教会的上帝与其理想的"救世主"大相径庭，最终逃离了教会，但他对伟大的上帝之爱的求索却从未停止过。神职生涯的终止反倒使其以"文化基督徒"的身份置身教堂之外，将基督教的本质理念与世俗社会紧密相连，在更广阔的空间重新审视了美国的社会万象，揭秘了人性被压抑的本真。众所周知，鲍德温的性爱取向和种族身份决定了"性自由和种族自由"乃其永恒的主题，[①] 他理想中"爱"的上帝在对种族关系的探讨和对《圣经》律法的解构中得以重建。鲍德温借此旨在说明，上帝之爱不是在遥远的来世，而应惠及今生当下，不是以流俗陈规扼杀人性，而应在充分尊重人性的基础上释放人性本能。

二 《乔万尼的房间》与《告诉我火车开走多久了》：鲍德温上帝观之悖论

恰如《向苍天呼吁》中的约翰，涉世未深的少年鲍德温因无知而产生的原教旨主义般的宗教恐惧让他拜倒在黑人上帝面前。后因上帝对当下疾苦袖手旁观的冷漠以及教会的腐败，他毅然离开了这位传说中无所不能的神，选择了文艺救赎的道路。不过，根深蒂固的宗教观念让鲍德温无论如何也走不出上帝的樊篱，苦苦徘徊在逃离与回归的纠结中不能自拔。这在《乔万尼的房间》和《告诉我火车开走多久了》中表现得尤为明显，分别从白人和黑人的视角表现了其上帝观的悖论式动态性。

---

① Kenneth Kinnamon, *James Baldwin: A Collection of Critical Essays*, New Jersey: Prentice-Hall, Inc., 1974, p. 32.

鲍德温的第二部小说《乔万尼的房间》（1956）往往被视为同性恋小说的典范，其中的宗教因素鲜为人关注。意大利青年乔万尼因无法摆脱丧子之痛，只身流浪到巴黎，与美国男孩大卫相识，一段刻骨铭心的同性恋情告败后，走上了不归路。倘若脱离了作者的宗教情怀，仅仅停留在同性恋的单一层面，显然极大地损害了小说厚重的宗教内蕴。事实上，小说宏观上的世俗叙事背后，主人公对上帝的若即若离，即临时抱佛脚的实用主义上帝观，使作者在《向苍天呼吁》中的宗教虔诚大打折扣。追根溯源，乔万尼悲剧的根本原因是儿子的夭折，从他不堪回首的记忆中可以看出孩子在其心目中举足轻重的地位。孩子的夭亡让他彻底失去了生活的希望，这意味着爱情的终结、家庭的破碎、上帝恩典的消失。[①] 一开始，全家人还幻想着孩子生还的奇迹发生，他们虔诚地祈祷，用"圣水"为孩子喷洒，宗教虔诚可见一斑。可是，《圣经》中能让死者复活的基督显然对他们已经不再灵验。绝望中的乔万尼愤怒地把墙上的十字架扔到地上，又吐又踩，对至高无上的神进行公然亵渎，扬长而去。耶稣的地位旋即一落千丈，由神圣不可侵犯的万能神沦为冷漠与虚伪的代名词：乔万尼全家仰慕的上帝死了！

宗教作为一种文化积淀在人们心中产生的影响并不会因为口头或心理上的排斥而消失，乔万尼与上帝的纠结即为典例。上帝挥之不去的神秘力量依然在做了异教选择的主人公身上显现，他情急之下对上帝的怨恨在世事沧桑的磨砺中逐渐弱化。举目无亲的乔万尼在法国亲历人生的艰辛后，将身心的磨难归于上帝对其罪的惩罚，尤其是对"圣子"的大不敬之罪。[②]他在与大卫忏悔式的交谈中预言，他必丧命于巴黎，不只因为渎神之罪，还暗示了其同性恋情结触犯了《圣经》律法，而"罪的工价是死"。[③] 结果，一语成谶，乔万尼终因勒杀同性恋酒吧老板而走上了断头台。鲍德温

---

① 鲍德温秉承了《圣经》儿童思想的简约叙事模式和价值取向，其儿童思想也是解读《乔万尼的房间》的一个新视角。作为一个丰富的体系，本文将另辟专章详论，此处不再赘述。
② James Baldwin, *Giovanni's Room*, New York: Penguin Group Inc., 2007, p. 124.
③ 《圣经·新约·罗马书》第五章第十二节。

以这种因果报应的形式诠释了主人公对上帝背叛的不彻底，由此折射出他本人对上帝逃离与回归的心路历程。乔万尼赴刑场之前亲吻并紧紧抓住十字架的短暂一幕令人揪心，表现出一个死刑犯在生命的最后一刻对上帝的敬畏和依恋，昭示了人在绝望的极限境遇中孤立无援、束手无策的悲哀。他对上帝的驯服足以说明，人无论如何强大，在无法预料的社会异己力量面前总显得那么微不足道。这也正是上帝存在的绝佳理由，人总会把无法解决的难题交给超自然的存在，以此寻求内心的平衡。

如果说《乔万尼的房间》从历时层面展示了主人公对上帝情感的变化，那么《告诉我火车开走多久了》则从共时层面，在更广阔的文本空间以迦来和雷欧兄弟俩对宗教与世俗的不同选择彰显了作者上帝观的分裂。迦来经过战争洗礼和牢狱之灾的冤屈后皈依了基督，成为一名虔诚的信徒。他将世间的一切都归功于上帝的恩典，坚信是上帝帮他洗清了罪名，使之免于堕落，因为上帝的引导永远是正确的，它不会让人迷失方向。鉴于对上帝之爱的力量和美好所怀有的信心，迦来即使对死亡也无所畏惧。而弟弟雷欧对哥哥的说教置若罔闻，始终坚持自己的异教立场。结果，哥哥娶妻生子，既享天伦之乐，又从其布道中感受上帝的爱。弟弟选择以暴力解决种族矛盾，同时又信心不足，担心黑人与白人力量悬殊，不占优势。另外，他以自己的生活为耻，想改变现状却又力不从心。因此，备受矛盾煎熬。鲍德温借此强烈的反差旨在表明，与其在残酷荒诞的强大社会异己力量面前痛苦无助，不如转向纯粹的精神世界以求内心的平和，从而说明宗教的终极人文关怀。弟弟背离上帝后陷入存在主义困境，哥哥迷途知返，信奉上帝，远离喧嚣，自得其乐。

总之，鲍德温对上帝既怨声载道，又不离不弃。传说中万能公义的上帝于事无补，这令他失望愤怒；于世事沧桑的磨难中身陷绝境时，他又不自觉地向上帝靠拢，使千疮百孔的心灵得以暂时的抚慰。不过，鉴于其种族责任感，鲍德温大部分时间对上帝的态度显然是批判的，尤其令他不能容忍的就是上帝的种族主义偏见。

三 从《向苍天呼吁》到《查理先生的布鲁斯》：鲍德温对种族主义上帝的批判

在"原罪"的枷锁和种族主义的喧嚣驱使下，少年鲍德温皈依了上帝，因为"安全与上帝是一回事"。① 换言之，只要心中有上帝，就会否极泰来，万事大吉。这就是鲍德温对上帝的最初认知。然而，残酷的现实彻底颠覆了其对上帝的期待视野，证明传说中万能公义的上帝在种族灾难面前束手无策，无动于衷。毋宁说，上帝完全站在白人种族主义者一边，助纣为虐，成为种族主义的"帮凶"。毋庸置疑，上帝观是鲍德温批判种族主义的一个有效视角。鲍德温一度强烈批判其文学引路人理查德·赖特的"抗议"小说并与之分道扬镳，上演了美国文学史上轰动一时的"文学弑父"。但这并不意味着鲍德温本人践行"为艺术而艺术"的唯美主义而与政治绝缘。某种意义上，文学是政治的自觉表达或"政治无意识"。因此，与赖特一样，鲍德温因其"双重意识"导致的"社会化矛盾心理"决定了他不可能在种族困境中保持沉默。所不同的是，他们以各自的抗议方式刺激了美国主流社会的道德神经，赖特借《土生子》唤醒了美国白人的良知，而鲍德温则通过其散文让美国白人产生了负罪感。②

弥漫在鲍德温作品中的浓厚宗教意识并不能彻底淹没其中的抗议之声，所以小说《向苍天呼吁》虽以约翰·格兰姆斯的皈依之路为主线，看似纯属宗教题材，其中却不乏辛辣的种族抗议。约翰的继父加百列牧师是一个典型的"双面人"，虽以上帝的"代言人"自居，他在家中却是十足的"暴君"，动辄大打出手。因此，孩子对其敬而远之，父慈子孝的天伦之乐为恐惧与憎恨所代替。为养活十几口人的大家庭，除了教会的神职外，他还要在工厂拼命工作，但他的辛劳却未能换来家人的同情与理解，

---

① James Baldwin, *The Fire Next Time*, New York: The Dial Press, 1963, p. 30.
② Jean-François Gounard, (trans) Joseph J. Rodgers, Jr., *The Racial Problem in the Works of Richard Wright and James Baldwin*, Westport: Greenwood Press, 1992, p. XVII.

其内心的孤独和郁闷不言而喻。这种家庭的不和谐，表面看来是其专横暴虐的性格所致，追根溯源却不难发现，罪魁祸首实为根深蒂固的种族主义。加百列在工作中时常遭到白人的歧视和虐待却只能阳奉阴违，忍气吞声，心中一直燃烧着一股无名之火。因此，家人就成为其发泄怨气的"替罪羊"。由是观之，小说的种族主题亦非常明显。加百列相信上帝站在正义的一边，希望他能报复"恶魔般的白人"。[①] 具有讽刺意味的是，上帝并未因他是自己的"代言人"而使其摆脱受歧视的宿命。上帝既然没有眷顾做牧师的加百列，普通黑人自然就更不在其关注的范围之内。黑人青年理查德（约翰的生父）因"莫须有"的抢劫罪被捕，获释后不堪狱中遭受的白人侮辱而割腕自杀，却不知未婚妻已经怀孕。一个本应幸福的家庭就这样破产了，由此注定了约翰这个"私生子"在继父家备受歧视的命运。上帝本该有的"安全"与疾恶如仇的内涵，因其在黑人种族灾难面前的冷漠再次被消解。鲍德温让主人公以自杀的方式对抗种族迫害，其矛头也指向了上帝的无能或偏见。相较于赖特主人公的直接粗暴对抗，鲍德温迂回的抗议显然更胜一筹，一箭双雕，收到"此处无声胜有声"的奇效。

　　鲍德温在小说《另一个国家》中以鲁弗斯的自杀延续了《向苍天呼吁》中理查德所代表的消极抗议传统，令人扼腕叹息，同时将上帝对种族歧视的放任所导致的不良后果扩展到了白人身上，说明种族主义是一把可怕的"双刃剑"。从传统宗教伦理的角度看，小说描绘了一个"好人难寻的罪人世界"，同时呈现出一个现代人在"精神荒原"中离经叛道的苦苦求索之旅，可视为《尤利西斯》的另类再现。有论者称，"继 T. S. 艾略特《荒原》发表40年来，鲍德温给了我们完全形式不同的有关人类孤独无依的描写"。[②] 的确，鲍德温与卡夫卡一样，是表现孤独与恐惧的高手，《另一个国家》即为典例。小说中的孤独行者绝非仅为黑人，某种程度上，白

[①] Harold Bloom, *James Baldwin*, Philadelphia: Chelsea House Publishers, 2006, p. 19.
[②] 黄铁池：《当代美国小说研究》，学林出版社2000年版，第123页。

人也是严重的受害者。男主人公鲁弗斯的孤独与空虚极具代表性,乃黑人在种族主义极限境遇中走向毁灭的真实写照。他是美国罪恶的种族政治的典型受害者,而遭其报复的无辜白人也沦为种族主义的"替罪羊"。南方白人姑娘莱奥纳在与鲁弗斯的情感纠葛中备受折磨,后者看到的只是令他愤怒的白皮肤并视之为证明其黑人强大性能力的肉欲象征。她在鲁弗斯歇斯底里的凌辱中终至精神错乱,在疯人院了却残生。鲁弗斯本人因不堪种族歧视的重压而堕落,带着沉重的负罪感自杀。其种族仇恨的种子在他妹妹伊达身上生根发芽,继续对他生前的白人朋友维瓦尔多进行报复,导致双方遍体鳞伤,苦不堪言。鲍德温借此反例表明其种族融合的政治立场,该美好愿景的实现离不开公允的上帝之爱,因为上帝对白人的偏袒实质上弊大于利。鲁弗斯的悲剧表明他将美国黑人在种族主义围攻下的孤苦无依完全归咎于上帝的袖手旁观、置若罔闻,因为上帝随黑人移民到北方后,其皮肤也变成了"白色"。① 所以,在华盛顿大桥跳水自尽之前,他满怀无法释放的仇恨骂道:"你这操娘的全能全知的狗杂种,我正朝你来了。"②《比尔街情仇》中蒂什的上帝观似乎可以很好地诠释鲁弗斯对白人上帝的积怨:

  当然我得声明美国也不是上帝赐予什么人的礼品。如果是的话,就不能让这个上帝永远存在下去。这个人们顶礼膜拜的上帝——人们不自觉地崇拜的上帝——可真会捉弄人!上帝要是人的话,说不准你会揍他个屁滚尿流!换句话说,你要是个男子汉的话,就应该揍他。③

白人种族主义立场在戏剧《查理先生的布鲁斯》中表现得尤为突出,使黑人和白人都不同程度地成为其受害者。黑人牧师默里迪安的儿子理查

---

① James Baldwin, *The Fire Next Time*, New York: The Dial Press, 1963, p.60.
② [美]詹姆斯·鲍德温:《另一个国家》,张和龙译,译林出版社2002年版,第88页。
③ [美]詹姆斯·鲍德温:《比尔街情仇》,苗正民、刘维萍译,兰州大学出版社1988年版,第22页。

德毙命于白人种族主义者里尔的枪下,而凶手却被无罪释放。上帝非但没有免除人间"代言人"之灾难,反倒使其命运更加悲惨:早在儿子遇难之前,默里迪安的妻子也死于白人的暗算,他却因宗教虔诚而无动于衷,简直就是个"黑人约伯"。他所在黑人教会的众多教友将教会的政治无能视为种族主义的帮凶,所以他们并不敬畏上帝,甚至毫无顾忌地公开辱骂,因为上帝总是站在白人一边,是种族歧视的罪魁祸首,"白人掌权意味着他们比黑人优越,这是上帝裁决的结果"。① 残酷的种族悲剧最终战胜了"以德报怨"的宗教理性,牧师最后从《圣经》底下亮出了他代儿子保管却一直没用上派场的手枪,隐喻了对宗教救赎的消解,毕竟上帝不但没有使黑人摆脱痛苦,反倒使其境遇每况愈下。其实,上帝对黑人的冷漠也使白人陷入了无法自拔的两难境地。白人开明人士帕奈尔先生在理查德命案中既想讨好黑人,又不想损害白人的利益,结果得不到任何一方的理解,既可怜又可笑。一方面他给默里迪安牧师的印象是要竭力促成对里尔的审判,悲哀何在?也许他是真心想帮黑人,但面对白人社会的强大势力,其正义感只是杯水车薪。所以,他虽忙得不亦乐乎,却根本无法得到大部分黑人的信任,鬼使神差地陷入有口莫辩的尴尬境地。另一方面他在法庭上没有提供任何对犯罪嫌疑人不利的证词,而是含糊其辞地如实讲了一些对被害人无益的话:"据说,这年轻人到布莱顿先生的店里找碴儿打架。这事儿,我——我也说不清。"② 结果里尔被宣判无罪释放后,竟然对帕奈尔大放厥词,"难道你忘记自己是白人了吗?白人!……现在我真为你感到羞耻。为你感到无地自容!滚到黑鬼们那里去吧!"③ 帕奈尔为了种族利益,在法庭上背叛了自己的良知,并为对黑人朋友的深深愧疚而自责不安,但最终换来的却是这般忘恩负义的无情指责。他想兼顾白人与黑人利益的中间道路绝非"中庸之道"。真正的"中庸"是一种大智慧,乃人生

---

① James Baldwin, *The Fire Next Time*, New York: The Dial Press, 1963, p. 39.
② Ibid., p. 113.
③ Ibid..

价值的终极追求。他无法找到那个能把白人与黑人撮合到一起的"黄金结合点",其种族和谐的美好理想被击得粉碎,其结局是悲哀的。所以,为其吟唱"布鲁斯"亦是情理中的事。布鲁斯(blues)本是黑人的"专利",乃其种族苦难的载体和族裔身份的文化标签。而查理先生(Mister Charlie)则是黑人对白人的蔑称,恰如默里迪安牧师所言,"所有的白人都是查理先生"。① 鲍德温将黑人独有的东西放到白人身上所做的这种"文化嫁接"浓缩了其对白人既恨又爱的纠结,更借此揶揄了以帕奈尔为代表的种族立场摇摆不定的白人"中间分子"最终落得两面不是人的悲哀下场。且不管这类人的初衷何为,其尴尬的两难境地毕竟是由上帝的种族主义立场导致的。鲍德温并未因上帝在种族困境中的"不作为"而绝望,相反,他要按自己的标准创造一个关心当下疾苦的活生生的上帝,从而建构起自己的"解放神学"。

四 鲍德温对世俗上帝的建构②

某种意义上,上帝仅为一种"观念"或"价值理想",③ 是人类赖以存在的精神支柱。因此,符合个体或特定群体利益就是上帝的价值所在,毕竟"只有为自己本身而存在着的东西,才是真正的、完善的、属神的"。④ 换言之,信仰的本质不在于求同而在于尊重差异,因为如果"将信仰跟理性统一起来,就意味着冲淡信仰,使信仰没有了差异"。⑤

经历了短暂的虔诚后,鲍德温与上帝的矛盾主要集中在种族与性两方面。如前所述,对于上帝在种族政治中的偏见是鲍德温终生不能释怀的重

---

① James Baldwin, *Blues for Mister Charlie*, New York: Dial Press, 1964, p.40.
② 本小节的设置是出于对鲍德温上帝观的完整性考虑。此处仅作简要勾勒,详见第四章"鲍德温的救赎观",此处不再赘述。
③ 张宏薇:《托尼·莫里森宗教思想研究》,博士学位论文,东北师范大学,2009年,第13页。
④ [德]费尔巴哈:《基督教的本质》,荣震华译,商务印书馆2013年版,第31页。
⑤ 同上书,第3页。

要恩怨之所在。另外，鉴于其性爱观的离经叛道，鲍德温理想中的上帝应该是充分尊重复杂人性的包容者。在鲍德温的"宗教理想国"中，性爱（尤其是违背《圣经》律法的婚外情和同性恋）被赋予了终极救赎价值，该离经叛道之爱正是"解放"上帝观的体现，个性十足，令人汗颜。可以说，性与种族是鲍德温上帝观的一体两面，"未婚先孕"因之刻上了鲜明的种族烙印，成为黑人在种族困境中的政治策略，也是其"悲剧意识"的生动写照。而备受世俗诟病的同性恋在鲍德温语境中因其终极救赎价值而成为"救世主"的代名词。即鲍德温在地狱边缘建立了一座自称为"天堂"的宫殿，在此找到了真正的上帝并通过他所谓的"神圣而解放力十足的性高潮"[①]与之进行交流。显然，该上帝是"醉心于肉欲的神秘存在，通过性高潮实现了道成肉身的转化"[②]。罗伯特·A.博恩对鲍德温性解放的评价虽不乏夸张讽刺，却也算中肯，认为他以"违背强大的禁忌"为快，"性伙伴越陌生，性高潮效果越好。不同种族的，或性别相同的，或者最好既是不同种族的又是同性的性伙伴才能实现最大程度的精神体验"[③]。

毋庸置疑，鲍德温的一生是奋斗不息的一生。从少年到壮年，他与上帝的争吵从未停止过，怀揣饱富人文关怀的宗教理想与上帝展开一场马拉松式的宗教"谈判"，期待上帝废弃扼杀人性的宗教理性，制止一切不利于平等和谐的丑恶现象。他构建的求同存异、宽厚仁慈、尊重人性的理想上帝因超越了当时的种族现实和主流价值观的底线而在实践中变得举步维艰，遥不可及。鲍德温在筋疲力尽的风烛残年，从冷漠残酷的社会现实中体悟到他孜孜以求的理想上帝永远是一个无从实现的终极诉求。所以，晚年的鲍德温向传统基督教中的上帝妥协了，因为上帝绝不会向他低头。此时，他已不再冲动轻狂、牢骚满腹，与上帝的关系变得冷静平和，呈现出一位虔诚信徒的出世

---

① James Baldwin, *Blues for Mister Charlie*, New York: Dial Press, 1964, p. 105.
② Kenneth Kinnamon, *James Baldwin: A Collection of Critical Essays*, New Jersey: Prentice - Hall, Inc., 1974, p. 49.
③ Ibid..

形象。《小家伙》中独身老人 Beanpole 房间的耶稣像及其下方桌子上摆放的《圣经》所营造的静谧祥和便是明证。不过，这平静背后掩盖的是一位曾经愤世嫉俗、桀骜不驯的"浪子""道德家"和"改革者"。

第三节　上帝与父亲的角色转换

鲍德温作品挥之不去的宗教意识或隐或显地昭示了上帝在其观念中的恒久在场，而始终以"显性"方式存在的父亲形象乃其上帝观念的物质外壳。换言之，鲍德温语境中上帝与父亲实为其宗教理想中的"一体两面"，互为表里，难以割舍，他对理想父子关系的漫漫求索路在很大程度上即为其曲折反复的上帝观之外化。此"上帝/父亲"形象既是鲍德温毕生不能释怀的"父亲情结"之艺术再现，也是他关于黑人存在困境真在历时层面的诗性表达。他的"上帝/父亲"观念滥觞于其传奇般的宗教心路历程和自身纠结的父子伦理，既呈现出具有族裔特色的"鲍德温式"审美特征，又令其创作成为现代西方人审视自身存在困境真相的"启示录"。

一　鲍德温之"上帝/父亲"观念的形成

鲍德温的父亲观念和上帝观念的形成几乎是同步的。鲍德温终生不知生父为何人，继父出现之前根本没有"父亲"这个概念。继父大卫·鲍德温是黑人教会的牧师，为养活十几口人的大家庭不得不在一家制瓶厂打工，饱受白人的歧视与凌辱，家庭和社会的双重压力无情地将其吞噬。所以，"他几乎不知幸福为何物，更谈不上与家人分享其快乐"，其人生观就像"他本人的肤色一样黑暗"。[①] 所以，虽为上帝的"代言人"，大卫的内

[①] Fern Marja Eckman, *The Furious Passage of James Baldwin*, New York: M. Evans & Company, Inc., 1966, p. 36.

心世界却是暗淡无光的精神荒原，不能将爱的真谛付诸实践。他在教会是道貌岸然的虔诚信徒，在家中却是乖戾专横的"暴君"。鲍德温后来回忆道，"对于我们称之为父亲的那个人，我是那样的恐惧。"① 大卫将在外无法发泄的积怨指向了自己的家人，从而成为全家的"公敌"和"局外人"，结果孩子们"坚决团结在一起，对父亲进行毫不留情的反抗"。② 毋庸置疑，少年鲍德温因是私生子，且个头矮小，相貌丑陋，自然备受继父虐待，沦为最悲惨的"替罪羊"。父亲的仇视、食不果腹的贫穷和母亲接连不断从产房带回家的诸多弟弟妹妹扼杀了鲍德温原本天真烂漫的童年时光，③ 而他与继父之间紧张可怕的关系如梦魇般尤为令其不堪回首。"少年老成""机智敏感""斯文可靠"这些美德本是继父对亲生儿子所寄予的厚望，却偏偏为鲍德温所独有，这令老鲍德温既失望又恼火。所以，少年鲍德温的每次出色表现总会莫名其妙地点燃继父的无名之火，令其大发雷霆。在大卫眼中，鲍德温"一无是处"，是他所见过的孩子中最丑的，以致没有被拯救的任何希望。由是观之，继父的偏见在鲍德温幼小的心灵上刻下了自卑与恐惧的深深烙印，诚如鲍德温后来坦言，因为当时"我父亲这么说，所以我就信以为真"，他甚至无法证明自己的存在，"我当时没有任何人格可言"。④ 尽管继父恶意的歧视"扭曲"，毋宁说"毁灭"了鲍德温本应幸福美好的童年，但他依然没有放弃"以爱报恨"的努力，毕竟"他是我父亲"。⑤ 鲍德温在不惑之年语重心长的回忆再次诠释了父亲在孩子心目中无法替代的重要位置，"没有金钱或安全之类的东西，孩子们依然可以生存。如果找不到一个充满爱的榜样，他们就完蛋了，因为唯有这

---

① James Baldwin, *No Name in the Street*, New York: Dell Publishing, 1972, p. 3.
② Ibid., p. 5.
③ Fern Marja Eckman, *The Furious Passage of James Baldwin*, New York: M. Evans & Company, Inc., 1966, p. 39.
④ Ibid., p. 36.
⑤ Ibid..

个榜样才能为其提供人生的航向标"。① 也许大卫在孩子面前的冷酷无情，尤其是他对"私生子"的偏见，使其作为父亲本应有的内涵被彻底架空而沦为一个可望而不可即的能指符号。不过，其可怕的变态心理所支撑的躯壳依然承载了一位父亲无法被剥夺的权威和尊严。

在"异化"的家庭伦理中，少年鲍德温从继父养家糊口的顶梁柱作用及其发号施令的淫威中形成了对父亲绝对权威的错觉。另外，错位的宗教体验强化了鲍德温对父亲尊严的认知。继父向孩子宣讲的"福音"主要是旧约圣经的内容，而其中的"律法书"（也称"摩西五经"）则是犹太教的经典。"在传统的犹太家庭里，父亲具有一种神圣的特征。"② 事实上，旧约圣经在宏观上就是一部父子伦理的经典，不管是人与上帝的关系，还是以色列先民的家庭伦理，均彰显了上帝/父亲的绝对权威。正是由于这宗教意识的渗透，鲍德温更觉得父亲是个极有权威的人，其父亲情结因《圣经》历史文化内涵的介入而变得更加复杂。他因恐惧而对父亲敬而远之，同时又渴望得到父亲的关爱；他既憎恨父亲又对其两难境地表示同情；他既有"弑父"的原始冲动，又因沉重的"原罪"枷锁而产生被父亲遗弃的恐惧。其实，鲍德温与继父的关系在很大程度上乃其与上帝关系的外化，于此意义上，继父充分实现了其上帝"代言人"的价值，成为鲍德温最初上帝观念的现实原型。

基督徒将上帝称为"天父"，由此可见上帝的终极人文关怀内涵，而上帝和父亲在宗教与世俗，彼岸与此岸问题上的对立统一关系亦不言而喻。所以不难理解，宗教心理学将父亲视为上帝在人间的世俗投射或"仿造"。换言之，父亲即为剥离了神圣外衣的上帝，③ 恰如少年鲍德温从继父

---

① Fern Marja Eckman, *The Furious Passage of James Baldwin*, New York: M. Evans & Company, Inc., 1966, pp. 36–37.

② ［法］罗杰·加洛蒂：《论无边的现实主义》，吴岳添译，上海文艺出版社1986年版，第108页。

③ 胡志明：《父亲：剥去了圣衣的上帝》，《外国文学评论》2001年第1期。

那里获得了对上帝的第一印象。首先，这位白人上帝"很不友好，把他（继父）的皮肤涂成黑色，令其自暴自弃"，① 因为"黑色是罪恶的颜色；只有得救者的长袍才是白色的"。② 所以，对自我憎恨的黑人而言，"基督就是一种精神漂白剂"。③《向苍天呼吁》中的加百列与约翰是鲍德温父子关系的艺术再现，通过他们的宗教心路历程，鲍德温生动地诠释了他当初对上帝的恐惧。加百列默认了白人的宗教价值观，将黑皮肤与罪恶视为一体，并把沉重的"原罪"枷锁套在了小约翰身上以转嫁自己的罪责，令后者一直笼罩在因罪感而产生的恐惧中，"所有赎了罪的人已经获得转化，升向天空，在云间与耶稣相会；而他，带着有罪的躯体被遗弃在地狱里，受苦千年"。④ 其次，上帝拥有至高无上的尊严，俨然是无人敢挑衅的独裁"暴君"，"谁要是把父母、兄妹、情人和朋友置于上帝的意志之上，那么，他将得不到任何荣耀"。⑤ 由于少年鲍德温的上帝理念主要源于自己的生活体验，他的"上帝"自然就以一个世俗化的父亲形象作为其存在的基本形态，并由此赋予一个普通的父亲以全知全能上帝的威严。的确，继父在家中拥有不容辩驳的绝对权威，招惹他的后果不是恶言相向就是拳脚相加，反抗只能使情况更糟。最后，上帝是自私的，对他的爱是没有回报的。鲍德温在《街上无名》中将继父称为"了不起的万能上帝之伟大的朋友"，⑥ 具有讽刺意味的是，上帝并不回报继父对他的爱。⑦ 尽管继父自诩是上帝的先知，但是上帝并未因此保护他免遭种族歧视之苦。这种尴尬以继父莫名其妙的憎恨在少年鲍德温身上得以复活，渴望父爱的鲍德温将继父视为

---

① Fern Marja Eckman, *The Furious Passage of James Baldwin*, New York: M. Evans & Company, Inc., 1966, p. 35.
② James Baldwin, *Notes of a Native Son*, Boston: Beacon Press, 1990, p. 21.
③ Kenneth Kinnamon, *James Baldwin: A Collection of Critical Essays*, New Jersey: Prentice-Hall, Inc., 1974, p. 36.
④ [美] 詹姆斯·鲍德温:《向苍天呼吁》，霁虹、宏前译，内蒙古人民出版社1984年版，第8页。
⑤ 同上书，第6页。
⑥ James Baldwin, *No Name in the Street*, New York: Dell Publishing, 1972, p. 7.
⑦ Ibid., p. 5.

第二章 鲍德温文学中的上帝

生命中的榜样并试图去爱他，得到的却是对方的嘲弄和怨恨。因此，完全有理由将父亲视为上帝意志的现实载体，他现身说法，向鲍德温呈现了一个强调天罚报应、令人颤抖不已的可怕的上帝形象。

尽管出生在牧师家庭，在阅读钦定版《圣经》中度过了自己的童年，但由于继父的误导，少年鲍德温的宗教观却偏离了基督教的核心要职——爱的本义。作为鲍德温本人的艺术化身，《向苍天呼吁》中的小约翰道出了他对"梦寐以求的爱"的理解，"这种爱既不是有可能死亡或改变的信仰，也不是可能幻灭的希望。这种爱是他的本性，因而也是那邪恶的一部分"。① 可见，当年继父灌输的"原罪"思想如此之沉重，以致少年鲍德温认为爱也是邪恶的。显然，鲍德温最初的上帝印象主要源于继父的言传身教，同时亦可视为旧约圣经中"万军之耶和华"的投影。一般认为，旧约事关"罪与罚"，这与上帝"穷兵黩武"的暴虐一面是分不开的。另外，该上帝形象也与非洲传统宗教中的"祖先崇拜"密不可分，鲍德温认为黑人祖先"留下的是只会报复惩罚的上帝，黑人的宗教是相当令人绝望的事"。②

弗洛伊德认为，"教徒和上帝的关系是儿子与父亲关系的拷贝，对父亲的反抗和对上帝的反抗纠缠在一起，导致了感情上对宗教的不信仰"。③ 显然，这里所说的宗教指的是"注重神性"的"制度的宗教"，而非以"人的内在性情"为旨趣的"个人宗教"。④ 正因如此，鲍德温逃离了教会，探寻"个人宗教"的筹建。根据美国宗教哲学家威廉·詹姆斯的观点，"个人宗教"表示"作为个体的人在孤独中的情感、行为和经验"，以及他们与"神圣者"的关系，该"神圣者可能是他们所专注的任何事物"。⑤ 不难理

---

① ［美］詹姆斯·鲍德温：《向苍天呼吁》，霁虹、宏前译，内蒙古人民出版社1984年版，第10页。
② James Baldwin, *Notes of a Native Son*, Boston：Beacon Press, 1990, p. 65.
③ 陆丽清：《弗洛伊德的宗教思想研究》，博士学位论文，中央民族大学，2009年，第143页。
④ 张志刚：《宗教哲学研究》，中国人民大学出版社2009年版，第170页。
⑤ William James, *The Varieties of Religious Experience*, New York：Macmillan Publishing Co., Inc., 1961, p. 42.

解，现实生活中的理想父亲即为鲍德温之个人宗教中的一位"神圣者"。

二 鲍德温之"上帝/父亲"观念的演变

因为渴望得到父亲保护的心理诉求，"人类用父亲形象为原型将自然人性化，从而产生了各种神灵，最终形成了上帝观念，而这一切都是由人类童年时的经验所决定的"。[①] 有鉴于此，弗洛伊德认为，对宗教的皈依意味着儿子对父亲的屈从。[②] 不过，鲍德温的情况却是例外。为远离罪恶，他14岁皈依宗教，可视为对父亲的屈从。做了牧师的鲍德温不但与继父平起平坐，而且脱颖而出，令继父黯然失色。所以，皈依宗教不但让他摆脱了在家中受继父歧视的尴尬与被动，而且他以高超的布道才华打击了父亲的嚣张气焰。因此，皈依宗教对鲍德温而言，与其说是对父亲的屈服，不如说是一种报复。他当初清教徒般的上帝理念与继父刻板偏执的原教旨主义以及在教会的耳濡目染密不可分。不过，皈依基督并在教会担任神职后，鲍德温看透了教会的腐败和上帝的"无能"，他此时的"出路就有赖于超越其少年时代之情感纠葛的能力"。[③] 也即摆脱传统的宗教理念，重建自己的"宗教理想国"。的确，鲍德温根据自己的感觉，在文艺激情的驱使下，毅然逃离教会，到文学世界中探寻救赎之路，因为"创作是一种爱的表现"，也是"通往另一个世界的唯一途径"。[④] 置身教堂之外，鲍德温对宗教有了更成熟、更理性的认知。他将原先冷酷的彼岸上帝拉下圣坛，像尼采当年那样将其判了死刑，旨在探寻一个爱的救世主，而其文学世界中的父亲形象责无旁贷地演绎了他对世俗上帝的漫漫求索之路。

弗洛伊德认为，父爱是孩子免遭恐惧的"避难所"，而孩子的"无助

[①] 陆丽清：《弗洛伊德的宗教思想研究》，博士学位论文，中央民族大学，2009年，第118页。
[②] 同上书，第142页。
[③] Kenneth Kinnamon, *James Baldwin: A Collection of Critical Essays*, New Jersey: Prentice-Hall, Inc., 1974, p. 51.
[④] Fern Marja Eckman, *The Furious Passage of James Baldwin*, New York: M. Evans & Company, Inc., 1966, p. 46.

将贯穿整个生命",因此需要一位始终在场的"更强大的父亲"。① 不过,普遍存在的"父亲的悖论"使得理想的父亲永远是一个可望而不可即的"终极追求",因为成功的父亲不仅为孩子悦纳,还要得到社会的认可,是家庭伦理与社会伦理相融共生的产物。但客观矛盾往往是,"一方面的成功会以另一方面的失败为代价,但是仅仅一方面的成功并不能造就成功的父亲"。② 康德认为,"上帝是感觉经验无法确证的神秘实体和终极存在,但人同作为其本质异化出的上帝一直存在着割舍不断的精神联系"。③ 可见,神性的上帝与人性的上帝(成功的父亲)因其终极性又被联系在了一起,这再次决定了鲍德温"上帝/父亲"观念的"乌托邦"性质。值得注意的是,鲍德温对理想父亲的探寻超越了种族界限,其关怀的对象既有黑人也有白人,在更广阔的层面诠释了"父亲的悖论",由此揭示出人生境遇中存在主义式的荒诞。

(一)从《向苍天呼吁》到《比尔街情仇》:黑人父子关系

如前所述,鲍德温的第一部小说《向苍天呼吁》因其中紧张对立的父子关系,可视为"俄狄浦斯情结"的典型注脚。这既是鲍德温不堪回首的苦涩童年之艺术再现,更是他倾其毕生精力以摆脱和改造的父子范式。在这种"异化"的父子关系中,渴望父爱的本能促使鲍德温一直都在努力与继父握手言和,实现"父慈子孝"的美好愿景。兹理想与现实的悖论终究没能突破,成为他永远无法释怀的遗憾,"我对此人的记载既太多又太少,直到他不在人世后我才真正理解了他"。④ 因此,作为一种心理补偿,鲍德温决定"有一天我必须实实在在地回过头去,以另一种方式对父亲的形象

---

① [奥]弗洛伊德:《论文明》,徐洋等译,国际文化出版公司2004年版,第28页。
② 黄淑芳:《信仰、变革、秩序——〈修补匠〉中父亲的缺场与儿子的追寻》,《外国文学研究》2013年第5期。
③ 管建明:《美国文学中上帝形象的变化》,《国外文学》2004年第1期。
④ James Baldwin, *No Name in the Street*, New York: Dell Publishing, 1972, pp. 3-4.

做一番完整的梳理"。① 是故，鲍德温转向文学世界，继续探索理想的父亲形象，演绎了浓厚的"父亲情结"。不过，此后其作品中的父亲都不同程度地，自觉或不自觉地改善了与儿子的关系，在历时层面上勾画出其求索和谐父子伦理的"路线图"，成为其世俗救赎理想的重要一维。相较于加百列的暴戾独裁，中后期作品中的父亲都趋于平庸化，委婉地表达了"弑父"这种人类代代相传的"记忆痕迹"。② 同时，此类形象与前者构成互补，极大地丰富了父亲形象的复杂性，从不同侧面呈现了"父性"的立体感。

《另一个国家》中的父亲完全丧失了《向苍天呼吁》中以作者继父为现实原型的黑人父亲之不可一世的霸气，父子关系缺少了那种剑拔弩张的紧张对立。这位父亲若即若离式的在场从表现形式上将儿子推向了前台，他既没有象征身份的名字，也没有自己的话语权，完全退化成一种"背景式人物"，成为儿子性格发展变化中的"配角"，似乎沦为了一个空洞的"能指符号"。其实不然，鲍德温借此微妙的叙事手段彰显了父子间的另一种对话方式，更深刻地表现了父子间的隔阂，以及由此透射的"父亲的悖论"。鲁弗斯本是出色的爵士乐手，在肆无忌惮的种族歧视中堕落沉沦，被仇恨和绝望压垮后，跳水自杀，演绎了一场动感十足的"布鲁斯"悲剧。在他短暂的生命中，父亲既没有在他身处险境时挺身而出，为之挡风遮雨，也没有在他人生得意时闪亮登场，为其呐喊喝彩。令人遗憾的是，父亲仅有的两次出场都未能与儿子进行直接对话。鲍德温虽未作浓墨重彩的描述，但我们依然可以透过只言片语洞察到父子间的微妙关系，说明父亲在孩子心中无法否定的潜在保护作用。鲁弗斯在穷困潦倒、低迷落魄之时以回忆的方式让父亲走进了自己的生活。首先，他"想起了父亲的暴躁脾气"，以及他渴望出人头地而"父亲始终没有做到"。显而易见，父亲既

---

① Fern Marja Eckman, *The Furious Passage of James Baldwin*, New York: M. Evans & Company, Inc., 1966, p. 47.
② 陆丽清：《弗洛伊德的宗教思想研究》，博士学位论文，中央民族大学，2009 年，第 119 页。

不能在家中满足鲁弗斯的情感需求，也不能满足他的社会期待视野，是一个彻底失败的父亲。因为"除了依靠与孩子的互动以外，作为父亲的成功还依赖于他怎样与社会进行互动"，① 而鲁弗斯的父亲都没有做到。唯一令鲁弗斯感到欣慰的是，"他的第一套乐鼓——那是他父亲买给他的"。② 这说明，父亲在力所能及的情况下也会尽量满足孩子的需求，以此弥补因脾气暴躁给孩子造成的创伤，尽管他不能实现"出人头地的渴望"。父亲参加鲁弗斯葬礼时的心理描写证实了他们之间的隔阂，而责任似乎更多是由于父亲缺乏对儿子的理解造成的。"对他来说，鲁弗斯是什么人？——他是一个令人烦恼的儿子，活着的时候，是一个陌生人，现在死了，仍然是一个陌生人。现在，也不知道别的什么了。"③ 作为鲁弗斯的生前好友，福斯特牧师的一番话让父亲对儿子有了重新的认识，"他年轻，他聪明，他漂亮。我们曾经希望他干出一番大事情来"，因为"他的内心装满了刚烈的东西"，可是"他遇到了很多烦恼"，这使"他跟不上这个世界的节奏"，因此"只好按照自己的方式走了"，"到了一个邪恶不再烦人的地方去了"。④ 这些迟来的了解让父亲更加纠结和痛苦，在整个教堂的沉默中，他坐在前排的哭泣即为明证。鲁弗斯以死对荒诞的社会进行反抗，同时也结束了一切烦恼，把痛苦留给了活着的人。尤其是他的父亲深知，"一切可能和不可能的成见，都已经随着鲁弗斯而湮没了。现在永远也不会表现出来了"，因为"一切都结束了"。⑤ 诚然，父子间的矛盾永远不会再有实质性的爆发，但这并不意味着问题的彻底解决。相反，明白自己失职后，父亲对儿子的愧疚将始终是一个打不开的结，幽灵般困扰着他。小说透过丧子之痛这一独特视角消解了父亲建立在"强大"与"公正"之上的权

---

① 黄淑芳：《信仰、变革、秩序——〈修补匠〉中父亲的缺场与儿子的追寻》，《外国文学研究》2013 年第 5 期。
② [美] 詹姆斯·鲍德温：《另一个国家》，张和龙译，译林出版社 2002 年版，第 6 页。
③ 同上书，第 121、122 页。
④ Ibid., 第 120 页。
⑤ 同上书，第 122 页。

威，表明寻找理想父亲之路的漫长与艰辛。

戏剧《查理先生的布鲁斯》以类似的表现手法从宗教层面塑造了一个息事宁人、优柔寡断的"懦弱"父亲形象——默里迪安牧师。与鲁弗斯一样，理查德原本是很有潜力的音乐天才，却染上吸毒嫖娼的恶习，回到南方故里后毙命于白人种族主义者之手，凶手无罪释放。毋庸置疑，理查德之堕落和死亡固然与当时的社会政治环境分不开，但身为牧师的父亲更负有不可推卸的重要责任。因此，从家庭伦理的角度看，默里迪安是一个失败的父亲，他未能用宗教的"正能量"从小就对儿子进行潜移默化的教育，导致儿子后来沉迷于"罪中之乐"，断送了美好的前程，终致其在种族冲突中英年早逝。牧师与儿子的正面冲突的一个焦点是对待妻子死亡的态度。理查德之母在一家白人旅馆打工，从楼梯上坠落致死。种种迹象表明这是白人的暗算，默里迪安却宁愿相信白人的谎言，也不肯出面讨回公道。其妥协的姿态不管是出于"以爱释恨"的宗教信念，还是迫于白人势力的强大，尤其让儿子无法接受。他们虽未发生直接的正面冲突，却在儿子心中埋下了抱怨的种子以及对父亲的轻视。是故，默里迪安的失败不仅在于其未能正确引导儿子，使其在喧嚣的种族纷争中学会保护自己，还在于他所在的教会在很大程度上沦为白人种族主义的"帮凶"。由是观之，相较于以前的作品，该戏剧对父亲本应有的尊严之解构有过之而无不及。

戏剧《阿门角》和小说《比尔街情仇》中的父子关系虽不完美，但至少不同程度地出现了"父慈子孝"的天伦之乐，横亘在以前父子之间的"鸿沟"由心有灵犀的默契所取代。《阿门角》的女主角玛格丽特牧师是个宗教偏执狂，为了在教会的神职放弃了家庭，在她看来，丈夫路加（Luke）与儿子大卫（David）都是十足的"浪子"，都一直不肯皈依基督。正是她的宗教狂加上父子俩对爵士乐的共同爱好让父亲与儿子走得更近。路加帮助儿子摆脱精神上的困惑和宗教的困扰，大胆选择自己的道路，这一点颇值得肯定。然而，这并不代表路加就是真正意义上的好父亲。为了自己的艺术追求，为了逃避妻子的宗教束缚，他离家出走十载，任凭妻儿在残酷的社会中挣扎,在儿子最需要父爱的关键时刻他却不在场。单凭这一点,他就不是称职的父亲。等到他回心转意后,儿子面对的是一个体弱多病的"懦弱"形象,而不是身强力壮、给人安全感的强大父亲形象。因此,路加"也不过是一个头脑清醒却疲软无力的黑人父亲形象"。[①] 无独有偶,鲍德温在不惑之年力作《比尔街情仇》中塑造的弗兰克也是一个软弱的父亲。所不同的是,该小说一度真正实现了"父慈子孝"的父子和谐,虽然这种理想局面因父亲的自杀而戛然终止。儿子弗尼房间的墙上钉着他自己的"铅笔速写画像,还有一张弗兰克的照片",[②] 这显然是父子情深的象征。弗兰克对儿子的舐犊情深在弗尼蒙冤入狱后得以淋漓尽致的表现。可以说,弗兰克为了儿子不惜一切代价,"宁可自己被活活烧死",[③] 因为"这个世界上我最爱的就属弗尼了。他是一个真正叫人心疼,有男子汉气的孩子"。[④] 父亲爱儿子,为之心急如焚却无能为力而深深自责,"我不知道我对他是否曾像个当父亲的——一个真正的父亲——如今他进了牢,可这并不是他的错,我简直不晓得该怎么把他救出来。我他妈的也是个男子汉啊"。[⑤] 情急之下,弗兰克与儿子未来的岳父约瑟夫加班加点地工作,甚至干起了偷窃的行当,只为尽快凑齐弗尼的保释金。事情败露后,弗兰克畏罪投河自尽。就情感而论,弗兰克的确是个好父亲,但是成功的父亲还要有社会层面上的出色担当。囿于这种"父亲的悖论",弗兰克的形象大打折扣,毕竟他未能在困境中始终与家人同舟共济,直到最终为儿子"昭雪"。他的自杀既是逃避刑事责任,而某种意义上这更是逃避父亲应该承担的责任。鲍德温孜孜以求的理想父亲就这样半路破产了。

---

① 李鸿雁:《解读詹姆斯·鲍德温作品中父亲形象的〈圣经〉原型》,《东北大学学报》(社会科学版) 2008 年第 4 期。
② [美] 詹姆斯·鲍德温:《比尔街情仇》,苗正民、刘维萍译,兰州大学出版社 1988 年版,第 53 页。
③ 同上书,第 56 页。
④ 同上书,第 114 页。
⑤ 同上。

（二）《乔万尼的房间》与《另一个国家》：白人父子关系

鲍德温的"个人宗教"既有独特的个性，更不乏普遍的人文关怀。因此，他探求的理想父亲（上帝）也包括来自主流社会不同阶层的代表，与黑人父亲相辅相成，一起勾勒出大写的"父亲"所应有的内涵。白人的种族"优越论"在"父亲的悖论"面前同样显得苍白无力，对横亘在父子之间的嫌隙束手无策，白人父亲因之无法摆脱被儿子"阉割"的宿命。鲍德温在《乔万尼的房间》和《另一个国家》中塑造了三个分别来自上、中、下阶层的白人父亲，在解构与建构的交织中表达了其一贯而复杂的"父亲观"。需要指出的是，白人父子矛盾的焦点是父亲的"同性恋恐惧症"，鲍德温借此从主流价值观的角度声明，同性恋这一备受诟病的"边缘人性"不仅是黑人的独有标签，还表达了对复杂人性的尊重与张扬。透过此另类的视角，鲍德温旨在构建一个胸怀宽广、求同存异的伟大父亲，他不拘泥于流俗陈规，能够客观公允地悦纳儿子的"偏离"。

埃力克的父亲是亚拉巴马州一个小镇上的商界要人，在社会上呼风唤雨，左右逢源，为孩子积攒了殷实的家底，误以为这就是父亲对儿子最大的爱。殊不知，其辉煌的社会形象仅是成功父亲的一个方面，他忙于社交应酬而忽略了父爱在孩子早期成长中无可替代的关键作用。父爱的缺失导致年幼的埃力克在心理诉求上的偏离和性格的畸形，他首先爱上了家中的司炉工亨利，在潜意识中弥补了父爱的空缺。与亨利的肢体接触催生了他对同性恋的朦胧认知，"平生第一次，他感受到了一个男人的手臂抱着自己，也是第一次感受到了一个男人的胸膛和小腹"，因此"他感到非常恐惧，朦胧的、强烈的恐惧"。[1] 不过，"他所经受的恐惧仍然不够，岁月将会证明这一点"。[2] 他们的亲密关系被识破后，父亲辞退了亨利，埃力克刚刚找到的精神寄托随之被夺走了。孤独让他与黑人男孩里洛伊走到了一

---

[1] ［美］詹姆斯·鲍德温：《另一个国家》，张和龙译，译林出版社2002年版，第195页。
[2] 同上书，第196页。

起，由此"开始了一个男人的生活"，让他"把隐藏在内心的东西展示了出来"，而"展示的意义在于：所展示的内容是真实的，而且也必须承受住"。① 可是父亲所代表的主流价值观认为同性恋是"龌龊""病态"，甚至是"罪恶"的代名词，这与埃力克的本能冲动发生激烈的撞击，令其疑惑不解，"我不知道为什么，人不能做自己想做的事情；我们到底给别人造成了什么伤害"。② 父亲始终不肯妥协的传统价值观念终致埃力克离家出走，只身漂泊到巴黎，逃离了"这个时代的种种界定，即那些呆板得可怕的胡言乱语"，设立了自己的标准，因为"在人生的道路上，他不得不创造自己的标准，作出自己的界定。应该由自己来弄清楚自己是谁，也有必要弄清楚自己是谁"。③ 埃力克与法国男孩伊夫的爱让他的人性复活，成为"来自天堂"的人，找到了属于自己的"另一个国家"。由是，同性恋被赋予了终极救赎的神性，颠覆了主流道德体系的冷酷理性，作为其对立面的父亲也因之被彻底消解。不言而喻，鲍德温在此处对理想父亲的建构显然是一个"否定之否定"的间接机制。

小说中爱尔兰裔白人青年维瓦尔多是一个穷困潦倒的业余作家，内心世界孤独寂寞，是迫切需要爱的滋养的精神荒原，其失意落魄在很大程度上源于父亲的糊涂无能。父亲是个"十足的懦夫"，维瓦尔多从未见他清醒过，而且"他在所有的时候都在装模作样"，似乎"假装一切都是伟大的"。④ 结果，妻子精神失常，成了疯子，女儿沦为"当时最大的浪荡女"，两个儿子对其根本谈不上尊敬。相较于《向苍天呼吁》中的加百列在孩子心目中的地位，维瓦尔多的父亲似乎更显可怜，因为他既没有尊严，也没有令人生畏的霸气，属于鲍德温众多父亲形象中最糟糕的一位。维瓦尔多对父亲的最重要的一个评价就是"恶心"，他们父子之间的关系当属家中

---

① ［美］詹姆斯·鲍德温：《另一个国家》，张和龙译，译林出版社2002年版，第203页。
② 同上书，第202页。
③ 同上书，第209页。
④ 同上书，第111页。

最紧张，也是最具讽刺意味的。父亲自己难得清醒，却一直要求儿子讲实话，结果一直生活在儿子编织的"一些老掉牙的谎言"中，维瓦尔多向父亲隐瞒的一个重要事实就是自己的同性恋倾向。假如他告诉父亲"希望自己做个同性恋",[①]后果将不堪设想，"他会一巴掌把我打趴下"。[②]可以说，对本能的压抑是一种非常严重的罪恶，由此不难想象这对父子之间咫尺天涯的心理隔阂。一般认为，儿子渴望自由的欲望跟"父亲/上帝"权威之间的悖谬性常态导致了儿子的恐惧，恐惧的不只是"强大父亲的权威"，还有"自己无法抑制内心的抗拒父亲权威的本能冲动"。[③]维瓦尔多对父亲的情感里面也有恐惧的因素，不过这种成分已经降到了最低。这位父亲无论从哪一方面讲都是一个失败者，既非家中顶梁柱，亦非社会风云人物，他对儿子所产生的绝非传统意义上一位严父的威慑。相反，他自己的落魄使其成为儿子健康成长道路上的心理羁绊和耻辱。可见，理想的父亲（上帝）在白人那里也是无法弥补的空白，由此昭示"父亲的悖论"超越种族与肤色的普适性。

三 鲍德温之"上帝/父亲"观念的《圣经》原型及超越

鲍德温与继父不可调和的矛盾成为其终生不能释怀的纠结和难以愈合的创伤，父子关系因之成为其文学世界中的一个恒久主题。某种意义上，基督教《圣经》中上帝与世人的关系实际上就是西方文学中父子关系的滥觞，也是《圣经》宏观叙事的主线。鲍德温自幼饱读《圣经》，福音传道者的经历更是让他对《圣经》驾轻就熟，使之成为其文学表达中的意识自觉。因此，其"上帝/父亲"观念中的父子关系在表现形态上与基督教《圣经》中人神关系构成宏观上的"互文性"。兹互文性主要见于和谐父子关系的"终极性"，不过，矛盾双方的主客体关系似乎是颠倒的：在《圣

---

① [美] 詹姆斯·鲍德温：《另一个国家》，张和龙译，译林出版社2002年版，第52页。
② 同上书，第111页。
③ 胡志明：《父亲：剥去了圣衣的上帝》，《外国文学评论》2001年第1期。

经》中上帝（父亲）主动去爱世人（儿子），而世人却不断违背上帝，令其失望。在鲍德温的文学作品中，儿子渴望父亲的爱与理解，而后者却往往无法满足儿子对父亲的期待视野。

上帝创世后，将人类始祖亚当与夏娃置于伊甸园，让他们吃生命树上的果子，饮生命河里的水，但就是不能吃分别善恶树上的果子。可是，他们经不住魔鬼的诱惑，偷吃了"禁果"，犯下原罪。自此，上帝开始了其宏大的救赎计划，通过诸先知向迷途的"浪子"发出善意的警告，可人子处处忤逆，亵渎圣意。为此，上帝屡降天灾人祸，旨在使心肠刚硬的罪人悔改，最终派其独生子耶稣独背"十字架"，用一人的宝血洗清了世人的罪过。凡相信耶稣为唯一救主的人就可以灵魂得救，免遭地狱之火的惩罚。同时，基督的福音不仅向犹太人宣讲，也临到外邦人。天父的博爱跌宕昭彰，悦纳迷途知返的罪人，可是依然有将这永恒的福分拒之门外者。因此，等待他们的唯有"末日的审判"。来世的福音要人们"凡事忍耐，凡事盼望"，可见上帝给世人开的是一张今生永远无法兑现的"空头支票"，将救赎的承诺指向来世，这意味着人子只有到天国才能找到这位博爱的"父亲"。换言之，上帝（天父）在本质上永远是人类终极关怀理念中的一个美好的虚指符号。

迈克尔·法布尔认为，鲍德温从其第一部小说《向苍天呼吁》开始，好像就下定决心以"以实玛利"的身份寻找一位（真心关爱自己的）父亲。① 的确，现实中父爱的缺失让鲍德温在其文学世界中踏上了探寻慈父的漫漫求索之路，② 结果却往往事与愿违。如前所述，这些父亲要么缺乏包容宽广的胸襟，要么忽略了儿子的情感需求，不能充当他们的精神引路人，要么是社会层面上的懦夫。不管是黑人父亲，还是白人父亲，往往都无法摆脱"父亲的悖论"之樊篱。因此，和谐理想的父子关系始终可望而不可即，隐喻了鲍德温理想上帝的遥不可及。

---

① Kenneth Kinnamon, *James Baldwin: A Collection of Critical Essays*, New Jersey: Prentice - Hall, Inc., 1974, p.138.
② 前文对此已有专论，不再赘述。

第三章　鲍德温文学中的罪与罚

在西方宗教哲学史上，"罪"的问题由来已久，早在犹太教与基督教诞生之前，古希腊哲学家已经就此展开了争论。基督教认为，罪的本质就是人对上帝意志的背离，表现为人神关系的恶化。从《圣经》来看，人类历史就是一个人因自由意志导致的罪而远离上帝，又因上帝悦纳悔改者的博爱而与之关系不断恢复的波浪式动态过程。为使耶稣的福音深入人心，使徒保罗在传道时也特别强调了"原罪"，认为"罪是从一人入了世界，死又是从罪来的；于是死就临到众人，因为众人都犯了罪"。① 由是观之，罪是彰显上帝之爱，宣讲基督福音的前提，是人神关系的重要媒介。基督教认为，罪产生的主要原因是"意志自由"，魔鬼的诱惑仅为外因，关键还是"人自身内部的自然欲望的诱惑"。换言之，"人的自足意志感恰恰是罪之沉沦的根源"。②

以卡尔·白舍客为代表的基督教学者从伦理学的角度对罪进行了阐释，既然"天主是伦理法的创立者"，那么"对伦理法的忽视"就是"对天主的一种冒犯"。因此，"罪就是对天主意志的不听命及对天主的触犯"。③ 为避免信仰上先入之见的偏颇，大多数宗教哲学家更倾向于从罪的

---

① 《圣经·新约·罗马书》第五章第十二节。
② 齐宏伟：《欧美文学与基督教文化》，辽宁教育出版社2009年版，第37页。
③ [德] 卡尔·白舍客：《基督宗教伦理学》，静也、常宏等译，上海三联书店2002年版，第319页。

外延对其进行界定,认为"罪"指的是"神或上帝所创造的人在现世生活中不得不承受种种痛苦、苦难或灾难,包括肉体上的、精神上的、社会上的和自然界的等"。① 显然,宗教哲学将关注的焦点指向了罪的后果或表象,旨在挑战传统对上帝神性的认知:既然上帝是至爱至善的、全能全知的,那么罪恶为什么依然存在。这样的"信念悖论"所透射的是对上帝的诘难,毋宁说是浓厚的人文关怀。

刘小枫认为,罪感是基督教"精神意向结构"中的一个基本元素,罪在历时层面上表现为两种形态。首先是人与上帝关系的"偏离"或"断裂",其次是人与人的关系之"偏离"或"断裂"。第一种偏离导致人与其"价值本源(上帝)"的关系破裂,即为"罪",也就是"原罪"(original sin);第二种偏离的结果是"人与人的相互关系的断裂",即为"恶"。② 显然,基督教中罪的义理主要是人与上帝关系的决裂,所以"《圣经》用原罪来界说人的本质,并以原罪作为解释人性缺陷以及人生苦难的出发点和理论根基。对人的罪性的洞见、对人的罪性的揭示、对靠人自身努力无法根除人的罪性和罪行的认定,构成了《圣经》的重要内容"。③

鲍德温的宗教思想既脱胎于传统基督教,又对其做了大胆的修正,颠覆了宗教的异化本质,充分尊重复杂人性,彰显生命哲学特质,实为"旧瓶装新酒"。因此,他有关罪的理念明显否定了基督教的"原罪观",从宗教哲学的层面将黑人的境遇置于社会历史文化语境中加以审视,既有一定的神学基础,又有超越宗教的世俗性,既具有鲜明的族裔特色,又不失普遍性。根据《圣经》的描述,人类主要有七宗罪:骄傲、贪婪、邪淫、嫉妒、贪食、易怒和懒惰。④ 宗教哲学对罪作了更为直观的描述,将其分为

---

① 张志刚:《宗教哲学研究》,中国人民大学出版社 2009 年版,第 105 页。
② 齐宏伟主编:《欧美文学与基督教文化》,辽宁教育出版社 2009 年版,第 36 页。
③ 金丽:《圣经与西方文学》,民族出版社 2007 年版,第 127 页。
④ 张宏薇:《托尼·莫里森宗教思想研究》,博士学位论文,东北师范大学,2009 年,第 59 页。

"道德方面的罪恶"和"自然方面的罪恶"。前者表现为由邪恶的人性所导致的"偷盗、凶杀、欺诈、虚伪、贪婪、歧视、压迫、剥削、迫害、战争、贫穷、不平等"诸类罪恶现象。后者表现为超越人类控制能力的天灾、疾病等不可抗力。鲍德温语境中的罪大致可归于道德范畴,彰显的是浓厚的世俗人文关怀,具有三个基本维度:种族的、宗教的和家庭伦理的。

第一节 种族主义之罪

鲍德温曾撰文抨击其文学引路人赖特的小说《土生子》,以示对抗议文学传统的不满,并由此引来背叛黑人种族的骂名。但这并不意味着他对白人种族主义罄竹难书的罪恶熟视无睹。相反,其道德良知与社会责任感让他对主流社会的恶行义愤填膺,极尽讽刺批判,将白人的罪孽批得体无完肤。始终以"见证人"自居的鲍德温致力于向世人展示最隐秘的真实,他不仅全方位鞭挞了白人种族主义者的罪恶,同时也相对委婉地点明了黑人种族主义的悲剧性后果。换言之,他以犀利的笔触表明,不管对白人还是对黑人而言,种族偏见和种族仇恨都是一把无情的"双刃剑",借此强化种族主义无法开脱的罪名,呼吁平等和谐的种族关系。

一 白人种族主义之罪

尽管鲍德温不赞同理查德·赖特"自然主义"式的抗议,但令人窒息的残酷种族现实依然让他本能地将批判的矛头指向了美国的种族压迫,从种族主义的根源,对黑人和白人的身心创伤等方面揭示了其罪恶的普遍性,旨在说明白人社会"种族优越论"的欺骗性和危害性。

(一) 白人种族主义的宗教渊源及实质

美国主流社会对黑人的压迫和歧视可以说是奴隶制遗留下来的一颗

"毒瘤",而追根溯源,种族主义之所以能够大行其道,是因为背后还有强大的宗教基础。基督教《圣经》中确实多处提到了奴隶存在的合法性,①被美国南方种植园主据为推行蓄奴制的神学依据。尤其是旧约中"挪亚的诅咒"这一神话传说被种族主义者大肆渲染,成为其奴役黑人的绝佳理由。② 因此,鲍德温愤怒地与上帝对质,拷问其疏漏给黑人带来的苦难。对于基督教的这种"帮凶"作用,鲍德温耿耿于怀,在文集《下一次将是烈火》中对其进行了讽刺性的指摘,"我认识到,《圣经》是由白人写成的。我知道,在许多(白人)基督徒看来,我是被诅咒的闪的后裔,因此我注定成为奴隶",而"这好像正是基督教世界所坚信不疑的"。③ 正是在这样的观念支配下,白人不能正视其与黑人的关系史,对曾为其资本积累做出了巨大贡献的黑人民族犯下了不可饶恕的滔天罪行,"这就是我所指责我的国家和我的同胞所犯的罪。对此,不论是我,还是时间和历史都不会宽恕的",因为"他们已经而且正在毁灭数以百万计的生命,却一无所知,而且根本就不想知道"。④ 白人的这种"无知"一方面反映了其种族优越论的荒诞,另一方面也导致了"其身份的丧失"。⑤ 鲍德温始终把自己视为美国大家庭的一员,在作品中频繁使用第一人称复数的叙述视角,借此表明黑人与白人皆兄弟的种族融合立场。

因为我们,美国人民,创造了他,他是我们的仆人;是我们把牛鞭放到他的手中,因此我们要对其所犯的过错负责。是我们将其锁在肤色的牢狱中不能自拔。是我们让他相信黑人一无是处,他作为白人的神圣职责就是捍卫其种族的荣耀和纯洁。是我们禁止他接受当初与黑人彼此相爱,其乐融融的美好时光;是我们从法律上规定白人父亲

---

① 参见第二章第一节"上帝的肤色与种族身份"部分。
② 同上。
③ James Baldwin, *The Fire Next Time*, New York: The Dial Press, 1963, p.50.
④ Ibid., p.19.
⑤ Ibid., p.23.

要否认黑皮肤的儿子,并以此为荣。的确,这些都是严重的罪过,而我们就是犯罪的凶手,而且为了经济利益还要一如既往地错下去。①

而事实上黑人被认为不是"完全的美国公民",② 是美国的"私生子",必须听命于白人的安排。所以,黑人认为,与其说原罪是"固有的人性缺陷",不如说是源于"社会不公"。③ 白人强迫黑人接受劣等种族的所作所为恰恰反映了其"非人性"和内心的"恐惧"。④ 显然,这种罪的本质就是白人与黑人关系的"偏离",构成了鲍德温罪观的重要一维。他对种族主义的批判既见于白人与黑人的正面冲突,又表现在种族歧视对黑人造成的心理创伤及其对白人自己的反作用,而后两种结果更显批评力度。

(二) 白人种族主义的双重标准

戏剧《查理先生的布鲁斯》淋漓尽致地揭露了美国主流社会的双重标准,堪称批判种族主义的战斗"檄文"。首先,剧中不乏白人对黑人的贬低和侮辱,就是费尔普斯牧师这样的"圣徒"也口吐污言秽语,把浅肤色的黑人称为"动物王国里最低微的杂种"。其他人把这些"黑鬼"与"丛林中的猩猩"以及"种马"相提并论,就更不足为奇了。对于黑人在白人眼中的异化形象,拉尔夫·艾立森提供了更为形象的描述,"在我们的社会中,黑人觉得自己在这个世界上根本不存在,这没什么大惊小怪。毋宁说,他们好像美国白人梦魇般的幻想中的幽灵,白人一直为干掉它们而不择手段"。⑤ 其次,戏剧的题词主要是献给罹难的民权运动斗士麦德加·埃弗斯,不可思议的是,其惨案就在肯尼迪总统发表支持民权运动的全国电

---

① James Baldwin, *Blues for Mister Charlie*, New York: Dial Press, 1964, pp. xiv – xv.
② Howard Levant, "Aspiring We Should Go", *Midcontinent Amercian Studies Journal*, No. 4, 1963.
③ 高春常:《世界的祛魅:西方宗教精神》,江西人民出版社2009年版,第307页。
④ James Baldwin, *The Fire Next Time*, New York: The Dial Press, 1963, p. 22.
⑤ Ralph Ellison, *Shadow and Act*, New York: Vintage Books, 1995, p. 304.

视讲话后几小时。所以，在当时种族关系异常敏感的特殊时期，此类题词格外刺眼。另外，作品影射了1955年的一桩黑人冤假错案。15岁的黑人男孩艾梅特·迪尔被指控调戏白人妇女，惨遭肢解的私刑，真正凶手却无罪释放。戏剧的主人公理查德·亨利在与白人店主莱尔·布雷顿的冲突中被击毙。后者犯有前科，当地司法机关却并未追究其刑事责任。以掩人耳目为目的的审讯过后，凶手终以无罪获释。所以，戏剧的讽刺性批判不言而喻，鲍德温透过血淋淋的惨案指摘了白人种族主义有恃无恐的肆虐，使之成为讨伐种族罪孽的战斗檄文。

理查德母亲之死折射出美国主流社会的双重标准之荒诞，鲍德温借此鞭挞了黑人与白人性伦理的不平等。白人对黑人肆无忌惮，可以如蝇逐臭般围着标致的黑人妇女打转，甚至"强暴""杀死"她们，而黑人却束手无策，眼睁睁看着自己的女人被糟践。相反，"假如我们动了白人中哪一个干瘪丑陋的女人，那就是自找苦吃，肯定被他们给阉了"。[①] 理查德母亲的命案还算不上最尴尬，毕竟他父亲默里迪安牧师当时不在场。剧中老比尔的黑人妻子是个小巧玲珑、人见人爱的尤物，不幸被莱尔看中后一直被纠缠不清。比尔欲阻止，结果被毙命，却丝毫未引起什么风吹草动。种族政治中"性骚扰"的悖论是美国历史上一个永恒的主题。某种意义上，备受鲍德温诟病的《土生子》之悲剧即滥觞于主流社会在性伦理上的双重标准。主人公大个子托马斯正是为"黑人不能进入白人女子的房间、更不能与之有肌肤之亲"的禁忌所困，无意中致房东的女儿窒息而死，其悲剧人生由此拉开序幕。黑人与白人之间的性伦理始终无法淡出作家的视线，乃表现种族矛盾无法绕过去的焦点。《查理先生的布鲁斯》即由该悖论揭示黑人无法忍受侮辱，却不能力挽狂澜的尴尬。这还表现在，《向苍天呼吁》中黑人姑娘黛博拉被白人轮奸，其父欲讨回公道，结果被打个半死。《另一个国家》中白人姑娘莱奥娜因与黑人青年鲁弗斯交往而被解雇。《告诉

---

① James Baldwin, *Blues for Mister Charlie*, New York: Dial Press, 1964, p. 25.

我火车开走多久了》中黑人艺术家雷欧担心其与白人妇女芭芭拉的同居被发现而提心吊胆。《比尔街情仇》中白人警察对黑人姑娘蒂什的挑逗。所有这些都是美国社会性伦理之荒诞的典例。

另外，鲍德温还通过白人警察这一种族主义的重要象征揭露了白人对黑人权利的侵犯。他认为"美国警察的角色就是恐吓黑人，不管白天黑夜，随时可以闯入黑人的家进行搜查"。① 小说《向苍天呼吁》通过黑人青年理查德之冤案揭露了警察滥用职权、玩忽职守、草菅人命的荒诞；《告诉我火车开走多久了》则以雷欧与迦来兄弟俩在黑人区遭警察无端拦截恐吓，被粗暴审讯搜身说明白人警察的种族主义本质就是"使黑人安分守己，保护白人利益，仅此而已"。② 《比尔街情仇》通过弗尼的好友被逼供和蒂什遭受性骚扰将白人警察的罪恶本质暴露得一览无余，充分说明了其种族主义的"帮凶"作用。

（三）白人种族主义带给黑人的心理创伤

白人种族主义对黑人带来的不仅是身体上和生命上的伤害，更重要的是心灵的创伤，这种隐性的伤害更显其罪恶的本质。鲍德温在文集《街上无名》中指出，继父与家庭成员间的隔阂，其罪魁祸首就是丧心病狂的种族主义。他终生不能释怀的父子纠葛一方面折射了其与上帝的矛盾，另一方面又反映了无孔不入的种族歧视对贫穷黑人家庭伦理的侵蚀。看似轻描淡写、不乏幽默的语言背后浸透着辛辣的讽刺和痛心疾首的无奈。这在其自传体小说《向苍天呼吁》中得以充分的艺术再现。如前所述，小说主人公约翰的继父加百列是一个典型的家庭暴君，其扭曲的性格在很大程度上即为种族歧视的结果。他在外遭受白人的欺凌却敢怒而不敢言，妻儿就成为其发泄郁积怨恨的"替罪羊"，他也因此成为孩子的公敌。恐惧和仇恨

---

① James Baldwin, "To Whom It May Concern: Report From Occupied Territory", *Nation*, July 1966.

② Ibid..

取代了夫妻恩爱、父慈子孝的天伦之乐。由是观之，种族主义罪恶不仅表现在黑人与白人社会地位的不平等，更可怕的是它像幽灵一样潜伏于黑人家庭内部，导致黑人家庭伦理的破裂。其罪恶跌宕昭彰，令人发指，《另一个国家》的男主人公鲁弗斯的悲剧再次印证了这一点。鲁弗斯原本是前景看好的爵士乐手，曾辉煌一时，但令人窒息的种族歧视给他的心灵造成了无法愈合的创伤，致其人格扭曲，绝望堕落。具有讽刺意味的是，他在华盛顿大桥跳水自尽，以示对白人社会将黑人视为美国"私生子"的最强烈的反抗。

（四）白人种族主义对白人的反作用

鲍德温认为，美国种族主义的受害者绝非只是黑人，一直生活在自己编造的谎言中的白人更不能幸免。主流社会扭曲自己的信仰，践踏自己的原则，只为保住"白人至上"的神话，以为将黑人置于掌控之中，其安全就有了保障。殊不知，其愚见使他们无法把握真正的现实，"黑人在白人世界中起到定盘星的作用，是不可移除的中流砥柱"，因为如果黑人放弃了自己的位置，"天堂和地球的根基就会动摇"。[①] 白人掩耳盗铃，为确信"末日审判"不会临到自己头上而"集体撒谎"，尽管深知这种自欺欺人的做法之危害性：他们断送了自己，扼杀了深爱的人，成为子孙后代的杀手。因为"处处撒谎可不是什么无关紧要的小事"，更可怕的是他们作茧自缚，痴迷于自己编织的罗网不能自拔，就这样自我毁灭。究其原因，他们是"骗子，而谎话连篇者是不会掌握真理的"。[②] 甚嚣尘上的种族主义就这样慢慢吞噬着白人的良知，掩盖着强大背后的虚伪与苦苦挣扎的纠结，同时也将白人折磨得遍体鳞伤。某种意义上，《另一个国家》中鲁弗斯与莱奥娜的关系，伊达与维瓦尔多的关系就是白人种族主义之反作用的典例。南方白人姑娘莱奥娜家庭破裂后北漂到纽约，原本指望从鲁弗斯那里

[①] James Baldwin, *The Fire Next Time*, New York: The Dial Press, 1963, p. 23.
[②] James Baldwin, *No Name in the Street*, New York: Dell Publishing, 1972, p. 186.

得到心理的慰藉，但是鲁弗斯却仅将其视为发泄性欲的工具，她的白皮肤让他想到的是种族仇恨。她就这样成为白人种族主义的"替罪羊"，由于鲁弗斯的性虐待和歧视，莱奥娜最终精神失常，在疯人院了其残生。鲁弗斯自杀后，种族仇恨的"接力棒"就传到了他的妹妹伊达手中。伊达将哥哥之死归咎于其周围白人朋友的冷漠，其中她的男友维瓦尔多则是最大的受害者。伊达与维瓦尔多一直保持着若即若离的恋人关系，但是肤色的差别像一条无法逾越的鸿沟横亘在中间，尤其令维瓦尔多痛苦不堪，因为他的确喜欢伊达。伊达的冷漠与欺骗对维瓦尔多是不公平的，而追根溯源，这种悲剧何尝不是白人种族主义的余孽！所以，"白人的解放要以黑人的彻底解放为代价"。①

二　黑人种族主义之罪

从黑人踏上北美大陆的那一刻起，如何处理与白人的关系就一直是一个没有固定答案的难题，不仅困扰着备受煎熬的黑人，同样也困扰着广大白人民主人士，成为美国社会矛盾中的一个顽疾。黑人的出路是一个处于不断探索中的动态过程，对抗、妥协还是走中间道路，仁者见仁智者见智，迄今尚无定论。有论者称托妮·莫里森的《宠儿》是探寻黑人出路的新突破，摆脱了传统的二元对立模式，提供了多元化的解决方案，即"保留对白人的有限抵抗""黑人和白人的和谐共处""黑人内部的理解和互助"。②显然，莫里森的种族立场充分考虑了"黑人问题"的复杂性与艰巨性，更显思辨与理性，其中的种族融合思想与鲍德温的种族政治可谓一脉相承。与莫里森一样，鲍德温不仅耳闻目睹了种族主义的罪恶，而且亲身体验了其非人的本质。不过，在种族灾难面前的高度理性使他坚决反对"以其人之道还治其人之身"的极端黑人种族主义。在其宗教"理想国"

---

① James Baldwin, *The Fire Next Time*, New York: The Dial Press, 1963, p. 111.
② 张军：《构建黑人出路的新高度——解读托妮·莫里森的〈宠儿〉》，《名作欣赏》2007年第9期。

中，仇恨与报复就是罪恶的化身，因此，他坚决反对理查德·赖特以《土生子》中的别格为代表的黑人激进主义，因为"黑人抗议文学中的暴力化倾向实际上强化了对黑人的成见和公式化的黑人人物"。① 换言之，在某种程度上，极端黑人种族主义就像白人种族主义一样，是黑人为自己挖掘的"坟墓"，因为仇恨"什么问题也解决不了，永远不会"，而且"仇恨就是一服毒药"。② 鲍德温的道德责任感令其清醒地认识到，"摆脱仇恨与绝望，现在已成为我的责任"。③ 因此，鲍德温不仅批判了"黑人穆斯林运动"之反动的种族主义本质，而且在《向苍天呼吁》《查理先生的布鲁斯》《另一个国家》中通过黑人的种族仇恨与报复心理所导致的悲剧昭示其不义的罪性，由此彰显了其种族立场的理性与超越，乃其对基督之爱的具体化。

（一）"黑人穆斯林运动"的种族主义本质

以埃力扎·穆罕默德（Elijah Muhammad）为首的"黑人穆斯林运动"迎合了黑人对白人的仇恨心理，彻底颠覆了"白人优越论"的荒诞神话，交换了黑人与白人在今生与来世的位置，为黑人找回了失去已久的"乐园"，因此颇具诱惑力与鼓动性。首先，穆罕默德自称是真主安拉（Allah）的先知，他改写了"挪亚的诅咒"这一白人种族主义者据以歧视黑人的《圣经》神话，将白人放在了受诅咒者之列。他宣称，在不久的将来，白人的统治必然会结束，黑人也就随之摆脱受奴役的命运，因为"上帝是黑人"，④ 所有黑人都因属于"伊斯兰教"而成为上帝的选民。原先白人编造的白人上帝永远无法使他们摆脱苦海，而这个黑人上帝才是其真正的救主。其次，穆罕默德对白人进行了恶魔般的丑化。在史前时期，地球的主人是完美的黑人，根本没有白人的蛛丝马迹。白人的出现纯属偶然，绝非

---

① 王家湘:《20世纪美国黑人小说史》，译林出版社2006年版，第194页。
② James Baldwin, *Blues for Mister Charlie*, New York: Dial Press, 1964, p. 21.
③ James Baldwin, *Notes of a Native Son*, Boston: Beacon Press, 1990, p. 114.
④ James Baldwin, *The Fire Next Time*, New York: The Dial Press, 1963, p. 64.

上帝的本意，而是安拉让魔鬼在地狱进行试验的结果，并由此带来灾难性的后果。所以白人是魔鬼，毫无"美德"可言，因而注定没有任何希望，迟早要灭亡。因为这些"怪兽"的出现打破了世界原来的和谐秩序，而安拉急于恢复被他们破坏的和平统治。① 显然，白人的地位在这里一落千丈，沦为罪恶的化身，被判了"死刑"，其境遇的骤变彰显了黑人极端种族主义者刻骨铭心的仇恨。对这种"以牙还牙"的报复，鲍德温不以为然。他关心黑人的解放，更在乎其"人格的尊严与灵魂的健康"，强烈抗议任何针锋相对的冲动之举，不希望黑人同胞因此而陷入"精神的荒原"。在他看来，丑化自己的敌人绝非解决问题的上策，而是缺乏理性的无知，忽视了一个简单却不易掌握的真理——"贬低他人就是贬低自己。"鲍德温显然不愿意看到黑人堕落到"这种可怜的地步"。② 他亲自拜访过穆罕默德，清楚地看透了"黑人穆斯林运动"的种族主义本质，认为其荒诞性就在于重蹈白人种族主义的覆辙，对于解决种族问题有害无益，非但不会产生积极的作用，反而只能将矛盾激化，两败俱伤。若说到好处，那就是给被仇恨包围的黑人以心理和情感上的平衡，实属自欺欺人之举。

（二）黑人种族主义之罪

鲍德温奉行基于博爱的世俗性解放神学，任何不利于和谐的行为都会导致人与人之间正常关系的破裂，因此都是罪的表现。白人种族主义是罪，因为它不仅伤害了黑人，而且也使白人自己陷入困境。鲍德温并未因种族偏见而免去黑人种族主义的罪，因为它不仅给白人造成身心上的创伤，而且使黑人自己遭受更大的伤害。因此，他也将批判的矛盾对准了黑人种族主义，这绝非是对黑人种族的背叛，而是从长计议的理性，是更高层面的人文关怀。

---

① James Baldwin, *The Fire Next Time*, New York: The Dial Press, 1963, pp. 80–81.
② Ibid., p. 97.

实践证明，否定一切、排斥一切的虚无主义有百害而无一益，当事人往往会因之一败涂地、惨不忍睹。鲍德温的继父大卫在种族关系上的极端排外行为及其悲剧性后果堪称典例。作为奴隶的儿子，他饱受种族歧视之苦，心理极度扭曲，将白人世界贬得一无是处。大卫不但自己不与白人来往，也不让家人与他们有任何交往。他警告鲍德温说，尽管有些白人看起来很友好，但"没有一个人值得信赖"，因为白人"为了控制黑人会不择手段"，所以"最好尽可能不要与他们打交道"。[①] 不过，事实并非如此。虽然亲历了种族歧视的丧心病狂，在黑白矛盾甚嚣尘上的背景下，鲍德温却承蒙开明白人的接济提携，与艺术结缘，自中学时代就初露锋芒的文艺才华得到开明白人的赏识，他对艺术的渴望在白人老师的帮助下得以满足。白人教师比尔·米勒无微不至的关怀既改变了鲍德温对种族仇恨的态度，又开启了他文学创作的心灵，将他领上赏识艺术的道路。尽管继父内心强烈反对，但迫于米勒是白人的威慑，只得同意儿子与之交往。是故，开明白人成就了鲍德温的文艺梦想。因此，他对白人无论如何也恨不起来，白人并非像继父灌输的那样，全都天良丧尽、罪大恶极。相反，他们中间还有善良，因此种族融合不是不可行的，继父极端的种族仇恨之荒诞因此不言而喻。换言之，鲍德温的亲身经历让他从黑人与白人的严重对立中看到了对话与和解的希望，相信星星之火可以燎原。所以，在种族融合的漫长道路上，鲍德温依旧砥砺前行，上下求索。

鲍德温自幼饱读《圣经》，做过三年童子布道者，丰厚的宗教修养内化为其生命意识的重要基因，成为其行动指南。他将其中的积极因素发扬光大并以实践进行检验，不断刷新对基督教教义的理解。鲍德温儿时从继父那里得到的多是旧约中罪与罚的思想，但他却更青睐新约中的救恩，因而未曾偏离基督教的核心思想——爱。《哥林多前书》关于爱的定义中有这样一句，"只喜欢真理，不喜欢不义"。可以说，鲍德温的

---

① James Baldwin, *Notes of a Native Son*, Boston: Beacon Press, 1990, p. 92.

一生就是在"真理"和"不义"之间进行求索的一生,所以他没有满足于道听途说,而是通过切身体验甄别"是"与"非",验证并大胆修正传统所谓的"真理"与"不义",使基督教成为以人为本的解放神学。有鉴于此,白人的提携帮助让他深深感受到了继父的偏执是不尊重客观事实的"不义",也即罪。而有罪必有罚,诚如《圣经》所言,"罪的工价是死"。① 继父应对种族歧视的最好武器就是仇恨与报复,正是这种不能释怀的沉重心理压力使其变得孤傲专横,抹杀了与家人之间的亲情,导致精神失常,抱恨而终。所以,鲍德温不无感慨地说,"憎恨的杀伤性是如此之大,任何心怀憎恨的人都摆脱不了被毁灭的命运,这是颠扑不破的规律"。②

鲍德温以继父这一活生生的例子证明了盲目排外性的黑人种族主义的"罪"与"罚",同样的主题在其文学世界中也得以充分的表达。如果说加百列与主流社会的格格不入从宏观上呈现了黑人应对种族歧视的策略,因为他的仇恨不是针对某一个白人,而是对全体白人的蔑视,那么《另一个国家》中的鲁弗斯则是鲍德温表现黑人种族主义的微观视角,因为鲁弗斯将种族仇恨发泄到莱奥娜一个人身上。这一对黑白青年男女的悲剧极富个性,又不乏代表性。鲁弗斯变态的仇恨使他们两败俱伤,不但将莱奥娜送进了精神病院,也使他自己绝望而死,艺术地诠释了黑人种族主义之"双刃剑"的实质。被种族歧视扭曲的灵魂让鲁弗斯把无辜的白人也置于打击报复之列,因此,家庭破裂、孤苦无依的贫穷白人姑娘莱奥娜就沦为他发泄种族仇恨的"替罪羊"。其实,莱奥娜的日子并不比鲁弗斯好过,她在家遭丈夫虐待,孩子被夺走,其精神创伤有过之而无不及。他们都属于美国社会中的弱势群体,可是根深蒂固的种族意识架空了鲁弗斯人性中的良知,他非但没有可怜莱奥娜,反而将其视为白人罪孽的象征,在性爱中实

---

① 《圣经·新约·罗马书》第五章第十二节。
② James Baldwin, *Notes of a Native Son*, Boston: Beacon Press, 1990, p.114.

施种族报复,沦为"虐待狂"。他对莱奥娜的侮辱、施暴可谓无所不用其极,"母狗""烂货""臭婊子"这类污言秽语一股脑儿都堆到这个可怜的穷白人姑娘身上。可是痴情的女子"不管他对我做了什么事情",一直都深爱着他,因为"我控制不住自己的感情"。① 鲁弗斯以这种极度变态的方式向主流社会宣战,旨在证明黑人男性的力量,证明黑人的存在。然而,他在实施报复、释放仇恨的同时负罪感也随之加剧,把自己折磨得遍体鳞伤,种族仇恨也促成了其堕落,最终使其在罪感与绝望中自杀,由此可见种族仇恨的惨重代价。

鲍德温通过自己的继父和鲁弗斯这两个极端黑人种族主义者的原型,从不同层面集中表现了黑人的仇恨对于解决种族矛盾有害无益的荒诞性。美国种族主义困境的双向性也由此可见一斑,黑人不是唯一的受害者,白人亦不能幸免,甚至在某种意义上是更大的受害者。在种族矛盾的两极中,黑人往往是被动的弱势群体、白人势力的牺牲品。因此,强势的白人总是被视为这场不公平游戏的肇事者和黑人惨败的罪魁祸首。鲍德温不否定白人主流社会对黑人的破坏性,同时认为,在这场力量悬殊的博弈中,让黑人每况愈下、步步滑向深渊的另一个毁灭性因素则在于黑人自身,即对白人的憎恨。这种看似天经地义的仇视与白人种族主义一样,乃一种"同样具有腐蚀作用的毒药"。② 鲍德温由此清醒地认识到,黑人与白人是矛盾的对立统一,彼此之间相互离不开对方,唯有团结在一起,"我们才能成为一个国家",换言之,"才能成为真正的自己,才能走向成熟"。③ 在走出种族困境的真知灼见中亦透露出作者本人的无奈和彻骨的伤感。

---

① [美]詹姆斯·鲍德温:《另一个国家》,张和龙译,译林出版社2002年版,第59页。
② Elizabeth Roosevelt Moore, *Being Black: Existentialism in the Work of Richard Wright, Ralph Ellison and JamesBaldwin*, The University of Texas at Austin, 2001, p. 220.
③ James Baldwin, *The Fire Next Time*, New York: The Dial Press, 1963, p. 111.

第二节 基督徒之罪

在基督徒看来，《圣经》记载的是上帝的意志和诫命。信徒只有不断加深对基督教思想的理解的可能性，逐渐接近上帝之"道"的真谛，而永远不可能完全掌握其奥妙所在。在宗教信仰的漫漫求索过程中，不可避免地会出现对宗教精神理解的偏差，更不能否定别有用心者对其曲解滥用。鉴于人在上帝面前的"软弱"，基督教的历史在某种意义上就是被扭曲的历史，基督徒按照各自的方式呈现了其对上帝圣意的阐释。这就难免会偏离上帝之道的原初本意，即"对天主意志的不听命及对天主的触犯"，所以就是"罪"。[①] 鲍德温对基督徒之罪的量刑既以《圣经》为参照，又以现世关怀为基础，是宗教理性与现实理性的综合体，体现了"是人创造了宗教"这样的马克思主义宗教观。鲍德温语境中，基督徒的罪状主要表现为骄傲、虚伪、冷漠、邪淫与宗教狂热等。与之相对应，本节试从基督徒的堕落、基督徒的宗教狂热和基督徒的骄傲与冷漠三个方面对基督徒之罪进行阐述。

一 《向苍天呼吁》：基督徒的堕落

在自传体小说《向苍天呼吁》中，鲍德温以继父为原型塑造了一个虚伪的黑人牧师加百列·格兰姆斯，通过揭露其虔诚外表下肮脏堕落的灵魂，表达了当年对继父的仇恨，批判了宗教的腐败堕落。加百列的姓格兰姆斯（Grimes）与罪（Crimes）谐音，表征了其罪恶的本性。虽有过短暂的圣洁，但总体而言，他一生都没有洗清自己的罪名。加百列自幼冥顽不

[①] ［德］卡尔·白舍客：《基督宗教伦理学》，静也、常宏等译，上海三联书店2002年版，第319页。

灵、放荡不羁，12 岁时被母亲强迫"受洗"后依旧恶习不改，沦为"寻花问柳的大黑鬼"。[①] 虔诚的母亲临终前因执迷不悟的儿子不肯向主屈服而暴跳如雷，加百列因此"几乎巴不得她死去"，这"证明了他内心极端邪恶"，所以他"对存在于自己躯体内的邪恶，又恨又怕，就像他对在自己毫无戒备的精神国度里四处觅食的贪欲好色的狮子又恨又怕一样"。[②] 他就这样在恐惧与沉重的罪感中沉沦，"咒骂自己体内存在着的、把他引入歧途的淫欲；他又咒骂别人身上的这种淫欲"。[③] 加百列做了牧师后，吃喝嫖赌的恶习暂时收敛，梦中的神启让他善心大发，向多年前被白人轮奸而蒙受耻辱的黑人姑娘黛博拉求婚，根本不计较她失去贞洁之事。他确信，既然他与黛博拉的结合是神的旨意，主必将"使她摆脱在男人们的眼里她所带有的那种耻辱"，以此抬高她的地位。这让他产生了一种"强烈的幻觉"，将黛博拉视为人间最好的女人，认为她绝非装腔作势、卑鄙放荡之流。因此，"他们的结合将是圣洁的"，[④] 尤其令他兴奋的是"他们的孩子将继承虔诚基督徒的血统———一种高贵的血统"。[⑤] 婚后不久，加百列因黛博拉不能生育而对其态度的陡转直下说明他爱黛博拉的一个重要原因是为了传宗接代，"他是以生物学的标准决定到底应该爱谁"。[⑥] 他完全背离了宗教之爱的轨道，其神学因之成为"堕落的基督教"。[⑦] 设计美好的婚姻梦想破碎后，风尘女子以斯帖的出现旋即让他移情别恋，竟然日益憎恨起当初被其视为"神圣"的发妻，因为"他们的新床上发出的"是"没有欢

---

① ［美］詹姆斯·鲍德温：《向苍天呼吁》，霁虹、宏前译，内蒙古人民出版社 1984 年版，第 63 页。
② 同上书，第 81 页。
③ 同上书，第 82 页。
④ 同上书，第 97 页。
⑤ 同上书，第 97—98 页。
⑥ Lawrence Van Heusen, *The Embodiment of Religious Meaning in the Works of James Baldwin*, College of Humanities and Fine Arts, 1980, p. 68.
⑦ Edward Jackson, *Fathers and Sons: An Analysis of the Writings of James Baldwin*, Syracuse University, 1976, p. 7. Ronald G. Palosaari, *The Image of the Black Minister in the Black Novel from Dunbar to Baldwin*, University of Minnesota, 1970, p. 266.

乐的呻吟声"。① 起初，加百列对以斯帖的感情是所谓属灵意义上的同情，不过他薄弱的意志终因贪婪的情欲抵挡不住撒旦的诱惑而崩溃，就连耶稣也救不了他。压抑已久的冲动如势不可当的洪水般再次爆发，"罪恶、死亡、地狱和天谴一切都被抛到九霄云外"，好像"天下只有他们两个人"，彻底忘记了是黛博拉在二十四长老福音布道会上帮他从一个名不见经传的年轻牧师一炮打响，成为当地宗教界的显赫人物。这个口是心非、出尔反尔的家伙，其罪恶的灵魂刚刚得救，旋即就这样再次堕落了。事后，他又祈求上帝宽恕，永远不要再让他坠落。道貌岸然的牧师让灵魂在地狱与永生之间挣扎，其扭曲与纠结实在荒唐，令人不齿。这个披着宗教外衣的色鬼不断被强大的肉欲征服，将"摩西十诫"忘得一干二净，在色欲的渊薮中越陷越深。这就难怪他的姐姐说："当了牧师也不可能使一个黑人不干卑鄙的事。"因此，加百列"根本不配当牧师。他比别人好不了多少。事实上，他和一个杀人犯差不多"。②

尽管加百列是"口言善，身行恶"的伪君子，其堕落的灵魂却没有肆无忌惮地公之于众，而二十四长老福音布道会上来自天南海北的"上帝牧师"干脆卸掉伪装，将腐败堕落的罪恶本质暴露得一览无余。这是一群贪图享乐的饕餮之士，个个红光满面、肥头大耳，身着富丽奢华、风格各异的盛装，与从前因专心侍奉上帝而变得"瘦骨嶙峋、衣不蔽体"的圣洁先知有着天壤之别。仅凭外相即可断定其"贪食"之罪，圣餐时长老"一张张吃得饱饱的脸和一副副嚼着食物的上下腭"充分证明他们的确是些脑满肠肥的家伙。宴会期间，长老口无遮拦，对女人开了些庸俗下流的粗野玩笑，足以说明其贪欲好色之罪。不过，他们自己反倒觉得这无伤大雅，毕竟"他们对基督教的信仰如此根深蒂固，即使遭到撒旦的锤子微不足道的

---

① ［美］詹姆斯·鲍德温：《向苍天呼吁》，霁虹、宏前译，内蒙古人民出版社1984年版，第107页。
② 同上书，第77页。

一击也不会倒下去"。① 其中一位长老对黛博拉的取笑着实令人发指,"不错,这里是有一位圣洁的女人!白皮肤的男人的乳液塞满了她的肚子,至今仍在里面发出这么大的酸味,以致她现在永远也找不到一个愿意让她尝尝更加丰富新鲜的东西的黑人"。② 由此引发的淫荡狂笑无论如何也不会让人相信他们竟然是上帝的"代言人",所以将这次布道会称为"恶魔的聚会"③ 也不为过。《圣经》规定,无论嘲笑谁都是不对的,而长老却不以为然,认为他们并无恶意,其随便轻率之举表明"他们没有把荣耀给予上帝"。另外,宗教欺骗尤其让他们罪不可赦。这些长老多年的布道经验让他们老于世故,各有一套"迷惑观众的专门技巧",熟知如何应付不同的会众。他们根本不把上帝授予的权力当作神圣之事,"常常开玩笑谈论和比较各人拯救的灵魂数,好像他们是在撞球场内记分似的"。④ 由是,他们再也不会在上帝面前发抖了,这正好说明其对上帝的敬畏已经荡然无存,因为"当我们在他(上帝)面前不再发抖的时候,我们就偏离了正道"。⑤ 这次布道会,长老的丑恶嘴脸原形毕露,被说成"本可以不费力气地成为挣大钱的马戏演员",⑥ 鲍德温借此披露了神职人员的堕落。鲍德温退出教会,除了对文艺朝圣般的激情外,另一个重要原因就是教会的腐败。牧师借宗教之名中饱私囊以满足横流物欲,直到会众最后一枚硬币也被套出来,而真正虔心向主的信徒"一直不停地刮擦着地板,把各种面值的美元掷入募捐的盘子里"。⑦ 教会因此成为部分人"有利可图的事业",⑧《向苍

---

① [美] 詹姆斯·鲍德温:《向苍天呼吁》,霁虹、宏前译,内蒙古人民出版社1984年版,第96页。
② 同上。
③ Elwyn Breaux, *Comic Elements in Selected Prose Works by James Baldwin, Ralph Ellison, and Langston Hughes*, Oklahoma State University, 1972, p. 121.
④ [美] 詹姆斯·鲍德温:《向苍天呼吁》,霁虹、宏前译,内蒙古人民出版社1984年版,第95页。
⑤ 同上书,第91页。
⑥ 同上。
⑦ James Baldwin, *The Fire Next Time*, New York: The Dial Press, 1963, p. 53.
⑧ Ibid., p. 52.

天呼吁》重演了这种饕餮醍醐的闹剧,既令人啼笑皆非,又让人痛心疾首。鲍德温撕破这些伪善者的画皮,暴露了其恶棍本相,让人感觉他们与莫里哀笔下的伪君子"达尔杜弗"并无二致。

二 《阿门角》:基督徒的宗教狂热

戏剧《阿门角》以黑人女牧师玛格丽特如何从视教会如命到回归天伦之乐的巨变为主线,讲述她为了侍奉上帝而牺牲家庭的宗教狂热,以及因此与教友和家人之间的矛盾。有论者认为,以玛格丽特为代表的虔诚基督徒为表"圣洁",毅然放弃情欲之举其实是对公义恩慈的上帝的误解。既然玛格丽特误解了上帝的本义,她就偏离了基督之爱的轨道,其自以为是的宗教狂热就是一种罪。女牧师循规蹈矩,动辄引用《圣经》话语以示其宗教权威,却顾此失彼、断章取义,无法高屋建瓴地将基督教思想融会贯通,释放其正能量。与其说是虔诚所致,毋宁说是丧心病狂使然。其原教旨主义者般的宗教狂热主要表现在不能辩证地处理好今生与来世的关系。

首先,她未能领会基督教婚姻观的真谛。《圣经》上说,"婚床是神圣的",[1] 即婚姻是神圣的。自恃虔诚的玛格丽特竟然将上帝的这番话语忘得一干二净,这无疑是对她莫大的讽刺。她因异教的丈夫路得不肯承认耶稣是个人的救主而与之分道扬镳长达十年之久,对教友的好心规劝不以为然,理直气壮地反驳道:"经上说,如果你把父母或兄弟姐妹或丈夫——或任何人——看得比主重要,末日审判时主就会与你没有任何关系了。"[2] 玛格丽特未处理好与丈夫的关系,导致家庭支离破碎,严重影响了她在教会的权威,质疑与批评之声迭起。女教友博克瑟一针见血地指出,如果玛格丽特"尽了一个妻子的义务",她也许早就顺利地让丈夫接受了"主的恩典"。[3]《圣经》教导人们,夫妻要彼此恩爱,而"作妻子的,当顺服自

---

[1] James Baldwin, *The Amen Corner*, New York: Dial Press, 1968, p.74.
[2] Ibid., p.68.
[3] Ibid., p.37.

己的丈夫，如同顺服主"。① 以上帝"代言人"自居的女牧师竟然不能将神的旨意付诸实践，实在荒谬绝顶！尤其不可思议的是，当女教友杰克逊太太因孩子生病前往教会求助时，玛格丽特却将责任归于异教的杰克逊先生，并劝太太与丈夫离婚，结果遭到断然拒绝，"我就只要我的男人，我的家庭和我的孩子"。② 杰克逊太太强烈的家庭观念对玛格丽特触动很大，为其最后的回归埋下了伏笔。可喜的是，教友的帮助奇迹般地激活了其压抑在心底的世俗之爱，人性的复活终于使她放弃教会的神职，再次投入丈夫的怀抱。玛格丽特不是个别现象，而是宗教麻痹性的缩影，所以费尔巴哈讽刺道，"在基督徒——至少旧基督徒——那里，如果订了婚或已经结了婚的男子——假定还是双方自愿的——竟情愿丢弃百年之合，甘愿为了宗教上的爱而牺牲婚姻的爱，那就是宗教上一件真正的大喜事了"。③ 其次，她未能处理好家庭与上帝的关系。玛格丽特因虔诚而把上帝放在至高无上的地位，这本无可厚非。但如果以牺牲家庭为代价来表达对上帝的爱，那就偏离正"道"了。当路得重病卧床、需要人照顾时，女教友莫尔建议，"家中出了乱子时，应当以家庭为重"。④ 但她依然坚持要带儿子到费城布道，因为"主的事重于一切"。⑤ 殊不知，她再次误解了基督之爱的真意，"爱上帝就是爱他所有的孩子——他们当中所有的人，每一个人！——与他们同甘共苦，不计任何代价！"⑥ 最后，她未能处理好物质与精神的关系。玛格丽特总以为教会其他成员对主的虔诚不够而建议他们放弃赖以谋生的工作，以便专心敬拜上帝。她的理由是，"如果你的心有一刻不在上帝身上，撒旦就会诱使你堕落"，⑦ 而且"经上说，'一个人不能

---

① 《圣经·新约·以弗所书》第五章第二十二节。
② James Baldwin, *The Amen Corner*, New York: Dial Press, 1968, p. 66.
③ ［德］费尔巴哈：《基督教的本质》，荣震华译，商务印书馆2013年版，第227页。
④ James Baldwin, *The Amen Corner*, New York: Dial Press, 1968, p. 31.
⑤ Ibid., p. 25.
⑥ Ibid., p. 88.
⑦ Ibid., p. 9.

事奉两个主'"。① 耶稣在荒野受到魔鬼试探时说过,"人活着,不是单靠食物,乃是靠神口里所出的一切话"。② 这也许正是玛格丽特主张放弃物质追求的宗教依据。殊不知,要更好地敬畏上帝就必须有充分的物质保障,毕竟,人不是神。耶稣的话也绝非叫人单靠神的话语活着,牧师断章取义,又犯了一次可怕的错误。可悲的是,牧师自以为是的虔诚让她一直与主背道而驰。

人自身的"软弱性"导致对基督教教义有意或无意的误解,玛格丽特的宗教狂热即为典例。鲍德温借此抨击的对象并非宗教本身,因为宗教本身没有错。其旨归意在还原基督教的本来面目,奋力疾呼停止断章取义的偏颇与武断,以及由此给宗教带来的罪名。基督教的本意是美好的,承诺来世灵魂救赎的同时并不否定现世的幸福。耶稣的确强调对神的信心的重要性,但绝无否定世俗生活之意。把握当下、好好活着方能更好地侍奉神,因为"若人连看得见的兄弟都不爱,又怎么能够去爱他看不见的神呢?"③ 由是观之,爱自己的家人与对上帝的虔诚非但不矛盾,而且互为因果,相融共生,乃基督之爱的一体两面。所以,玛格丽特为教会而与不信教的丈夫分道扬镳,与其说是宗教虔诚,倒不如说是十足的宗教偏执。换言之,是对基督教本原教义的扭曲,对上帝圣意的亵渎。

三 《向苍天呼吁》与《比尔街情仇》:基督徒的骄傲与冷漠

骄傲是《圣经》所规定的众罪之首,而基督教中的"原罪"即滥觞于此。从根本上讲,导致人类始祖亚当和夏娃堕落的罪魁祸首就是骄傲。首先,从主观上看,也即最直接的原因乃是夏娃人性中经不住诱惑的软弱,

---

① 《圣经·新约·马太福音》第六章第二十四节。
② 《圣经·新约·马太福音》第四章第四节。
③ James Baldwin, *The Amen Corner*, New York: Dial Press, 1968, p.47. 参见:约翰一书,4:20。人若说,"我爱神",却恨他的兄弟,就是说谎话的;不爱他所看得见的弟兄,就不能爱没有看得见的神。

即骄傲，因为她奢望能如上帝那样。① 其次，从客观上讲，魔鬼撒旦的引诱乃亚当、夏娃违反上帝初衷的导火索。众所周知，撒旦本是上帝的使者，但作为天使长，他却想与上帝抗衡。正是这种骄傲的冲动和不可抗拒的欲望令其沦为上帝的死对头，处处与上帝为敌，最终引诱亚当和夏娃走向堕落，使人类从此背负起挥之不去的原罪枷锁，彻底打破了伊甸园的宁静，从根本上颠覆了上帝创世造人的美好蓝图。骄傲是对上帝的背离，是人与上帝关系的断裂。基督教主要从人与神的关系强调骄傲之罪，而鲍德温则刻意表现基督徒的骄傲，借此说明骄傲之罪的普遍性，同时立足于人与人之间的关系，旨在凸显世俗的人文关怀。

鲍德温在《向苍天呼吁》中围绕主人公约翰艰难的皈依之路表达其早年的沉重原罪意识，而骄傲就是弥漫在这个"好人难寻的"罪人世界中的"隐形杀手"。小说以约翰对加百列的仇恨艺术地再现了鲍德温与继父之间的紧张关系。鲍德温在《土生子札记》中认为导致其父子不和的罪魁祸首就是他们骨子里的"刚愎傲慢之罪"。② 与现实中的父亲一样，加百列的骄傲在打击别人的同时，也将自己弄得遍体鳞伤。鲍德温的继父因其傲慢导致众叛亲离，成为家中的"多余人"，妻儿的恐惧与憎恨取代了"举案齐眉"和"父慈子孝"的天伦之乐，终致其神智错乱，于精神病院中了却残生。遗憾的是，或许他至死也没意识到其悲剧命运的根源是什么。对他打击最大的是，少年鲍德温以其布道天才吸引了更多的会众，极大地冲击了继父在教会的权威，令他黯然失色，成为莫大的耻辱。这就是"罪与罚"的现实表达，因为"骄傲来，羞耻也来"。③ 鲍德温通过加百列这个艺术形象再次对继父发起了猛烈的攻击，揭露了基督徒的虚伪冷酷以及对上帝之道的背离。加百列的骄傲主要见诸其对小约翰的偏见与歧视。他无视约翰的驯服、吃苦耐劳等优点，却专注于他身上的恶，取笑他相貌丑陋，将其

---

① 《圣经·旧约·创世记》第三章第五节至第六节。
② James Baldwin, *Notes of a Native Son*, Boston: Beacon Press, 1990, p. 86.
③ 《圣经·旧约·箴言》第十一章第二节。

一言一行均视为撒旦的诱惑,认为即使爱也救不了这个罪恶缠身的"私生子"。结果,他对上帝报复的渲染让小约翰背负起了沉重的原罪枷锁。加百列以上帝的使者为恃,自命清高,对妻子未婚先孕的"淫乱"之罪耿耿于怀,彻底忘记了基督之爱是"不计算人的恶"① 的教诲。讽刺意味十足的是,这位上帝的牧师非但对自己以前的堕落只字不提,在婚后竟以宗教之名到处播撒情欲的种子,其"双重标准"或宗教悖论无情地撕碎了其骄傲的面纱,令其理直气壮的圣洁显得荒诞不经,令人捧腹。骄傲的一个严重后果就是自欺,② 加百列的不断堕落显然是一种自欺欺人之举,他一方面僭越宗教律法,另一方面又以上帝使者为"护身符",不断祈求上帝的宽恕。

横亘在加百列与姐姐佛罗伦斯之间的是一条充满恨的鸿沟,这固然与前者玩世不恭、虚伪暴虐的恶性分不开,不过后者的心高气傲也难辞其咎。由于重男轻女的保守思想,弟弟从小就在家中占尽先机,受到母亲偏爱,加之他不断地堕落,佛罗伦斯一直对加百列怀恨在心。傲慢与偏见此生彼长,既是恨之根,也是恨之表。佛罗伦斯始终戴着有色眼镜看待弟弟的一举一动,每每加百列惹下祸端,她总希望他"闯的祸越大越好",并且期待着"母亲祈求驱除的邪恶有一天会征服他"。③ 好友黛博拉被轮奸后,佛罗伦斯对男人的偏见愈加强烈,认为他们都是在女人身上寻求情欲满足的禽兽,在加百列面前的傲慢亦随之膨胀,处处与他作对,在不知情的外人看来,他们绝对不是亲姐弟。佛罗伦斯的不可一世也导致她与母亲、丈夫的分道扬镳,最终落得孤家寡人的凄惨晚景。虽接受了洗礼,却算不上是真正的信徒,即使虔诚的母亲也未能让她拜倒在基督面前,她"内心中从未祈祷过",年轻时从未到教堂做过礼拜。厌倦了母亲的保守和

---

① 《圣经·新约·哥林多前书》第十三章第五节。
② 《圣经》研用本,第1605页。
③ [美]詹姆斯·鲍德温:《向苍天呼吁》,霁虹、宏前译,内蒙古人民出版社1984年版,第61页。

第三章 鲍德温文学中的罪与罚

弟弟的冥顽不灵,她抛下病危的母亲毅然只身漂泊到纽约寻找新的生活,结识了丈夫弗兰克。后来婚姻的破裂与其说是由于弗兰克不能满足她的期望,毋宁说是她强烈的支配欲望将他扫地出门。某种意义上,她把对加百列无法实现的报复转嫁给了弗兰克。佛罗伦斯俨然一家之主,对弗兰克评头论足,"就弗兰克来说,她是一贯正确的"。所以,他"决心一辈子做一个下贱的黑人",不过,"这不是她的错"。① 这种失衡的夫妻关系终于在无休止的吵闹中结束,弗兰克移情别恋,客死法国战场。经过了60年凄风苦雨的洗礼后,佛罗伦斯终于来到圣坛前祈祷,不是因为爱和谦卑,而是出于恐惧,祈求所有人能宽恕她的桀骜不驯,可是她骄傲的"自尊心占据了御座那么长时间仍然不愿让位",比年轻时更"孤苦伶仃",好像"不知道哪里是她的立足之地"。她只有无助地"颤抖着,等待雾霭散去,才好平安走路"。② 一直不肯服输的佛罗伦斯以母女情、姐弟情和夫妻情为代价,任其骄傲信马由缰,使之成为她自己始终不知情的"罪"的身份象征,以不同的方式演绎了加百列的悲剧。

佛罗伦斯的骄傲是因为她不够虔诚,未能以基督教的标准来约束自己的思想行为,因而得不到上帝的宽恕,终致无法脱离苦海,落得晚景凄惨,令人惋惜。她的存在主义式的悲剧在很大程度上反映了鲍德温早年的原罪意识,以及由此产生的对上帝的恐惧。无论是对加百列之骄傲的宗教虚伪性的挖苦,还是对佛罗伦斯之骄傲的异教行为的同情性批判,均可视为少年鲍德温尚未识破宗教之欺骗性前对罪与罚的认知,乃其早年宗教理性的艺术表达。他的不惑之年力作《比尔街情仇》中的亨特夫人之骄傲则完全丧失了《向苍天呼吁》中的宗教严肃性与悲剧效果,是鲍德温逃离教会,以"旁观者"的身份审视基督教后,从世俗理性的角度对宗教虚伪性的揶揄讽刺。自傲轻狂的亨特夫人是一个宗教伪善的"小丑",根本没有

---

① [美]詹姆斯·鲍德温:《向苍天呼吁》,霁虹、宏前译,内蒙古人民出版社1984年版,第71页。
② 同上书,第54页。

任何骄傲的资格。虽未搞清楚《圣经》对罪的规定,却对别人指手画脚,她骄傲的资本无非是其引以为豪的长相和自以为是的宗教圣洁。一方面,亨特夫人比一般黑人的肤色浅,长相好看,与其说这增加了她的自信,不如说让她变得孤芳自赏,本能地流露出令人讨厌的傲气。她虽过中年,但"依然风韵犹存",因此总是呈现"一副神圣不可侵犯的神态和漂亮女子至死不变的模样"。① 尤其在教堂做礼拜时,她自以为是的庸俗装扮并无人欣赏,让人误以为她"身患重病"。② 只可惜,她并没有将其美好的基因遗传给唯一的儿子,弗尼的长相很不争气,他的一头茸毛"怪难看的"。尽管亨特太太生性有些懒惰,但她担心儿子给自己丢脸,所以每个星期天带他去教会前都要给他涂发油,可是对舒展这顽固的头发却无济于事,令其"唉声叹气"。因此,她在潜意识中把虚荣心受挫的创伤不自觉地转化为对弗尼的憎恨,拉开了母子间的心理距离。

另一方面(也是更重要的原因),亨特夫人自满、自义,以虔诚的信徒自居,看不起异教徒的丈夫和儿子。不过,在弗兰克看来,她的虔诚不过是她逃避责任的最佳借口,因为她"要是有啥事儿不愿自己费神,就把它丢给上帝去办!"③ 她承认弗尼是自己的儿子,是因为她决心要替他赎罪。其实,她"并不爱弗尼,只是认为既然自己已经历了一番痛苦才让他投生到人世,那就应该爱他"。④ 就像《阿门角》中的玛格丽特,她在信仰问题上对丈夫无可奈何,就寄希望于儿子的皈依,结果同样令人失望。因此,在她看来,不信教的弗尼变得一无是处、不可救药。星期天去教堂的路上,亨特夫人"昂首阔步",俨然是"迈进王宫的皇后",使阳奉阴违、心猿意马的弗尼显得"像个囚犯"。她不可一世的神态在进入教堂后表现

---

① [美]詹姆斯·鲍德温:《向苍天呼吁》,霁虹、宏前译,内蒙古人民出版社1984年版,第14页。
② [美]詹姆斯·鲍德温:《比尔街情仇》,苗正民、刘维萍译,兰州大学出版社1988年版,第18页。
③ 同上书,第17页。
④ 同上书,第14页。

得更让人难以置信,"在进教堂的一刹那,她变得那么圣洁,以致我突然间感到内心深处一阵强烈的震颤,至今难以忘怀。那感受就像是你永远,永远,永远别想同她搭上话,除非你愿意归顺明鉴的上帝;而上帝在解答你的问题前得先同她商量一番"。①

亨特夫人对待弗尼与蒂什"未婚先孕"的态度使其宗教孤傲显得尤其不可思议。她非但没有像丈夫那样为不期而至的孙子欣喜若狂,反倒发毒誓说她决不会抚养这个"私生子",且当面诅咒蒂什,"圣灵会叫你子宫里的孩子萎缩掉"。② 因为按照神的旨意,"行淫,而不得立后"。③ 而具有讽刺意味的是,《圣经》上所记的这类报应在鲍德温的小说世界里却无法应验。蒂什腹中的孩子健康成长,在小说最后一刻平安降生,戏剧性地成为新生的象征,乃众望所归。它是蒂什与弗尼战胜厄运、渡过难关的精神支柱,与独背"十字架"、洗清世人罪名的"救世主"并无二致。经过两家人百折不回的努力,最终弗尼几乎在儿子出生的同时被保释出狱,此双喜临门的"大团圆"结局彻底颠覆了像"凡到她[淫妇]哪里去的……得不着生路"④"与妇人行淫的……必丧掉生命"⑤ 这类天罚和诅咒,再次反驳了基督教给一切婚外性行为扣上"淫乱"之罪名的荒诞。作家通过他们幸福的性体验颠覆了传统的基督教性伦理,也借以建构起新标准,即心心相印的男女双方,既然已经死心塌地将彼此交托给对方,那么在他们之间发生的一切行为,只要不危及他人,则都应视为神圣。由是,"淫乱"之罪脱胎为人性本能的彻底胜利,令亨特夫人这个理直气壮的宗教偏执狂哑口无言。

作为一名虔诚的基督徒,亨特夫人笃信"因信称义"的教条,以拯救

---

① [美]詹姆斯·鲍德温:《比尔街情仇》,苗正民、刘维萍译,兰州大学出版社1988年版,第18—19页。
② 同上书,第60页。
③ 《圣经·旧约·何西阿书》第四章第十节。
④ 《圣经·旧约·箴言》第二章第十九节。
⑤ 《圣经·旧约·箴言》第六章第三十二节。

家人的灵魂为最大的善，对蒙冤入狱的儿子漠不关心，以为灵魂堕落的人无异于行尸走肉，是没有希望的罪人。其宗教偏执催生的傲慢即使在种族灾难面前也绝不低头。其实，基督教的核心价值观即"爱"的本质最终还是见诸一系列利他的行动中，固然这个善行是以对基督教的坚定信仰为前提的。信仰与善行本是"一体两面"，没有无信仰的行为，也没有无行为的信仰。① 鲍德温围绕弗尼的拯救谱写了一曲强调现世救赎价值的爱的赞歌，凸显了"因行称义"的宗教价值观。基督之爱的真谛在蒂什一家并不"十分崇拜上帝"的异教徒身上得以淋漓尽致的诠释，使亨特夫人的宗教孤傲显得如此荒诞不经。爱世人是对上帝信仰的载体，如果不爱看得见的兄弟，怎么去爱看不见的神呢？② 信仰不是空洞的痴心妄想，置眼前疾苦于不顾的宗教热情与鲍德温当下救赎的宗教理想格格不入，亨特夫人之流因此成为鲍德温宗教理想重新"量刑定罪"的审判对象，昭示了浓厚的现世人文关怀。

第三节　家庭伦理的背离

鲍德温自幼未能感受和谐家庭的温暖，对家的追寻因此成为其文学创作中的一个重要主题。他从正反两面说明了家庭的重要性，尤其在黑人应对苦难中的关键作用。不过，他塑造的大部分家庭都不同程度地支离破碎，借此说明正常家庭伦理关系失衡所造成的身心创伤，这种破坏性即为鲍德温式罪观的重要一维。本节主要从夫妻伦理、父女伦理和兄弟伦理的维度考察鲍德温对罪的界定与书写。

一　《向苍天呼吁》与《另一个国家》：男性霸权主义

传统观念认为，妻子是丈夫的附属品，应该听命运于他的支配和摆

---

① 《圣经·新约·雅各书》第二章第十八节至第二十二节。
② 《圣经·新约·约翰一书》第四章第二十节。

布。"男尊女卑"的偏见根深蒂固,以不同形式诠释男女二元对立的常态,使妇女自觉或不自觉地沦为父权思想的牺牲品。西方文化传统中,男性霸权主义有着深刻的神学基础。据《圣经》的创世说,上帝先造了男人,又用男人的肋骨造了女人,使他摆脱孤独。所以,女人乃男人的"骨中骨,肉中肉",[1] 为男人而生,命中注定是为男人服务的,由此导致夫妻关系的不平等。其实,这种观念是对基督教夫妻伦理的扭曲,折射出宗教被误解的宿命,"整个基督教文明,外表看起来如此辉煌",却是在"有意识的,但是大部分是无意识的误解和矛盾的基础上成长起来的"。[2]《圣经》中确实存在不少表面看似前后矛盾的记载,由此导致断章取义、顾此失彼的武断片面的阐释。这种主观臆断的片面性源于未能将《圣经》作为一个有机整体,前后联系,通盘考虑,以致背离了基督教"最妙的道"——爱。其实,基督教的夫妻伦理中,男女双方相辅相成,是平等的,"男性优越论"绝不是神的初衷。丈夫要爱妻子,对她忠诚,[3] 敬重她,因为他可因着妻子成为圣洁。[4] 所以耶和华说,"以强暴待妻的人,都是我所恨恶的"。[5]

鲍德温深谙《圣经》之道,大力弘扬其人文关怀,将批判的矛头直指破坏人际和谐的陈规陋习。他在作品中对女性的同情,一方面是对《圣经》积极夫妻伦理的激赏,另一方面则源于其父母关系的严重失衡给他心灵上留下的挥之不去的阴影。继父的家庭暴力给妻儿造成的身心创伤在自传体小说《向苍天呼吁》中得以充分的艺术再现。主人公约翰是伊丽莎白嫁给加百列之前与理查德的"私生子",一向是继父的眼中钉,肉中刺,备受虐待与歧视。因为妻子婚前的"不洁"性行为,加百

---

[1] 《圣经·旧约·创世记》第二章第二十一节至第二十三节。
[2] [美]嘉斯拉夫·帕利坎:《基督简史》,陈雅毛译,陕西师范大学出版社2006年版,第231页。
[3] 《圣经·旧约·玛拉基书》第二章第十四节至第十五节。
[4] 《圣经·新约·哥林多前书》第七章第十四节至第十六节。
[5] 《圣经·旧约·玛拉基书》第二章第十六节。

列对约翰的仇视经常变相地转嫁到她身上。为保护约翰不受伤害,柔弱的伊丽莎白只能忍气吞声,默默承受着丈夫的无理取闹。让伊丽莎白在丈夫面前不得翻身的另一个障碍就是加百列对之寄予厚望的小儿子罗伊,他冥顽不灵,经常在外面惹是生非。结果,父亲总是归咎于母亲的失职,"一个女人怎么能整天坐在屋子里,允许她的亲骨肉跑出去被人打个半死。你不要对我说你不知道有什么法子能管住他"。① 加百列对伊丽莎白非打即骂,使之成为孩子的"替罪羊",结果将自己也放逐到精神的孤岛,妻儿对其怀恨在心,敬而远之。加百列的家庭暴力乃传统父权思想的极端外化,他虐待伊丽莎白的一个重要原因是无法摆脱"贞洁观"的纠缠,同时还有特定的宗教和经济支柱。一方面,他作为牧师的神职无形中增加了其优越感;另一方面,他是全家的经济来源,这让他在妻子面前更加理直气壮。加百列以此为资本的大男子主义更显荒诞可笑,作为上帝的"代言人",他却完全背离了基督教规定的夫妻之道。鲍德温借此从家庭伦理的角度阐明了宗教与现实错位的悖论性,昭示了信仰的终极存在特征。

相较于黑人妇女,白人女性是幸运的。不过,她们同样逃脱不了受丈夫支配的宿命,《另一个国家》中凯丝与莱奥娜的境遇即为典例。来自新英格兰的凯丝豁达善良,相夫教子,任劳任怨,活脱脱是"娜拉"式的贤妻良母。丈夫理查德是波兰移民后裔,为实现其"美国梦"变得庸俗不堪,放弃了原初的严肃追求,与影视界纠缠在一起,让妻子大失所望。尤其让凯丝无法容忍的是,他总以自我为中心,忙于所谓的事业,不顾妻子的情感需求。这种颇具潜在杀伤力的家庭"冷暴力"最终导致严重的夫妻感情危机,扼杀了凯丝对生活的美好幻想,迫使她从婚外情中寻求精神慰藉。显然,丈夫的冷漠自私造成了妻子出轨的尴尬,让她"漫无目的而又

---

① [美]詹姆斯·鲍德温:《向苍天呼吁》,霁虹、宏前译,内蒙古人民出版社1984年版,第37页。

痛苦"地流落街头，渴望得到男人的注意，沦为他们眼中的"性乞丐"。可见，丈夫的冷漠会导致女性因内心世界"被冰雪覆盖"而"自我堕落"。① 埃力克以其真挚的情感补偿了凯丝无法从理查德那里得到的满足，成为她原来期待视野中理想化的理查德，其魅力反衬了理查德的冷漠与失职。在他们短暂的相处中，她强烈感受到了埃力克既有男子的阳刚气魄，也不乏女子的阴柔之美，他将真实的自我呈现给凯丝，让她"觉得心中的负担已经落地"，② 重新回归自我，实现了精神的重生。

南方白人姑娘莱奥娜的悲剧与其说是种族主义的罪孽，毋宁说是夫妻伦理断裂的恶果。她的丈夫既粗暴又卑鄙，"像小偷一样让人受不了"，③ 他非但不爱她，还一直强调她不是好女人。长此以往，丈夫的鄙视让她接受了自己堕落的事实，靠酒精的麻醉来忍受他的冷酷。更残忍的是，丈夫把孩子夺走，使她永不得见。莱奥娜丧失了唯一的精神支柱，变相的家庭暴力迫使她离家出走，在格林尼治村结识了黑人青年鲁弗斯。她真心喜欢鲁弗斯，可与他在一起的日子并不好过，可以说出了龙潭又入虎穴。种族仇恨让鲁弗斯将她仅视为报复的对象，可怜的莱奥娜沦为种族主义的"替罪羊"。鲁弗斯无事生非，虐待变本加厉，终于导致她精神崩溃，在寒风中"半裸着身体，寻找着自己的孩子"。④ 莱奥娜的悲惨结局显然是鲁弗斯变态的性暴力所致，但罪魁祸首却是她的丈夫，他的严重失职破坏了整个家庭的正常关系，将妻子送到了种族主义的枪口上，亲手断送了她本应幸福的一生。

通过对形形色色的不称职丈夫的批判，鲍德温厚重的女性主义情怀跃然纸上。在某种意义上，这些自以为是的冷酷的男人显然是鲍德温探寻理想父亲形象道路上的匆匆过客。

---

① [美]詹姆斯·鲍德温：《另一个国家》，张和龙译，译林出版社2002年版，第357页。
② 同上书，第288页。
③ 同上书，第23页。
④ 同上。

二 《就在我头顶之上》：父女乱伦

按照基督教的规定，"淫乱"是指"无论在行为上或思想上犯奸淫；或在性生活方面对配偶不忠"。①旧约中的淫乱往往指违反伦常的既成事实，如"与邻舍之妻行淫""儿妇同房""人若娶妻，并娶其母""娶弟兄之妻"等，淫乱者必死。②新约规定似乎更为苛刻，只要心生淫念即为犯罪，"凡看见妇女就动淫念的，这人心里已经与她犯奸淫了"，③"苟合行淫的人"必遭神的审判。④鲍德温的人文主义立场在很大程度上挑衅了基督教的性伦理，他认为只要双方真心相爱，给彼此带来精神上的救赎，婚前性行为、婚外情以及男子间的同性恋都无可厚非，⑤因此招来不少非议。不过，鲍德温的性伦理并非无原则、无禁忌的"泛性论"，更不是对传统伦理道德的全盘否定。强烈的家庭观念让他对僭越家庭伦理的性行为深恶痛绝，乱伦因此成为无法宽恕的重罪之一。虽然不同文化对乱伦的界定各异，但往往都将其视为禁忌。一般认为，"乱伦是指原本被禁止的某些亲属成员之间的性关系"。⑥这里所说的"乱伦"主要针对家庭成员，尤其是两代人之间的越轨性行为。鲍德温在小说收官之作《就在我头顶之上》通过约珥对女儿朱丽亚的性侵批判了乱伦对家庭的破坏性，昭示作家宗教理性之回归。

传统宗教语境中，鲍德温离经叛道的性伦理观念由于挑衅了主流社会的道德底线而成为众矢之的，背起"淫乱"骂名，然而他并未像尼采那样

---

① 《圣经》研用本，第1744页。详见《圣经·旧约·出埃及记》第二十章第十四节；《圣经·旧约·利未记》第二十章第十节至第十二节；《圣经·新约·马太福音》第五章第二十八节至第三十二节；《圣经·新约·加拉太书》第五章第十九节。
② 《圣经·旧约·利未记》第二十章第十节至第二十一节。
③ 《圣经·旧约·玛拉基书》第五章第二十八节。
④ 《圣经·新约·希伯来书》第十三章第四节。
⑤ 鲍德温赋予性爱的救赎价值将于第四章专论，此处不再赘述。
⑥ W. Arens, *The Original Sin: Incest and its Meaning*, New York: Oxford University Press, Inc., 1986, p. 5.

成为宗教虚无主义者。鲍德温追问生命哲学的"动态宗教"绝非任由原始冲动恣肆泛滥，其实是高度理性基础上的"直觉主义"。作为不折不扣的"道德家"，他对性爱的张扬不是违反伦理纲常的"淫乱"，而是以建构家庭为目的、超越低俗肉欲的心有灵犀、两情相悦，诚如《查理先生的布鲁斯》中胡安妮塔与理查德，《比尔街情仇》中的蒂什与弗尼，他们的未婚先孕被赋予宗教般的神圣，具有多元救赎价值。可见，鲍德温的"性爱狂欢"固然有悖冰冷的宗教禁欲主义，却没有冲击正常的家庭伦理秩序，与沉迷滥性的"乱伦"不可同日而语。其实质乃酒神与日神的合体，是基于道德理性的生命哲学。这在最后一部小说《就在我头顶之上》中得到进一步确证；它既从家庭伦理角度指认"童贞女怀孕"的"乱伦"罪性，又隐喻了作者对基督教儿童思想之认同。

小说中"童贞女怀孕"的罪性表现，首先是性爱双方为皈依基督的父女，既违背世俗家庭伦理，更触犯《圣经》律法，为人、神所不容。耶和华告诫说："你们都不可露骨肉之亲的下体，亲近他们。"[1] 约珥这个名字，本为古以色列王、耶稣先祖，在这里却是披着宗教外衣的色狼。明知女儿迟早要嫁人，却禁止其与男孩子交往，罪恶的占有本能不时提醒，他才是女儿的"男人"。[2] 他伪善自私，道貌岸然；妻子离世，便强迫年幼之女朱丽亚充当其发泄兽欲的工具，还美其名曰帮她行完"成人礼"，因为"每个男人身上都隐藏着一种莫名其妙的东西，驱使他把自己的女儿变成女人"。[3] 这个丧失人性的"魔鬼"为使其丑恶的乱伦冲动合理化，竟大言不惭地将之普遍化，既令人啼笑皆非，又痛心疾首。《圣经》要求圣徒，"至于淫乱，并一切污秽，或是贪婪，在你们中间连提都不可，方合圣徒的体统。淫词、妄语和戏笑的话，都不相宜"。[4] 身为"火洗礼"派教友，约珥

---

[1] 《圣经·旧约·利未记》第十八章第七节。
[2] James Baldwin, *Just Above My Head*, New York：Dell Publishing, 1979, p.170.
[3] Ibid., p.171.
[4] 《圣经·新约·以弗所书》第五章第三节至第四节。

非但不敬畏神，反而公然挑衅神的诫命，罪孽昭彰，令人发指！其次是当事双方的不平等。一方面，从"性爱狂欢"中得到满足的仅是约珥的变态癫狂，朱丽亚则悲惨地沦为被动的受害者。她非但没有体验到宗教般的精神重生，却经历了一场死亡的试炼，曾经给予她生命的伟大父亲因其疯狂贪婪的兽欲又无情地将这生命夺走。约珥对她身心的蹂躏践踏将朱丽亚抛入不能自拔的神秘渊薮，即使"救赎之爱"① 也遥不可及。换言之，父亲的狂欢是以女儿难以愈合的心灵创伤为代价的。另一方面，约珥对朱丽亚身体的占有，不是出于他所谓的"美好的爱"，而是旨在让她唯命是从。朱丽亚厌倦教会虚伪，决定放弃布道者的神职，到外面寻求生活意义。对此，约珥强烈反对，这个好逸恶劳的家伙不想轻易失去这一养家糊口的保障，"闺女，如果你不在教会里混，我们吃什么？……你知道我就挣那俩钱儿，是你一直在维持着这个家啊！难不成你现在想让父亲去沿街乞讨？"② 最后，与前两部作品的建构性结果不同，该小说的所谓"性爱狂欢"既没有宗教般的神圣，也没有延续生命的希望，更没有身份认同的"再生性"奇效；相反，把宗教的虚伪与龌龊的人性展示得淋漓尽致，最具破坏性的是受害者难以愈合的身心创伤。朱丽亚非但没有获得胡安妮塔与蒂什般的神圣感与超脱，反倒失去生育能力，被剥夺了做母亲的权利。一个正常女人的身份象征被消解了，而神性也随之丧失。按基督教的神学观念，小孩子是人与上帝间的纽带或桥梁，是美好和义人的象征，被赋予神圣特性。依据《圣经》，婴孩未出世前就认识神，同时包含在上帝的约中。由是观之，朱丽亚的失去童贞，显示出约珥兽性的罪孽深重，隐喻了鲍德温一以贯之的儿童思想。③

---

① James Baldwin, *Just Above My Head*, New York: Dell Publishing, 1979, p. 172.
② Ibid., p. 170.
③ 鲍德温儿童思想是一个丰富的体系，将于第七章另文专述，此处不作详论。

三 从《索尼的布鲁斯》到《就在我头顶之上》：兄弟伦理的颠覆与重构

鲍德温对兄弟情义的青睐既有现实的土壤，又有《圣经》的滋养；既是对"兄道友，弟道恭"之家庭伦理的守护，又透射出离经叛道之爱对它的僭越。这种悖论式的兄弟关系正是支撑鲍德温精神大厦的中流砥柱，其断裂的可怕后果不言而喻。所以，兄弟伦理的背离就成为鲍德温语境中极具破坏性的罪过。

众所周知，继父的专横暴虐在很大程度上导致了鲍德温童年的不幸，使其在恐惧中惶惶不可终日。不过，他又是幸运的，父亲的暴力倾向让他与异父异母的哥哥紧密团结在一起，如同亲兄弟一般。这位桀骜不驯的哥哥成为他与继父抗衡的"保护神"，这在一定程度上实现了柔弱的鲍德温对继父施暴的报复。同时，他的关爱呵护让鲍德温第一次认识到了"爱的恐惧、孤独、博大精深与高深莫测"。[1] 哥哥补偿了鲍德温父爱的缺失，满足了他对家庭之爱的渴望，在其潜意识中扮演了父亲的角色，因此，兄弟伦理成为鲍德温作品中的一个重要主题。另外，鲍德温在阅读钦定版《圣经》中度过了自己的童年，形成了自己的人生观。由于继父的影响，他对《圣经·旧约》更是了如指掌，其中"该隐杀弟"的典故无疑是他建构兄弟伦理的重要参照。该隐本为亚当的长子，因向上帝献祭不蒙悦纳，遂忌恨兄弟亚伯，将其杀死，开人类历史上兄弟相残之先河。他被视为一个作恶之人的象征，不可恨弟兄的借鉴。[2] 耶和华虽怒，依然免其死罪，使他成为流浪者，以示惩罚。鲍德温的小说《索尼的布鲁斯》《告诉我火车开走多久了》和《就在我头顶之上》均以兄弟关系为主线或其中的一条重要线索，以潜在的父子关系演绎了兄弟伦理，昭示了兄弟关系的破裂导致的

---

[1] James Baldwin, *No Name in the Street*, New York: Dell Publishing, 1972, p. 8.
[2] 《圣经》研用本，第 1578 页。

心灵创伤，以此映射了"该隐杀弟"在西方文学史上对"兄弟相残"主题的原型作用。

鲍德温的短篇翘楚《索尼的布鲁斯》是表现黑人文学音乐性的典范，又是探讨兄弟伦理的必读佳作。索尼的哥哥是高中数学老师，为主流价值观同化，认为弟弟沉迷于黑人音乐是颓废落魄之举，结果兄弟俩形同陌路。小说刻意以父亲的缺席强化了"长兄如父"的观念，而哥哥扭曲的价值观使他漠视亲情，疏于对弟弟的关爱。精神空虚的索尼吸毒成瘾，哥哥却浑然不知，即使从报纸上得知弟弟入狱后，他在很长时间内既没有给索尼写信，更未探视过。这种兄弟关系可视为"该隐杀弟"的创造性变形。背离种族文化传统的哥哥对弟弟的怨恨与冷漠，实际上是一种精神上的杀弟行为，因为"凡恨他弟兄的，就是杀人的"。① 索尼的堕落相当于精神之死，对应了亚伯肉体上的死亡。根据《圣经》，"凡杀人的，没有永生存在他里面"。② 鲍德温固然没有用宗教的来世观念惩罚哥哥的"谋杀"罪，而是让他像该隐一样成为无家可归的精神流浪者，其内心的孤独以小女夭折所带来的痛苦得以戏剧性的表现。揭示罪与罚不是目的，救赎才是旨归。丧女之痛让哥哥体会到了索尼的艰难处境，主动与弟弟握手言和。对亲情的回归使哥哥认同了黑人的种族文化传统，回归了精神家园，而索尼则因此重新感受到了亲情的温暖，痛改前非，原谅了哥哥的偏执。小说以这种"大团圆"的结局上演了一幕现代版的"浪子回头"，重申了兄弟和睦的终极救赎价值。

《告诉我火车开走多久了》中的父亲失业在家，沉迷于祖先在历史上早已失去的辉煌不能自拔。他脾气暴躁、酗酒成性，根本无法为孩子提供任何保障，是一个"活生生的失败者"，③ 因此小儿子雷欧对兄长迦来产生

---

① 《圣经·新约·约翰一书》第三章第十五节。
② 同上。
③ James Baldwin, *Tell Me How Long The Train Had Been Gone*, New York: Dell Publishing, 1968, p. 157.

了强烈的依赖性，视其为精神之父。① 他们不分彼此，成为各自的一部分。然而，造化弄人，迦来先是因"莫须有"的罪名被捕入狱，频遭白人狱警的性骚扰，严重挫伤其男性自尊。后因第二次世界大战应征入伍，再次与雷欧分离。经历了战火的洗礼，加之此前的牢狱之灾，迦来无法承受社会对其身心的伤害，皈依基督，寻求精神的救赎。雷欧认为哥哥的皈依是他"心理上被击败"的结果，② 这种被动抵抗不公的选择与弟弟崇尚暴力的激进立场格格不入，终致兄弟分道扬镳，雷欧的精神之父永远淡出了他的视线，任其在精神的荒原游荡。与索尼兄弟俩的情况不同，雷欧与哥哥的嫌隙绝非人为因素所致，罪魁祸首乃是荒诞的社会秩序。鲍德温借此从种族政治、司法制度、战争等层面批判了社会对黑人的异化，是表现家庭伦理背离主题的深入。小说中兄弟情感的突破还表现在超越传统伦理，发展为同性恋。鲍德温由此开始了对具有建设性的兄弟乱伦主题的探讨，这与他坚决反对约珥与朱丽亚之间的父女乱伦构成了其家庭伦理观的悖论。不过，鉴于其同性恋倾向和当时黑人的社会政治地位，这种选择虽悖常伦却又不乏合理性，既是对主流价值观的大胆挑战，也是抵抗白人种族主义的生存策略。迦来刚出狱时痛苦不堪，几近身心崩溃，弟弟雷欧为之义愤填膺，做梦都想着为哥哥讨回公道。此时兄弟俩的角色完全颠倒，雷欧变为哥哥的"救主"，他报复白人的梦醒之后，对哥哥产生了难以抵制的性冲动，在激情的拥抱中，兄弟情义因性的介入而至"完美"。③ 迦来的心理创伤从雷欧的爱抚中得慰藉，逐渐摆脱种族伤害的阴影，雷欧也从中找到了真正的自我，将这次亲密无间的兄弟之爱视为其"成人仪式"。鲍德温以此"乱伦"的同性之爱弥合了白人同性恋者对黑人男性所造成的伤害，颠覆了精神分析说有关

---

① Lynn Orilla Scott, *James Baldwin's Later Fiction: Witness to the Journey*, East Lansing: Michigan State University Press, 2002, p. 56.
② Ibid., p. 57.
③ Ibid., p. 60.

男同性恋的"谬论",① 使兄弟间的不伦之爱成为"境遇伦理学"的生动注脚。

鲁迪埃·哈里斯认为,乱伦有时被赋予宗教般的神圣,是鲍德温小说人物在特定境遇中实现"自救的途径",② 雷欧与迦来的兄弟乱伦即为典例。鲍德温在小说《就在我头顶之上》中通过叙述者霍尔不能实施对弟弟阿瑟的同性恋情而无法实现自我的事实,从反面书写了兄弟乱伦的救赎价值。作为弟弟音乐公司的代理人,霍尔也是一个父亲式样的人物,他对阿瑟的感情显然超越了一般的亲情。他在小说开始近乎癫狂的痛苦自白足以表明弟弟在其心目中非同寻常的地位,"啊,我的上帝我的上帝我的上帝我的上帝我的上帝,啊我的上帝我的上帝我的上帝啊不不不,我的上帝我的上帝我的上帝我的上帝,……把我弟弟还给我,我的上帝我的上帝我的上帝我的上帝我的上帝!"③ 不过,他一直不敢越雷池一步,只是默默地忍受着弟弟与其他男孩的恋情带给他的刺激,而阿瑟对哥哥的一往情深却浑然不知。霍尔缺乏雷欧冲破伦理禁忌的勇气,其压抑本能冲动的懦弱永远把他挡在可望而不可即的神秘而圣洁的兄弟情谊之外,既是对自己的不公,更是对阿瑟的不公。无法实现的终极之爱使霍尔不能走进阿瑟的内心世界,也不能将真实的自我呈现给他,对自己同性恋欲望的压制使他不能全面了解任何人,④ 也无法面对真实的自我。鲍德温致力于张扬人内在的真实(truth),这是对基督之爱"只喜欢真理"所做的实用主义阐释。兄弟乱伦情结是鲍德温文学思想中一个不容忽视的客观存在,刻意的压制就是违背自然规律,就偏离了鲍德温的宗教理想,所以就是罪。

---

① 弗洛伊德认为,男同性恋是"俄狄浦斯情结"得不到满足,正常发展受阻以及不成熟的表现。详见 Jonathan Ned Katz, *The Invention of Homosexuality*, New York: Plume–Penguin, 1996, pp. 73–79。

② Trudier Harris, *Black Women in the Fiction of James Baldwin*, Knoxville: University of Tennessee Press, 1985, p. 169.

③ James Baldwin, *Just Above My Head*, New York: Dell Publishing, 1979, p. 15.

④ Trudier Harris, *Black Women in the Fiction of James Baldwin*, Knoxville: University of Tennessee Press, 1985, p. 203.

可见，鲍德温一方面极力主张平等的夫妻关系，坚决反对违背正常的代际伦理，彰显了道德家的凛然正气和浓厚的女性主义关怀；另一方面其家庭伦理的建构又因不自觉的同性恋倾向而表现出对宗教律法和世俗伦理的挑战。显然，鲍德温对罪的另类书写，是对传统宗教伦理的坚守与颠覆，昭示出明显的道德悖论，其宗教思想的矛盾性或分裂特征由此可见一斑。

第四章 鲍德温文学中的多元救赎

人类始祖亚当和夏娃无视上帝的诫命，偷吃"禁果"犯下"原罪"，此后人一出生就有罪。显然，上帝创世不是为了惩罚罪人，而是以拯救为旨归，因为"宗教精神就绝对的意义而言表现于一种拯救主义"。① 不过，人无法自救，只能依靠上帝的救恩。根据基督教教义，救赎的唯一出路在于"因信称义"，即承认耶稣是上帝的独生子，他被钉十字架，以自己的宝血洗清了世人的罪。他后来复活升天，将于"末日审判"时再临人间。一言以蔽之，唯有承认自己的罪，相信耶稣是唯一的救主，灵魂才能得救，并拥有来世的永生。此即基督教的"救赎论"，其实质是人与上帝关系的修复，"从自身偏离与上帝的关系的状态中走出来，从生命的沉沦状态中走出来"，以便"再度找回自己丧失了的精神依据的过程"。②

基督教中的"救赎"是一个"被动等待拯救的状态"，③ 因指向来世而具有神秘的终极人文关怀特征。尼采认为，天国不在今生，也不在来世，乃是人的一种内心体验，既无处不在，又无处可寻。④ 鲍德温宗教思想的世俗化决定了其救赎对象就是当下困境中的人，而绝非仅仅是抽象的

---

① 王化学:《米开朗基罗论》，百花文艺出版社1998年版，第139页。
② 齐宏伟主编:《欧美文学与基督教文化》，辽宁教育出版社2009年版，第37页。
③ 张宏薇:《托尼·莫里森宗教思想研究》，博士学位论文，东北师范大学，2009年，第83页。
④ [德]尼采:《上帝死了：尼采文选》，威仁译，上海三联书店1989年版，第251—252页。

灵魂。因此，得救的前提是今生的实际行动，而非单靠对上帝的信心，"即使以上帝的名义来救赎，上帝亦不会无缘无故、无原则地去救赎"，可见"能否救赎的关键在于人的现世行为"，即"人在世界面前的作为是能否救赎的深层根源"。① 综观其作品就会发现，鲍德温探寻救赎的道路实为他与基督教上帝关系的写照，经历了由宗教救赎到世俗救赎的曲折过程，是对基督教思想的叛逆性传承与改造，昭示的是立足客观现实、以人为本的生命哲学。鲍德温宣称："我遭受的打击源于三个方面：我是黑人，我长相丑陋，我是同性恋。"② 换言之，困扰鲍德温的人生难题是种族矛盾、令其难以释怀的父子纠葛和主流价值观对同性恋的歧视。因此，在这种存在主义式的荒诞境遇中，他强烈地意识到摆脱困境的出路在于化解黑人与白人之间的矛盾、黑人家庭的凝聚力、充分认识性爱（异性之爱，尤其是男同性恋）和苦难的终极救赎价值。毋庸置疑，鲍德温的救赎路线是对基督之爱的世俗化，既以现实为基础又显离经叛道，既充分尊重人性又不乏理想主义色彩，既个性十足又不乏普遍的人文关怀。

第一节 种族之爱的救赎价值

鲍德温的宗教是以爱为旨归的人生哲学，黑人的"双重意识"决定了种族问题是他求索爱的一个重要阵地。他的传奇人生造就了其种族立场的矛盾性，呈现出爱恨交加的悖论，民权运动前对种族和谐寄予的希望随着黑人力量的式微变为失望甚至是绝望，"以爱释恨"的政治立场随之为暴力倾向所取代。这种表面上的矛盾性若置于"基督教境遇伦理学"的语境中就会昭示出"中庸"的智慧。他的种族观不仅仅是政治或社会学意义上

---

① 刘洪一：《圣经叙事研究》，商务印书馆2011年版，第58页。
② James Baldwin, Sol Stein, *Native Sons*: *a Friendship that Created one of the Greatest Works of the Twentieth Century*: *Notes of a Native Son*, New York: Ballantine Books, 2004, p. 21.

的概念，更具哲学与宗教的内蕴与高度，既印证了实现"认识你自己"这个古老哲学命题的艰巨性，又彰显了浓厚的存在主义气质。

一　种族之爱的渊源

鲍德温在访谈中表示，他年轻时一度憎恨白人，"因为我害怕他们，因为他们令我痛苦，而且还会让我和周围的人一直遭罪，就因为我们的黑皮肤"。① 然而，他不堪回首的惨痛教训、宗教意识的升华以及美国历史与现实中开明白人的良知让他后来改变了对白人的仇视态度。

鲍德温的继父饱受种族歧视之害，与白人不共戴天，面对白人却敢怒不敢言。鲍德温将其阳奉阴违的种族主义称为"懦弱"。种族仇恨导致的心灵扭曲让他不但是主流社会的边缘人，而且也成为家庭中的"局外人"。妻儿老小对其敬而远之，毫无天伦之乐可言。在外窝囊压抑，回家孤独抑郁。恰如鲍德温在访谈中所言，"他痛苦不已，变得沉默寡言，冷漠呆板……有时对我们拳脚相加，大打出手，终至精神失常，在疯人院了其残生"。② 继父被种族仇恨吞噬的悲剧让鲍德温深刻体会到它的致命后果，"憎恨的杀伤性极大，憎恨者绝对逃脱不了被毁灭的命运，这是一条永恒的真理"。③ 母亲是虔诚的基督徒，她教导鲍德温"对所有人就像对待自己的兄弟姐妹一样。要爱他们"。④ 这是对基督教"爱人如爱己"思想的现身说教，鲍德温由此开始体会到超越种族之爱的奥妙。鲍德温对白人态度的根本性改变源于他 19 岁时在新西泽州的特殊经历。在两家餐馆遭到拒绝服务的冷遇后，难以控制的怒火让他失去理性，与白人发生暴力冲突。在一

---

① James Mossman, "Race, Hate, Sex, and Colour: A Conversation with James Baldwin and Colin MacInnes", *Encounter*, July 1965.
② Standley Fred L., Louis H. Pratt, *Conversations with James Baldwin*, Jackson and London: University Press of Mississippi, 1989, p. 161.
③ James Baldwin, *Notes of a Native Son*, Boston: Beacon Press, 1990, p. 113.
④ Standley Fred L., Louis H. Pratt, *Conversations with James Baldwin*, Jackson and London: University Press of Mississippi, 1989, p. 161.

位白人朋友的帮助下，他侥幸逃脱，有惊无险。这次刻骨铭心的奇遇让他意识到，将其置于危险处境的正是心中的仇恨，[1] 成为改变其种族立场的"启示录"。于是，他便自觉以"摆脱仇恨与绝望"为己任。[2] 因此，他奋力疾呼黑人同胞去爱白人，反对"以眼还眼，以牙还牙"的种族抗议。这次醍醐灌顶的生死经历与鲍德温"以爱释恨"种族观的形成固然休戚相关，而让他更理性地认识种族问题，停止对白人的仇恨应该是在他旅居法国巴黎十年间的收获。[3] 不过，这些刻骨铭心的经历并非唯一的决定性因素，美国历史与现实中开明白人的良知从很大程度上坚定了他对种族融合的信心，为其博爱理想提供了理性的土壤。

虽然亲历了种族歧视的丧心病狂，而且也目睹了继父因之而对白人社会疾恶如仇的憎恨将其淹没的悲剧，但是在黑白矛盾甚嚣尘上的背景下，鲍德温承蒙开明白人的接济提携，与艺术结缘，文艺梦想得以实现。这让他对白人无论如何也恨不起来。如果说他的亲身经历让他从黑人与白人的严重对立中看到了对话与和解的必要性，那么历史上白人民主人士为黑人社会地位的改善所做的努力则坚定了其为种族之爱砥砺前行、上下求索的决心。从在废奴运动中推崇非暴力的加里森到主张种族平等的超验主义者梭罗、朗费罗，再到坚决反对奴隶制的民主诗人惠特曼，以《汤姆叔叔的小屋》触发美国内战的斯托夫人，以及因颁布《解放黑人奴隶宣言》而遇刺身亡的林肯总统，他们并未因势单力薄而退缩，其向善的本性薪火相传，生生不息，始终拷问着主流社会的道德良知。他们的正义感使鲍德温相信白人并非像继父丑化的那样全都丧尽天良、罪大恶极。相反，他们善良的星星之火依旧可以燎原，种族融合并非不可行。

---

[1] James Baldwin, *Notes of a Native Son*, Boston: Beacon Press, 1990, p. 98.
[2] Ibid., p. 114.
[3] James Mossman, "Race, Hate, Sex, and Colour: A Conversation with James Baldwin and Colin MacInnes", *Encounter*, July 1965.

二 《另一个国家》与《比尔街情仇》：种族之爱的救赎价值

如前所述，历史与现实证明，甚嚣尘上的种族主义并不代表白人良知的彻底泯灭，种族和解并非完全不可能。鲍德温认为白人也是种族主义的受害者，他们为种族优越论所迷惑而不能正确处理与黑人的关系，也就无法真正认识自我。人们彼此都是对方的镜子，只有通过别人才能认识自己，而一个人对自己认识的深入则是打开他人迷宫的"钥匙"。因此，开诚布公的相互面对，彼此悦纳包容是智慧与仁慈的表征。这是已逝的文明留下的重要启示，更是当下人类困境的"唯一希望"。[1]

鲍德温对种族问题的重新定位透射其对白人的同情与理解，彰显的是一位道德家高屋建瓴的哲学思辨。他呼吁黑人同胞要爱白人，此以爱释恨的种族立场有着深厚的宗教基础，即基督教所主张的爱自己的敌人和爱人如爱己。因此，他有时在感情的天平上不可避免地偏向白人中的弱者。《另一个国家》中的白人姑娘莱奥娜和男青年维瓦尔多即为其同情的对象，而黑人种族主义的代表鲁弗斯和伊达兄妹则成为其委婉批判的目标。南方穷白人姑娘莱奥娜在家庭破裂后与鲁弗斯邂逅并以身相许，希望得到情感上的慰藉，而鲁弗斯的种族仇恨使他丧失理性，百般折磨莱奥娜，仅将其视为种族报复的"替罪羊"。结果，鲁弗斯对莱奥娜造成的身心伤害终于使她精神崩溃，在疯人院了却残生。鲁弗斯从他对莱奥娜歇斯底里的报复中获得了暂时的心理满足，这种变态的疯狂让他带着沉重的负罪感跳水自杀。他的悲剧是种族仇恨之毁灭性后果的血淋淋的见证，从反面说明了种族之爱的救赎价值，印证了"他人就是地狱"的存在主义常态，成为鲍德温真理观的一个有效注脚，"天下人皆兄弟，一人之灾会殃及全体"。[2]

其实，鲁弗斯绝非鲍德温宣传种族之爱的唯一反面艺术典型，《查理

---

[1] James Baldwin, *Notes of a Native Son*, Boston: Beacon Press, 1990, p. 13.
[2] Magdalena J. Zaborowska, *James Baldwin's Turkish Decade: Exotics of Exile*, Durham and London: Duke University Press, 2009, p. 141.

先生的布鲁斯》中的黑人青年理查德同样是种族仇恨的牺牲品，他与祖母在种族立场上的严重对立无疑强化了其悲剧色彩。亨利大妈的非暴力倾向既代表了当时民权运动中的和平主张，也是鲍德温种族哲学的艺术阐释。她开导孙子说，"不要认为世上的所有痛苦都是白人造成的"，[①] 所以她"以前也恨白人，但现在不再恨了"，因为"他们也很可怜"。[②] 鉴于孙子的执迷不悟，她苦口婆心，百般劝导，"仇恨就是一服毒药"。[③] 字里行间的恳切与无奈折射出她对黑人多舛命运的经验教训以及基督教教义中"爱你的敌人"之教诲的感同身受。这一方面象征了黑白势力悬殊、针锋相对的硬碰硬对黑人有害无益，另一方面，鲍德温借此强化了其一贯的立场，即仇恨于人不利，于己害处更大，醉心于复仇者必将被这毒药般的仇恨吞噬。结果，祖母的警告一语成谶，可怜的理查德沦为仇恨的牺牲品。通过仇恨导致的毁灭揭示爱的救赎价值，这种表达方式固然有其现实原型，即鲍德温的继父被种族仇恨吞噬的悲剧，同时也反映了作者对"否定之否定"的辩证规律的意识自觉。因此，他创造性地在鲁弗斯的妹妹伊达身上延续了种族仇恨的主题。伊达将哥哥的死归咎于白人朋友的冷漠，继续以种族偏见折磨无辜的白人青年维瓦尔多。不过，鲍德温让她肩负起更艰巨的使命，从正反两面印证了"以爱释恨"的终极救赎价值。她既体验了恨的沉重精神代价，又感受了爱所带来的身心释然。维瓦尔多是鲁弗斯的好友，深爱着伊达，而伊达一直将他的白皮肤作为恨他甚至欺骗他的理由。她忽冷忽热，捉摸不定的态度不但将他搞得筋疲力尽，也使自己遍体鳞伤。经历了世事沧桑的洗礼后，伊达终于向维瓦尔多敞开心扉，给了他真爱，她也重新认识了自己，获得了精神上的重生。因此，与其说伊达让维瓦尔多如释重负，摆脱了种族偏见的困扰，不如说她解放了自己，感受了爱的巨大力量。所以，爱别人其实

[①] James Baldwin, *Blues for Mister Charlie*, New York: Dial Press, 1964, p. 21.

[②] Ibid..

[③] Ibid..

就是爱自己,因为"爱是相互的"。①

三 《查理先生的布鲁斯》与《告诉我火车开走多久了》:种族之爱的悖论

基督教《圣经》宣扬人人平等,因为人都是上帝按照"自己的形象"创造出来的,人与人之间的矛盾冲突就是对上帝旨意的背离,就是罪恶。而某种意义上,《圣经》又是种族主义的始作俑者,"诺亚的诅咒"为种族主义者大肆渲染,成为奴隶制的合法借口,由此衍生出黑人是"劣等种族"的荒诞神话。因此,鲍德温毫不留情地与上帝对质,拷问其疏漏给黑人带来的苦难,"勿以暴力抗恶"的和平宗族立场开始动摇,暴力倾向日益明显。以马丁·路得·金为代表的民权运动领袖先后罹难,和平请愿、游行示威和静坐已无法力挽狂澜的残酷现实让鲍德温更加清醒地认识到实现种族和谐的艰巨性,原有的和平幻想随之破灭。因为美国人"乃属当今世界最不知廉耻、暴力倾向最突出之列",② 因此他对以"黑豹组织"为代表的黑人武装派表示同情与理解。鲍德温论及暴力并不意味着提倡暴力,因为这绝非其本意,只是不得不正视这样的现实而已。多次死里逃生的洗礼让主张和平的鲍德温深刻地意识到以其人之道还治其人之身的必要性,"如果我有枪,有人用枪指着我兄弟,我知道该怎么办:我会毫不犹豫地开枪,不是因为恨,也不会因之后悔"。③ 鲍德温主张黑人爱白人,因为他们也是受害者。不过,该博爱精神被接连不断的种族惨案慢慢地修正。曾一度强烈反对赖特式"抗议小说"的鲍德温终于也发出了振聋发聩的抗议,他不会再"为气焰嚣张的白人死于非命而哀伤,也不会为其病入膏肓

---

① Standley Fred L., Louis H. Pratt, *Conversations with James Baldwin*, Jackson and London: University Press of Mississippi, 1989, p. 156.
② James Baldwin, *No Name in the Street*, New York: Dell Publishing, 1972, p. 192.
③ Ibid..

第四章 鲍德温文学中的多元救赎

的康复而祈祷",并且深信"不以待己之道待人者必要遭殃"。① 虽然鲍德温贯穿始终的种族立场是基督式的"博爱",但是随着黑白矛盾冲突的白热化,这位爱的和平使者无论如何也无法再泰然处之。

戏剧《查理先生的布鲁斯》和小说《告诉我火车开走多久了》即为其种族悖论的典型。交织的二元对立既反映了他对美好宗教理想的留恋,又揭示了宗教救赎在黑白力量悬殊的极限境遇中之乌托邦特征,即宗教在残酷现实面前的无助与尴尬。《查理先生的布鲁斯》中,马利迪安牧师的信仰因妻儿先后成为种族主义的牺牲品而从根本上动摇,认为基督教是种族灾难的罪魁祸首,② 对上帝在种族苦难面前的无动于衷大为不满,他毫不顾忌地称之为"上帝的眼睛瞎了"。③ 他在理查德葬礼上的布道拷问了上帝的公义,讽刺白人以耶稣基督的名义歧视黑人。"如果一个民族以纯洁、爱和耶稣基督的名义否定自己的所作所为,排斥自己的同胞,那它还有什么希望?"④ 牧师出人意料地亵渎上帝与其母亲的虔诚形成鲜明对比。亨利大妈自始至终是一位虔诚的基督徒,种族主义接连导致的家庭悲剧也未能改变其对上帝的信心。她一直耐心劝导异教徒的孙子理查德要同情和理解白人,去爱白人而不要仇视他们,因为"仇恨是一种毒药"。⑤ 马利迪安的渎神与其母对上帝的敬畏显然是鲍德温宗教信仰道路上不同阶段的化身。亨利大妈乃早年鲍德温的艺术变体,这足以从其与理查德在种族问题上的分歧看出来。她对孙子言行上的委婉训诫、明辨是非的警告,以及以爱释恨的种族立场无不折射出鲍德温一度的宗教敬畏。马利迪安则是看透教会腐败无能后与之分道扬镳的鲍德温之代言人。民权运动领袖的先后罹难让鲍德温深刻认识到基督之爱无法化解白人种族主义者的嗜血暴力,宗教不

---

① James Baldwin, *No Name in the Street*, New York: Dell Publishing, 1972, p.192.
② James Baldwin, *Blues for Mister Charlie*, New York: Dial Press, 1964, p.xv.
③ Ibid., p.38.
④ Ibid., p.77.
⑤ Ibid., p.21.

能力挽狂澜，从根本上解决种族冲突。愤慨于白人种族主义者的嚣张，鲍德温清醒地认识到，单靠和平手段永远无法使黑人摆脱困境。因此，他借马利迪安牧师之口道出其中缘由，目前的形式"皆源于《圣经》和枪支。也许一切会因《圣经》和枪支而结束"。① 换言之，白人用宗教和暴力征服了黑人，将其降为劣等种族。所以，要对付白人，宗教与武力双管齐下方为上策。由是观之，尽管认识到宗教在种族困境面前的无助，鲍德温并未因之成为彻底的无神论者，仍幻想宗教也许会令白人良心发现，真正领会《圣经》的原初本意，停止对基督教的扭曲，并将之付诸实践。剧中理查德激进的黑人种族主义立场与祖母息事宁人的基督之爱的冲突表征了鲍德温在爱（和平）与恨（暴力）之间的纠结，不过，最终还是后者占了上风。

不难看出，根深蒂固的宗教意识很难让鲍德温一下子彻底改变其种族哲学，完全站在自己的对立面。这种犹豫不决的两难境地在《告诉我火车开走多久了》得到进一步的表现。不分彼此的迦来与雷欧兄弟俩因为选择了不同的救赎道路而分道扬镳。迦来被肆虐的种族苦难折磨得遍体鳞伤，对现实失去了信心，选择皈依宗教，以基督之爱寻求来世的永生。桀骜不驯的雷欧则要在残酷的现实中寻找出路，倾向于暴力革命。爱与恨的交替实为鲍德温人生哲学的外化，他认为人的心中永远并存着两个对立的观念。一个是应该毫无怨恨地坦然面对人生和现实中的人，另一个是绝不能将不公视为当然，而要不遗余力地与之抗争。② 迦来与雷欧分别为以上两个观念的化身，前者因宗教的息事宁人从现实中消失，后者在黑人武装分子克里斯托弗身上得以延伸。"我们需要枪支"③ 重申了《查理先生的布鲁斯》中的暴力倾向，却没有了下文，只是雷欧对暴力的可行性表示怀疑，

---

① James Baldwin, *Blues for Mister Charlie*, New York: Dial Press, 1964, p. 120.
② James Baldwin, *Notes of a Native Son*, Boston: Beacon Press, 1990, pp. 113–114.
③ James Baldwin, *Tell Me How Long The Train's Been Gone*, New York: Dell Publishing, 1968, p. 369.

担忧黑人与白人"力量悬殊"。① 宗教与暴力到底谁能拯救黑人?饱经苦难洗礼的迦来从意大利战场归来后皈依了基督,脱胎换骨,得以精神上的重生。而革命派克里斯托弗则披露了隐藏在宗教背后的欺骗与压迫,他直言不讳地指出,白人理直气壮地压迫剥削黑人,诡称这是上帝的安排,终于将这些不讨上帝喜欢的黑鬼压榨得几乎一无所有。为数众多的黑人走投无路,只好诉诸教会以寻求精神慰藉,因为"我们剩下的只有教堂了——白人允许我们拥有的唯一财产就只有教堂了"。② 鲍德温在暴力与宗教之间的纠结由此可见一斑。毋庸置疑,迦来皈依基督后的释然昭示了鲍德温宗教救赎的倾向性,其人道主义立场决定了他迈向暴力的艰巨性。毕竟,对抗与报复不是目的,一切的旨归在于救赎。所以,他总是安排"下一次将是烈火,永存于自我与毁灭之间的总是救赎之爱",这往往会"推迟世界末日的来临"。③ 言外之意,就像《旧约》上帝通过先知对执迷不悟的以色列先民进行规劝一样,鲍德温一直耐心地向怙恶不悛的种族主义者发出警告,奋力疾呼,为其留出充分的悔改空间。因此,复仇的烈火始终未能蔚为大观。

不过,就其宗教观的动态性而言,和平与暴力乃基督之爱的一体两面,即"爱你的敌人"和"不喜欢不义"。耶稣宣讲福音时喜欢用比喻阐明上帝之道,"只是我告诉你们,不要与恶人作对。有人打你的右脸,连左脸也转过来由他打"。④ 再如,"只是我告诉你们、要爱你们的仇敌,为那逼迫你们的祷告"。⑤ 这些博爱的比喻并不代表耶稣推崇对"不义"的隐忍。所以,鲍德温的暴力倾向并非对基督之爱的践踏,某种意义上应该是对基督教精神的高度理性认知,旨在让执迷不悟的种族主义者认识到黑人

---

① James Baldwin, *Tell Me How Long The Train's Been Gone*, New York: Dell Publishing, 1968, p. 370.
② Ibid., p. 355.
③ C. W. E. Bigsby, *The Second Black Renaissance*, Westport: Greenwood Press, 1980, p. 178.
④ 《圣经·新约·马太福音》第五章第三十九节。
⑤ 《圣经·新约·马太福音》第五章第四十四节。

的尊严与平等的人格,从而丢掉白人自编的种族神话,回归自我的本真。这是一种更高层次的爱,更彻底的解放,恰如万军之耶和华降天灾人祸于刚愎忤逆的以色列先民。毕竟,惩罚不是目的,旨归在于拯救,使其回归人的原初本性。所以,上帝不仅是仁慈的,更是正义的,他"断不喜悦恶人死亡,惟喜悦恶人转离所行的道而活"。①

鲍德温以基督之爱观照现实,对基督教教义进行检验、修正,将其改写为尊重复杂人性和拯救当下苦难的世俗神学,暗合了基督教"境遇伦理学"以人为中心的现世人文主义理念。他在访谈中就透露出这种实用主义的宗教立场,"要不是黑人还可以将基督教进行改变以适应其残酷的境遇,基督教简直就是一场灾难"。② 境遇伦理学强调"爱同公正是一回事",认为爱就是"当时当地作决定",也即爱是以正义为宗旨,根据当时具体情景所做的相关努力。③ 有鉴于此,旨在遏制种族主义嚣张气焰,为正义而进行暴力抵抗,又何尝不是爱的表现!

第二节　家庭的救赎价值

历史表明,黑人相同的种族经验和共同的命运决定了他们必须相互支持、彼此依赖才能应对白人的统治。④ 尤其是在蓄奴制导演的黑人血泪史上,黑人的团结乃其最有效的生存策略,斯托夫人的《汤姆叔叔的小屋》即为生动的艺术写照。摆脱了奴隶制的枷锁,黑人又背上了种族歧视与种

---

① 《圣经·旧约·以西结书》第三十三章第十一节。
② Fred L. Standley, Louis H. Pratt, *Conversations with James Baldwin*, Jackson and London: University Press of Mississippi, 1989, p. 166.
③ [美] 约瑟夫·弗莱切:《境遇伦理学——新道德论》,程立显译,中国社会科学出版社1989年版,第70、112页。
④ G Reginald Daniel, *More than Black? Multiracial Identity and the New Racial Order*, Philadelphia: Temple University Press, 2002, p. 191.

族隔离的沉重"大山",这些被解放了的所谓的"自由人"单靠个人的力量依旧举步维艰。"团结就是力量"对于被边缘化的黑人具有一如既往的拯救价值,黑人家庭或家庭间的合作成为这种价值的载体,因为黑人家庭是他们抵抗种族压迫的"强大阵地"。[1] 黑人内部的凝聚力以种族集体意识的形式代代传承,生生不息,积淀为一种宝贵的族裔文化遗产,成为非裔美国作家的意识自觉。

鲍德温的作品中浸透着浓厚的家庭观念,这既是种族集体经验的象征,也是其个人家庭体验的艺术表达;既有对家庭支离破碎的伤感,又有对家庭团结和谐的激赞。他对黑人家庭之爱的艺术表现充分体现了"黑人私人空间的道德伦理"[2]之建设性和无法替代的救赎价值。

一 鲍德温的家庭体验

托尔斯泰认为,"幸福的家庭都是相似的,不幸的家庭各有各的不幸"。[3] 鲍德温家庭的不幸的确有些与众不同,这让他的童年成为贫穷与恐惧的代名词。他自幼随母亲来到继父家,终生不知生父为何人,"私生子"的身份使他成为继父嘲弄歧视的"替罪羊",导致家庭关系异常紧张。父子关系永远是人类历史上无解的方程式,不过在鲍德温的语境中似乎被增加了更多的维度,单纯的"恋母情结"在这里已经不能自圆其说。作为一个历史难题,鲍德温的父子纠葛浓缩了政治的、宗教的和家庭的因素。首先,种族政治难辞其咎,是造成其父子不睦的罪魁祸首。继父为养家糊口,在外操劳奔波,种族歧视给他身心造成的伤害让他把妻儿老小当成撒气桶,在种族迫害的转嫁中寻求释放积怨的渠道。鲍德温与他既无血缘关

---

[1] Lynn Orilla Scott, *James Baldwin's Later Fiction: Witness to the Journey*, East Lansing: Michigan State University Press, 2002, p. 170.

[2] 隋红升:《身份的危机与建构——欧内斯特·盖恩斯小说中的男性气概》,博士学位论文,浙江大学,2010年,第236页。

[3] 林郁编译:《托尔斯泰如是说》,二十一世纪出版社2011年版,第89页。

系，又个头矮小、相貌丑陋，自然就成为他施暴的重点对象，只能忍气吞声。他对继父的成见始终不能释怀，他们心照不宣的对立成为家中最不和谐的音符。其次，继父是当地教会的牧师，俨然以上帝"代言人"的身份自居却未能传达上帝之爱的应有之义。家人非但无法从他身上感受到上帝的博爱，反而领教了其源于宗教狂热的独断专横，这导致了鲍德温对上帝的仇视和怨怼，因为是上帝赋予了父亲飞扬跋扈的权威。后来鲍德温皈依基督，走上教坛做了少年牧师，除却他与生俱来的神职上的天赋外，更重要的是出于报复的私心，以此与继父抗衡：作为神的代言人，专横跋扈的继父横竖对他无可奈何。最后，继父的淫威不仅毁灭了他与鲍德温的关系，而且扼杀了他与亲生子女的亲情。他视前妻的儿子为掌上明珠，希望他能够子承父业，将来接替他的神职。可惜这是个放荡不羁的"浪子"，与他背道而驰、针锋相对，父子关系名存实亡。与父亲闹翻后，这个儿子离家出走、发誓永远不会再与父亲相见，其如此的绝情令父亲悲痛欲绝，在疯人院了却残生，至死未能再看他一眼。这位异父异母的哥哥帮助鲍德温实现了对继父的报复，却无法抹去其心灵的创伤和阴影。

　　鲍德温是不幸的，又是幸运的。一方面，羸弱的母亲深爱着他，往往代其受过，与继父据理力争；另一方面，祖母——也就是继父的母亲——在有生之年始终站在鲍德温一边，视之为亲孙子。这让年幼的鲍德温在受伤之余得到了极大的安慰。而尤其重要的是，异父异母的哥哥与之同手足，携手对抗继父的家庭暴力，让他感受到了兄弟亲情，某种程度上补偿了父爱的缺失。家庭的不幸也让他与其余的兄弟姐妹紧密团结在一起，在长兄离家出走、继父过世后，鲍德温挑起了家庭重担，成为母亲的得力助手。难以割舍的亲情让他冥冥中觉得自己无论如何也不能放弃他们，否则，这将是不可饶恕的罪过，意味着对家人的背叛和自我毁灭。他的这种责任感和由此折射出的爱与中国儒家之"仁爱"不无相通之处。中华儒家思想的核心也是"爱"，这种爱建立在宗族血亲关系之上，由己及彼，推广开来，故能"老吾老以及人之老，幼吾幼以及人之幼"。"千经万典，孝弟为先"的伦理观同样见诸鲍德温的处世哲学。他很好地践行了"母慈子孝"与"兄友弟恭"的和谐家庭伦理,而因为与继父积怨颇深,难以释怀,故"父慈子孝"一直处于缺席状态,成为无法企及的终极诉求。所以,他倾其毕生的精力孜孜以求,试图弥补这份缺憾。

总之,在特殊的家庭关系中鲍德温感受到的爱是不健全的,甚至是"畸形"的,同时又在一定程度上得到补偿,正反两面的体验共同催生了其强烈的家庭观念,让他认识到和谐家庭关系的解放力量。因此,家庭主题成为鲍德温表现黑人生活的重要载体,他超越了个人的家庭体验,在更广阔的艺术空间赋予了家庭宗教不能企及的现世救赎功能。

二 《阿门角》:家的救赎价值

废除奴隶制之前,利欲熏心的奴隶主往往搞得黑人妻离子散,完整的家庭对黑人来说简直是一种奢望。因此,对家的守望成为美国黑人共同的心理诉求,沉淀为一种集体意识。失败的父子关系给鲍德温造成的心理创伤让他更加渴望和谐完整的家庭氛围,因此他的文学作品在表现家庭不和谐旋律的同时,也在努力修复背离的伦理关系,艺术地再现了"浪子回头"的神话。《圣经》中的"浪子"说的是一个殷实之家的小儿子从父亲那里拿走了该得的那份家产后在外面吃喝嫖赌,很快沦为一文不名的穷光蛋。猪狗不如的贫贱生活让他想到了家的好处,主动向父亲承认错误,决心痛改前非,重新做人。父亲不计前嫌,大摆筵席以庆贺迷途知返的儿子回归。耶稣以此为比喻说明上帝的仁慈,规劝尚未皈依者放弃"罪中之乐",换取来世永生的福音。鲍德温在戏剧《阿门角》和小说《索尼的布鲁斯》中套用"浪子回头"的框架,通过断裂家庭关系的修复说明家的潜在凝聚力以及对个体的救赎意义。

《阿门角》通过夫妻关系、母子关系和父子关系的弥合表达了"浪子回头"的主题,昭示当下救赎的世俗宗教观。黑人女牧师玛格丽特的宗教狂热导致丈夫路加离家出走和儿子大卫阳奉阴违的残局,经历了由虔诚信主到回归世俗的复杂心理路程。玛格丽特的"主本位"意识，在旁人——包括她的会众——看来实在有违人性，令人匪夷所思。在她看来，为了侍奉主，其他一切均可抛弃，活脱脱一个原教旨主义者。她不允许教会的兄弟姊妹阅读娱乐性报纸，不能为酒厂开车，因为"如果你的心思只要有一刻没用在主身上，撒旦就会引诱你堕落"。① 玛格丽特的宗教虔诚不惜以家庭和赖以谋生的工作为代价，鲍德温称为"残忍的虔诚"，她因此变成"一个女暴君"。② 冰冷的宗教理性扼杀了其世俗情感，当路加带病归来时，她却不肯为了照料丈夫而取消到费城布道的安排，理由是"在这个家里，主永远至上"。③ 她将其与路加的分离归因于上帝的旨意，在没有得到神启之前绝不会放弃神职，对不信主的丈夫彻底丧失信心。托尔斯泰认为"从基督徒的立场看，婚姻是一种堕落，也是一种罪"。④ 这无疑成为玛格丽特婚姻观的生动写照。其实，基督教非常看重和谐的夫妻关系，而自恃虔诚的玛格丽特却理直气壮地背离了神的诫命，因此是地道的"浪子"。教友对其领悟神谕能力的质疑，祈求上帝救急的失败等变故终于让她人性复活，放弃神职，回归家庭，重享天伦之乐。

某种意义上，路加与大卫父子俩也是浪子，尽管主要责任在玛格丽特。路加迫于妻子的宗教偏执，虽难割舍对她和儿子的挚爱，不得已选择了离家出走，浪迹于爵士乐俱乐部，与亲人一别十载。其间的思家之情虽没有明显的字眼做专门和直接的论述，但是通过教友对其家事的议论，母子的交流，见面后一家人之间的对话便可想而知。身心的煎熬终于让他垮下去，筋疲力尽之际，终于抵抗不住家的诱惑，鼓足勇气推开了久违的家门。尽管拿不准在梦想中的温馨港湾等待他的是暴风骤雨还是汩汩暖流，但一直埋藏于心底的始终不变的对家人的那份深深的爱和对被爱的渴求像

---

① James Baldwin, *The Amen Corner*, New York: Dial Press, 1968, p. 9.
② Ibid., p. xvi.
③ Ibid., p. 31.
④ 林郁编译：《托尔斯泰如是说》，二十一世纪出版社2011年版，第85页。

第四章 鲍德温文学中的多元救赎

火山一样爆发，以不可阻挡的摧枯拉朽之势战胜一切心理障碍。这个漂泊已久的浪子回家了，找回了渴望已久又不敢奢望的爱；妻子能回心转意，弃教从俗，尤其令他始料不及。两个在精神的荒原上漂泊已久的孤独灵魂终于找到共同的归宿。

玛格丽特不能拯救丈夫的灵魂，她苦心孤诣地要将儿子领到主的面前，而桀骜不驯的大卫却对音乐情有独钟，死活都不肯皈依基督。他视艺术追求为生命，与父亲情意相投，站在统一战线上对抗母亲的宗教狂热。大卫自始至终就没有向母亲妥协过，他是教会的司琴，却以种种理由逃避参加教会的仪式，想方设法不陪母亲去费城讲道，不但背着母亲与白人姑娘交往，而且染上吸烟的恶习。更令玛格丽特难堪的是，大卫偷偷去父亲演奏的爵士俱乐部，简直不可救药。父母的"破镜重圆"让他回到了温馨的港湾，他与父亲对世俗幸福的执着追求终于让玛格丽特彻底妥协让步，他的艺术热情因之由旁门左道变为名正言顺，母亲眼中的"浪子"遂成为和谐的家庭关系中的一个悦耳的音符。

鲍德温通过玛格丽特牧师最后的世俗选择强调了爱的现实基础，认为对上帝的敬畏要从爱身边的人做起，首先要爱自己的家人。一个连自己的家人都不爱的人，何谈爱世人？《圣经》记载，"人若说，我爱神，却恨他的弟兄，就是说谎话的。不爱他所看见的弟兄，就不能爱没有看见的神"。① 玛格丽特的家庭变故说明宗教信仰不可偏执，否则就会适得其反，只有家才是当下的真正"救世主"。

如果说《阿门角》中的家突出了宗教与世俗的对立，那么《索尼的布鲁斯》中的家则强调族裔文化传统的重要性。如前所述，小说主人公索尼是爵士乐爱好者，而哥哥醉心于主流价值观，导致亲情破裂，兄弟关系名存实亡。脱离了家的呵护，在外漂泊的索尼精神空虚，吸毒成瘾而锒铛入狱。这种因背离家庭而落魄的悲剧是鲍德温彰显家之救赎价值的重要载

---

① 《圣经·新约·约翰一书》第四章第二节。

体,《乔万尼的房间》中的乔万尼、《另一个国家》中的鲁弗斯、《查理先生的布鲁斯》中的理查德、《在荒野上》中的路得等都不同程度地演绎了这一主题。索尼的堕落再次说明,寻求个性的独立靠单打独斗是行不通的,恰如《宠儿》中的萨格斯所说,"没有谁单凭一个人能成功",因为"如果没有人给你指路,你就会永远摸瞎"。① 从世俗的眼光看,索尼靠毒品麻痹自己孤独的灵魂,是典型的"浪子"。其实,他不是唯一的"迷途羔羊",哥哥既背离了兄弟伦理,又背叛了黑人文化传统,是游离在种族文化家园之外的"浪子"。幼女夭折带来的痛苦让哥哥意识到了亲情的重要性,深刻体会到弟弟在外流浪的孤苦,为其沦丧愧疚不已。他主动给尚在狱中的索尼写信,寻求弟弟的原谅,向"兄友弟恭"的结局迈出了关键一步。后来,索尼的一曲"布鲁斯"让哥哥醍醐灌顶,幡然醒悟,认同了黑人音乐所代表的黑人文化传统,兄弟俩终于握手言和,成为种族文化家园的共同守望者。最后,血浓于水的亲情让他们回归了共同的家。因此,相较于《阿门角》中的回家主题,《索尼的布鲁斯》则更进一步,在强调家庭伦理的同时凸显了族裔文化的救赎价值。毕竟,在种族主义社会中,黑人音乐作为一种"文化抵抗语言",② 是黑人身份建构的必由之路,脱离了自己的文化传统,盲目寻求主流社会认同的自我异化无疑是本末倒置,乃无源之水、无本之木。

三 《比尔街情仇》:家庭凝聚力的典范

如果说鲍德温的其他作品迂回曲折地揭示黑人家庭的救赎价值,那么《比尔街情仇》则通过里弗斯一家在种族灾难面前的巨大正能量将黑人家庭的拯救功能由幕后推向了前台。鲍德温在接受《黑人学者》采访时强调了黑人家庭对全世界受压迫者的革命性意义,认为不管自己的家人有何过

---

① [美] 托尼·莫里森:《宠儿》,中国文学出版社 1996 年版,第 162 页。
② Lynn Orilla Scott, *James Baldwin's Later Fiction: Witness to the Journey*, East Lansing: Michigan State University Press, 2002, p. 171.

错，问题的关键"不是否定排斥他们，而是如何挽救他们"。① 里弗斯一家显然是他这种家庭理想的艺术化呈现，是"被压迫人民的榜样，是革命的先锋"，② 尽管这种革命最初是从"人们最隐秘的心底和意识中开始的"。③

黑人青年弗尼蒙冤入狱后，其女友蒂什一家为洗清其罪名全员出动，各尽所能，不遗余力地展开了一场轰轰烈烈的营救行动。蒂什的姐姐利用自己的社会关系为弗尼聘请辩护律师，筹集保释金。为尽快救出未来的女婿，父亲约瑟夫心甘情愿地加班加点，甚至干起了偷窃的行当，不过这原本不光彩的行为被赋予了正义的内涵，成为这个家庭与种族主义"对抗的有效（而且必要）的手段"。④ 蒂什拖着怀孕之身继续工作，定时探监鼓励弗尼，即将做父亲的喜悦让他熬过了监禁的痛苦和折磨。母亲莎伦夫人将弗尼视如己出，她一马当先，冒着危险不远万里前往墨西哥寻找证人。大家齐心协力，任劳任怨，谱写了一曲感天动地的大爱之歌。所以，美国女作家殴茨认为小说讴歌的不仅是男女之爱，更是"家庭成员之间需要做出超常牺牲的爱，这种爱是当代小说中十分罕见的"。⑤ 此评价可谓中肯。小说以弗尼被保释出狱结尾的喜剧场面是对黑人家庭救赎价值的最有力的肯定，象征性地说明了家庭是身处困境中的黑人唯一可以求助的去处。因为当时的教育制度是被白人社会化了的工具，教给黑人孩子的是"为奴之道"，⑥ 司法制度则通过警察和律师让黑人的痛苦有增无减，教会对基督的祈祷也无法改变青年男子死于毒品、年轻女子沦为妓女的命运。

---

① Fred L. Standley, Louis H. Pratt, *Conversations with James Baldwin*, Jackson and London: University Press of Mississippi, 1989, p. 157.

② Lynn Orilla Scott, *James Baldwin's Later Fiction: Witness to the Journey*, East Lansing: Michigan State University Press, 2002, p. 105.

③ Fred L. Standley, Louis H. Pratt, *Conversations with James Baldwin*, Jackson and London: University Press of Mississippi, 1989, p. 157.

④ Lynn Orilla Scott, *James Baldwin's Later Fiction: Witness to the Journey*, East Lansing: Michigan State University Press, 2002, p. 115.

⑤ Fred L. Standley and Nancy V. Burt, *Critical Essays on James Baldwin*, Boston: G. K. Hall, 1988, p. 159.

⑥ James Baldwin, *If Beale Street Could Talk*, New York: Dial Press, 1974, p. 36.

弗尼一家（父亲弗兰克除外）在这场突如其来的横祸面前表现得异常冷漠，亨特夫人是虔诚的信徒，成功地将两个女儿领到了基督面前，而丈夫与儿子则令她十分失望。她以拯救弗尼的灵魂为己任，非但不为儿子的昭雪出力，而且诅咒他与蒂什的"未婚先孕"，认为只有耶稣才能救他。她让我们看到的是一个背离了基督之爱的自私的宗教伪善者形象，与蒂什一家不计得失、在团结与宽容中表现出的爱形成鲜明对比。鲍德温借此重新界定了宗教的作用，即"患难中的人们竭尽全力为彼此提供的帮助"。①

华伦·J. 卡森认为，"黑人男性要彼此依赖，相互寻求力量和支持，才能提供确保家庭生存所需的力量和稳定"。② 诚然，这种观点不乏男性中心主义的偏激。《比尔街情仇》中的黑人女性发挥了比男人更重要的作用，尤其是蒂什的母亲所表现出的大度、勇气和战胜困难的信心令男人相形见绌。弗兰克被发现盗窃后畏罪自杀的懦弱更凸显了以莎伦夫人为代表的黑人女性在家庭中的决定性作用。其实，黑人家庭的命运是由全家人的共同努力决定的，每一个人都扮演着不可或缺的角色。该小说表明黑人女性的作用尤其不容忽视，透射出明显的女性主义倾向。

第三节　异/同性之爱的救赎价值

弗洛伊德认为，文学在本质上是被压抑的原始本能冲动的艺术满足，而作品人物则是"作家用自我观察的方法将他的'自我'分裂成了许多

---

① Lynn Orilla Scott, *James Baldwin's Later Fiction: Witness to the Journey*, East Lansing: Michigan State University Press, 2002, p. 171.

② Warren J. Carson, "Manhood, Musicality and Male Bonding in Just Above My Head", D. Quentin Miller, *Re-Viewing James Baldwin: Things Not Been Seen*, Philadelphia: Temple University Press, 2000, p. 215.

'部分的自我',结果就是他自己精神生活中冲突的思想在几个主角身上得到体现"。① 鲍德温的文学创作思想深受弗氏精神分析的影响,加之本人开放的性观念,作品人物往往在奔放不羁的性爱中得到身心满足,性爱被赋予了宗教般的神圣和终极救赎价值,成为身份建构的重要渠道。因为如果一个人压抑了自己的性欲,他就不能全面了解任何人,② 也就无法了解自己。

被鲍德温视为超凡脱俗的真爱通常是超越世俗伦理道德的"边缘之爱",既有不受婚姻约束的"婚前性行为"(当然也有背叛婚姻的"婚外情"),又有为流俗陈规所诟病的"同性恋",尤其是男子之间的爱。这类"离经叛道"的性爱,绝非仅是一般认为的道德问题,还是鲍德温宗教思想的重要一维,同时具有种族政治的内涵,乃黑人对抗种族主义的特有策略。

一 从《向苍天呼吁》到《比尔街情仇》:异性之爱的救赎价值

基督教的"童贞女怀孕"的神话传达了无性繁殖的误导信号,一度成为禁欲主义大行其道的神学借口。这与鲍德温的性爱自由论格格不入,成为其攻击基督教的重要对象。他认为只要两者心心相印,完全可以无视陋习陈规的约束,摒弃形式主义的俗套,尽情享受性爱的滋润。当然,这种爱绝非低俗的杂交滥性,而是以真实情感为基础,以建立家庭为导向的一种责任。是故,鲍德温在其散文中引用该典故针砭时弊,③ 在戏剧《查理先生的布鲁斯》和小说《比尔街情仇》中对之进行戏仿,重新编码,置于宏观叙事语境,用类似自然主义的手法表现性爱的酣畅淋漓,谱写了性爱

---

① 史志康主编:《美国文学背景概观》,上海外语教育出版社2000年版,第177页。
② Trudier Harris, *Black Women in the Fiction of James Baldwin*, Knoxville: University of Tennessee Press, 1985, p. 203.
③ 参见 James Baldwin, *No Name in the Street*, New York: Dell Publishing, 1972, pp. 48, 187, 197; James Baldwin, *Giovanni's Room*, New York: Penguin Group Inc., 2007, pp. 125, 148; James Baldwin, *Notes of a Native Son*, Boston: Beacon Press, 1990, p. 96。

救赎的赞歌,使之成为鲍德温式的"狂欢诗学"。

《查理先生的布鲁斯》完全摆脱了《向苍天呼吁》中沉重的原罪意识,赋予"童贞女怀孕"宗教般的神性和救赎功能,对性爱的肯定与讴歌由此成为主旋律,鲍德温式的"悲剧意识"[①]也随之浮出水面。兹既为鲍德温宗教叛逆性的集中体现,又是其种族伦理的性爱表达。"童贞女怀孕"由此演变为黑人对抗种族迫害的有效策略,上升至种族政治的战略高度,作为具有族裔特色的对话模式,乃黑人与主流社会之间的博弈。戏剧使"童贞女怀孕"超越低俗的肉欲冲动,获取了日渐丰满的宗教人文价值,追问生命本真的执着诠释了鲍德温式的"动态宗教"观。戏剧男主角黑人青年理查德在与白人种族主义分子里尔的冲突中被击毙,而后者却被无罪释放。黑人姑娘胡安妮塔在法庭上跟白人的对峙中,宣告了她与理查德轰轰烈烈的做爱场面,语惊四座,出人意料。她非但毫不顾忌"淫乱"的罪名,反而引以为豪,将之与母亲对上帝的爱相提并论,而母亲迫于基督教伦理,对女儿怀孕表现出的担心反倒显得滑稽可笑。她公然宣称"不想当上帝的母亲",而且反复强调对怀孕的心驰神往,"我希望我怀孕了","让我怀孕吧"。[②] 因为她与理查德的结合将使之成为真正的女人,性爱乃其成年仪式中的必要环节,因而具有宗教仪式般的神圣。"我不想做上帝的母亲"振聋发聩,不亚于当年尼采"上帝死了"的宣言,既是渴望性爱的神圣宣言,更是对柏拉图式爱情的讽刺,毋宁说是对冰冷的宗教理性之挖苦,义正词严地宣告了鲍德温对基督教"童贞女怀孕"神话的彻底颠覆。因为它否定了亲密的性关系在人类交际、爱的表达以及生命延续中的必要

[①] "悲剧意识"内涵丰富,此处指至少包括两层意思。第一,要有洞察危机的敏感性。他批判美国人对危险的迟钝,因为他们非但不了解世界范围的潜在危机,而且对自己的危险处境也毫不知情。这将是一个永恒的事实。第二,身处困境时应保持清醒,并采取积极的应对策略,于困境中求生存。本文所指,显然属于后者。

[②] James Baldwin, *Blues for Mister Charlie*, New York: Dial Press, 1964, p.94.

性。① 毕竟，对性的认知是身份建构的有机构成，② 而完美女人身份的一个重要标志就是孩子。所以胡安妮塔渴望怀孕，生下一个属于她跟理查德的孩子，昭示了作者一以贯之的儿童观。鲍德温秉承《圣经》儿童思想，断言"所有的孩子都是神圣的"，③ 小孩子是美德及神性的象征，因为就连耶稣也对他们青睐有加，认为"在天国的，正是这样的人"。④ 胡安妮塔怀孕的神性通过尚未出场的孩子得以彰显，她对怀孕的渴望、对孩子的期盼无疑是鲍德温"动态宗教"之终极人文关怀链条上跨越性的关键一环。男、女主人公两情相悦的灵肉结合被赋予宗教仪式般的神圣，小孩子的神性自然是应有之义。

更重要的是，"童贞女怀孕"乃是黑人在种族主义甚嚣尘上的极限境遇中身份确认的重要保证，具有了超越传统宗教的现世与潜在的救赎价值。首先，尽管性和爱并非完全一回事，鲍德温却始终坚持"性万能论"，因为"如果一个人没有了性欲，他的可能性、爱的希望也就随之丧失殆尽"。⑤ 此功效首先见诸胡安妮塔的爱对理查德的改变，同时被赋予种族政治的战略意义。理查德是典型的"浪子"，北漂到纽约后本可以成为一颗耀眼的乐坛新星，却因吸毒、滥性而堕落。他重返南方故里，以求东山再起，不料卷入种族纷争。虔诚的祖母告诫他，种族仇恨有害无益，具有毒药般的毁灭性。理查德暴力倾向的式微固然与祖母的宗教情怀不无关系，但是令其发生根本性转变的乃是胡安妮塔的爱，因为正是她的爱给了理查

---

① Clarence E. Hardy Ⅲ, "His Sightless Eyes Looked Upward": *The Hopes and Tragic Limits of Contemporary Black Evangelical Thought – A Reading of the Work of James Baldwin*, New York: Union Theological Seminary, 2001, p. 149.

② James Baldwin, *The Price of the Ticket: Collected Non – Fiction, 1948 – 1985*, New York: St. Martin's, 1985, p. 678.

③ James Baldwin, *Selected Articles from The Price of the Ticket: Collected Nonfiction 1948 – 1985*, New York: St. Martin's/ Marek, 1985, p. 438.

④ 《圣经·新约·马可福音》第十九章第十四节。

⑤ James Baldwin and Nikki Giovanni, *A Dialogue: James Baldwin and Nikki Giovanni*, Philadelphia: J. B. Lippincott, 1973, p. 40.

德"非暴力基督徒殉道者"的勇气,① 同时亦增进她对男性气概的了解。②这一点在《比尔街情仇》中得以更充分的表现。其次,性爱是黑人于种族主义的极限境遇中体认生命、建构身份的重要策略。胡安妮塔热切盼望理查德能帮她实现当母亲的心愿,一方面是未婚女子的母性本能使然,希望怀孕的事实成为他们轰轰烈烈的真爱之见证;另一方面是黑人女性对白人种族主义进行强烈抗议的隐喻。胡安妮塔的初恋情人理查德被白人枪杀而凶手无罪获释。她愤慨于种族主义悖逆天道的荒谬,更痛心于失而复得的爱情旋即夭折,但任何形式的正面冲突对黑人都无济于事。幸运的是,黑人种族的强大生殖力往往令主流社会望尘莫及、不寒而栗。③ 鉴于美国社会的双重标准,以胡安妮塔为代表的黑人在法律面前束手无策,只能寄希望于生命的延继,借此构建族裔身份,与白人展开没有硝烟的抗争。因此,与其说戏剧披露了"白人社会的罪恶",不如说展示了白人"性方面的劣势"。④ 胡安妮塔与理查德的"性爱狂欢"因之刻上了鲜明的种族政治烙印。基督教神话"童贞女怀孕"要拯救的是整个世界,而胡安妮塔要拯救的对象是黑人这个特殊的弱势群体,其怀孕在理查德暴死后被赋予救赎计划的典型意义,因为这是种族报复的唯一希望。

鲍德温语境中的"童贞女怀孕"是一个由封闭走向开放的动态概念。《查理先生的布鲁斯》表达了女主角对怀孕的强烈愿望,昭示其中的"酒神"冲动所蕴含的救赎价值与宗教般的神圣,但"童贞女怀孕"的最终结果却不得而知。《比尔街情仇》中的"童贞女怀孕"从实际功效和叙述视角两方面超越了戏剧中的艺术表达。首先,小说最后交代了婴儿的降生与

---

① Lawrence Van Heusen, "The Embodiment of Religious Meaning in the Works by James Baldwin", *The State University* of New York at Albany, 1980, p. 171.

② [美]詹姆斯·鲍德温:《比尔街情仇》,苗正民、刘维萍译,兰州大学出版社1988年版,第50—52、71页。

③ 《另一个国家》中黑人青年鲁弗斯用自己引以为豪的性器对白人姑娘莱奥娜进行种族报复,强烈的性意识象征着黑人令白人嫉妒的性功能在身份确立中的重要地位。《去见那个人》中白人对黑人实施阉割的私刑亦为典例,表明了白人男性因性能力低下而焦虑痛苦的尴尬困境。

④ [美]苏珊·桑塔格:《反对阐释》,程巍译,上海译文出版社2011年版,第165页。

男主人公的"保释"几乎同步,隐喻了"童贞女怀孕"的世俗救赎价值的实现。然而,就像耶稣第二次来临无人知晓一般,弗尼保释出狱后,其"莫须有"的罪名能否昭雪却无从知道。这都给读者留下了充分想象的空间,再次指向了生命哲学的延展性。其次,性爱狂欢在《比尔街情仇》中得到更加充分的表现,这见诸叙述视角的变化。相较于《比尔街情仇》,《查理先生的布鲁斯》中的性爱狂欢显得有些缩手缩脚、捉襟见肘。由于男主角的缺场,性爱狂欢变为胡安妮塔一个人的独白。尽管真实性与直观性骤然增加,可是一方的感受毕竟无法完全代表对方的体验。是故,此处的"狂欢"对话性不明显,与真正意义上的"狂欢"之间仍有一定距离。《比尔街情仇》则诠释了"狂欢"的应有之义,男女双方分别表达了在爱的"理想国"中的切身体验与感受。"性爱狂欢"既非单方的一言堂,也不是全知视角的自然主义转述,而是当事人的真实体悟与全能叙事者参与评论的有机结合。因此,蒂什与弗尼的性爱狂欢是实实在在的"对话",叙述策略的变换明显增强了文本的张力和审美空间。蒂什与弗尼的婚前性爱体验被喻为神圣的部落仪式,因为"当两个人真正相爱时,他们之间的任何事情就都具有了一种神圣的色彩"。[①] 蒂什感受着弗尼的生命奔向自己,洋溢于全身,两人完全融为一体,"从未意识到对方肉体的存在"(44),犹如蹚过约旦河,"抵达了彼岸"(131)"圣地"耶路撒冷。蒂什认为,与其说弗尼"愈来愈深地进入我的身体,倒不如说他进入了一个王国"(35),因为弗尼是在"塑造着我",他圣洁的躯体"把我带到了一个新奇的世界"(69)。弗尼的感受更是一语中的,"那可是我体验过的最美妙的事情"(70),所以他们"一点儿也不感到恐慌",好像"刚刚举行了一次氏族仪式"(71)。毋庸置疑,鲍德温的"童贞女怀孕"乃旧瓶装新酒,借此解构了可怕的宗教禁忌,谱写了一曲真爱的赞歌。蒂什与弗尼的

[①] [美]詹姆斯·鲍德温:《比尔街情仇》,苗正民、刘维萍译,兰州大学出版社1988年版,第30页。为简洁计,本书以下引文仅在文中注明页码。

结合虽无婚姻的形式,却胜过没有实质的表演性婚姻,在纯洁的性爱中体验到了生命的神秘与崇高。正是这种神圣的感觉将他们紧紧联系在一起,成为共渡难关的精神支柱。所以,鲍德温通过蒂什与弗尼幸福的性体验颠覆了传统的基督教性伦理,同时建构了新的标准,即真心相爱的男女双方,既然已经死心塌地地将彼此交托给对方,恪守夫妻之道,那他们之间的一切行为在不危及他人的前提下都应视为神圣。这种彼此平等、心有灵犀的情感彻底消解了可望而不可即的来世永生之诱惑,成为他们真正的救主。

二 《另一个国家》:同性之爱的救赎价值

相较于男女之间性爱的救赎价值,鲍德温赋予男同性恋的终极救赎价值有过之而无不及,这显然与其本人的同性恋取向不无关系。他对同性恋的肯定乃其充分张扬人性本真原则的外化,是其以当下救赎为旨归的动态宗教观的重要一维,因为"最确切地讲,以本性而生活就是:在地上过着天上的生活"。[1]

布莱特认为,鲍德温作品中失败的父子关系导致了男主人公的同性恋和双性恋倾向,[2]《向苍天呼吁》中的约翰,《另一个国家》中的鲁弗斯、维瓦尔多和埃力克,以及《告诉我火车开走多久了》中的雷欧即为典例。鲍德温在《另一个国家》中通过凯丝之口道出了男同性恋的一个重要原因即父子不和,"对男人怀有性倾向的男人,大多数爱他们的母亲而憎恨他们的父亲"。[3] 鉴于作者本人纠结的父子关系和同性恋倾向,其作品都具有一定程度的自传性。至于同性恋的"病理"何为,鲍德温认为同性恋并非一般人所认为的那样,是一种精神的病态行为。相反,它也是人之本性的

---

[1] 齐宏:《心有灵犀:欧美文学与信仰传统》,北京大学出版社2006年版,第222页。
[2] Lynn Orilla Scott, *James Baldwin's Later Fiction: Witness to the Journey*, East Lansing: Michigan State University Press, 2002, p.116.
[3] [美]詹姆斯·鲍德温:《另一个国家》,张和龙译,译林出版社2002年版,第285页。

自然流露，属正常行为，完全没有必要对其进行学理论证。① 对美国人来说，同性恋是一个神话。事实上，他们对这种性取向的贬低更多地暴露了其自身存在的问题。②

从文学渊源来看，男同性恋乃人类文明史上不可否认的一种社会现象，至少可追溯至古希腊时期，经历了从地下到公开的波浪式发展过程。虽备受诟病，惨遭迫害，但依然屡禁不止，终于逐渐合法化。这表明同性恋尽管不是主流，其产生与存在的曲折历程却有力地揭示了人性中的客观实在，让人们透过冰山一角，窥探到了人性更为复杂真实的一面。柏拉图时代，男同性恋非但不被禁止，反而是一种"时尚"，③ 其"爱的理想国"中的同性恋比异性恋更高贵，因为前者能生出代表不朽的智慧。鲍德温的同性恋理念虽未上升到如此"形而上"的高度，却是其在现代语境中求索被遮蔽的人性本真之大胆真实的写照。鲍德温的同性恋文学一方面是对主流价值观的公开叫板，严重刺激了同性恋恐惧症的敏感神经；另一方面是对原教旨主义"乱伦"禁忌的挑衅与颠覆。为同性恋歌功颂德，奉之为神圣，乃仅是鲍德温宗教思想叛逆性的一个侧面。他的博爱思想不是对基督之爱原封不动的恪守，而是在颠覆神性、充分尊重人性的基础上对基督教原初教义的大胆改写与超越性继承，带有鲜明的世俗性和实用性特征。鲍德温的另类人性关怀使其成为一个"异教"人道主义者、鲍德温式的"道德家"，因为在鲍德温的宗教思想体系中，他尊重人性"真理"的姿态完全可以纳入基督之爱的范畴。诚然，此真理的所指超越了原有的本意，是对传统宗教神学的亵渎和践踏，正是在这种悖论中男同性恋获得了自身的合法性。

鲍德温通过《另一个国家》中白人男孩埃力克与维瓦尔多和伊夫间的

---

① ［美］詹姆斯·鲍德温：《另一个国家》，张和龙译，译林出版社2002年版，译序第5页。
② Standley Fred L., Louis H. Pratt, *Conversations with James Baldwin*, Jackson and London: University Press of Mississippi, 1989, p. 79.
③ 李超杰：《哲学的精神》，商务印书馆2010年版，第263页。

恋情昭示了同性之爱的终极救赎价值。小说呈现的是现代人精神荒原中错综复杂的情感纠葛，婚外情、双性恋、同性恋都获得了富有神性的合法特征，而同性恋成为爱的最高形式，[①] 被赋予宗教般的终极救赎价值，鲍德温以真爱为旨归的解放神学得以多方位的充分诠释。鲍德温将《圣经》中儿童的神性特征"嫁接"到同性之爱的超然状态，将《圣经》律法视为死罪的"淫乱"升华为精神复活的象征。[②] 他用小孩子比喻沉浸在同性之爱中的成年人，彰显出其对"边缘人性"的包容与尊重。孩童因之成为其表达终极人文关怀的有效载体，兹见于埃力克与维瓦尔多和伊夫之间的情感纠葛，尤以埃力克与伊夫"终成眷属"的大团圆结局为典型，彻底颠覆了同性恋者必死的宗教禁忌，[③] 诠释了鲍德温主张以没有性别差异的爱来救赎人类的解放神学。

维瓦尔多遇到埃力克之前一直为自己的性取向所困惑，"我过去常想，也许自己是个同性恋。真见鬼，我甚至希望自己做个同性恋呢……可是我不是。所以我困惑"。[④] 虽一度对男人产生过幻想，但对禁忌的顾虑令其望而却步，因此他拒绝了鲁弗斯与哈罗德的性要求，将之视为"侮辱""作践"。而在小说最后，他对埃力克的感觉却截然不同，维瓦尔多对鲁弗斯的拒绝在很大程度上导致了后者最终的毁灭，他因之深深自责。他从与埃力克的恋情中获得了"重生"的体验，在"禁欲的、儿童式的床上"（377）感受生命的激情与活力，完全沉浸在爱的包围中，"像孩子一样在床上打着滚"。（384）雨果说，最大的幸福莫过于被人爱。维瓦尔多确信埃力克会始终爱着自己。因此，在他们相爱的神圣"仪式"中，埃力克小孩子般的纯朴自然使其成为爱的使者，成为维瓦尔多的"救主"，让他重

[①] R. Jothiprakash, *Commitment as a Theme in African American Literature: A Study of James Baldwin and Ralph Ellison*, Bristol: Wyndham Hall Press, 1994, p. 82.
[②] 关于鲍德温的儿童思想，详见第七章，此处不再赘述。
[③] 《圣经·旧约·利未记》第二十章第十三节。
[④] ［美］詹姆斯·鲍德温：《另一个国家》，张和龙译，译林出版社2002年版，第357页。

新发现了自己，找到了真正的自我。维瓦尔多豁然开朗、神清气爽的美好感受表明，他对同性之爱的认同过程不啻为脱胎换骨的"启示录"。

埃力克的爱固然对维瓦尔多刻骨铭心，但并未彻底彰显同性恋的终极救赎价值，毕竟维瓦尔多又回到了女友伊达的身边。埃力克与伊夫的关系才是理想同性恋的典范。埃力克在巴黎与靠卖身谋生的法国男孩伊夫相互钟情，彼此找到了温馨的情感港湾。伊夫为支持埃力克回美国拍戏，忍痛与其分手，约定在纽约相聚。这足以证明他们的爱之崇高，是以感情和责任为基础的。埃力克同性之爱的漫漫求索路定格在与伊夫机场久别重逢的"大团圆"场面，伊夫"宛如儿童一般兴高采烈。他走进了那座城市。来自天堂的人们已经在城里安家落户"（429）。鲍德温再次以孩童设喻并与天堂相提并论，使同性恋的神性特征得以最有力的表现，因为《圣经》上说能进入天国的都是像小孩子这样的人。"那座城市"显然是指小说最后一卷的标题"伯利恒"，与小说总标题"另一个国家"遥相呼应，表明矢志不渝的同性之爱才是通往"天堂"的必由之路，实现终极救赎的"另一个国家"。是故，想到马上就要见到埃力克，伊夫"心中再次感到兴奋，一阵接近疼痛的兴奋感在他心头涌起"。不过，"突然之间，他的心中充满特别的平静和幸福感"。（427）看到伊夫，埃力克"所有的恐惧全部消失了"因为他们都已成为天国的"选民"。

鲍德温寄寓孩童的世俗神性为同性恋和"违规"男女的情爱拨乱反正，其"另类"而浓厚的人文主义情怀透射出隽永的哲学思考。黑格尔认为，一切存在都是合理的，暗合了求同存异的和谐理念。根据萨特的自由论，人是一种"自为"的存在，"不是其所是，是其所不是"，[①] 即人的自由意味着否定流俗常规，发掘张扬被遮蔽压抑的人性本真。存在主义的永恒悖论昭示了人生境遇的荒诞与无奈，亦蕴含着不容忽视的神学基础。上帝创造世界万物，赋予人自由意志却又制约人性的恣意泛滥。人与神

[①] 李超杰：《哲学的精神》，商务印书馆2010年版，第336页。

之间的抗争构成了人间秩序的悖论常态。鲍德温语境中僭越常规的"边缘"之爱即为典例。为在夹缝中求生存，鲍德温对上帝之爱做了实用主义和相对主义阐释，强调人性本真的自由释放，剥离了传统基督教伦理的神秘色彩，由天国指向人间，强调人在世俗当下的最高利益。当然，这绝非是对基督教神学的架空或全盘否定，更不是与之彻底分道扬镳，而是以上帝之爱为最高的、唯一的原则。鲍德温对基督之爱这个"最妙的道"所做的充分的挖掘与发挥，旨在将人的自由最大化，颇具基督教"境遇伦理学"守经达权的风范：既改造传统宗教神学，又维系世俗与宗教间的联系。

鲍德温对男同性恋的激赏固然与其自身的同性恋取向密不可分，同时消解了传统价值观对"男性气质"的单一化期待视野，"彻底颠覆了传统性别秩序中以异性恋身份为唯一合法身份的价值规范，把男同性恋气质视为男性气质的一种特殊类型，认可了性别气质的多元存在"。[1] 当然，同性恋绝非人间最完美的存在范式。鲍德温在《另一个国家》中借埃力克之口亦表达了同性恋的困境，"如果真能爱一个人，而且又生小孩，那一定是尽善尽美的事情了"，[2] 其浓厚的儿童情结也由此可见一斑。

第四节　悲剧意识的救赎价值

某种意义上，悲剧意识即为人的生命意识的本质或高级形式，是一种"居安思危的意识"，直指人存在的本质和价值，成为表达人性奥秘的载体。[3] 因此，没有悲剧意识就无法认识人的最高真实，更不能了解他人的客观实在性。鲍德温认为，敏感的悲剧意识不仅可以解放自己，而且是通

---

[1]　刘岩：《男性气质》，《外国文学》2014年第4期。
[2]　[美] 詹姆斯·鲍德温：《另一个国家》，张和龙译，译林出版社2002年版，第336页。
[3]　谢劲秋：《论悲剧意识及其表现形式》，《外国文学》2005年第6期。

往彼此的桥梁,从苦难意识、抗争意识和死亡意识三个方面表现了其潜在的救赎力量。鲍德温的悲剧意识既有鲜明的族裔特色,又有深厚的宗教根基,于个性中昭示出普适性。

一 鲍德温苦难意识的宗教渊源

关于悲剧意识与宗教意识的关系,有两种对立的观点。一种观点认为,两者之间存在不可调和的矛盾,宗教的终极救赎思想在一定程度上弱化了悲剧意识的必要性。以雅斯贝尔斯为代表的西方学者认为,由于"悲剧知识的张力"被宗教承诺的"人由天恩而得来的完美和拯救所消解了",[①] 这就注定基督徒"把握不住悲剧意识的本质"。[②] 朱光潜也不承认悲剧与宗教的相容性,认为两者"是格格不入的。当一个人或一个民族满足于宗教和哲学时,对悲剧的需要就会消失"。[③] 另一种观点认为,悲剧意识与宗教意识之间存在一定的交集,后者是前者的母腹温床,为其"提供了一种价值关怀的终极目标和情感世界的深度模式以及艺术想象的灵感与源泉"。两者都着眼于"人类的悲剧性与终极性问题",都致力于对"事实世界与意义世界中的生存经验"的表达,旨在将其"升华为崇高而神圣的价值领域"以求索人生的至高境界。[④] 鲍德温的苦难意识则明显滥觞于基督教,[⑤] 处于其"作品中心的是一个视苦难为恩典的基督教理念"。[⑥] 鲍德温自幼饱读钦定版《圣经》,继父向他宣讲的主要是旧约,他本人则厌倦了其中的"原罪"思想而崇尚新约的救赎理念。根深蒂固的宗教意识深刻地影响了其人生观与世界观,成为其文艺表达的重要源泉。由此不难看出

---

① [德] 雅斯贝尔斯:《悲剧的超越》,亦春译,工人出版社1988年版,第22页。
② 同上书,第23页。
③ 朱光潜:《悲剧心理学》,人民出版社1987年版,第212页。
④ 王本朝:《论悲剧意识里的宗教内涵》,《社会科学家》1993年第1期。
⑤ 鲍德温的苦难救赎思想显然与陀思妥耶夫斯基的影响密不可分。详见 Michael F. Lynch, "Just Above My Head: Baldwin's Quest for Belief", *Literature & Theology*, No. 3, 1997。
⑥ C. W. E. Bigsby, *The Second Black Renaissance*, Westport: Greenwood Press, 1980, p. 106.

鲍德温的苦难观与基督教的血缘关系。

费尔巴哈认为，"受难是基督徒之最高诫命"，[①] 即"基督教是受难之宗教"。[②] 一般认为，耶稣被钉十字架是基督教苦难救赎的典型象征，其实《圣经·旧约》中亦不乏大量的相关记载。某种程度上，圣经全书就是一部人类受难的史诗。自从亚当与夏娃犯下"原罪"，人类必须汗流浃背才能存活，苦难成为上帝救赎计划的重要载体。上帝既要借苦难考验人们对他的信心，又要借此彰显其对世人的爱。人类从创生到堕落再到救赎的整个命运轨迹显然是以上帝意志为中心所画的同心圆，展示的是这个全能全知的超自然存在如何磨炼提升人的心性，旨在使其回归当初的圣洁。诚如《箴言》所说，"鼎为炼银，炉为炼金。唯有耶和华熬炼人心"。[③] 因为爱，耶和华派摩西把在埃及为奴的以色列人带出埃及，前往"流奶流蜜"的迦南，可是通往应许宝地之路并非一帆风顺，而是跌宕起伏，凄风苦雨。以色列先民在渺无人烟的旷野漂泊了40年，其与上帝的关系历经反复多变，既饱受食不果腹、暗无天日的折磨，又体验了绝处逢生、否极泰来的喜悦。唯有经受住考验，对上帝的信心不动摇者才可进入应许之地。如果说《出埃及记》以宏大叙事演绎了苦难救赎的真意，彰显了上帝对以色列民族的爱，那么《约伯记》则从上帝与个人的微观角度诠释了同样的主题，说明好人也避免不了接受上帝考验的命运。上帝听信撒旦的谗言，不断降重灾于正直、敬神的约伯以探其真心。面对家破人亡、瘸疾缠身、病入膏肓的痛苦与折磨，约伯对上帝的虔敬始终不动摇，由此证明自己是地道的义人。耶和华于是加倍偿还约伯的损失，赐予他更多的福分。由是观之，吃苦是福，因为"为义受逼迫的人有福了"。[④] 所以，费尔巴哈认为，基督徒之所以"把受难神圣化，甚至把它放在上帝之中"是源于上帝或基督的

[①] ［德］费尔巴哈：《基督教的本质》，荣震华译，商务印书馆2013年版，第100页。
[②] 同上书，第102页。
[③] 《圣经·旧约·箴言》第十七章第三节。
[④] 《圣经·新约·马太福音》第五章第十节。

苦难本质。① 义人得救理所当然，背离上帝的人也能得救则更显神的宽容。新约中耶稣通过"浪子"的比喻旨在说明上帝对悔改的罪人的悦纳，彰显其仁慈和公义。另外，该典故又何尝不是苦难救赎的典例。浪子将其应得的家产挥霍一空后过着猪狗不如的贫贱生活，遭受了有生以来意想不到的耻辱和痛苦。正是这段苦难的经历让他回心转意，立志洗心革面，重新做人，苦难的教化作用不言而喻。凡此种种，无不说明苦难是人生必不可少的一部分，是人无法摆脱的宿命，因此以积极乐观的态度战胜困难就成为人生的意义与价值所在。正是于此基础上，鲍德温形成了自己独特的"悲剧意识"（sense of tragedy），彰显了对人之存在本质的深邃洞察力。

基督教认为，苦难本身不具有救赎作用，罪人不会单纯因遭受苦难而得宽恕，其得救源于上帝无偿的恩典。上帝把自己的独生子耶稣送上十字架，用他的血洗清了世人的罪，使他们的灵魂得救。因此，只有将苦难与基督之爱联姻，罪人方能解脱，即苦难是罪人与上帝之间的中介，是救赎的神圣境遇。换言之，苦难的本质就是上帝的博爱，乃其恩典的"变形"，因为神要借磨难彰显自己的荣耀。② 所以，面对苦难要"恒久忍耐"，这是爱的表现。鲍德温内化了基督教的苦难意识，用苦难在人与人之间搭建起"彼此沟通的桥梁"，③ 使之成为身份构建的重要"仪式"：苦难是一个人走向成熟、认识真正自我的必由之路，经由苦难的历练折磨所收获的教益是任何学校或教会不能提供的。④

海明威以自己的亲身体验说明，"不幸的童年是成就一名作家的最有效途径"。此言虽不能放之四海而皆准，却至少可以与鲍德温命运多舛的文学之路产生共鸣。某种意义上，鲍德温所有作品均为其苦难历程的

---

① [德] 费尔巴哈：《基督教的本质》，荣震华译，商务印书馆2013年版，第98页。
② 《圣经·新约·约翰福音》第九章第十三节。
③ James Baldwin, *Just Above My Head*, New York: Dell Publishing, 1979, p.113.
④ James Baldwin, *The Fire Next Time*, New York: Dell Publishing, 1963, p.133.

结果，也是对苦难的艺术表达。[①] 鲍德温以基督教为依托，构建了具有世俗救赎价值的苦难观，并赋以双向救赎价值，彰显了其特有的"悲剧意识"。他认为，苦难不仅没有使人"孤立"，反而是将彼此连在一起的"桥梁"。[②] 即使像《另一个国家》中鲁弗斯看似无谓的自杀也使他成为一个"基督式的人物"。[③] 这表明，苦难"不仅是受难者本人遭受身心折磨，而且也是在为他人受罪。不管当事人是否意识到这一点，他不但自己因苦难而获得拯救，而且也在拯救别人"。这正是苦难的"神圣意义之所在"。[④]

二 《查理先生的布鲁斯》与《比尔街情仇》：鲍德温的抗争意识

悲剧意识对人之存在的规定性价值主要见于其"超越和抗争"，即"实践主体对现实给定性的抗争和反叛"，并由此"最大程度地显现出实践主体的力量、信仰、激情和勇气，证明人是伟大而不朽的"。[⑤] 鲍德温的抗争意识所体现的正是人在异己的悖论境遇中永不言败的自由意志和高贵人性，诠释了"不是清静无为，而是奋力抗争"的悲剧精神，[⑥] 投射出尼采"超人"哲学的精神诉求。[⑦] 从 20 世纪初到 60 年代末，尼采哲学曾三次波及美国，[⑧] 而后现代文化语境中的美国大众却偏偏忽略了"尼采式的悲剧

[①] Dorothy H. Lee, "The Bridge of Suffering", *Callaloo*, No. 18, Spring – Summer, 1983.

[②] James Baldwin and Nikki Giovanni, *A Dialogue: James Baldwin and Nikki Giovanni*, Philadelphia: J. B. Lippincott, 1973, p. 74.

[③] Michael Lynch, "Beyond Guilt and Innocence: Redemptive Suffering and Love in Baldwin's Another Country", *Obsidan II*, No. 1 – 2, 1992.

[④] Vyacheslav Ivanov, Trans. Norman Cameron, *Freedom and the Tragic Life: a Study in Dostoevsky*, New York: Noonday Press, 1957, p. 81.

[⑤] 王本朝：《论悲剧意识里的宗教内涵》，《社会科学家》1993 年第 1 期。

[⑥] ［美］罗伯特·W. 科里根：《悲剧与喜剧精神》，颜学军、鲁跃峰译，《文艺理论研究》1990 年第 3 期。

[⑦] 尼采对鲍德温的影响，参见 James Baldwin, *The Cross of Redemption: Uncollected Writings*, New York: Vintage Books, 2010, p. 89。

[⑧] Tong Ming, *A History of American Literature*, Beijing: Foreign Language Teaching and Research Press, 2009, pp. 195 – 196.

认同精神",所以鲍德温一直抱怨美国公民缺乏必要的悲剧意识。尼采认为,具有悲剧精神并非因为不可抗拒的异己力量导致无法挽回的生命财产损失而沉迷于悲观失望的消极状态,而是在虚无的极限境遇中"创造性地肯定生命的意义"。即尼采悲剧观的价值就在于为深陷困境的迷茫者指明了方向,令其在绝望中发现希望,在虚无中创造意义,所以是一个洞察幽微、重建存在的二元对立体。尼采旨在建构的悲剧意识显然蕴藏着"超人"的精神文化基因。超人是尼采哲学中无论如何也不能忽视的重要元素,但多为人误解。第二次世界大战后,由于希特勒对尼采哲学的粗制滥造导致了其影响的式微。其实,尼采的"超人"并非强调目空一切的傲慢以及无所不能的征服力,它强调的重点是精神意志层面的坚韧与超越,因为尼采反对消极被动、低俗平庸的"奴隶心态",[①] 主张心智的提升。被马克思誉为"哲学日历中最高尚的圣者和殉道者"[②] 的普罗米修斯可以说代表了古希腊悲剧精神的至高境界,他不畏强权,为天下芸芸众生的福祉甘愿承受高加索上凄风苦雨的蹂躏,在苦难的轮回中见证了自我牺牲的伟大。尼采推崇的正是这种古希腊式的悲剧精神,其悲剧意识在鲍德温那里得以创造性的延伸。

鲍德温对悲剧意识的体认既暗合了古希腊传统,又不失黑人文化特色。他认为布鲁斯音乐与灵歌是悲剧意识的载体,使黑奴在种族苦难中没有消沉。黑人神学家詹姆斯·孔恩认为,黑人的灵歌表达了奴隶在一个意图把他们消灭的社会中求存的决心,它们是黑人奴隶尊严的明证。[③] 这两种黑人音乐的应有之义就是在困境中探寻生命的价值,展现出海明威笔下的"硬汉形象"在挫折面前毫不气馁的风范。所以,悲剧感又是"一种面

[①] Tong Ming, *A History of American Literature*, Beijing: Foreign Language Teaching and Research Press, 2009, p. 195.
[②] 马克思:《〈博士论文〉序》,王化学《西方文学经典导论》,山东人民出版社2005年版,第31页。
[③] 雷雨田:《美国黑人神学的历史渊源》,《湘潭大学社会科学学报》1999年第5期。

对现实，失之泰然的能力，抑或是预感到不幸即将来临的能力"。① 黑人的悲剧意识成为一种文化传统，薪火相传，生生不息，成为立足于主流社会、与白人分庭抗礼的"撒手锏"。

科里根认为，"悲剧的伟大之处在于它歌颂了人对命运的精神胜利"，使人成为自己命运的主人，从而实现"英雄虽死，精神永生"的超越。② 正因如此，鲍德温将灾难视为"人之所以成功的条件之一"，③ 显然，这里所谓的成功在很大程度上是一种心理认同或精神诉求。《查理先生的布鲁斯》中的胡安妮塔与《比尔街情仇》中的蒂什一家即为这种悲剧抗争意识的典型艺术范例。胡安妮塔的男友理查德死于白人种族主义者之手，虽未能讨回公道，但她通过宣告其与理查德的性爱狂欢实现了对种族迫害的报复。黑人强大的性能力是对白人的一种威慑，映射了后者在"性方面的劣势"。所以，她以这种特殊的"仪式"直戳白人的软肋，在很大程度上解构了白人的尊严，彰显了黑人在种族灾难面前的强大生命力。《比尔街情仇》则以宏大叙事全方位阐释了黑人在悲剧命运中不屈不挠的抗争精神，消解了白人种族主义者视黑人为"下等人"的谬论。为洗清弗尼的罪名，全家人克服重重困难，各尽其能，不遗余力，终于成功将他保释出狱。弗尼的重生、亲人的精神洗礼充分昭示了苦难的救赎真意，不但打消了种族歧视的嚣张气焰，而且巩固了家庭的凝聚力，见证了黑人家庭在对抗种族迫害中牢不可破的堡垒作用。

三 从《向苍天呼吁》到《阿门》：④ 鲍德温的死亡意识

科里根认为，死亡是人类社会自我异化的结果，也是深刻体认人生悖

---

① Standley Fred L., Louis H. Pratt, *Conversations with James Baldwin*, Jackson and London: University Press of Mississippi, 1989, p. 22.

② [美] 罗伯特·W. 科里根：《悲剧与喜剧精神》，颜学军、鲁跃峰译，《文艺理论研究》1990年第3期。

③ James Baldwin, *The Cross of Redemption: Uncollected Writings*, New York: Vintage Books, 2010, p. 95.

④ 《阿门》（*Amen*）为鲍德温的一首诗歌，详见 James Baldwin, *Jimmy's Blues*, New York: St. Martin's Press, 1985, p. 75。

论的唯一途径,"生命丧失于由智慧创造的异化和压抑的体系之下,而我们命中注定的死亡是可以使我们再一次直接体验到这个道理的唯一手段"。① 言外之意,死亡既是人对社会异己性的无声抗议,又是对此生存经验的最好验证。而现代西方心理学研究表明,生命意识和死亡意识是人性的一体两面、方向完全相反的心理诉求。死亡意识追求的是"绝对和平、安全的类似母体中的祥和境界",是一种"母体的复归意识"。② 基督教宣扬的彼岸极乐世界正是迎合了人们渴望平安与福乐的本性,所以深得人心,成为他们的终极理想。鲍德温对死亡的认知既非此非彼,又兼而有之,既个性十足又不失客观普遍性。他在诗歌《死亡是安逸的》和《阿门》中分别表达了对死亡的两种不同看法,前者以死亡之名表达了基督之爱,后者则以宗教之名昭示了哲学之道。

《死亡是安逸的》并非以死亡为目的,旨在揭示安逸死亡的前提是爱的缺失。这里所说的爱显然是基督之爱,既有自爱,也有他人之爱,更有对痛苦的"恒久忍耐"。陷入痛苦迷茫不能自拔时,死亡是一种解脱,因此是安逸的。何以如此? 因为痛苦是难熬的,尤其是精神、灵魂上的困惑似乎更残忍。这种令人疯狂的折磨归根结底乃是对强大而复杂的自我缺乏认知,即自我是最大的敌人。是故,要摆脱痛苦的纠缠就必须战胜自我。而他人是自己的一面镜子,他人的爱乃是走出低谷、找到真我的灵丹妙药。所以"痛苦是眼中的无人地带",换言之,痛苦是没有人爱的孤独。显然,"当爱销声匿迹时,死亡就是一种轻松的解脱"。③ 全诗虽以死亡为题,歌颂爱的主旨却不言而喻,跃然纸上。《阿门》则既表达了对死亡的释然,又委婉地道出了死亡不可知的神秘性。只要摆脱了死亡恐惧,就不

---

① [美] 罗伯特·W. 科里根:《悲剧与喜剧精神》,颜学军、鲁跃峰译,《文艺理论研究》1990 年第 3 期。
② 叶舒宪:《圣经比喻》,广西师范大学出版社 2003 年版,第 140 页。
③ James Baldwin, *Jimmy's Blues*, New York: St. Martin's Press, 1985, p. 61.

会感觉到死亡的来临,因为"死亡在离我远去",[1] 前提是心怀超越时间的永恒之爱。鲍德温认为,活人为死亡而困惑是毫无益处的,因为死亡一旦成为事实,人根本就不存在了。[2] 这与古希腊哲学家伊壁鸠鲁的观点如出一辙。后者认为,死亡与我们毫不相干,乃是一件无足轻重的事。因为我们活着时死亡尚未到来,而死亡时我们早已不存在了。因此,死亡既不好,也不坏;既不是痛苦,也不是快乐;既不是善,也不是恶。这是一件自然而然的事,所以正确的人生态度是,快乐享受每一天,因为活着本身才是最大的善。为不确定何时到来的死亡忧虑和恐惧是荒唐之举。罗素曾这样评价伊壁鸠鲁的死亡哲学,"怕死在人的本能里是如此之根深蒂固,以至于伊壁鸠鲁的福音在任何时候也不能得到广泛的流传;它始终只是少数有教养的人的信条"。[3] 由是观之,鲍德温当属这"少数有教养的人"之列。

鲍德温在其小说和戏剧中更充分地表达了死亡意识与爱的关系。他深刻体会到人生苦难的必然性,认为以积极的态度摆脱困境的悲剧抗争诉求才是人生的价值,在塑造具有抗争意识的悲剧英雄的同时,其作品亦呈现了诸多选择自杀以示抗议的消极人物造型,以死亡意识的消极无为反衬抗争意识的建构性。《向苍天呼吁》中的理查德、《另一个国家》中的鲁弗斯以及《比尔街情仇》中的弗兰克的自杀都属于无谓之死,成为鲍德温抗争意识的反面典型。他们丧失了生活的勇气后主动选择以死来摆脱困境,显然是一种缺乏基督之爱的懦弱,因为"爱通过受难来证实自己"。[4] 鲍德温通过他们对死亡的自由选择,一方面鞭挞了种族主义的罪孽,另一方面则批判了这种在困境中退缩的消极人生态度。在鲍德温看来,普罗米修

---

[1] James Baldwin, *Jimmy's Blues*, New York: St. Martin's Press, 1985, p. 75.
[2] Standley Fred L., Louis H. Pratt, *Conversations with James Baldwin*, Jackson and London: University Press of Mississippi, 1989, p. 250.
[3] [英]罗素:《西方哲学史》(上),马元德译,商务印书馆2011年版,第318页。
[4] [德]费尔巴哈:《基督教的本质》,荣震华译,商务印书馆2013年版,第98页。

斯悲剧精神的匮乏源自爱的缺失。理查德不堪忍受白人的侮辱而割腕自杀，其"宁为玉碎不为瓦全"的骨气实质上是缺乏责任的表现，他为了自尊而抛下心上人，让她独自承担一切苦难。他做出了爱的自由选择，却未能承担起选择后的责任，所以他的死亡是自私的。而鲁弗斯之死的原因相对复杂，一方面是令人无法忍受的种族歧视，另一方面是自我堕落导致的负罪感。他以跳水自杀了却今生的一切痛苦和烦恼，看似是经历了"洗礼"仪式的精神重生却讽刺意味十足。此举既背叛了亲情（尤其是以他为自豪的妹妹伊达），又助长了种族主义的嚣张气焰，显然背离了鲍德温期待视野中的悲剧精神。因此，这种死亡只能是悲哀的，而不是悲剧的。

不过，弗兰克之死似乎凝聚了作者更多的沉思，哀其不幸、怒其不争的同时表达了深深的同情，表现了对人之生存本质的严肃哲思，批判因之更显力度。弗兰克为筹齐儿子的保释金而偷窃服装厂的产品，被发现后畏罪自杀，其悲剧既是黑人社会处境的真实写照，又是家庭矛盾的必然结果。美国司法制度的双重标准让黑人深受其害，弗尼"莫须有"的罪名即为黑人"替罪羊"宿命的典例。弗兰克深知他的盗窃行为非但让自己蒙羞，而且也会给家人带来更多麻烦。他爱弗尼却对其冤案无能为力，因此不是一个合格的父亲。存在主义认为，"人，由于命定是自由，把整个世界的重量担在肩上：他对作为存在方式的世界和他本身是有责任的"。[1] 即人总是对自己和周围的人有一种自觉或不自觉的责任感，这种责任实现的程度决定了其存在的价值。正是这种对责任的本能敏感性让弗兰克认识到了"父亲的悖论"而深感愧疚与自责。另外，弗兰克的妻子是宗教狂，对不信教的丈夫和儿子彻底失望。她与两个伪善的女儿沆瀣一气，弗兰克因此成为家中的"局外人"。作为其"统一战线"的弗尼目

---

[1] ［法］让·保罗·萨特：《存在与虚无》，陈宣良译，生活·读书·新知三联书店1987年版，第708页。

前身陷囹圄，出头之日遥遥无期，这无疑加剧了其孤独与无助。社会的迫害与家庭的"驱逐"让他"对死亡感到一种莫名的亲切"，[①] 将其视为最好的归宿。存在主义视死亡为逃离荒诞的人生处境，实现真正永恒的自我价值的最佳途径。鲍德温并不赞成这种存在主义式的生命意识，他仅以主动寻求死亡的主人公揭示美国社会的荒诞给人造成的异化及其毁灭性后果，是对残酷的现实进行抗议的一种极端艺术表现。他通过弗兰克的死亡意识把批判的矛盾指向社会的同时，也指向了潜伏在黑人家庭内部的"隐形杀手"。

四 鲍德温的悲剧责任意识

悲剧意识的一个重要指向就是人在本体论意义上的存在，旨在揭示被遮蔽的真实，这也是鲍德温悲剧意识的重要一维。鲍德温始终以"见证者"自居，不仅要见证现实中的客观存在，更要见证内在的真实，因为在他看来，外在的"秩序"具有欺骗性，唯有内在的"秩序"才是真实的。他反复强调要有洞察危机的敏感性，批判了美国人对危险的迟钝，认为所谓的安全纯属幻想的虚拟状态，世上根本没有安全可言。人们不但不了解世界范围的潜在危机，而且对自己的危险处境也毫不知情，这将是一个可怕的永恒事实。这不能不说是一个悲剧，而美国社会却对此熟视无睹，是一件危险的事，因为"缺乏悲剧意识的社会则是危险的"。[②] 对不幸的敏感性，即危机意识是渡过难关、避免不幸的唯一保证，哪怕是"一种微弱的保证"。所以，悲剧意识非但不像一般认为的那样可有可无、无关紧要，而是"必不可少"。[③]

[①] 李长磊、王秀梅：《传统与现代的对话：威廉·福克纳创作艺术研究》，外语教学与研究出版社2010年版，第20页。

[②] 谢劲秋：《论悲剧意识及其表现形式》，《外国文学》2005年第6期。

[③] Standley Fred L., Louis H. Pratt, *Conversations with James Baldwin*, Jackson and London: University Press of Mississippi, 1989, p. 22.

鲍德温以作家的敏感性一针见血地指出了国人悲剧意识缺乏的欺骗性，即美国主流社会刻意在其公民中造成安全的错觉，① 旨在维持白人"种族优越论"的神话。由此昭示了其种族观的超越性。鲍德温认为，美国的种族问题不只是黑人的问题，更是白人的问题。某种意义上，白人也是受害者。但是白人始终以优等种族自居，不愿打破"种族优越论"的神话，因此一直生活在自我蒙蔽的虚幻中。换言之，主流社会无视种族矛盾的困境，不愿积极主动地寻求出路，宁愿通过死死坚守自己编造的神话进行自我麻痹。因此，鲍德温摇旗呐喊，致力于唤醒被蒙蔽的白人同胞，毕竟"艺术家就是要打破这种（虚假的）和平"。②

亚里士多德认为，无知与判断失误是导致悲剧的重要原因。③ 鲍德温指出，美国悲剧意识的缺乏透视出其"真正目标与现行标准存在的严重问题"。④ 换言之，人们言不由衷，现实与人们所宣称之间大相径庭，导致失望和不确定。此危险情形恰恰是主流价值观偏离种族和谐的轨道所造成的悖论。鉴于白人的"无知与判断失误"，鲍德温主张以爱释恨，黑人要爱白人，憧憬种族和谐的美好蓝图。这是应对种族困境的理想策略，抑或黑人悲剧意识的生动体现，在种族主义甚嚣尘上的特殊背景下既具有超凡脱俗的前瞻性，也不乏脱离实际的理想主义色彩。这种追问种族矛盾本真的执着使其悲剧意识具有了鲜明的族裔特色和政治内涵。

---

① Standley Fred L., Louis H. Pratt, *Conversations with James Baldwin*, Jackson and London: University Press of Mississippi, 1989, p. 21.
② Ibid..
③ ［希］亚里士多德：《尼各马科伦理学》，苗力田译，中国社会科学出版社1990年版，第105、139页。
④ Standley Fred L., Louis H. Pratt, *Conversations with James Baldwin*, Jackson and London: University Press of Mississippi, 1989, p. 22.

· 191 ·

第五章　鲍德温的文艺观及其神学根源

　　文艺观通常表示文艺思想中的基本观点，是对"文艺的性质、职能、特征以及文艺创作者的作用"等一般文艺问题的基本看法和高度概括。[①]因创作背景与人生体验各异，不同作家对文艺的认知往往各有侧重，独成一家。不过，万变不离其宗的就是对人性的自觉表达，脱离了人性的文学就是彻底的失败。福斯特以小说为例精准地阐明了文学的人性本质，"小说中强烈充沛的人性特质"不论"是喜是忧都躲不开"，它不受作家喜好的左右，"如果我们把它从小说中祛除或涤净，小说立刻枯萎而死，剩下的只是一堆废字"。[②] 鲍德温以爱为旨归的文艺观与福氏的"人学"文艺观可谓一脉相承，他虽未如此直白地强调人性在文学创作中的重要性，但是他对艺术的性质、艺术家的本质的界定，以及探索张扬人性本真的执着充分证明其文艺观的人性至上论。鲍德温强烈的求真意识与先知般的社会担当是感性之爱与理性之爱的高度统一，是对基督之爱的创造性发挥，因为"创作是一种爱的表现"。[③] 其文艺观在很大程度上滥觞于其立足于当下、以人为本的世俗宗教立场，乃其宗教思想的艺术"变形"。

　　[①] 高建为：《略论左拉的文艺观》，《北京师范大学学报》1989年第2期。
　　[②] [英] 爱·摩·福斯特：《小说面面观》，苏炳文译，花城出版社1981年版，第18页。
　　[③] Fern Marja Eckman, *The Furious Passage of James Baldwin*, New York: M. Evans & Company, Inc., 1966, p. 46.

第五章　鲍德温的文艺观及其神学根源

第一节　艺术家的职责

　　父爱的缺失造成了鲍德温终生的遗憾，因此他本能地探寻爱的其他表达方式。鲍德温的文艺天才催生了他对文学创作"朝圣"般的激情，令其毅然放弃了教会的神职，将文艺视为自己的宗教，文学创作因之补偿了爱的缺失，成为其"生命的精神食粮"。[①] 他对自己的传记作家莫扎·弗恩·艾克曼（Merza Fern Eckman）道出了其文艺创作的初衷，"这绝非是为了引起世人的关注，只是为了得到爱的一种尝试。这似乎是拯救我自己和家人的一种途径。它源于绝望。这似乎是通往另一个世界的唯一出路"。[②] 由此可见，鲍德温赋予了文艺宗教般的救赎价值，是爱的另类表达。他当初选择文艺的一个重要原因是为了拯救自己和家人，同时也厌倦了教会的腐败虚伪。不过，对教会的逃离并不意味着鲍德温与宗教的彻底决裂，相反，扎实的《圣经》学养和深刻的宗教体验成为其文学创作的高度自觉。他在现实中不断提升和修正基督之爱的内涵，使之成为拯救当下疾苦的世俗宗教。以此为依托，文艺就是帮助世人摆脱假象、认识真理的"启示录"，艺术家则因之成为唤醒沉睡者、济世救人的"先知"。

一　鲍德温的先知意识

　　鲍德温于不惑之年（1974）获得"20世纪先知"的殊荣，[③] 这是对其

[①] Mani Sinha, *Contemporary Afro-American Literature: A Study of Man and Society*, New Delhi: Satyam Publishing House, 2007, p. 51.

[②] Fern Marja Eckman, *The Furious Passage of James Baldwin*, New York: M. Evans & Company, Inc., 1966, p. 62.

[③] 黄铁池：《当代美国小说研究》，学林出版社2000年版，第123页。

社会担当意识的充分肯定和高度总结。尽管鲍德温崇尚的是新约救赎观念，但是他自幼接受的主要是旧约思想，内化的先知意识在很大程度上催生了其强烈的社会责任感。

（一）《圣经》先知传统概述

《圣经》先知传统滥觞于摩西，因为上帝要"从你们兄弟中间，给你兴起一位先知像我，你们要听从他"，① 不过直到撒母耳时代先知才巩固了其社会地位。他们是上帝在其选民以色列人中兴起的代言人，不折不扣地向世人传达神的意图，与耶和华的关系最密切，乃最先领受神之启示者，即上帝智慧的先知先觉者。先知的主要职责是代上帝审判世人，呼吁其悔改，拯救他们摆脱罪恶。不过，先知践行神意的途径并非千篇一律，而是具有鲜明的时代特征。旧约先知集中出现在以色列国分裂之后的动荡混乱年代，人心不古，越来越远离神，拜偶像蔚然成风。由是，天降大任，先知临危受命。具体来说，以色列分国早期的先知，如以利亚和以利沙等，往往具有奇异功能，宣告预言的同时伴以神迹，印证其上帝委托人的身份。以耶利米与以赛亚为代表，分国晚期的先知则主要传讲神的话语，而未行异能，神秘色彩被弱化。但以理与以西结则代表了亡国后的以色列先知，他们主要记载了自己个人的超然经历以及亲眼看见的异象等。不过，殊途同归，众先知借此警示百姓当守摩西在西乃山与上帝所立之约以求存活，否则唯有败亡。

诸先知苦口婆心地向迷途百姓传达的信息不外乎如下几点：首先，重申上帝的神性，强调他是与以色列立约的神。先知一再提及神的拣选、引领、训诫，旨在使百姓记念其信实。其次，严厉诉责君王、领袖和百姓拜偶像、行奸淫、流血冲突等诸类罪孽，并宣告犯罪必遭的报应与惩罚。神派先知传话的最终目的不是指责恐吓，而意在使举国上下痛心悔改，以免除或延缓审判。最后，述说未来的期盼。先知不仅向忤逆的百姓传达惩罚

---

① 《圣经·旧约·申命记》第十八章第十五节。

的凶信，也给他们带来安慰的希望。上帝因公义的缘故不得不惩罚选民的过错，但我们同时还应看到罪人悔改后神的无比喜悦。毕竟，上帝的最终计划是拯救信靠他的人，使之回归创世之初的纯洁和无忧无虑的美好状态。

纵观古以色列的历史，这似乎是一个罪与罚的典型时代，万能的上帝俨然是一位喜怒无常的暴君，动辄降天灾人祸惩治不听话的世人，百姓因此心惊胆战、寝食难安、永无宁日。其实，这是上帝拯救计划中的必然，因为自亚当与夏娃犯了原罪，苦难就注定成为人类的宿命，因为神要借磨难彰显其荣耀，旨在让世人弃恶扬善，回归真理。作为上帝的代言人，旧约先知往往在不折不扣地传达神谕，其与罪恶不共戴天的对立姿态彰显的是恪守真理、弘扬天道的正义感和引领同胞弃暗投明的社会责任担当。

(二) 鲍德温的先知风范

鲍德温的文集昭示了其先知般的坚忍、悲壮与信心。旧约诸先知的秉性在其身上得以充分的再现，尤其是约拿的叛逆性、耶利米的忧伤，以及摩西矢志不渝的使命感并行不悖地糅合在一起，立体彰显了鲍德温的宗教情怀，活化出其对宗教敬畏、质疑、叛逆与反思的心路历程，成就了一位集"道德家""代言人"于一身的艺术家。

约拿是唯一敢违背上帝旨意的旧约先知，拒绝到尼尼微传播悔改的福音。结果，被吞入鱼腹三日后向耶和华屈服，但并未不折不扣地将神谕传遍尼尼微全地，颇有敷衍了事之嫌。约拿的悖逆精神在鲍德温那里发酵膨胀，演变为对上帝的质疑，跟教会分道扬镳，对基督教非人性化教义的挑战，直至对上帝的谩骂。鲍德温对上帝的认知因黑人在种族政治语境中的劣势而被刻上不无偏激的烙印。他对上帝的理解超出了纯粹信仰的范畴，寄希望于现世救赎而具有了实用主义的倾向，希望传说中永在万能的神会挺身而出，惩恶扬善，主持公道。而现实中黑人的处境并未因信仰上帝而有所改观，基督教会看似给黑人提供了逃脱现实迫害的避难所和心灵归宿，实则加重了其精神负担，乃种族歧视外的又一重枷锁，成为助纣为虐的"帮凶"。鲍德温于是极尽口诛笔伐之能事，声称如果上帝不能使人更强大就应被赶下台去。民权运动的式微，尤其是他崇拜的宗教偶像马丁·路得·金的罹难彻底击垮了他对上帝的信心。不在沉默中爆发，就在沉默中灭亡。面对存在主义的极限境遇，鲍德温绘制出一幅"皈依—逃离—反思"的宗教路线图，其宗教叛逆性远远超越了约拿相对单一的性格，谱写了一曲张扬人性本真的赞歌。

鲍德温被称为"黑人耶利米"自有其道理，两者人生经历颇为相似。首先，他们都处于一个极限境遇中。耶利米面临的是以色列百姓因违背上帝的约而遭受亡国的威胁。鲍德温则置身于美国黑人民权运动的复杂种族政治困境中。其次，两人都终身未婚。耶利米迫于当时民族危亡的特殊环境，为大家而舍小家；鲍德温则主要因其同性恋的缘故，虽有过几次浪漫经历，但都无果而终。最后，也是两者最重要的交集，无疑是他们"救亡图存"的强烈民族意识。鲍德温和耶利米跨越巨大的时空阻隔，忧国忧民的担当意识将之联系在一起，成为"流泪的先知"。他们不但历数同胞的过错，更要为其指点迷津，引领他们回归真理。只可惜先知高屋建瓴的预见极大地挑战了时人的承受底线而被视为丧心病狂，他们也因此成了民族的"叛逆者"，寻求真理道路上的孤独行者。鲍德温的先知性格尤为突出地再现了"流泪的耶利米"忧国忧民、奔走呼告、直言不讳的悲壮，所以布鲁姆认为，鲍德温从耶利米身上继承的"纯正血统将终生有效"。[①] 除却对上帝的信仰，耶利米是高度理性的。他不希望自己的同胞违逆神意，做无畏牺牲。不过，这意味着屈从，被囚禁于巴比伦为奴，所以不为执拗的同胞所理解。正是极限境遇中超出常理的"荒诞"选择铸就了其和平大使的伟岸形象，当之无愧地被列为有史以来的首位和平主义者。鲍德温有"黑人耶利米"之美誉，其种族融合的思想与旧约先知的和平倡议无疑是

[①] Harold Bloom, *James Baldwin*, Philadelphia: Chester House Publishers, 2006, p.9.

一脉相承的,鲍德温因之成为以色列先知在现世语境中的"镜像"。

鲍德温因其为美国的种族困境奔走相告、奋力疾呼而被评论界称为"黑人耶利米"。其实,从他在种族思想解放中的角色来看,鲍德温更像"黑人摩西",贯穿其种族思想的乃是基督之爱。鲍德温自觉承担了拯救黑人于水火的责任,恰如摩西受上帝之命带以色列人走出埃及、摆脱法老的奴役一样。鲍德温带领黑人走出种族困境与《出埃及记》中摩西的使命有着惊人的相似。首先,黑人与以色列先民摆脱被奴役枷锁的历史过程均为耗时惊人的血泪史。黑人从被贩运到美国为奴,直到民族解放运动,历时三百余载,而以色列人在埃及为奴近四百年,直到其遭受的非人待遇惊动了上帝。其次,黑人为美国的发展做出了不可磨灭的贡献,蓄奴制为美国南方的发展积累了大量资本,以色列先民对推进埃及历史的发展同样功不可没。假如没有以色列先人的智慧,埃及将无法应对自然灾害,必定因饥荒而尸横遍野,不复存在,法老的威严与辉煌只能是永远的神话。然而,事后美国和埃及又是如何回报这些有恩于他们的"外邦人"的?他们非但没有涌泉相报的感恩,相反,这些赫赫有功之人得到的却是非人的奴役和自由的沦丧。再次,鲍德温和摩西都从上帝那里获取了能言善辩的能力。鲍德温自幼在黑人基督教的氛围中耳濡目染,钦定版《圣经》成为其唯一的教科书和精神食粮。不管高兴也好,郁闷也罢,除了读《圣经》打发时光外,没有任何其他选择,因此深谙《圣经》之道。更不容忽视的是,三年的少年牧师生涯让他即兴的雄辩才华发挥到了极致,一发而不可收。尽管后来退教还俗,选择用文学创作来表达人生,但是此前厚实的宗教功底从某种意义上成就了他的文艺前途。换言之,宗教底蕴乃鲍德温文艺创作的温床母腹。两者相辅相成,相互诠释,而不是矛盾对立。因此,他的散文犀利睿智,字字珠玑,力透纸背,显然是沿袭了圣经的语言风格。不管是小说、戏剧,还是最雄辩的政论性散文,都与基督教圣经藕断丝连,难以割舍。基督教认为,《圣经》是上帝的话语,是神的智慧。是故,鲍德温赖以表达种族立场的文艺创作显然是从上帝那里获取的灵感。而摩西受命带领以色列人成功走出埃及,同样是得益于上帝的眷顾。他本不善言辞,蒙上帝召唤后局促不安,十分为难。上帝看透其心思,赐予他魔法和口才,使其成为以色列先民的领袖和民族英雄。不难看出,鲍德温与摩西均是临危受命,直接或间接地承蒙上帝的"点化",历经磨难,惩恶扬善,将上帝之公义昭著天下。另外,两者执行使命过程中都饱受质疑和责难,但都"凡事忍耐,凡事盼望",淋漓尽致地诠释了基督之爱。最后,埃及法老对以色列男婴斩尽杀绝的丧心病狂和残暴的奴役,令摩西痛不欲生,而美国种族主义罄竹难书的罪孽则令鲍德温痛心疾首、义愤填膺。结果,冥顽不灵的法老与执迷不悟的美国种族主义者都因贪婪和执拗而伤痕累累。相似的历史境遇与神圣的使命感就这样将摩西与鲍德温紧密地联系在一起。是故,鲍德温何尝不是摩西的现实化身。不管是忧国忧民的耶利米,还是拯救人民于水火的摩西,他们的人生轨迹与其说是对上帝感召的回应,不如说是对同胞负责的挚爱。这种自觉担当的先知意识在鲍德温那里演化为种族问题中的"双重意识"。

二 从"黑人问题"到"白人问题"

在美国的种族矛盾问题上,鲍德温显然没有否认白人对黑人犯下的罪孽。一方面,白人价值观对黑人的同化使黑人无法认识真正的自我,不能认清社会的真实面目,导致其主体意识的丧失,这是不可饶恕的罪过(crime);另一方面,白人的种族优越论让黑人自暴自弃,承认自己是劣等种族,这比刑事犯罪更为可怕,乃是"亵渎圣灵的宗教之罪"。[①] 不过,鲍德温在批判种族主义的同时,也将白人视为种族主义的受害者。传统观点认为,美国的种族问题就是黑人问题,黑人的解放与身份认证是矛盾的焦点。可是在鲍德温那里,问题的秩序被颠覆了,他认为20世纪美国的核心

---

① James Baldwin, *The Cross of Redemption: Uncollected Writings*, New York: Vintage Books, 2010, p.102.

第五章 鲍德温的文艺观及其神学根源

问题不是黑人问题,而是白人问题。他从基督之爱出发,排斥黑人种族主义者的抗议主张,坚持以爱释恨的种族立场,认为白人才是应当首先获得救赎的"迷途羔羊"。因为种族歧视是白人扭曲基督教的后果,他们以优等种族自居是"无知"的表现,乃种族矛盾的真正牺牲品。纵观美国历史,鲍德温看到了种族关系的进步,将去除肤色问题视为黑人作家的使命,表现出"凡事盼望"的爱德,晚年依然在种族主义问题上呈现基督般的面孔。

鲍德温将美国白人与黑人并置在受害者的行列,以同情的姿态更辛辣地揭露了白人种族主义的罪恶本质和卑鄙可耻的自私动机。他认为,白人不能自拔的"种族优越论"是一种自欺欺人的"心态"或"心理选择",[①]因为事实上本没有白人和黑人之分,欧洲人到达美国之前谁也不是白人。美国成为白人的国家,是在数代人努力的基础上,大规模实施高压政策的结果,"黑鬼是白人的发明,是白人出于不可告人的需要而发明的"。[②] 所以确切地讲,黑人问题实质上是白人问题。白人通过否定和贬低黑人的人性来消除威胁感,其实"所有的安全都是一种幻想",[③] 所以其困境在很大程度上在于"他们对自己同胞的否认"。而具有讽刺意义的是,自以为凌驾于黑人之上的白人贬低了自我,"剥夺了自我控制和自我界定的能力"。[④]同时,以统治者自居的白人生活在自己编造的谎言中而远离了真相,真正了解美国、洞察幽微的却是"他们的黑人兄弟姐妹"。[⑤] 于此意义上,白人是愚昧无知的、值得同情的,这种尴尬局面归根结底源于他们不能认识真正自我的困境。"认识你自己"这句镌刻在希腊太阳神庙上的名言多少年

[①] Standley Fred L., Louis H. Pratt, *Conversations with James Baldwin*, Jackson and London: University Press of Mississippi, 1989, p. 218.

[②] James Baldwin, *The Cross of Redemption: Uncollected Writings*, New York: Vintage Books, 2010, p. 97.

[③] Ibid., p. 51.

[④] Ibid., p. 170.

[⑤] Standley Fred L., Louis H. Pratt, *Conversations with James Baldwin*, Jackson and London: University Press of Mississippi, 1989, p. 50.

来一直启发人们去探寻自我的真谛，从而认识周围的社会。可事实并非如所想象的那样简单：自以为最了解自己的人其实并没有真正认识自我，更谈不上超越自我，充其量是一生惑幻，临殁见真。在鲍德温看来，人在本质上都"比自己所认为的更迂回曲折、神秘莫测"。① 黑人对这种存在荒诞性的认识比白人更深刻，"每个人对自己都是陌生的"，② 恰如《另一个国家》中福斯特牧师在鲁弗斯葬礼上所说："我们没有人知道另一个人的心里在想什么，我们许多人也不知道自己的心里在想什么，因此，我们没有人说得清楚他为什么要这样做。"③ 所以，鲁弗斯至死也没有搞懂到底是什么规律在控制着他，是"躯体内什么力量把他驱赶到如此凄凉的境地"。④ 《查理先生的布鲁斯》中胡安妮塔进一步确证了人对自我的陌生程度以及"旁观者清，当局者迷"的普适性，"我对自身所不了解的东西远远多于我所能够理解的"。⑤ 总之，黑人能够面对自我的局限性，这往往是白人世界所不能及的。不过，"认识你自己"既是鲍德温探寻种族矛盾本质的逻辑起点，也是解决问题的理论归宿，他认为黑人的解放是以白人的解放为前提的。所以，他通过《另一个国家》中的白人开明人士凯丝表达了白人开化的希望。当鲁弗斯为莱奥娜之事陷入痛苦的自责不能自拔时，好友凯丝说出了如下富有哲理的开拓之语："我们都犯下了各自的罪孽。问题并不是要掩饰这些罪孽——而是要尽力去理解自己的所作所为，去理解自己为什么会那样做……如果你不原谅自己，你就永远不会原谅别人，你就会继续重犯同样的罪孽。"⑥

---

① Standley Fred L., Louis H. Pratt, *Conversations with James Baldwin*, Jackson and London: University Press of Mississippi, 1989, p. 166.
② James Baldwin, *The Cross of Redemption: Uncollected Writings*, New York: Vintage Books, 2010, p. 89.
③ [美]詹姆斯·鲍德温：《另一个国家》，张和龙译，译林出版社2002年版，第121页。
④ 同上书，第54页。
⑤ James Baldwin, *Jimmy's Blues*, New York: St. Martin's Press, 1985, p. 32.
⑥ [美]詹姆斯·鲍德温：《另一个国家》，张和龙译，译林出版社2002年版，第80页。

懒于探知表象背后的真实似乎是人之共性,[1] 而强烈的担当意识让鲍德温主动承担起揭示真相的重任,敦促自己去求索人们通常不想知道、不想发现的问题,尤其是唤醒白人自我欺骗的麻木灵魂。所以,美国的"黑人问题"变成了"白人问题",彰显出哲学家的睿智思辨与客观公允。鲍德温站在白人的立场重新审视美国的种族矛盾,以同情与理解的口吻将白人种族主义者批得体无完肤,"白人问题"实质上换汤不换药,矛头所向依然是白人不可告人的卑鄙动机。

三 文艺救赎的悖论

鲍德温当初脱离教会,选择文学创作,一方面是厌倦了教会的虚伪和腐败,另一方面是为了拯救自己和家人,诚如他对早年传记作家埃克曼所言:"这绝非是为了引起世人的关注,只是为了得到爱的一种尝试。这似乎是拯救我自己和家人的一种途径。它源于绝望。这似乎是通往另一个世界的唯一出路"。[2] 由此可见,鲍德温赋予了文艺宗教般的救赎价值,视之为爱的源泉,以期借此弥补现实生活中爱的缺少带来的创伤。他后来在1976年的一次访谈中表达了对作家的不同理解,"成为一名作家的唯一原因不是告诉世人我自己受了多少苦,因为没有人在乎",当作家实际上就是向世人表达"我爱你"的一种方式。[3] 可见,鲍德温以爱为圭臬的文艺观是一个由己及人的动态过程,反映了其文艺认知能力的不断深入和理性化。文艺不仅是为了满足自己对爱的需求,更是爱他人的艺术表达。这是他对爱的双向性在艺术层面上的理解。[4]

---

[1] Standley Fred L., Louis H. Pratt, *Conversations with James Baldwin*, Jackson and London: University Press of Mississippi, 1989, p. 156.

[2] Fern Marja Eckman, *The Furious Passage of James Baldwin*, New York: M. Evans & Company, Inc., 1966, p. 46.

[3] Standley Fred L., Louis H. Pratt, *Conversations with James Baldwin*, Jackson and London: University Press of Mississippi, 1989, p. 162.

[4] Fred L. Standley, Louis H. Pratt, *Conversations with James Baldwin*, Jackson and London: University Press of Mississippi, 1989, p. 156.

历经世事沧桑的洗礼后，鲍德温在晚年（1984）的访谈中阐发了新的文学功能论，对文学创作的拯救价值表示模棱两可，认为"拯救一词在这样的语境中很难使用"。① 毕竟，文学创作之路并不能逃避或阻止任何事情的发生，凡事一如既往，只是在某种意义上"我被迫通过描述自己的处境以便学会与之相适应。这与全盘接受不是一回事"。② 这是其文艺生涯的高度凝练与总结，反映了一个成熟作家对文学功能的洞见，并由此深刻意识到当年以文艺逃避现实、实现自救的荒唐与幼稚。鲍德温弃教从文的心路历程印证了文艺救赎的局限与尴尬，昭示了"自由选择"的人生悖论，映射了阻碍黑人艺术家发展的社会根源，这种存在主义困境在其小说与戏剧中均得以充分的体现。鲍德温文学中的主人公大多是年轻的艺术家，将艺术作为实现自我的手段，他们曲折离奇的艺术之路既是守望种族文化传统的坚忍与自觉，又不同程度地揭露了主流价值观的干涉所导致的荒诞或悲剧，书写了黑人艺术救赎的悖论。

鲍德温认为黑人音乐是美国黑人的文化标签、族裔身份的象征，"只有通过音乐，美国黑人才能讲述自己的遭遇"，③ 所以，他的大部分主人公都选择了音乐之路。不过，在美国"当一名黑人艺术家既不可思议又危机四伏"，④ 需要付出高昂的代价，鲍德温文学世界中艺术主人公的坎坷命运即为明证。需要指出的是，就像美女之死是爱伦·坡表达诗歌的忧郁之美的主要载体一样，鲍德温表达艺术救赎悖论的一个惯用手法通常是黑人青年男子的肉体或精神死亡。《另一个国家》中鲁弗斯与伊达兄妹的音乐之路以哥哥的自杀与妹妹的堕落揭示了艺术之于黑人身份诉求的"能"与"不能"。鲁弗斯本是出色的爵士乐鼓手，不过，一时的辉煌并不代表永远

---

① Fred L. Standley, Louis H. Pratt, *Conversations with James Baldwin*, Jackson and London: University Press of Mississippi, 1989, p. 234.
② Ibid..
③ James Baldwin, *Notes of a Native Son*, Boston: Beacon Press, 1990, p. 24.
④ James Baldwin, *The Cross of Redemption: Uncollected Writings*, New York: Vintage Books, 2010, pp. 106–107.

的成功，种族歧视的喧嚣最终湮没了他的音乐天才，将其逼上了自杀的绝路。布鲁斯英年早逝的悲剧因此成为黑人"布鲁斯"的生动隐喻。桀骜不驯的伊达为出人头地、实现对白人的报复，也选择了音乐之路，成为哥哥艺术梦想的延续。自知势单力薄，她另辟蹊径，出卖了自己的肉体和灵魂，与媒体大亨纠缠在一起。当时黑人中存在一种偏见，认为黑人的出名意味着"你成了妓女"。① 伊达虽名噪一时，但表面的辉煌却掩盖着无法言表的痛苦：她背叛了自己的情人，违心地践踏着自己的良知，确实扮演了"妓女"的角色。她的堕落充分证明，黑人要想在艺术的舞台上与白人分庭抗礼需要付出出人意料的代价，因为黑人演员即使要在蹩脚的"肥皂剧"中扮演一个白人角色，也要做出选择，要么否定自己的传统，要么否定事实。② 这是主流价值体系消除"威胁"的潜规则，而黑人艺术家强烈反对的也正是这样的分裂制度。在《告诉我火车开走多久了》中鲍德温通过雷欧最后的暴力倾向及其心脏病突发而倒在舞台上，象征性地消解了这个声名鹊起的黑人演员的成功之路。小说收官之作《就在我头顶之上》通过一个黑人"四人组合"的分崩离析演绎了黑人艺术道路上的重重障碍。当初保罗·蒙塔纳坚决反对儿子阿瑟的音乐家梦想，认为这会毁掉他的一生，时时刻刻都是一种折磨，因为音乐并非一开始就可以成为悦耳的歌曲，而是"以哭泣开始"。③ 这是保罗社会经验的深刻总结和刻骨铭心的人生感悟，结果一语成谶。乐队成员有的被暗杀，有的莫名失踪，主人公阿瑟功成名就，其生命却定格在伦敦一个肮脏的地下室洗手间的血泊中。他们的悲惨结局无疑是声讨社会罪恶的战斗"檄文"。鲍德温通过《比尔街情仇》中年轻的黑人雕刻家弗尼的冤案更直接地批判了种族主义的嚣张肆虐，

---

① Fred L. Standley, Louis H. Pratt, *Conversations with James Baldwin*, Jackson and London：University Press of Mississippi, 1989, p. 35.

② James Baldwin, *The Cross of Redemption：Uncollected Writings*, New York：Vintage Books, 2010, pp. 106 – 107.

③ James Baldwin, *Just Above My Head*, New York：Dell Publishing, 1979, p. 80.

构建了一个黑人艺术家的"极限境遇"。艺术是弗尼生命的重要组成部分,在某种意义上乃其身份的象征,不过也会随时遭到突如其来的威胁。与众不同的是,鲍德温在此提供了对抗迫害的有效机制,即黑人家庭的凝聚力。短篇小说《索尼的布鲁斯》则以委婉的方式揭示了主流价值观的渗透对黑人艺术的侵蚀,以及由此对黑人家庭伦理产生的冲击。索尼对家的逃离,成为精神的流浪者而中断了酷爱的音乐道路,完全是由白人化了的哥哥一手造成的,价值观的不同所导致的亲情破裂使索尼一度因吸毒而堕落。

凡此种种表明,鲍德温小说中的黑人青年艺术家希望通过自己的艺术才华走出精神的荒原,遗憾的是,"仅凭此路他们几乎不可能构建一个理想的避难所"。① 毋庸置疑,对民族艺术的传承是黑人身份建构的文化象征和必由之路,不过这又将黑人置于主流价值观与族裔传统的夹缝中,昭示出不容置疑的生存悖论,映射了美国种族主义的荒诞与残忍。鲍德温借此既拷问了美国主流社会的良知,同时也对黑人单靠固守自己的文化传统来寻求出路的可行性进行了反思。由黑人的双重文化背景决定的"双重意识"一方面揭露了种族歧视的罪恶,另一方面为黑人在美国的出路提供了借鉴。换言之,黑人在坚守文化传统的同时也要吸纳白人文化中有利于自己发展的成分,种族融合是必经之路。融合的另一个重要前提则是白人的自我解放,即摆脱"种族优越论",平等对待黑人。这种高度理性既是鲍德温探寻黑人出路的逻辑起点,也是种族困境的症结所在,似乎永远是一个无法实现的终极诉求,因为"长期以来白人给我的印象是他们没有任何道德康复的希望"。②

鲍德温因攻击理查德·赖特的"抗议小说"上演了美国黑人文学史上有名的"文学弑父"的闹剧,甚至拒绝与巴拉克等黑人文艺运动中涌现出的激进派站在一起。不过,反映时代精神、体现时代气息是作家的责任和

---

① Dorothy H. Lee, "The Bridge of Suffering", *Callaloo*, No. 18, 1983.
② James Baldwin, *The Cross of Redemption: Uncollected Writings*, New York: Vintage Books, 2010, pp. 106 – 107.

高度自觉。尽管鲍德温不提倡抗议文学，否认自己是社会批评家和抗议领袖，但这不等于他跟抗议绝缘，也终究没能逃脱被划归"抗议"作家行列的宿命。学界往往将其小说归于"社会抗议"的范畴，并指出其抗议途径的多元化，认为宗教、种族、性、国外流放、家庭关系和贫穷、吸毒、暴力等社会顽症均为其司空见惯的抗议载体。[1] 法国学者古纳尔德则从实证主义的角度进行分析，认为赖特借《土生子》唤醒了美国白人的良知，而鲍德温则通过其散文让美国白人产生了负罪感。[2] 鲍德温认为《土生子》中别格·托马斯残忍的暴力倾向是对黑人形象的丑化，增加了种族主义者歧视黑人的借口，不能揭示黑人人性的本来面目。由此可见，他反对的是赖特的抗议方式而非抗议本身，因为艺术与抗议是文学的一体两面。[3] 所以，脱离了政治的视角阅读鲍德温是不现实的，因为"政治视角"是"一切阅读和一切阐释的绝对视域"。[4] 鲍德温通过黑人艺术家的命运既彰显了黑人复杂的人性本真，又多角度批判了社会的罪恶，是对以赖特为代表的抗议文学传统的另类表达和超越。

第二节 鲍德温的求真原则

鲍德温认为，真理掌握在少数人手中，因为大部分人总是不肯向前多迈一步，以便发现真理并与之靠得更近。[5] 艺术家是唯一了解人类实情者，

---

[1] Floyd Clifton Ferebee, "The Relationship Between Violence and Christianity in the Novels of James Baldwin" [D], The University of Cincinnati, 1995, p. 12.

[2] Jean-François Gounard, (trans) Joseph J. Rodgers, Jr., *The Racial Problem in the Works of Richard Wright and James Baldwin*, Westport: Greenwood Press, 1992, p. XVII.

[3] Fred L. Standley, Louis H. Pratt, *Conversations with James Baldwin*, Jackson and London: University Press of Mississippi, 1989, p. 241.

[4] [美] 弗雷德里克·詹姆逊：《政治无意识》，王逢振、陈永国译，中国社会科学出版社2011年版，第7页。

[5] James Baldwin, *Notes of a Native Son*, Boston: Beacon Press, 1990, p. 15.

而作家则掌握着一个民族的真理,[①] 能够向人们揭示纷繁复杂的现实,所以揭示现实就成为他们义不容辞的责任。这也决定了其角色宗教般的神圣性与严肃性。因此,艺术家的创作绝不能凭主观臆测,凡事都不能想当然化而必须刨根究底。所以,他们"总是处于跟自己、跟社会的矛盾和斗争中,旨在严格恪守其工作的求真本性"。[②] 作家的担当意识在鲍德温那里表现为他始终以"见证者"的身份自居,不仅致力于见证外在的真实,更要表现内在的客观实在性,因为"内心世界的生活才是一个人的真实生活"。[③] 不过,鲍德温文学世界呈现的与其说是确切身份的实现,毋宁说是对有待发现的身份之探寻,[④] 其"身份构想是一个动态过程",[⑤] 他塑造的不是"原型"式的人物,而是在身份探寻之路上不断成长的"变形"角色。鲍德温探求真理的执着,一方面固然与作家反映生活、表现人性的集体自觉分不开,另一方面又何尝不是基督之爱"只喜欢真理"的宗教诉求被内化为艺术创作指南的结果。

一 自传性

鲍德温认为,"个人经历是写作的唯一源泉",[⑥] 作家不能也不应该脱离其生存环境和个人经历,[⑦] 其作品的独特性在很大程度上见诸"他将自

[①] 在鲍德温的语境中,"艺术家""诗人""作家"和"小说家"往往是同义词,尽管有外延上的差异,但很多时候可以通用。本文的措辞遵循了鲍德温本人的习惯。

[②] Mani Sinha, *Contemporary Afro - American Literature: A Study of Man and Society*, New Delhi: Satyam Publishing House, 2007, p. 69.

[③] James Baldwin, *Nobody Knows My Name*, New York: Dell Publishing Co., Inc., 1961, p. 23.

[④] Marcus Klein, *After Alienation: American Novels in Mid - Century*, New York: The World Publishing Company, 1964, pp. 151, 153.

[⑤] Elizabeth Roosevelt Moore, "Being Black: Existentialism in the Work of Richard Wright, Ralph Ellison and James Baldwin", The University of Texas at Austin, 2001, p. 118.

[⑥] Fred L. Standley, Louis H. Pratt, *Conversations with James Baldwin*, Jackson and London: University Press of Mississippi, 1989, p. 240.

[⑦] Mani Sinha, *Contemporary Afro - American Literature: A Study of Man and Society*, New Delhi: Satyam Publishing House, 2007, p. 66.

传性元素与政治、社会因子深刻地糅合在一起的能力",①强烈的求真意识决定了其创作的自传性。从第一部小说《向苍天呼吁》一直到收官之作《就在我头顶之上》都能不同程度地看到作者自己或与之相关事件的影子。这既是其本人生活轨迹的艺术表现,又是他忠诚于艺术真实原则的见证与超越。

《向苍天呼吁》是他所有小说中最成功的一部,这与其鲜明的自传性密不可分。作品中的父子关系、主人公约翰的宗教心路历程以及格兰姆斯的家族史不折不扣地再现了鲍德温一家三代命运多舛的真实图景。小约翰对上帝的敬畏,因沉重的原罪意识所产生的恐惧,父亲与家人的矛盾,母亲与姑母的统一战线,约翰对伊利沙的仰慕所折射出的朦胧同性恋意识等,完全可以说是作者本人少年经历的艺术再现。如果说《向苍天呼吁》多角度反映了鲍德温的早期经历,那么《就在我头顶之上》和《阿门角》则主要就其对宗教的皈依与逃离表现了鲜明的自传性。少年鲍德温有过三年的童子布道体验,其间见证了教会的虚伪与腐败,这在《就在我头顶之上》的女主角朱丽亚身上得以生动的艺术再现。家庭的变故,尤其是父亲造成的乱伦创伤,让朱丽亚对教会彻底失望。经历了三年的宗教迷狂后,她毅然放弃了教会的神职,在教堂之外找到了世俗的上帝,实现了精神上的重生。相较于少年朱丽亚的宗教虔诚,《阿门角》中玛格丽特牧师的宗教狂热有过之而无不及,她以牺牲家庭幸福为代价来保持其对基督的敬畏。原教旨主义般的虔诚过后,她对世俗生活的回归昭示了宗教偏执的荒诞不经,及其无法弥合的心灵创伤。鲍德温在该戏剧的前言中指出,玛格丽特就是他本人,作品的自传色彩不言而喻。

鲍德温所谓的"个人经历",其所指对象显然没有仅仅局限于当事者本人的亲身经历和感受,而且包括他所了解的周围所有人的喜怒哀乐。

---

① R. Jothiprakash, *Commitment as a Theme in African American Literature: A Study of James Baldwin and Ralph Ellison*, Bristol: Wyndham Hall Press, 1994, p. 84.

《另一个国家》与《查理先生的布鲁斯》即为典例。前者在混乱的性关系中呈现了一幅"好人难寻的"末世全景图，被鲍德温视为救命之作，"如果我想以作家的身份存活，我最终将不得不写一本像《另一个国家》这样的书"。① 小说男主人公鲁弗斯以鲍德温最好的朋友为现实原型揭露了种族歧视所导致的悲剧，再次印证了种族主义乃黑人"生命不能承受之重"。1946年，鲍德温最好的朋友在华盛顿大桥跳水自杀，留给亲朋好友的却是痛苦的回忆和深沉的思考。鲍德温通过鲁弗斯的悲剧再现了其好友所代表的黑人宿命带给读者的沉重启示。鲁弗斯虽然在故事开始不久就因为绝望和负罪感在华盛顿大桥跳水自杀，他却成为小说中一个不在场的在场。妹妹伊达对周围其他人的仇视和报复成为鲁弗斯的精神延续，给他们带来创伤的同时，也让他们换位思考，走向成熟。鲁弗斯的命运悲剧由此成为鲍德温表达苦难救赎主题的一个有效注脚。戏剧《查理先生的布鲁斯》则以民权运动为背景彰显了作品的自传性。首先，题词主要是献给罹难的民权运动斗士麦德加·埃弗斯（Medgar Evers，1925—1963）。麦德加是黑人民权运动的活跃分子，乃"全国有色人种促进会"（NAACP）的重要成员。1963年，他前往密西西比州的荒野，调查数月前白人店主谋杀黑人一案，结果被跟踪者击中背部身亡。具有讽刺意味的是，麦德加被暗杀恰好发生在约翰·F.肯尼迪总统发表支持民权运动的全国电视讲话后几小时。所以，在当时种族关系异常敏感的特殊时期，此类题词格外刺眼。其次，作品的针对性异常明显，影射了1955年的一桩黑人死刑案。15岁的黑人男孩艾梅特·迪尔被指控在密西西比的一家路边店与白人姑娘调情有失大雅，遭到追捕后被谋杀，进而肢解。凶手最终无罪释放。戏剧的主人公理查德·亨利原本是颇有前途的艺人，因吸毒成瘾断送了前程后返回南方老家以求重生，结果丧命于跟白人种族主义者的冲突中。凶手的妻子反诬告

---

① Fred L. Standley, Louis H. Pratt, *Conversations with James Baldwin*, Jackson and London: University Press of Mississippi, 1989, p. 240.

亨利对其图谋不轨，丈夫失手闹出人命纯属"见义勇为"。加之另有其他白人作假证，凶手虽受到审讯，终以无罪获释。即使自诩站在黑人一边的白人"开明人士"到头来也令人失望。因此，布鲁姆断言，戏剧所传达的"最终信息是，黑人不能坐等其他人（白人）的理解或帮助改变他们的处境"。① 恰如当代非裔美国作家爱德华·P. 琼斯所说："尽管小说中的人物总是虚构的，但人物身上所体现出来的创伤是真实的。"②

鲍德温始终强调，充分利用个人经历乃作家创作中得天独厚的优势，也是唯一的有利视角。③ 因此，他本人的艺术梦想在其文学作品中得到了不同程度的演绎，成为表现黑人命运的独特视角，折射出黑人身份建构的鲜明族裔特色。19 岁以前，鲍德温打算当一名音乐家，也想过当画家和演员，这些曾经的艺术梦想借助作品人物得以实现。当创作的热情取代了宗教虔诚后，继父强烈反对的原因不止于他对上帝的背叛，还在于主流社会的顽固偏见。所以黑人当作家是不可能的，是挑战白人对黑人的定位，因此可能会"自取灭亡或被谋杀"。④ 黑人从艺的危险性在《就在我头顶之上》中通过保罗·蒙塔纳对阿瑟音乐追求的强烈反对以及乐队成员的悲惨结局得以生动的艺术再现。对此，前文已有详论，不再赘述。

鲍德温认为，尽管创作离不开想象，但是想象仍以经历过的现实为基础，"某种意义上，每件艺术作品——如果我可以用这样的表达——在艺术家看来都是我们的现实状况的比喻"。⑤ 虽然《向苍天呼吁》在很大程度上再现了作者本人难忘的童年时光，但是总体而言，鲍德温作品的自传性绝非完全拘泥于表面的现实，而是源于现实又高于现实。因为作家的责任

---

① Harold Bloom, *James Baldwin*, Philadelphia: Chester House Publishers, 2006, p. 83.
② 刘白：《走出历史阴影 寻找迷失的自我——论爱德华·P. 琼斯的〈迷失城中〉》，《外国文学研究》2014 年第 3 期。
③ Fred L. Standley, Louis H. Pratt, *Conversations with James Baldwin*, Jackson and London: University Press of Mississippi, 1989, p. 249.
④ Ibid., p. 234.
⑤ James Baldwin, *The Price of the Ticket*, New York: St. Martin's, 1985, p. 397.

在某种程度上就是"透过表象,追根究源",[1] 旨在探明那些暗中左右社会运行秩序的"潜规则和深奥而不可言说的假设"。[2]

二 孤独求真

鲍德温因个头矮小、相貌丑陋而成为别人取笑的对象。另外,他是黑人、同性恋,这都注定了其内心的孤独。他既要摆脱孤独,又要守望孤独,该孤独悖论在很大程度上成就了其独特的文学真实性。人们习惯上将理查德·赖特视为鲍德温的文学之父,其实"在一个作家身上可以体现多个文学之父的影响"。[3] 卡夫卡与鲍德温虽无师徒之事,却有文学影响之实,[4] 前者的孤独气质在鲍德温那里得以充分的延续。二者尽管没有时间上的交集,可是精神异化层面上的巧合之处却让人看到鲍德温也是一位不折不扣的"孤独行者"。他们对生存的极限境遇采取了顺从与逃避,因孤独而伟大。鲍德温也曾在精神、情感和事业的低谷,尤其是在格林尼治村的那段日子,一度陷入悲观纠结不能自拔,想到过自杀。不过,鲍德温比卡夫卡幸运得多,一生遇到诸多知己和改变其人生道路的"导师",每逢痛苦绝望之时,这些"救世主"便闯进他的生活,为其点燃希望。经历了父子关系的断裂、青春期性压抑的折磨和教会的背叛后,鲍德温在令人窒息的种族歧视中选择了逃离。他远涉重洋,旅居法国巴黎十载,其间却因赖特的缘故而刻意疏远了以萨特为代表的法国存在主义者。独居异国他乡,举目无亲,不名一文,其艰辛孤苦可想而知。所有这些都使之陷入不堪回首的孤独中。不过,正是因为对孤独的选择与坚守,鲍德温冷眼旁观,更好地认识了自己,认识了美国,实现了"淡泊明志,宁静致远"的超越。

---

[1] James Baldwin, *Notes of a Native Son*, Boston: Beacon Press, 1990, p. 6.

[2] Mani Sinha, *Contemporary Afro-American Literature: A Study of Man and Society*, New Delhi: Satyam Publishing House, 2007, p. 68.

[3] 谭惠娟:《创新·融合·超越:拉尔夫·埃利森文学研究》,博士学位论文,北京语言大学,2007年,第41页。

[4] James Baldwin, *Notes of a Native Son*, Boston: Beacon Press, 1990, p. 22.

第五章　鲍德温的文艺观及其神学根源

（一）法国流亡的收获

流亡欧洲之前，鲍德温一直为肤色问题所困扰，无法将真正的自我和以肤色为象征符号的自我——别人眼中的形象——统一起来。同时，迫于被"肤色问题"的怒潮吞噬的威胁，①鲍德温远涉重洋，只身来到欧洲。如影随形的心理屏障消失了，他不再为平衡两个自我而痛苦纠结，真实的自我终于浮出水面，由幕后走向前台。一直以来的压抑不见了，鲍德温如释重负，顿感神清气爽，如同重生后又见光明，内心的释然不言而喻。暂时的逃离固然令人振奋，远离国内种族主义的喧嚣的确能够让鲍德温平静下来，心无旁骛，潜心创作。然而，一旦摆脱原来的纠缠困扰，置身于生活的"真空"，鲍德温反倒有些恐慌不安起来。他深刻地意识到，虽然不再直接面对一直威胁着他的种族势力，但是他无论如何也无法对其视而不见。事实上，这些势力与他一起漂洋过海来到欧洲大陆，已被内化为潜意识中挥之不去的重要因子。有鉴于此，鲍德温坦言，虽排斥了国内熙熙攘攘的种族气氛，但他内心却无法真正平静。他毕竟是美国人，他的根在美国，包括痛苦在内的一切都在美国。因此，"我到底是谁"的问题并未在异国他乡得以解决。只是这个问题"最后成为一个个人问题，所以我必须从自身寻求答案"。②

鲍德温致力于做"一个诚实的人，一名优秀的作家"。③迫于追求真理的执着和作家的道德责任感，鲍德温警觉地认识到，若满足于国外的安逸，那么欧洲之行便毫无意义可言。寻求安逸是一种不负责任的逃避，而逃避往往意味着自我欺骗。在追求真理的道路上对自己一向很苛刻的鲍德温显然不能长期醉心于异国的"世外桃源"，因为"未经仔细考察的生活

---

① Fred L. Standley, Louis H. Pratt, *Conversations with James Baldwin*, Jackson and London: University Press of Mississippi, 1989, p. 175.
② James Baldwin, *Nobody Knows My Name*, New York: Dell Publishing Co., Inc., 1961, p. 11.
③ James Baldwin, *Notes of a Native Son*, Boston: Beacon Press, 1990, p. 9.

是没有意义的，因为我深知，自我欺骗的高昂代价是一个作家无论如何也担负不起的"。① 作家要关心的不仅是他自己，还有整个世界，因此要竭尽所能以便能洞悉自己和全世界的真实面目。

旅居欧洲的十年开阔了鲍德温的视野，使其洞见更加深邃，更加理性。富有成效的蛰伏让他毅然决然地返回美国，因为"我没有必要再害怕离开欧洲，没有必要躲避世界的暴风骤雨……"这种勇气的背后隐藏着鲍德温积极的人生哲学，即不管情愿与否，问题一旦出现，就要勇于面对，予以解决，而不是半推半就的姑息拖延。所以，他决定回到美国"恰好是因为我害怕返回美国"。② 因此，完全有理由说，鲍德温的"逃离"是为了更好地面对现实。其间，他更冷静客观地反思自我、种族、世界和全人类，高屋建瓴地审视美国的种族问题，认为美国的"肤色问题"往往被大多数人视为"黑人问题"。这种短视和偏见根深蒂固、异常危险，掩盖了诸多更严肃、更"深刻的自我问题"。③ 鉴于这种超越性的认识，鲍德温指出，美国白人与黑人之间的联系决不能仅仅停留在一般所认为的肤色差异和人种优劣，而应该更复杂、更深入、更饱富人情。事实上，不同肤色的人往往拥有这样那样的共同心理诉求和情感归宿。一个人对自己认识的深入就是打开他人迷宫的"钥匙"。人们彼此都是对方的镜子，只有通过别人才能认识自己。开诚布公地相互面对，彼此悦纳包容，这才是智慧与仁慈的表征。这是已逝的文明留下的重要启示，更是当下人类困境的"唯一希望"。④

(二) 对边缘之爱的张扬

如果说非裔美国人是当今美国各种族中最孤独的群体,⑤ 那么鲍德温

---

① James Baldwin, *Notes of a Native Son*, Boston: Beacon Press, 1990, p. 12.
② Ibid.．
③ Ibid.．
④ Ibid.，p. 13.
⑤ Orlando Patterson, *Rituals of Blood: Consequences of Slavery in Two American Centuries*, Washington: Civitas/Counterpoint, 1998, p. xii.

则又是这个最孤独的群体中的最孤独者,原因之一就是他对边缘之爱的激赞挑战了世俗道德底线,刺中了主流价值观中同性恋恐惧症。鲍德温认为,同性恋是人性中的客观存在,人们非但不去面对,反而视之为洪水猛兽。他坚信,真理往往掌握在少数人手中。所以,他宁肯为特立独行而孤独,也不愿随波逐流而庸俗。为了尊重客观事实、张扬人性的本真,鲍德温不但公开承认自己的同性恋倾向,而且将同性恋主题贯穿于小说创作,从宏观上昭示出作品的鲜明自传性。该异教姿态昭示出鲜明的存在主义立场。在存在主义者那里,个体的本质性规定在于"本真性",所以"按'他人'的要求和期望生活的人就是非本真的人"。①

鲍德温为边缘之爱正名的努力显然既是对宗教禁欲主义的解构,又蕴含着人文主义与古典主义的纠葛,折射出尼采悲剧论的影子。尼采认为,悲剧滥觞于古希腊神话中的酒神和日神,是两者的合体。而欧里庇得斯将苏格拉底主义的理性搬上舞台后"削弱了酒神音乐在悲剧中的地位"。这样,"理性扼杀了悲剧",②成为悲剧消亡的元凶,而瓦格纳的音乐又让他看到了悲剧重生的曙光。尼采宣布上帝死了之后,信仰虚无的纠结让他转向古希腊文明寻求精神补偿。狄奥尼索斯象征动态的生命之流,不知限制和障碍,抵制一切限制,让生命如花绽放。酒神精神张扬人性,可视为人文主义的同义语。对酒神的崇拜并不意味着放任自己的本能、冲动和情欲的洪水泛滥。为此,尼采的计划纳入了阿波罗所象征的秩序和抑制成分,制衡驾驭酒神的毁灭性力量,将酒神包含的黑暗涌动和强烈的情欲力量转变为创造性的行动。尼采宣扬权力意志的超人王国,但那里秩序并非荡然无存,只是在规约和人性的天平上尽可能向后者靠拢,在人性原始本能冲动回归的同时,孕育了酒神与太阳神和谐统一的理想超人。

酒神与日神同样是鲍德温之"超人"的一体两面。鲍德温的"超人"

---

① [英]托马斯·R. 弗林:《存在主义简论》,莫伟民译,外语教学与研究出版社2013年版,第221页。
② 李超杰:《哲学的精神》,商务印书馆2010年版,第244页。

不是一个纯粹尼采意义上的概念，不是追寻权力意志、相对于弱势群体的强者，而是超越世俗成见、自由充分地绽放生命之花、师法自然的"逍遥"者。鲍德温冒天下之大不韪，置主流文化价值的诟病于不顾，尽心尽性地释放人性内在的原始冲动，享受上帝赋予的自由意志，"只要生命上升，幸福就等于本能"。① 在压抑人性的宗教信仰传统下，正襟危坐、道貌岸然的信徒，表面泰然自若、内心欲火焚烧的伪君子，是主流价值追捧的人之"常态"。其实，这种压抑本能、对抗人性本真的荒诞构成了有史以来人类的"极限境遇"，挑战着人类的极大忍耐性，毋宁说是一种"病态"的存在。柏格森的创造进化论认为，"生命冲动是所有有生命的东西的内在的本质要素，是在所有事物之中的持续运动着的创造力。由于理智只能把握静态的东西，所以，它就不能把握生命冲动"。② 鲍德温对基督教既有批评背叛又有继承发扬的立场实则表达了他对复杂人性真相的追求，旨在把被隐匿的人性之维由幕后推向台前，昭告天下，恰如文艺复兴把尘封已久的古希腊雕像从中世纪宽大呆板的宗教外袍中解脱出来，以尽显肉身的真实性与表现力。③ 不难看出，鲍德温对边缘之爱的张扬凸显的是"动态宗教"④ 般的人文关怀。

鲍德温毕生殚精竭虑，致力于做一名人类现实的"见证者"，不仅要见证美国黑人的族裔困境，表达其"双重意识"和"社会化矛盾心理"，更要见证黑人灵魂深处的奥妙，表现族裔身份的独特性、超越性和普适性。鲍德温一生最崇敬美国心理现实主义大师亨利·詹姆斯，同时深受弗

---

① ［德］尼采：《偶像的黄昏》，李超杰译，商务印书馆2009年版，第18页。
② ［美］撒穆尔·伊诺克·斯通普夫、詹姆斯·菲泽：《西方哲学史》，丁三东等译，中华书局2008年版，第609页。
③ 详见蒋勋《此生——肉身觉醒》，上海文艺出版社2013年版。
④ 为区分理智与直觉在建构人类道德中的不同作用，柏格森提出了两种宗教：静态宗教和动态宗教。静态宗教"常常被宗教仪式和戒律所包围，并有根植在社会结构里的倾向"，为社会普遍遵循并制度化，属于理性的范畴。而动态的宗教则旨在与生命的创造力联姻，旨在创造一个现实生活中的上帝，就像直觉比理性能更有效地把握现实。［美］撒穆尔·伊诺克·斯通普夫、詹姆斯·菲泽《西方哲学史》，丁三东等译，中华书局2008年版，第611页。

洛伊德学说的影响。剖析性心理，不折不扣地彰显人性原始冲动的真实，自然就属情理中事了。所以，鲍德温要复活酒神精神，只能寄希望于他的"超人"，在动态宗教的语境中反观"背景"中的真相。鲍德温的动态宗教并非放任本能冲动的肆意泛滥。这里既有希腊罗马精神对原欲的张扬（人文主义），又有希伯来文化对理性本质的诉求（古典主义），是异质文化精神的辩证统一，本能与理性的合体。鲍德温对基督教的解构不可与非理性主义同日而语。相反，他的人性化宗教是不乏理性的，是理性的高度自觉，暗合了柏格森关于宗教与理性的辩证法，"所有的人都以这种或那种方式具有宗教性，所以宗教必定与人的结构的某些内在方面有关。而且，由于理智的形成是为了帮助我们的生存，所以只要宗教试图满足生命的某些基本需要，理智就必定是宗教的来源"。① 因此，鲍德温对基督教的个性化阐释，其本质就是一种理性的自由选择。

马斯洛的需要层次理论认为，"基本需要受到挫折会造成心理变态；基本需要得到满足，无论从心理上还是生理上说，都会使人变得健康"。② 所以，作为特定群体的客观需要，同性恋在鲍德温那里获得了终极救赎价值，是他对博爱的"另类"表达，因为"那些生活在自我实现水平上的人们，实际上也是博爱的，并且是人性发展最充分的人们"。③ 有鉴于此，鲍德温作品的同性恋主题经历了从情感之恋到肉欲满足的变化，最终实现了灵与肉的完美和谐。

鲍德温认为，"复杂性是我们唯一的安全所在，爱是我们走向成熟的唯一秘诀"。④ 既然同性恋是复杂人性的重要一维，对同性恋的包容就是爱

---

① ［美］撒穆尔·伊诺克·斯通普夫、詹姆斯·菲泽：《西方哲学史》，丁三东等译，中华书局2008年版，第611页。
② ［美］亚伯拉罕·马斯洛：《马斯洛的智慧——马斯洛人本哲学解读》，刘烨编译，中国电影出版社2005年版，第55页。
③ 同上书，第4页。
④ James Baldwin, *The Cross of Redemption: Uncollected Writings*, New York: Vintage Books, 2010, p. 204.

的表现，对同性恋的歧视则是违反人性的愚昧无知和残忍冷酷。所以，他致力于以作家的责任如实反映人的内在本真性，认为艺术家要如实反映现实，就必须"在道德上不受任何约束"。① 毋庸置疑，鲍德温对同性恋的艺术表现与其说是为自己的离经叛道的性取向辩护，毋宁说是充分尊重人性本真的生命哲学之开放与包容，是人道主义的另类表达。

（三）以白人为主角的黑人文学

早在鲍德温的小说处女作《向苍天呼吁》问世前两年，拉尔夫·艾立森就凭《看不见的人》一鸣惊人。该小说因触及人类异化的普遍主题而被评为第二次世界大战后最受欢迎的小说，艾立森随之成为美国文坛上的耀眼明星。不过，当被问及是否曾经有可能创作没有黑人的小说时，艾立森说他从未想过只有黑人或只有白人的小说。② 黑人文学应该以黑人为主角，立足黑人文化，描写黑人困境，批判种族歧视和种族隔离的罪恶，呼吁平等民权。这是一直以来的"潜规则"，乃传统黑人文学创作的高度自觉。该种族本位意识并非排斥白人在黑人文学中出现，在场的白人往往作为黑人的对立面处于附属地位，为矛盾发展推波助澜。在佐拉·N.赫斯顿（1901—1960）之前，无人敢打破此"禁忌"，让白人成为舞台主角，从而拓展黑人文学的表现领域。这种封闭性固然跟黑人与白人之间根深蒂固的种族矛盾分不开。首先，黑人历来被美国主流社会视为"劣等种族"和"局外人"，无论在哪一方面都无法与白人抗衡，黑人种族主义不断升级。在某种意义上，文学是黑人能够独立行使"主权"的唯一领地，充分展示黑人文化，彰显黑人人性，守望弘扬种族传统的"自治区"。因此，黑人要在此找回失去的心理平衡，向白人发起没有硝烟的"冷战"。诚然，白人永远不会成为黑人文学中的主角，这何尝不是黑人反歧视的文化策略。其次，种族隔离是横亘在白人和黑人之间不可逾越的鸿沟，双方无法

---

① James Baldwin, *Notes of a Native Son*, Boston: Beacon Press, 1990, p. viii.
② Ralph Ellison, *Shadow and Act*, New York: Vintage Books, 1995, p. 16.

第五章　鲍德温的文艺观及其神学根源

从空间上走近对方，更不能从心理上走进对方。结果都戴着有色眼镜审视对方，只看到双方肤色的差异。有鉴于此，白人和黑人都是彼此无法解开的谜，以对方为主要表现对象，显然有悖常理，难为世俗偏见所容。然而，哈莱姆文艺复兴的新人代表赫斯顿历史性地打破了这一僵局。她的最后一部长篇小说《苏旺尼的六翼天使》（1948）在这方面取得了突破性进展，作品不是描写黑人，而是把笔触伸向了美国南方贫穷白人的生活，希望颠覆黑人不能写白人这一僵化愚昧的规则。[①] 黑人文学在题材或表现视角上改变，一方面是黑人文学传统中的新动向，另一方面也是黑人争取话语权的新发展。8年之后，鲍德温借助《乔万尼的房间》（1956）把这一传统又向前推进了一大步。《苏旺尼的六翼天使》虽把白人由幕后推向了台前，但黑人并未完全缺场，吉姆·梅泽夫的黑人帮佣乔·凯尔西就扮演了重要的角色，成为主人在某些重大问题上的"顾问"。而鲍德温在《乔万尼的房间》和《小大人》中让黑人完全淡出读者视线，构建了一个完全由白人组成的文学世界。这不但践行了赫斯顿提倡的黑人可以写白人的黑人文学路线，而且创造了黑人文学中白人唱独角戏的奇迹。他对白人内心世界的刻画栩栩如生、入木三分，如同跟他们耳鬓厮磨地生活在一起那样，丝毫看不出这是出自一位异族的"局外人"之手。

《乔万尼的房间》表现的是同性恋主题，影射的是鲍德温与瑞士男友的纠结恋情。若仅将目光聚焦于此而忽略了人物复杂的内心世界，就难免浅薄卑鄙之憾。小说中的情景和人物的感情饱含作者挖掘人性幽微的良苦用心。透过同性恋这复杂人性的"冰山"一角，鲍德温表现的是浓浓的人文关怀。当然，亦不乏对人性的尊重，不管世俗观点如何评判。毕竟那些所谓离经叛道、有违伦常的行为也是人性中无法否定的客观实在。所以，如果将小说贴上同性恋文学的标签，把鲍德温划归边缘人之列就万事大吉，此举实在不妥。无论何时都不能忘的是，鲍德温锲而不舍的目标乃是

[①] Lilies P. Howard, *Zora Neale Hurston*, Boston: Twayne Publishers, 1980, p. 133.

追求人的自由与平等，借黑人或白人的生活常态，从"自由和开放的视角描绘人性"。①

无独有偶，短篇小说《小大人》的主人公亦均为白人。鲍德温成功地营造了一种气氛，使紧张的种族关系无立足之地。这在20世纪60年代种族主义甚嚣尘上的敏感时期，的确超越了普通读者的期待视野。小说呈现的是美国南方数以百万计的黑人和白人再熟悉不过的农村生活，人物都是下层社会的普通民众，性情各异。艾立克的纯朴善良，父亲的高傲冷漠，母亲的卑微顺从，以及詹米的悲伤与嫉妒，共同勾勒出一幅简约而典型的人性画卷。小说细腻的表现手法让人感觉这完全是一个置身种族纠缠之外的冷眼旁观者在娓娓道来。怎么也想不到是一位背负沉重种族责任感的黑人之冷静超脱的结果！此超然种族之外的潇洒与他长期居留欧洲不无关系，正是长期的逃离使他真正认识了自己，由此更好地理解周围的黑人与白人。②

某种意义上，完全以白人为主角的题材在当时的确是一种冒险，超越了传统对黑人文学的期待视野，挑衅了黑人不能写白人的不成文禁忌。这种边缘题材意味着被冷落和抛弃，但鲍德温并未因此而感到孤立。他完全从平等人性的角度去表现白人生活的真实面目，旨在打破白人种族优越论的神话，彰显肤色差异背后的共同人性诉求。

三 他者意识与集体意识

探寻自我是一个古老而永恒的存在主义命题，在具有"双重意识"的美国黑人那里意义尤为明显。鲍德温致力于揭示被遮蔽的存在真实，所以探寻黑人实现真正自我的路线就成为其义不容辞的责任。他强烈地意识到处理好自我与他人和集体的关系是个体立于不败之地的有效身份建构策

---

① 俞睿：《从"上帝"之爱到"人间"之爱》，《江苏大学学报》（社会科学版）2010年第6期。

② Jean-François Gounard, (trans) Joseph J. Rodgers, Jr., *The Racial Problem in the Works of Richard Wright and James Baldwin*, Westport: Greenwood Press, 1992, p. 209.

略，此即为自觉的"他者意识"和"集体意识"。

（一）他者意识

1973年，鲍德温接受美国《黑人学者》杂志采访时称，"如果没有你，我将一无所知，反之亦然，如果没有我，你也一无所知"。[①] 鲍德温借此彰显了一贯的"他者意识"，强调他人在自我认知中举足轻重的地位，实质上是"双重意识"的创造性变形。"双重意识"是美国黑人领袖杜波伊斯在《黑人的灵魂》一书中提出的重要概念，表示美国黑人既是黑人又是美国人的双重文化身份及其被异化的意识形态以及"社会化矛盾心理"的高度概括。杜波伊斯在揭示美国黑人客观存在常态的同时，将批判的矛头直指主流社会的双重标准和种族主义的罪孽本性。鲍德温的"双重意识"以哲学思辨取代了种族批判，旨在从本体论的角度揭示黑人身份构成的真实状况，因而具有了普适性内涵。

鲍德温认为，个体的"他者意识"是与"自我意识"之间的自觉互动，[②] 是对异己力量的接受和认可，因为自我发现从来就不是单打独斗的独角戏，唯有通过与他人的精神交流方能实现。而磨难又是自我与他人之间不可逾越的桥梁，具有"人性化和醍醐灌顶"的"救赎潜能"，[③] 这在《索尼的布鲁斯》和《就在我头顶之上》中得以充分的艺术表现。《索尼的布鲁斯》是鲍德温短篇小说的翘楚，描述了一对"浪子"的回归，其中哥哥探寻自我的心路历程生动地印证了苦难的桥梁作用和他者的"镜像效应"。价值取向的不同导致了兄弟伦理的背离，索尼成为哥哥的异己力量和人性中的"阴暗面"，兄友弟恭的亲情为冷漠疏远取代。哥哥因排斥他者而丧失了自我，也因对他者的认可而找回了迷失的真我。索尼漂泊无依

---

① Fred L. Standley, Louis H. Pratt, *Conversations with James Baldwin*, Jackson and London: University Press of Mississippi, 1989, p. 156.

② Ronald Bieganowski, "James Baldwin's Vision of Otherness in *Sonny's Blues* and *Giovanni's Room*", MLA Convention, New York City, 28 December, 1981.

③ Emmanuel S. Nelson, "James Baldwin's Vision of Otherness and Community", *MELUS*, No. 1983.

的孤苦最终将哥哥从自以为是的"优越感"中唤醒,与弟弟握手言和,驱散了原来挥之不去的他者真空,在主动接受对方的宽容中实现了对自我的认可。这一主题在《就在我头顶之上》中也是从兄弟伦理的角度得以延续,叙述者霍尔虽未经历索尼兄弟之间的感情波折,却从更广阔的层面认识了自我。霍尔从未排斥弟弟阿瑟,而是一直站在对方的立场审视自我,在对弟弟的默默关注中思考人生的真谛,实现了对自我的理解。阿瑟坎坷曲折的艺术道路最终以惨死在伦敦肮脏的地下室而告终,其悲剧人生让哥哥对磨难感同身受。如果说弟弟的苦难拉近了兄弟间的距离,那么哥哥对阿瑟的同性恋倾向的理解则将他们融为一体。霍尔对阿瑟的情感超越了一般的兄弟伦理,但他一直压抑着自己的"乱伦"冲动,这种边缘人性的本能通过对弟弟与其他男孩爱情的自然主义式的描述得以实现。"一个人只有从别人身上才能发现自我,"所以,如何彼此坦然面对在很大程度上昭示了"我们的智慧和恻隐之心"。[1]霍尔正是在对弟弟设身处地的理解和同情中认识了真正的自我。

《乔万尼的房间》则从反面诠释了他者意识的重要性。大卫不能跨越他者的鸿沟而实现有效的自我认知,这主要源于两方面。一方面,他没有接受自己真正的性取向及其可怕的后果,因此无法通往其人性的本真;另一方面,他缺乏与别人沟通的能力和为他人牺牲的勇气——在鲍德温看来,这是真爱的核心要素。大卫的自我逃避和内心的空虚不可避免地导致了其道德与精神上的盲目性和由此所造成的荒唐与悲剧。他迫于主流社会的同性恋恐惧症,利用自己并不喜欢的女孩赫拉与苏来"证实"自己的异性恋身份。更严重的是,他压制了自己的真实性欲,不肯接受意大利男孩乔万尼的真爱,将其逼上了杀人的不归路。相较于前三部作品,《另一个国家》则可视为对他者意识更充分的表达。恰如鲍德温早年憎恨自己的黑

---

[1] James Baldwin, *Nobody Knows My Name*, New York: Dell Publishing Co., Inc., 1961, p. 13.

皮肤一样，鲁弗斯在嚣张的种族主义面前不能正视其黑人性，以种族仇恨代替了黑人应有的尊严。因此，他无法接受莱奥娜白皮肤掩盖下的正常人性，视之为种族主义的替罪羊。鲁弗斯的变态性暴力不仅给莱奥娜造成无法愈合的身心创伤，也将他自己推向了毁灭的深渊。同时，他亦无法恰如其分地对待自己的双性恋倾向，结果不但伤害了莱奥娜，而且否定了埃力克的同性恋身份。鲁弗斯的真实身份就这样在他与别人的糟糕的性关系中消解了。如果鲁弗斯与莱奥娜的关系从反面印证了他者意识的建构性，那么伊达与维瓦尔多的情感纠葛则从正反两面昭示了真诚对待他人就是悦纳自己的道理。伊达一开始延续了鲁弗斯的种族仇恨，这让她无法公正地对待真心爱她的白人青年维瓦尔多，由此导致的悲欢离合让彼此尝尽了虚伪与孤独的辛酸。经历了难言的痛苦折磨后，伊达终于消除了对维瓦尔多的偏见，彼此坦诚相对，实现了内心的平和，成为种族之爱的象征，再次诠释了"他人就是地狱"的存在主义命题。鲍德温对他者意识在个体身份构建中的不可替代性的强调暗合了"忏悔小说的一贯特征"，[①] 彰显族裔个性的同时亦揭示了普遍的文学诉求。

（二）集体意识

在鲍德温看来，自我探索离不开个体的苦难洗礼和对他人的忠诚态度；另外，个体对集体经验和民族传统的认知同样重要。传统是个体身份建构中必不可少的元素，因为"拥有身份意味着将自己视为某一历史过程的一部分，承认过去所赋予的、以未来为指向的文化遗产"。[②] 由是，鲍德温语境中的"集体意识"主要是指对集体经验或种族传统的认同以及由此折射出的浓厚的"过去意识"。所以有论者称，鲍德温文学的"一个坚定信念就是，过去乃通往未来的钥匙"，因此"对过去的探索成为其所有小

[①] Peter M. Axthelm, *The Modern Confessional Novel*, New Haven: Yale University Press, 1967, p. 30.

[②] Eliot Schere, "Another Country and Sense of Self", *Black Academy Review*, No. 2, 1971.

说的公分母"。①

　　鲍德温文学主人公的身份探寻往往透射出对集体认同的需要，这意味着个体要接受自我、与他人建立和谐关系，就必须认同自己的种族传统。例如，《向苍天呼吁》中约翰迫切的身份探寻就是以先辈的过去经历为背景，伊丽莎白、加百列和佛罗伦斯对各自过去的忏悔即为复杂黑人经历的缩影和象征。鲍德温旨在表明，约翰必须审查、理解、接受其种族历史才能建构自己的身份。换言之，他不但要认同其种族传统中的痛苦与耻辱，更要认可其民族非同一般的尊严以及了不起的生存能力。所以，这些"忏悔式主人公"② 的身份探寻往往植根于过去，立足于当前，指向未来。③ 戏剧《查理先生的布鲁斯》通过主人公自我意识的发展表达了类似的"自我—集体"关系。一开始，理查德将黑人历史上的耻辱视为种族懦弱的象征，在自我界定时想方设法背离这种集体经验。④ 不过，随着故事的推进，他慢慢认识到了"源于种族苦难的魅力和力量"。⑤ 正是在对他最初不以为然的黑人集体经验的认同过程中，理查德最终找到了自我和勇气。在短篇小说《索尼的布鲁斯》中，鲍德温将黑人的集体意识具体化为"布鲁斯"这种记录种族苦难的音乐形式，使之成为兄弟俩实现自我、彼此接受的媒介。这表明，亲情与相同的肤色不是他们唯一的纽带，黑人的种族经验才是他们更深厚的共同根基。

　　鲍德温的天命之作《比尔街情仇》更充分地印证了集体在自我实现中的根本作用。在此，家庭成为集体的象征，是个体力量与凝魂聚气的源

---

① Joanne C. Hughes, "Elements of the Confessional Mode in the Novels of James Baldwin: 1954–1979", Northern Illinois University, 1980, pp. 12–13.

② Peter M. Axthelm, *The Modern Confessional Novel*, New Haven: Yale University Press, 1967, pp. 9–11.

③ Joanne C. Hughes, "Elements of the Confessional Mode in the Novels of James Baldwin: 1954–1979", Northern Illinois University, 1980, p. 12.

④ Shirley Ann Williams, "The Black Musician: The Black Hero as Light Bearer", in Give Birth to Brightness, New York: Dial, 1972, p. 166.

⑤ Emmanuel S. Nelson, "James Baldwin's Vision of Otherness and Community", *MELUS*, No. 2, 1983.

泉。包括蒂什、欧尼斯丁、约瑟夫和莎伦在内的里夫斯一家因为爱和牺牲精神而紧密团结在一起，成为抵制外来压迫的坚强堡垒。他们与弗尼的父亲热切地联合在一起，共同为正义而战斗不息，终于成功地将蒙冤的弗尼保释出狱。作者的用意不言而喻，即在个体身份的建构中本人的内在诉求不容忽视，同时应该与自己所属的集体身份建立和谐的关系，而不是与之背道而驰。此举无论对个人还是对集体都不无裨益，即个体在维护集体的同时也从中汲取了强化自我的力量。

《告诉我火车开走多久了》进一步强调了集体在个体探寻自我中的意义。小说主人公雷欧是非常成功的黑人演员，而正是成功使他背离了自己的种族根基。他与白人女演员芭芭拉的恋情进一步弱化了其种族集体意识。不过，在一定意义上，雷欧与黑人青年克里斯托弗的同性恋情增强了其身份认同感。他们的关系一方面表征了雷欧的他者意识，另一方面则昭示了他对种族之根的回归。他对这位年轻革命家的特殊感情象征的不仅是对激进政治立场的认同，更是对黑人性的接受。由于年龄差异和意见相左，雷欧最终与克里斯托弗的恋情以失败告终，不过，他对人生的定位在很大程度上得益于克里斯托弗的介入，其种族与社会正义的理想即滥觞于后者。也就是说，雷欧对身份的探寻和对意义的求索最终还是定格于对种族集体或传统的回归，但这并非宣传狭隘的种族主义。相反，鲍德温向来以黑人的经历象征共同的人类经验，认为每个人都可以通过对复杂人性的认同跨越他者的鸿沟，获取纯粹的自我意识。事实上，鲍德温所有作品都表明了他对人类精神共通性的认可，旨在宣扬人类一家亲的大同理想。

总之，鲍德温的他者意识与集体意识是其自我身份构建的一体两面，唯有通过自我认可、悦纳他人、认同自己的集体（经验），才能实现真正的自我，才能解放自我。其作品共同表达的"自我—他者—集体"观显然与他本人因私生子、黑人和同性恋身份招致的痛苦分不开，乃其试图透过混乱的人生经历营构一种井然有序的自我意识的结果。

第六章　鲍德温文学的宗教表征

鲍德温以"朝圣"般的文艺激情取代了宗教虔诚，但这并非意味着他与宗教的彻底决裂。早年根深蒂固的宗教意识和刻骨铭心的宗教体验成为其文学创作的源泉和高度自觉，俨然是一种"内化的语言"，[①] 这铸就了其文学思维的显著宗教特性。鲍德温的作品在很大程度上颠覆了《圣经》律法中扼杀人性的规定，表现出鲜明的世俗性倾向，不过他始终没能逃离基督教的框架，以《圣经》原型作为文艺诉求的有效载体。尤其是弥漫在作品中的诸多宗教表征昭示了鲜明的"启示"特征。本文所谓的"启示"性既表示鲍德温文学在微观和宏观上与《圣经》启示文学构成的"互文"，又表示他背离、超越宗教原型，反其意而用之的"戏仿"或"反讽"。

第一节　《圣经》启示文学

就成书时间而言，启示文学是《圣经》旧约与新约之间的桥梁，于公元前2世纪与公元2世纪诞生、发展，尤以新约中的《启示录》为典型。所以，有论者称，"《启示录》兼为最晚的犹太教文献和最早的基督教文献，同时也是连结希伯来文学与基督教文学的桥梁"。[②] 启示文学并非是新约所独有

[①] David Leeming, *James Baldwin: a Biography*, New York: Alfred A. Knopf, 1994, p. 384.
[②] 朱维之:《希伯来文化》，上海社会科学院出版社2004年版，第201页。

的文类，《但以理书》即为旧约启示文学的代表，另外，散见于《次经》《伪经》和《死海古卷》中的部分文本也具有启示文学的特征。鉴于鲍德温文学与钦定版《圣经》不可分割的"血缘"关系，有必要主要以《但以理书》和《启示录》为蓝本对"启示文学"做一简要梳理。

一 启示文学探源

"启示"一词源于希腊文 apocalypsis，本为"揭示"或"暴露"之意，在基督教语境中则是以神启的方式对真理的去蔽过程。启示文学的产生是历史的必然，随着先知运动的式微，犹太人遭遇了有史以来最可怕的劫难，启示文学的诞生与发展见证了外邦对犹太民族的迫害。安提阿古四世在位期间，大力推行希腊化政策，其异教的生活和信仰方式严重冲击了当时犹太人的宗教信仰，他对巴勒斯坦的武力镇压引发了马加比起义。新约《启示录》同样成书于信仰横遭逼迫的危难之际，当时，罗马皇帝豆米仙[①]推行君主崇拜，基督徒因之成为最大的受害者。据说，使徒约翰被放逐到爱琴海上的拔摩岛，他得到神的启示，得知末后必成的事而记录下来，写成本书。鉴于启示文学与特殊历史处境的密切关系，有论者称"犹太及基督教的启示文学，往往称为恶劣时代的论者，这是十分恰当的"。[②] 因此，就历史作用而言，启示文学可视为先知精神的延续，以其救世思想为身处危难的人们带来了希望和勇气，弥补了先知的缺场导致的精神失落和信心的匮乏。

基督徒认为，启示文学均为受委托者对上帝启示的记载，"表达了上帝对人类的启示——惩戒与救赎"。[③] 事实上，是人以上帝启示之名宣讲惩恶扬善的思想，安抚惨遭迫害的信徒，"人创造了他所说的历史，并以此

[①] 关于约翰被放逐的时间，众说纷纭，有的认为是尼禄时代（主后54—68），有的认为是豆米仙时代（主后81—96），亦有说法是主后69—79年。
[②] 麦资基：《新约导论》，基督教文艺出版社1993年版，第304页。
[③] 连丽丽：《果戈理的象征世界》，硕士学位论文，黑龙江大学，2008年，第7页。

为屏障来掩盖启示的运行"。[1] 所以,《圣经》启示文学旨在安慰正在遭受苦难和逼迫的上帝子民,让人们相信神的国终将取代地上的国,坚信神是一切的开始,也是一切的终结。由此便不难理解启示文学"将世界截然地分为善与恶的双重性特征"及其关注"世界及人类最终命运"的终极人文关怀,因为它"主要关心未来事件,特别是那些关于终极历史的事件"。[2] 与之对应,启示文学的主题不外乎是,世风日下,人心不古,黑暗与邪恶甚嚣尘上,末日审判即将到来。全能全知的上帝要颠覆世界秩序,救世主的降临将战胜邪恶力量,以天上的国掌管世间万物,重建光明与正义。因为"至高者在人的国中掌权",[3] 即使在选民被掳的情况下,神的权柄仍然彰显,他至终要建立其永远的国。[4] 就艺术表现手法来看,"启示文学"最显著的特征是象征主义,"所有的'启示'必然都是象征性的,因为神话和象征符号是发现并描述神圣事物的表达方式"。[5]

二 启示文学的特征

启示文学总体上给人一种恐怖与神秘的感觉,这与其象征手法的运用和贯穿其中的末世论思想密不可分。从表现手法上来看,作为文学的《圣经》是一个"布满象征意义"[6] 的集合,其中的启示文学尤为典型。基督徒认为《圣经》是神的话语,是真理,而人之认知经验的有限性决定了其对上帝断言的象征性,[7] 因为"象征是根据真理而造就的,真理则是根据

---

[1] [加拿大] 诺思洛普·弗莱:《伟大的代码——圣经与文学》,郝振益译,北京大学出版社1998年版,第178页。
[2] [美] 利兰·莱肯:《圣经文学导论》,黄宗英译,北京大学出版社2007年版,第477页。
[3] 《圣经·旧约·但以理书》第四章第十七节,第二十五节,第三十二节;第五章第二十一节。
[4] 《圣经·旧约·但以理书》第二章第四十四节;第七章第二十七节。
[5] 赵益:《〈真诰〉与"启示录"及"启示文学"》,《武汉大学学报》(人文科学版) 2012年第1期。
[6] 莫运平:《基督教文化与西方文学》,中央编译出版社2007年版,第28页。
[7] 何光沪选编:《蒂里希·蒂里希选集》,上海三联书店1999年版,第1175—1178页。

象征而为人所认知"。① 异象是启示文学最普遍的象征手段,是连接现实世界与彼岸世界的桥梁,"认识上帝的一种工具和媒介",因此"具有沟通或协调的力量"。② 异象(vision)是《圣经》最典型的文学修辞,其摹写对象不是现实经验,而是刻意塑造的"超验的、变异的非现实景象",旨在传达"特定的意义指向"。异象既表示各种"非现实性景象",又可视为塑造虚幻意象的手法,主要表现为"目睹和梦幻"两种方式,③《但以理书》中但以理夜间所见从海中上来的"四个大兽"的异象和"尼布甲尼撒之梦"即为典例。《启示录》丰富的意象晦涩难懂,为的是逃避政治干预,一般有四种解释。"过去派"认为其内容描写的是当时(1世纪)的事。"历史派"认为它记载由当时到主再来之间的历史。"未来派"认为第四章后都是记载主再来前几千年的事。"理想派"则认为它是象征各样属灵原则,不是预言事实。④《圣经》异象的原初本意是以宗教神学思想为旨归,仅为特定群体所理解。不过,鉴于其复杂晦涩的象征性,异象已经"超越了神学的阈限而具有典型的审美品性",演化为后世文艺世界中"一种有代表性的审美技巧和方式",⑤ 催生了现代文本中的"异象世界"。

不管是《但以理书》还是《启示录》,都表达了明确的末世论思想。《但以理书》的预言告诉我们末后必成的事,其中许多解释虽因事情尚未了结而无法确定,但可以肯定的是,世界必日趋败坏而一步步走向命定的结局,⑥ "到了定期,事就了结"。⑦ 同样,末世论在《启示录》中占有更

---

① [法]布莱兹·帕斯卡尔:《思想录》,何兆国译,商务印书馆1997年版,第313页。
② 连丽丽:《果戈理的象征世界》,硕士学位论文,黑龙江大学,2008年,第12页。
③ 刘洪一:《圣经叙事研究》,商务印书馆2011年版,第161页。
④ 《圣经》研用本,第1503页。
⑤ 刘洪一:《圣经叙事研究》,商务印书馆2011年版,第164页。
⑥ 《圣经·旧约·但以理书》第九章第二十七节;第十一章第四十五节;第十二章第七节。
⑦ 《圣经·旧约·但以理书》第二章第四十四节;第七章第二十七节。

重要的地位,被视为该书核心价值之所在。① 神不但在历史中掌权,而且要带领他的教会在末世将一切执政掌权的邪恶势力摧毁,在人间实现神的过渡。末世虽然有许多邪恶不法和前所未有的大灾难,但神终究要得胜,神的旨意终究要完成。在实现计划以前,书中记载了极大的争战与灾难。但这些被视为"生产之难",忍耐到底的可得奖赏,② 神的计划也是借这些苦难实现的。这给予受苦的信徒极大的盼望,知道一切为主受的苦绝非徒然。《启示录》是圣经的最末一卷,也为人类的历史做了终结。从书中可以看到神原初创造天地的目的达到了,神得到了一批能荣耀他的子民,这也是神一切救赎计划的目的。将《创世记》前两章与《启示录》末两章进行比较,可以发现它们都记载了天、地、婚娶、光、生命树、河、黄金、宝石,但《启示录》是更新了的,《创世记》只是它的预表。《启示录》充满了对复活荣耀的赞美,③ 此书亦启示出主是初又是终,④ 他是历史的终结。

第二节 《圣经》意象的艺术再现

钦定版《圣经》对鲍德温的浸润铸就了其根深蒂固的宗教意识,对他的文学创作产生了挥之不去的影响。《圣经》意象构成了鲍德温文学的主体性宗教表征,成为其世俗叙事的重要媒介和人文关怀的有效载体,所以美国黑人学者贝尔认为,"鲍德温大多数小说中重构的生活方式是《圣经》

---

① 梁工主编:《西方圣经批评引论》,商务印书馆2006年版,第394页。
② 《圣经·新约·启示录》第二章第十节;第七章第十四节至第十七节;第二十章第四节至第六节。
③ 《圣经·新约·启示录》第四章第八节,第十一节;第五章第九节至第十节,第十二节至第十四节;第七章第十节,第十二节;第十一章第十五节,第十七节至第十八节;第十五章第三节至第四节;第十九章第一节至第四节,第六节至第八节。
④ 《圣经·新约·启示录》第二十二章第十三节。

的一种想象"。① 显然，鲍德温对《圣经》意象的借用绝非原封不动的生搬硬套，而是对现实语境的艺术化再现。他利用大家熟知的宗教题材对美国的社会现实进行审视，拷问主流价值观之荒诞的同时彰显了人性深处被遮蔽的真实，透射出超越种族、特立独行的"道德家"风范。本文主要考察鲍德温作品中源于《圣经》的宗教表征的"启示性"，旨在揭示其宗教思想的世俗化特征以及由此昭示的存在主义悖论。

鲍德温虽与教会分道扬镳，对基督教极尽讽刺揶揄，但这并不代表他与基督教彻底划清了界限。相反，基督教自始至终是其文学创作的依托，他对《圣经》意象的反复指涉和借用充分说明了其高度自觉的宗教意识。

一 黑暗与光明

众所周知，耶和华浩大的创世计划始于对光的呼唤，"神说，'要有光'，就有了光。神看光是好的，就把光暗分开了。神称光为'昼'，称暗为'夜'。有晚上，有早晨，这是头一日"。② 作为上帝对世界和人类的"第一份慷慨无私的馈赠"，光使人类生存空间"由混沌愚昧状态向有序文明世界"迈出了第一步。③ 上帝是至高理性与智慧的象征，光是他所青睐的第一份杰作，二者可以互指，"耶和华阿！你是我的灯，耶和华必照明我的黑暗"。④ 光因此也是公平正义的象征，偏离正道者自然就是黑暗。上帝造人的初衷是好的，但人因自由意志不断背离上帝的"道"，这样就有了"原罪"。上帝随之开始了庞大的救赎计划，百折不挠地要把迷失方向者从黑暗中拉回来，他是"真光，照亮一切生在世上的人"，⑤ 他"叫日头

---

① [美]伯纳德·W. 贝尔：《非洲裔美国小说及其传统》，刘捷等译，四川人民出版社2000年版，第268页。
② 《圣经·旧约·创世记》第一章第三节至第五节。
③ 叶舒宪：《圣经比喻》，广西师范大学出版社2003年版，第4页。
④ 《圣经·旧约·撒母耳记下》第二十二章第二十九节。
⑤ 《圣经·新约·约翰福音》第一章第九节。

照好人,也照歹人"。① 上帝的救恩要临到每一个人,但总有执迷不悟者背道而驰,即"光照在黑暗里,黑暗却不接受光"。② 因此就有了"末日审判"。可见,基督教中的光不仅是区分白昼与黑夜的标志,更是人与神关系的终极诉求,人虽行走在上帝创造的宇宙之光中,内心却因偏离了正道而变得黑暗。这种悖论式存在是人在今生的常态,也注定了其人生的命运多舛,同时也彰显了神的荣耀,再次将人与上帝紧紧地联系在一起。

"黑暗"与"光明"这对矛盾统一体亦是鲍德温文本中屡见不鲜的意象,多数情况下均为一种比喻。其中,"对于黑夜的刻画,既暗示了小说人物所面临的困境,也强化了黑夜所象征的精神迷失",③《在荒野上》中的黑夜即为典例。女主人公路得一直徘徊在文化虚无与感情挫败的荒野,黑夜既是其个人苦难的隐喻,又"成为非裔美国人命运的可怕象征"。④ 所以,"黑是一种不可思议的精神状态"。⑤ 鲍德温在《成千上万的人去了》一文中强调了黑人历史的重要性,认为黑人的过去非但不是"僵死的"陈迹,而是"活生生的"现在,乃黑人身份的象征。鲍德温将对黑人过去的接受与否定分别喻为光明与黑暗,⑥ 这在其短篇佳作《索尼的布鲁斯》中得以艺术化再现。作品中的"光"与"暗"极具代表性,迈克尔·克拉克将其中的光与黑暗分别与童年的单纯无瑕和成年的艰辛晦涩相对应,由黑暗向光明过渡的介质则是黑人音乐。黑人音乐是非裔美国人的文化遗产,浓缩了黑人的苦难历史,而其中的苦难非但没有将他们孤立,反而成为彼此沟通的桥梁。是故,对黑人音乐的认同就是拥抱黑人民族的历史,与过去握手言和。对个人的、民族的过去所代表的童年时光的慕求是重生的象

---

① 《圣经·新约·马太福音》第五章第四十五节。
② 《圣经·新约·约翰福音》第一章第五节。
③ 刘白:《走出历史阴影 寻找迷失的自我——论爱德华·P. 琼斯的〈迷失城中〉》,《外国文学研究》2014 年第 3 期。
④ 同上。
⑤ James Baldwin, *No Name in the Street*, New York: Dell Publishing, 1972, p. 189.
⑥ James Baldwin, *Notes of a Native Son*, Boston: Beacon Press, 1990, pp. 28 – 30.

征和救赎的另类表达。有鉴于此，小说中的"光"与"暗"意象获得了黑人个体或集体身份建构的存在论意义。①罗伯特·里德则赋予了黑暗更多内涵，使之成为一个立体的能指符号。他认为黑暗既表示令黑人深受其害的种族歧视，也表示造成该局面的白人种族主义者的罪孽；既表示主人公精神上的堕落，又影射其对种族传统的偏离。故事最后"颤抖的杯"这一圣经典故的运用显然强化了宗教意蕴。②

光与暗的宗教意蕴在《向苍天呼吁》中表现得尤为突出，彰显了少年鲍德温对宗教的原初认知。伊利沙教友在约翰的皈依仪式上的一番话就充分说明了这一点，"撒旦，他要求得到的就是你的生命。生命要是被他夺去，就永远丧失了。永远丧失了，约翰尼。到那时，你活，活在黑暗中，死，也死在黑暗里。除了上帝的爱，任何东西也不能使黑暗变成光明"。③显然，这里的黑暗与光明就是魔鬼/邪恶与上帝/正义的代名词。因为"黑暗里到处都潜伏着恶魔"，所以约翰要必须找到"藏匿在黑暗之中的某种东西"，否则"他将死去"而永远也"不能加入活着的行列中去了"。④约翰苦苦求索的即为上帝之光。

由是观之，鲍德温语境中的光与暗指向众多，意蕴丰富，乃其人文关怀的重要表达手段，在众多其他相关意象中具有统摄作用和高度的抽象性与概括性。在光明战胜黑暗之前的蒙昧混沌中，蛇、恐惧与颤抖、水与火等跟罪与罚相关的宗教意象轮番上阵，呈现了一幅末日审判前的"启示"画卷。

二 颤抖与恐惧

作为一种肢体语言，在基督徒那里，颤抖是信徒对上帝情感的外化，

---

① Michael Clark, "James Baldwin's Sonny's Blues: Childhood, Light and Art", *CLA*, No. 2, 1985.

② Robert Reid, "The Powers of Darkness in Sonny's Blues", *CLA*, No. 4, 2000.

③ [美]詹姆斯·鲍德温：《向苍天呼吁》，霁虹、宏前译，内蒙古人民出版社1984年版，第214页。

④ 同上书，第192页。

要么是因为对上帝的敬畏与虔诚，要么是因为负罪感导致的恐惧。《圣经》中出现了大量与之相关的词语，淋漓尽致地表达了上帝的权威，成为人神关系的生动描述。深谙《圣经》之道的鲍德温不仅把这些活生生的语符搬进了自己的作品，而且进一步丰富了原先的编码体系，将其所指对象延伸到包括异教徒在内的所有人。这强大而细腻的语料库①将黑人在不同处境中的心理变化如实地和盘托出，既给读者造成视觉上的冲击，又让其产生情感上的共鸣。更为重要的是，这些精心挑选的词语真实呈现了黑人这个弱势群体动荡不安的生存状态，隐喻了人类在强大的异己力量面前的渺小与无助，从而具有了典型的存在主义向度。

年轻的加百列虽已受洗却依然不肯认主，他放浪形骸、沉迷酒色，令虔诚的母亲暴跳如雷、痛心不已。母亲临终前最后一次祈祷心平气和，却对刚从妓院回来的加百列产生了意想不到的威慑。他因内心对母亲的诅咒而"颤抖起来，一言不发地祈求宽恕"，因为在其灵魂深处，他的心情是"恐惧和颤抖的"。这个寻花问柳、桀骜不驯的浪子对"存在于自己躯体内的邪恶，又恨又怕，就像他对自己毫无戒备的精神国度里四处觅食的贪欲好色的狮子又恨又怕一样"。② 加百列的恐惧与颤抖因整部小说浓厚的宗教色彩而跟罪与罚紧紧地连在一起，也正是出于对地狱永火的恐惧，他终于皈依了基督，成为上帝在人间的"代言人"。

在鲍德温塑造的众多人物中，加百列显然不是唯一的颤抖者，其他主人公的颤抖则因超越了宗教而更具代表性。《就在我头顶之上》中的主要人物几乎都是恐惧与颤抖的表现者，而少年朱丽亚的颤抖堪称典型。她是童子布道者，母亲体弱多病，父亲是好吃懒做、道貌岸然的信徒，所以她稚嫩的双肩挑起了养家糊口的重担，经受常人难以想象的磨难。她并未因

---

① 鲍德温作品中与"颤抖"相关的词语有"tremble""shudder""shake""shiver"等；与"恐惧"相关的词语更丰富，包括"fear""afraid""terrify""frighten""scare"等。

② [美]詹姆斯·鲍德温：《向苍天呼吁》，霁虹、宏前译，内蒙古人民出版社1984年版，第81页。

自己是上帝的牧师而感到些许快乐与安全感，而总是在颤抖。母亲病故后，她对弟弟的南方之行放心不下，每次都为之颤抖。即使在与男友的交往中她也会颤抖，不能心无旁骛、尽情享受爱情的甜蜜。父亲的乱伦对朱丽亚造成的身心伤害尤其让她心有余悸、颤抖不已。鲍德温以一个黑人少女的多舛命运表达了深深的女性主义情怀，意在表明黑人妇女是弱者中的弱者，背负着来自社会和家庭的双重压迫。

朱丽亚担任少年牧师期间一直在颤抖，离开教会后实现了真正的自我，在教堂之外找到了自己的"救世主"。这是鲍德温对自己童年时光的艺术再现，借此批判了教会的腐败与无能。所以，朱丽亚的颤抖与其说是对宗教的敬畏使然，毋宁说是对宗教的讽刺揶揄，因而具有了普遍性。鲍德温善于用这样富有表现力的词语捕捉人物心理与情感的律动，为作品营造一种挥之不去的恐惧氛围，表现了卡夫卡般的孤独与恐惧，昭示出其传奇般的宗教心路历程以及丰厚的《圣经》学养所产生的深刻影响。

三　蛇

蛇在《圣经》中是撒旦的化身，与上帝势不两立，诱人堕落，是邪恶的象征。鲍德温巧妙地借用了这一意象，使之成为表达罪观的一个有效视角。鲍德温的文学世界往往是一个好人难寻的罪人世界，其小说处女作《向苍天呼吁》以小约翰的负罪感突出地表现了令人不堪重负的原罪意识，而蛇意象的出现极大地烘托了小说的原罪氛围。继父因偏见而以其牧师的宗教权威将约翰这个私生子判了"死刑"，视其为罪恶的化身，就连约翰下巴上的裂口也是"魔鬼的小指头留下的记号"。[①] 所以，壁炉上那条金属蛇饰品好像摆出一副随时准备咬人的架势。围绕主人公约翰艰难的皈依之路，小说呈现了一幅以佛罗伦斯、以斯帖和伊丽莎白为代表的堕落女人的

[①] ［美］詹姆斯·鲍德温：《向苍天呼吁》，霁虹、宏前译，内蒙古人民出版社1984年版，第17页。

画卷。她们的罪除了"淫乱"外，当以骄傲为最。因为某种意义，原罪即滥觞于骄傲。导致人类始祖亚当和夏娃堕落的罪魁祸首从根本上讲就是骄傲。首先，从主观上看，即最直接的原因乃夏娃人性中经不住诱惑的软弱，即骄傲，因为她奢望能如上帝那样。其次，从客观上讲，是魔鬼撒旦的引诱。而撒旦本是上帝的使者，但作为天使长，他却想与上帝抗衡。正是这种骄傲的冲动和不可抗拒的欲望令其沦为上帝的死对头，处处与上帝为敌，最终引诱亚当和夏娃堕落，使人类从此背负起挥之不去的原罪枷锁，彻底打破了伊甸园的宁静，从根本上颠覆了上帝造人创世的美好蓝图。是故，神对骄傲深恶痛绝，因为骄傲就是与其作对，乃万恶之首。小说中的这三位女性都是不同程度上的悲剧人物，其悲剧除社会原因外，骨子里的骄傲也难辞其咎。主人公的姑姑佛罗伦斯最为典型地表现了这一点。她前来调和家庭冲突时，将手提包放在壁炉台上的金属蛇旁边，这一举动看似是不经意的巧合，其实乃作者有意为之。这不但向站在旁边的小约翰发出信号，使他无法忘记自己挥之不去的罪，而且也将佛罗伦斯的罪与蛇联系在一起，说明其骄傲如影随形，无处不在。为进一步说明这一点，鲍德温将她在梦中看到的死神的双眼也比喻为"扬起头来咬人"的"毒蛇"。①

佛罗伦斯在《另一个国家》中化身为戴着蛇形戒指的伊达，姐弟间的敌视为伊达与鲁弗斯的兄妹情深所取代，而伊达之桀骜不驯的骄傲则有过之而无不及。有论者称，鲍德温早期作品中女性的堕落是其原罪观中不容忽视的一面，② 伊达复杂的心路历程再次印证了这一点。小说中不止一次提及这枚蛇形红宝石戒指，看似漫不经心，实则寓意深刻。它既增加了伊达黑人女性的魅力，更是其不容忽视的罪性之表征。伊达曾是一位信徒，

---

① [美] 詹姆斯·鲍德温：《向苍天呼吁》，霁虹、宏前译，内蒙古人民出版社1984年版，第56页。

② Trudier Harris, *Black Women in the Fiction of James Baldwin*, Knoxville: University of Tennessee Press, 1985, pp. 102–103.

但并不拘泥于宗教仪式的束缚。虽然"好几年没有想过做礼拜,或者这一类事情",但"信仰还在",① 恰如她在歌中所唱的,"今天早上我醒来,心里想着我基督"。② 在伊达对宗教信仰与仪式的取舍中隐约浮出了鲍德温逃离教会却没有因此与《圣经》和基督教决裂的影子。鲁弗斯眼中的这位高贵的"君主"身上埋藏着顽固的罪根:追名逐利,黑人种族主义表现出的傲慢以及对白人刻骨铭心的仇恨。这枚戒指往往在伊达不由自主地表现出骄傲或叛逆时就会出现,其所象征的罪性最典型地体现在小说最后她向维瓦尔多的忏悔中。伊达认为自己体内装满了"脏、废物、垃圾",但她"永远也不能把它们清除,永远也不能把那些恶臭"从身上除掉。这令她痛苦不堪,祈求上帝的宽恕,"啊,主啊。我做了可怕的事情。啊,主啊"。③

四 水

古希腊哲学家泰勒斯认为水是世界的本源。无独有偶,大约一个世纪后中国的老子以水设喻,形象地阐释其"道"的无为本质,水因之具有了形而上的本体论意义。基督教传统中水的厚重内涵再次印证了这一点,水被视为基督之道,因为耶稣自称"生命的粮",相信他的子民"必定不饿",也"永远不渴",④ 即神是活水的源头,由此可见异质文化中相似的心理诉求。除了以水比喻"上帝的真理和对上帝的信仰",表达"上帝对人的终极关怀"外,⑤《圣经》中的水更多用于象征。水既可以象征人的苦难,又可以象征天上的平安;既可以象征罪人,又可以在水礼中象征因得洁净而离开罪。在希伯来观念中,圣灵不是以鸽子的形象降临,而是以水

---

① [美]詹姆斯·鲍德温:《另一个国家》,张和龙译,译林出版社2002年版,第145页。
② 同上书,第144页。
③ 同上书,第417页。
④ 《圣经·新约·约翰福音》第六章第三十五节。
⑤ 叶舒宪:《圣经比喻》,广西师范大学出版社2003年版,第160—161页。

的形式出现的,所以水也是圣灵的象征。① 另外,水也是上帝施行审判与刑罚的工具,毁灭了除挪亚一家之外的罪人,淹没了追杀摩西所带领的以色列先民的埃及军队。可见,水不但体现了上帝的愤怒与惩罚,而且彰显了其仁慈与救恩,成为神与人沟通的桥梁。

鲍德温作品中的众多水意象,其意蕴既以圣经为依托,又超越了圣经原型,表现出离经叛道的异教性,乃其解放神学的另类言说。《另一个国家》中鲁弗斯因绝望和沉重的负罪感而跳水自杀,哈德逊河的水因之具有了涤荡罪恶、使灵魂重生的作用,成为主人公通往"另一个国家"(天国)的桥梁。鲍德温在《告诉我火车开走多久了》中表达了同样的思想。小说中有一段关于雷欧洗澡的详细描述,生动呈现了水的动态变化,昭示了其净化心理的宗教属性。主人公经过彻底的沐浴后感觉自己像野蛮人刚刚受过洗礼,变得"比雪还白",因为他"所有的罪都被带走了"。雷欧是黑人,由黑变白的过程显然是一种精神变形。他从水中抬起头的那一刻顿生脱胎换骨的神奇感觉,耶稣就像"磐石"般与其同在。接下来的一首歌进一步强调了主人公水洗礼后的精神重生,"走开吧,约旦河。我已到达对岸来见主"。② 鲍德温在雷欧一个人身上同时表现了水的洁净作用和象征苦难的功能。雷欧住院期间做了一个噩梦,肮脏的海水灌满了他的嘴巴和鼻孔,他拼命挣扎,越陷越深,就在身边的哥哥也不肯伸出援手。他的情人芭芭拉也变得像水一般深不可测。这个以水编织的噩梦隐喻了雷欧艺术道路的艰辛,表征了黑人生存困境中的无助。鲍德温的最后一部小说《就在我头顶之上》的末尾同样以叙述者的梦境呈现了水的意象。不过,这里的雨水暗合了《圣经》中上帝保护他的子民,将其从水中拉

---

① 《圣经·旧约·以赛亚书》第四十四章第三节;《圣经·新约·约翰福音》第七章第三十八节至第三十九节。

② James Baldwin, *Tell Me How Long the Train's Been Gone*, New York: Dell Publishing, 1968, p. 260.

出来的象征意义。① 蒙塔纳梦见自己与弟弟阿瑟、朱丽亚和吉米姐弟俩站在一个乡间的走廊上避雨,他们能"看见雨帘外面的世界",但是外面的人却看不到他们。② 这个由两家人组成的大家庭在磨难前后的辛酸与平和以叙述者梦中的雨为经纬联合在一起,艺术地呈现了苦难的救赎价值。

如前所诉,在鲍德温的宗教理想国中,男同性恋被视为最高形式的爱。这一思想也与水的洗礼洁净功能紧密地联系在一起,背离传统宗教伦理的同时彰显了其尊重复杂人性本真的人文主义关怀。《另一个国家》中埃力克是双性恋,成为朋友的爱的使者,其"淫乱"被赋予了宗教般的神圣。当维瓦尔多陷入感情困境中不能自拔时,埃力克扮演了"救赎主"的角色。他与维瓦尔多的做爱场面以窗外的倾盆大雨为背景,既缠绵悱恻又高亢激昂,既单纯真挚又神秘莫测。根据圣经律法,男人间的媾和本是死罪,在这里却成为一种神圣的"仪式"。上帝的愤怒之水因之由惩罚变为救赎,"雨下着,如同祝福,如同在他们和世界之间隔着一道堵墙"。③ 一直压抑着自己的同性恋倾向的维瓦尔多终于在埃力克"孩子气的、充满信任的颤抖"中毫无顾忌地展现了真实的自我,"重新恢复了力量"。④ 雨水见证了他们的真情释放,与之同音共律,谱写了一曲真爱的赞歌。备受世俗诟病的同性之爱因其精神重生作用而彻底解构了"淫乱"的罪名,升华为终极之爱,所以"落雨声掩藏着并保护着他们"。此处鲍德温对水之救赎价值的移植再次印证了其宗教思想的世俗化特征。

五 火

赫拉克利特认为,"世界是一团永恒的活火"。⑤ 恰如同泰勒斯的

---

① 详见《圣经·旧约·诗篇》第十八章第十六节至第十七节;第一百二十四章第一节至第五节;《圣经·旧约·以赛亚书》第四十三章第二节。
② James Baldwin, *Just Above My Head*, New York: Dell Publishing, 1979, p. 558.
③ [美]詹姆斯·鲍德温:《另一个国家》,张和龙译,译林出版社2002年版,第308页。
④ 同上书,第378页。
⑤ 苗力田、李毓章主编:《西方哲学史新编》,人民出版社1990年版,第16页。

"水"和阿那克西美尼的"气",火被赋予了本体论的特性。另外,赫氏指出,"神就是永恒的流转着的火",① 他"变化着形象和火一样"②。诚然,这里所谓的"神"并非传统意义上的神灵,而是经过其哲学修正后的一种形而上的存在。"神即火"之说自然让人联想到基督教传统中的火之本体论维度,因为"神乃是烈火"。③ 某种意义上,火与水一样也是上帝与世人沟通的重要途径。一方面,火代表神的临在,是神的外衣。上帝曾在燃烧着的荆棘丛中向摩西显现,在火柱中与以色列民同在,在西奈山上向以色列民显现,用火车火马接以利亚升天,在五旬节时,圣灵如火焰降落到门徒头上。此外,火还象征基督的再临和神的话语。另一方面,火是上帝洗练其子民和惩罚罪孽的手段,往往让人将其跟罪与罚联系在一起。首先,地狱之火是永远的刑罚,④ 火湖则是最后受刑罚的地方。被扔进火湖的有兽和假先知、魔鬼、死亡和阴间以及名字没有记在生命册上的人。燃烧着硫黄的火湖因此成为"第二次的死"。⑤ 其次,火还是上帝愤怒的表征。这怒火"直烧到极深的阴间,把地和地的出产,尽都焚烧,山的根基也烧着了"。⑥ 深谙《圣经》之道的鲍德温巧妙地将相关的火意象移入自己的作品中,艺术地再现和超越了原型的宗教意蕴,充分印证了其圣经意识的自觉,主要见诸如下三方面。

首先,火是罪与罚的代名词,渗透出浓重的原罪意识。《向苍天呼吁》中小约翰的宗教心路历程艺术地再现了鲍德温早年对基督教的初始认知,原教旨主义色彩浓烈。约翰所在的是"火洗礼教堂",圣灵降临节的敬拜

---

① 北京大学哲学系、外国哲学史教研室主编:《古希腊罗马哲学》,商务印书馆1961年版,第17页。
② 同上书,第25页。
③ 《圣经·旧约·申命记》第四章第二十四节;《圣经·新约·希伯来书》第十二章第二十九节。
④ 《圣经·新约·马太福音》第五章第二十二节;《圣经·新约·帖撒罗尼亚后书》第一章第七节至第八节;《圣经·新约·雅各书》第三章第六节;《圣经·新约·启示录》第十八章第十七节至第十八节。
⑤ 《圣经·新约·启示录》第二十章第十四节。
⑥ 《圣经·旧约·申命记》第三十二章第二十二节。

仪式上信徒的宗教狂热"好比火焰、洪水和审判，来势凶猛",① 旨在彰显圣灵对他们所做的功。更重要的是，小说借火的相关意象表达了浓厚的原罪意识。约翰对地狱之火的恐惧在其 14 岁生日那天早晨得以充分的体现，因为"他几乎相信，在这个复活日的早晨，他醒来得晚了，一瞬间所有赎了罪的人已获得转化，升向天空，在云间与耶稣相会；而他，带着有罪的躯体被遗弃在地狱里，受苦千年"。② 佛罗伦斯在祈祷中质疑上帝的不公，既恐怖又愤怒，想象着自己可悲的结局，"母亲将倚在天国的大门上，在那里看着她的女儿烧死在地狱里"。③ 而加百列想到自己罪孽深重的过去时就像在"火一般的黑暗中"。就这样，火成为"罪与罚"的代名词，揭示了原罪思想在作者少年时代的心灵上刻下的深深烙印。

其次，火作为引发深思的特殊介质，是宗教与世俗，敬畏与讽刺，历史与当下并置的载体。这在《告诉我火车开走多久了》中表现得尤为突出。大病初愈的雷欧在跟芭芭拉和皮特的交谈中凝视着壁炉中摇曳的火苗，思绪万千，将之拟人化，书写了现代版的"沉思录"，鲍德温擅长的心理描写再次得以淋漓尽致的呈现。一方面，雷欧由火的跳动联想到了运动的绝对性与静止的相对性以及动静相生、互为表里的辩证关系。微弱的火苗奋力向上的执着和不满足于现状的"超人"精神之启示于潜移默化中成为主人公在坎坷的艺术道路上毫不气馁、漫漫求索的巨大动力。另一方面，雷欧透过火的"洗礼"功能含沙射影地讽刺了宗教史上的"火刑"对烈士、圣人以及无辜女巫的戕害，指涉了宗教被误解滥用的宿命。同时，通过火在种族迫害中的"帮凶"作用，揭露了主流社会对黑人所犯下的罄竹难书的罪孽。白人对黑人的歧视源于种族主义者的宗教神学，认为黑人是含（Ham）的后裔，是罪人，理应屈居白人之下，受其奴役。基督教的

---

① ［美］詹姆斯·鲍德温:《向苍天呼吁》，霓虹、宏前译，内蒙古人民出版社 1984 年版，第 5 页。
② 同上书，第 8 页。
③ 同上书，第 79 页。

荒诞由此可见一斑。此外，与火的"助纣为虐"相对的是古希腊神话中普罗米修斯盗天火解放世人的典故。鲍德温借此强调当下救赎的终极价值，因此就有了宗教与世俗的冲突。雷欧仿佛听到火中传来哥哥的规劝，"你们休要倚靠世人，他鼻孔里不过有气息；他在一切事上可算什么呢？"① 雷欧将哥哥皈依基督视为与白人沆瀣一气，同流合污，甚至是对自己种族的背叛，因为白人假借宗教之名以火实施"私刑"使黑人家破人亡、妻离子散。所以，他绝不会"亲吻那丑恶的十字架"。② 兄弟俩因信仰分歧而分道扬镳多年，哥哥有了精神归宿，而弟弟在艺术道路上的艰辛使其成为无家可归的"浪子"。雷欧因亲情的召唤而渴望与哥哥一家重聚，但是这眼前的火让他无论如何也无法妥协。该悖论与纠结再次折射出作者在宗教与艺术之间的矛盾。总之，在深思的雷欧看来，这不起眼的炉火不啻为"摇摇欲坠、左晃右摆、光芒四射的宇宙"，③ 是人生哲理的高度浓缩，蕴含了对人生万象的隽永思考。火之哲学、宗教、伦理、种族内涵在主人公与火的精神交流中一并登场，自然而深刻，因之昭示了"星星之火可以燎原"的深邃。

最后，火是对世人之罪的重新界定，鲍德温借此以上帝的口吻警告执迷不悟的同胞，彰显"世人皆醉我独醒"的先知风范，乃其宗教哲学的重要表达范式。文集《下一次将是烈火》即为其高屋建瓴的姿态之典型。鲍德温以火为题并以火收尾，除此而外，文中虽不见具体的火意象，却不乏火一般的愤怒。依据《圣经》改编的黑人灵歌"上帝把彩虹作为与挪亚立约的记号，洪水再不会泛滥，下一次将是烈火"④ 犹如振聋发聩的雷声响

---

① 原文出自《圣经·新约·以赛亚书》第二章二十二节。
② James Baldwin, *Tell Me How Long the Train's Been Gone*, New York: Dell Publishing, 1968, p. 258.
③ Ibid., p. 257.
④ James Baldwin, *The Fire Next Time*, New York: The Dial Press, 1963, p. 120. 出处详见《圣经·旧约·创世记》第九章第十三节至第十五节；《圣经·新约·启示录》第十九章第二十节，第二十章第九节至第十节和第十四节至第十五节。

彻宇宙，余音缭绕，令人不寒而栗。旧约上帝发洪水惩罚恶人的惊心动魄的场面依旧让人心有余悸，而新约基督在临时地狱的烈火无疑再次给惊魂未定的罪人猛烈地敲响了悔过自新的警钟。

第三节 《圣经》人物的艺术"变形"①

鲍德温作品主人公的名字大都与《圣经》人物重合，乃其根深蒂固的圣经涵养的必然，绝非巧合。不过，人物的秉性气质并非与原型完全吻合，原先的天使、先知和使徒要么被庸俗化，要么成为落魄者，当然也有宗教意义上的救赎者。这既可视为鲍德温圣经意识在文学创作中的自觉呈现，又可视为其对基督教的戏仿与改写。圣经人物的戏剧性"蜕变"旨在揭示宗教与世俗不可调和的矛盾，说明以来世永生为旨归的宗教理念对当下困境的无助。鲍德温借此对社会伦理、宗教伦理、家庭伦理等展开深刻的批判，昭示人生境遇之荒诞，彰显其动态宗教的人文关怀。本节仅以鲍德温作品人物画廊中的几个主要人物为例，粗略分类以阐明其对《圣经》的借鉴与超越。

一 先知的艺术再现

尽管鲍德温的作品中充满了以《圣经》人物命名的主人公，但能在很大程度上再现原型之神圣与大能者却为数不多。《向苍天呼吁》中的以利沙教友因其在小约翰灵魂得救中的特殊作用而被赋予了"救世主"般的地位，这与旧约先知以利沙济世救人的神迹可谓相通。以利沙是先知以利亚的继承者，曾行神迹使寡妇的油变多，② 使书念妇人的儿子复活，③ 洁净有

---

① 为体现鲍德温文学的宗教表征，所有主人公的名字均借用《圣经》原型的说法。
② 《圣经·旧约·列王记》第四章第一节至第七节。
③ 《圣经·旧约·列王记》第四章第八节至第三十七节。

毒的食物，① 喂饱一百人，② 医治亚兰王的元帅乃缦的大麻风。③ 鲍德温使上帝赋予先知的神性以"另类"方式在小说人物身上得以再现，委婉地表达了同性恋的主题。此举显然是"旧瓶装新酒"，乃其宗教世俗性的重要表征。

约翰·格兰姆斯的继父是黑人牧师，但他并非是拯救儿子灵魂者，因为他也不想这样做。他对约翰的歧视和宗教误导将这个相貌丑陋的"私生子"置于无法自拔的精神孤独与恐惧中。父亲是上帝的代言人，一直向他灌输"黑就是罪"的原罪思想，涉世未深的小约翰因此憎恨自己的黑皮肤，进而无法认同黑人的传统文化，陷入了孤独的精神荒原。教会新来的黑人小伙子以利沙以其独特的魅力帮他走上了圣洁之路，最终摆脱了苦不堪言的可怕境遇，找到了爱的家园，在精神上实现了重生。在继父看来，约翰生来就罪孽深重、永无出头之日，因为上帝的爱也无法使其得救，以利沙却认为上帝在召唤约翰，"到时候了，家伙，回家来吧"，似乎是受到主的操纵。④ 所以他这样鼓励约翰，"我知道主一定会让你平安回家的。"⑤ 以利沙就这样使约翰增加了新生的信心，看到了未来和希望。小说最后，约翰对以利沙说："不论我走到哪里……请记住——我已经得到了拯救。我已经在那里了。"⑥ 换言之，约翰找到了心中爱的上帝，逃离了孤独与恐惧的牢笼，内心充满了无法用语言表达的自由与喜悦。所谓的那里，显然是指以利沙所指给他的"爱的家园"。在这个人类共同的文化家园中，约翰得以走出孤独的牢笼，"他自由了……他的内心充满了喜悦，这是一种语言难以表达的喜悦"。⑦ 皈依后

---

① 《圣经·旧约·列王记》第四章第三十八节至第四十一节。
② 《圣经·旧约·列王记》第四章第四十二节至第四十四节。
③ 《圣经·旧约·列王记》第五章第一节至第十九节。
④ ［美］詹姆斯·鲍德温：《向苍天呼吁》，霁虹、宏前译，内蒙古人民出版社1984年版，第202页。
⑤ 同上书，第213页。
⑥ 同上书，第217页。
⑦ 同上书，第212页。

的约翰顿生脱胎换骨、豁然开朗的神奇感觉,"黑夜已经过去,黑暗的势力已被击退",因为他"已经回到家",而且"有了一双新手,有了一双新脚",所以他"走起路来生气勃勃、神采奕奕"。① 小说末尾关于朝阳的字句乃表现以利沙之神性的点睛之笔,早晨的太阳"唤醒了一条条街道,唤醒了一幢幢房屋,在一个个窗口跟前呼喊着。它洒在以利沙的身上,宛如一件金光闪闪的教士服;它照在约翰的脑门上——以利沙吻过的地方——宛如一个永远抹不掉的印记"。② 对约翰而言,以利沙是个"基督式的人物",③ 其救世主性征不止于属灵意义上的救赎,还在于他在约翰感情天平上的特殊分量。

鲍德温本人是同性恋,赋予男人之间的爱以终极救赎价值,认为对男同性恋取向的压制无疑是"男人的监狱"(The Male Prison)。④ 自传体小说《向苍天呼吁》以作者的童年为原型,开启了探索同性恋主题的艺术旅程。少年鲍德温朦胧的同性冲动在小说主人公约翰身上得以呈现。以利沙之所以能让约翰从失望和孤独的深渊中走出来,一个重要的原因就是前者深沉的男子汉气魄和阳刚优雅的翩翩风度让约翰钦佩不已。两人在教会初次相识,约翰就被以利沙所吸引,"约翰一直盯着以利沙,对他的声音钦佩不已,觉得比起自己的更深沉,更有一股男子汉的气魄;他羡慕以利沙穿上礼服时的那种修长而结实、黝黑而雅致的翩翩风度"。⑤

有鉴于此,约翰已经将以利沙视为心中的上帝,唯其马首是瞻,在

---

① [美]詹姆斯·鲍德温:《向苍天呼吁》,霁虹、宏前译,内蒙古人民出版社1984年版,第200页。
② 同上书,第217页。
③ [美]伯纳德·W. 贝尔:《非洲裔美国黑人小说及其传统》,刘捷等译,四川人民出版社2000年版,第284页。
④ D. Quentin Miller, *Re-Viewing James Baldwin: Things Not Been Seen*, Philadelphia: Temple University Press, 2000, p. 216.
⑤ [美]詹姆斯·鲍德温:《向苍天呼吁》,霁虹、宏前译,内蒙古人民出版社1984年版,第3页。

后者的关爱中顺利克服了恐惧与失望，拜倒在上帝的圣坛前。小说末尾，宗教仪式结束后约翰对以利沙的依恋使委婉的同性恋主题得以强化，"转眼间他就要离开以利沙，从那只保护他的胳膊底下迈出去，独自走进那所房子——独自与母亲和父亲待在一起。他害怕了。他想停下脚步，转向以利沙，告诉他些什么……但他不知该怎么开口才好"。① 约翰对以利沙的情感超越了一般的朋友关系，成为一种特殊的依恋。不过，这仅是一厢情愿，以利沙只是站在教友的立场上关心一个羸弱可怜的灵魂，并未生任何非分之想。然而，他对约翰的爱也被套上了神圣的光环，这种爱象征着伟大的上帝之爱，约翰在它的感召之下冲破重重黑暗，投入了上帝的怀抱。他对约翰的继父说："主将他击倒在地，把他转过了身，把他新的名字载入了天国的荣誉之中。"② 也正是这种超凡脱俗的神性让他在毫不知情的情况下成为一个暗恋他的孤独者的精神家园，正是他不解风情的冷峻给这份没有公开的同志恋情涂上了一层既朦胧浪漫又神圣纯洁的高雅色彩。

二 天使与先知的沦落：《圣经》原型的颠覆

总体而言，鲍德温以圣经人物命名的主人公大都与原型之间构成了巨大的偏离，甚至完全走向了其反面。此审美落差正是鲍德温世俗叙事的宗教性表征之所在，乃其一贯的艺术技巧。在诸多"蜕变"了的圣者当中，以加百列与约珥为代表的天使和先知之堕落堪为典型，辛辣地讽刺了基督教的虚伪与堕落，毫不留情地拷问了宗教外衣遮蔽下人性的丑恶。

加百列（Gabriel）意思是"天主的人"，位居大天使长，负责为上帝传递信息，主要事迹包括宣告童女马利亚受圣灵感孕、耶稣降生与复

---

① ［美］詹姆斯·鲍德温：《向苍天呼吁》，霁虹、宏前译，内蒙古人民出版社1984年版，第215页。
② 同上书，第217页。

活等。这位上帝最宠信的天使在鲍德温的笔下则沦落为不可救药的魔鬼，其宗教心路历程活化出一位放荡不羁、执拗倔强、专横狭隘、虚伪自私的"伪君子"。加百列的母亲是一位虔诚的基督徒，为把他领到主的面前费尽了心思。他虽在强迫之下接受了洗礼仪式，却无法遏制放浪形骸的淫欲，在吃喝嫖赌中耗尽了大好青春年华。终有一天，他人性中的良知莫名其妙地复活了。当他在一个沉寂的早晨从妓院回家的路上，突然意识到"罪恶就已压在他的身上，当时他只知道自己背了个负担，渴望卸下它来。这个负担比最沉的大山还要沉重，他在心上背着它。每迈出一步，负担就越沉重，呼吸也变得粗而缓慢。突然间，冷汗在他额头上冒出来，湿透了他的后背"。① 沉重的负罪感将他笼罩在恐惧与颤抖中，"就像他对在自己毫无戒备的精神国度里四处觅食的贪欲好色的狮子又恨又怕一样"。② 因此，他咒骂使其误入歧途的淫欲，渴望"地牢震动"，"枷锁脱落的那一天"。③ 这个冥顽不灵的浪子终于幡然醒悟、痛改前非，皈依基督后成为当地的牧师，一度表现得那样圣洁与仁慈。正是这短暂的善良临时占上风的时候，他鬼使神差地先后娶了被白人糟蹋了的黑人女子底波拉和未婚先育的伊丽莎白。不过，他旋即又暴露了其丑恶的嘴脸。他因底波拉不能生育而喜新厌旧，与来自北方的寡妇以斯帖生下一子。结果，新人与旧人以及他的私生子都先后毙命，留出了后来由伊丽莎白与小约翰填充的空缺。遗憾的是，反复的磨难与打击也未能使加百列珍惜最后这个来之不易的家庭。他很快忘记了当初对约翰母子的保证，对伊丽莎白的婚前不洁行为耿耿于怀，百般歧视虐待小约翰。更可悲的是，他与自己的亲生儿女也不能和谐相处。孩子对他敬而远之，视之为洪水猛兽般的"家庭暴君"。无论从家庭伦理还是宗教伦理上讲，加百

---

① ［美］詹姆斯·鲍德温：《向苍天呼吁》，霁虹、宏前译，内蒙古人民出版社1984年版，第80页。
② 同上书，第81页。
③ 同上书，第81页。

列都是不称职的,他既没有尽到丈夫的责任,也没有尽到父亲的义务,更背离了基督之道,无形中丑化了仁慈的上帝。这个以上帝"代言人"自居的牧师虚伪自私,严以律人,宽以待己,他终究不能战胜内在的邪恶,在不断的堕落与忏悔中痛苦地打发时光。这个堕落的"天使"充分印证了圣洁之路的艰辛,说明基督之爱永远是一个考量人性高下的终极价值尺度,是以和谐、宽容、忍耐、仁慈、求真和正义为旨归的人生终极诉求。基督徒的队伍中,像加百列这样的反面典型的确大有人在,表征了宗教被扭曲和丑化的宿命。《就在我头顶之上》中的约珥是一个更加卑劣的无耻之徒。

　　据圣经旧约记载,当时名为约珥者共有12人。大多数学者认为,先知书中的约珥是约阿施王时代(主前九世纪)的人,其传讲的对象是犹太人和耶路撒冷人。"约珥"这个名字的意思是"耶和华是神",① 表明以之命名者是虔诚的信徒,而《就在我头顶之上》中的约珥则徒冒先知之名,不为先知之事。相较于加百列曲折离奇的人生,约珥的确是一无是处的平庸之辈。不过,其罪孽则有过之而无不及。首先,约珥霸占了自己尚未成年的女儿,既违背了圣经律法,又挑衅了世俗伦理底线,是令人不齿的兽行。他不止一次对朱丽亚强行实施乱伦,声称自己才是她的男人,因此不允许她与男孩子来往。年幼的朱丽亚就这样在母亲去世不久后沦为父亲发泄兽欲的工具,丧失了生育能力。约珥丧心病狂、人性尽失,这比加百列情欲泛滥、寻花问柳的堕落更让人无法容忍。其次,他任病入膏肓的妻子在宗教的麻醉中慢慢死去,也不肯劝其就医治疗。一方面,家庭拮据,他根本没有支付能力;另一方面,他扭曲的灵魂对自己的女儿早就觊觎已久,妻子的病故可以早日成全其图谋不轨的兽行。最后,他好吃懒做,没有责任感,因此养家糊口的重担就落在朱丽亚稚嫩的双肩上。这也正是他死活不同意女儿放弃教会神职的原因。无论是作为丈夫,还是作为父亲,

---

① 《圣经》研用本,第1067页。

约珥的失职都不能与加百列相提并论。后者虽然专横虚伪却是家中的顶梁柱，他没有单靠教会的工作来养活全家，而且在工厂打工，忍受白人的凌辱和歧视。因此，无论从哪一方面来看，约珥都背离了一个基督徒应有的本分，而且他从未意识到自己的过错。所以，鲍德温把先知的名字用在这样一个庸俗下流之辈身上，讽刺意味就越发跌宕昭彰。加百列也好，约珥也罢，他们的罪孽是败坏信徒的一体多面，共同揭露了基督教腐败虚伪的真实面目。作者对背离基督之爱所产生的义愤填膺由此跃然纸上，其道德家的姿态由此可见一斑。

三 义女与女先知的降格：《圣经》原型的庸俗化

鲍德温的作品中浸透着浓厚的女性主义。他表达对黑人女性之人文关怀的一个重要手段就是以《圣经》人物为其命名，通过圣经原型与作品人物之间的巨大反差来构建一种审美张力，借此凸显黑人妇女悲剧命运中的双重压迫——父权与种族。《向苍天呼吁》中的以斯帖和底波拉，《在荒野上》中的路得即为典例。

如前所述，《向苍天呼吁》以鲍德温自己的苦涩童年为蓝本，通过小约翰的皈依之路，艺术地再现了其父子之间、父母之间以及父亲与姑母之间的爱恨情仇。小说中约翰与加百列的父子纠葛即为作者与继父关系之真实生动的写照。少年鲍德温在当时对继父无法实施的仇恨与报复在小说中以特殊的方式得以补偿。这就是他为加百列（继父）的命运中安排的两个不如意的女人，一个是他的发妻底波拉，另一个是他的情人以斯帖。众所周知，底波拉是《圣经·旧约》中的一位女先知，是约书亚和撒母耳之间的那个时代里，以色列十二士师中唯一的女性，她既是以色列百姓的"民族领袖"，又是其"属灵领袖"。[①] 这位集勇气、智慧、爱心于一身的女领

---

① ［荷］金凯森：《圣经里的女性》，朱玉华、李玉臻译，甘肃人民美术出版社 2011 年版，第 177 页。

袖在鲍德温的小说中一落千丈，成为种族主义与父权思想的牺牲品。圣经原型与小说人物之间唯一的相通之处就是她们对神的信心及其自我牺牲精神。女士师的降格或平庸化主要表现在三方面。首先，是强大、尊严与软弱、耻辱之间的对比。底波拉有勇有谋，文武双全，凭着来自神的信心率众结束了耶宾王对以色列全地的统治，恢复了百姓的自由，因此全民拥戴，有"以色列百姓的母亲"之称。① 而鲍德温笔下的底波拉先是被许多白人在野外轮奸，彻底丧失了生育能力。父亲非但没能为之讨回公道，反倒搭上了自己的性命。她的悲剧成为黑人女性自身难保的典型象征。其次，生命力的辉煌与暗淡之对比。女士师因上帝赋予的才能，其刚强的生命力光芒四射，所罗门对此做如是描述："但义人的路，好像黎明的光，越照越明，直到日午。"② 小说中的底波拉则因失去生育能力而愧疚，在看重血脉传承的丈夫面前抬不起头。母亲资格的被剥夺对其命运悲剧无疑是雪上加霜，慢慢蚕食着其早已羸弱的身心，生命之光因之微弱暗淡，终致过早离世。最后，完全相反的夫妻关系之对比。《圣经》中的底波拉因神的眷顾，在以色列的民族危亡之际扮演了比丈夫更重要的角色。她为了民族利益甘愿做出自我牺牲，舍小家顾大家，不但是全民的英雄，也是丈夫心目中的楷模。因此，丈夫的仰慕以及她的家庭地位是不言而喻的。而小说中的同名女主人公则完全依赖丈夫，为其宗教事业不辞辛苦，甘愿做出自我牺牲。面对丈夫背信弃义的婚外情她只能忍气吞声，明知丈夫偷去自己的积蓄送给情人以平息自己的风流债，她也一再迁就忍让。她唯一的慰藉就是对上帝的虔诚，"《圣经》告诉我们要恨罪恶，不要恨罪人"。③ 诚然，夫妻之间毫无平等可言。

---

① ［荷］金凯森：《圣经里的女性》，朱玉华、李玉臻译，甘肃人民美术出版社2011年版，第182页。
② 《圣经·旧约·箴言》第四章第十八节。
③ ［美］詹姆斯·鲍德温：《向苍天呼吁》，霁虹、宏前译，内蒙古人民出版社1984年版，第63页。

第六章 鲍德温文学的宗教表征

加百列的情人以斯帖与《圣经》中的以斯帖之间同样横亘着不可逾越的鸿沟。

以斯帖与路得是《圣经》中仅有的两位以专文论述的伟大女性，其在以色列民族历史上举足轻重的地位由此可见一斑。根据犹太法典的记载，《以斯帖记》的重要性远在《诗篇》与《先知书》之上。这位可敬的犹太女性以其睿智和勇敢力挽狂澜，冒死拯救了族人的生命，改变了犹太历史的进程，所以"如果没有以斯帖王后，历史的进程就很难想象"。不仅如此，她还改变了基督教的历史，"如果没有以斯帖，就不会有犹太人；如果没有犹太人，也就不会有弥赛亚，如果没有弥赛亚，这个世界也就不复存在了"。[1] 因此，犹太人每逢普珥节都要诵读《以斯帖记》以示对女英雄的崇敬。这个如此高贵的王后到了《向苍天呼吁》中却沦落为"比妓女好不了多少的女人"。[2] 鲍德温通过这两位同名女性的对比主要达到两个目的。首先，戏剧化地表现黑人女性的可怜境遇，从而表达对其悲剧命运的同情。这位来自北方的寡妇是一个相貌丑陋、至死都不肯认主的异教徒，她宁愿尽情地生活，"情愿堕落到地狱里去受惩罚"。[3] 这与王后以斯帖对上帝的虔敬也形成了鲜明的对比。沉溺于"罪中之乐"的以斯帖及其与加百列的"私生子"终究未能逃脱《圣经》律法的惩罚，母子俩先后不明不白地毙命。鲍德温借此旨在表明种族主义草菅人命的罪孽和黑人不可预测的悲惨命运。其次，小说中以斯帖的落魄成为彰显加百列之堕落与虚伪冷酷的一面镜子。她之所以能成为牧师的情人，根本原因在于后者泛滥的情欲及其不想让自以为高贵的血统被不能生育的底波拉白白断送掉的痴心妄想。对以斯帖身体难以遏制的冲动让这位自诩虔诚的牧师

---

[1] ［荷］金凯森：《圣经里的女性》，朱玉华、李玉臻译，甘肃人民美术出版社2011年版，第99—100页。

[2] ［美］詹姆斯·鲍德温：《向苍天呼吁》，霁虹、宏前译，内蒙古人民出版社1984年版，第119页。

[3] 同上书，第114页。

彻底丧失了理智,在皈依不久之后再次堕落了,"罪恶、死亡、地狱和天谴一切都被抛到了九霄云外"。他心中只有以斯帖,"她那细长的身体包含了所有的神秘和情欲,她符合他全部的需要"。① 欲望得到满足后的加百列却不愿承担责任,一心要摆脱以斯帖的纠缠。他自以为是主的人而看不起异教的情人,得知她怀孕后想要儿子却不想因"淫乱"的罪名而丢了在教会的神职。因此,他拿了妻子底波拉省吃俭用积攒下的私房钱打发以斯帖从眼前消失,因此导致了后者的无端死亡。黑人妇女毫无保障的悲惨命运因鲍德温独特的命名方式所产生的审美落差而得以更深刻的表现。

相较于底波拉与以斯帖,《在荒野上》中的路得之命运更典型地象征了现代黑人女性的精神困境。鲍德温通过小说主人公精神上的无所适从与《圣经》同名女子在信仰与家庭问题上充实和幸福之间的巨大反差极大地增强了作品的文本张力,凸显了标题中"荒野"这个关键词。两位女子的对比主要表现在以下几方面。首先是她们与神的关系。《圣经》中的路得是士师时期的摩押女子、大卫王的曾祖母。她把自己的命运看作神的安排,有一颗知足善良的心,对神感激不尽,"我主阿!愿在你眼前蒙恩,我虽然不及你的一个使女,你还用慈爱的话安慰我的心"。② 正是因为神的引领,她在丈夫去世后按照婆婆的意思嫁给了亲戚波阿斯,夫妻恩爱,儿子俄备得蒙神拣选,成为耶稣基督的祖先。③ 路得因此成为希伯来人与基督徒之间的桥梁,为犹太人所敬重,《路得记》也成为五旬节上诵读的经典。小说中的同名主人公虽生于宗教之家,却是一个不肯认罪的异教徒,被发现与男友在谷仓幽会后无论如何也不肯到教堂忏悔并因此与家人闹翻

---

① [美]詹姆斯·鲍德温:《向苍天呼吁》,霁虹、宏前译,内蒙古人民出版社1984年版,第114页。
② 《圣经·旧约·路得记》第二章第十三节。
③ 《圣经·旧约·路得记》第四章第二十二节。另见《圣经·新约·马太福音》第一章第五节。

而离家出走。后来，她每看到办公室对面教堂顶上的霓虹十字架就想起不愉快的童年，心生怨气，根本不相信上面"耶稣替大家赎罪"（Jesus Saves）的宣传。宗教信仰的缺乏是她一直无法摆脱精神空虚的重要原因。其次是贞洁与堕落的对比。《圣经》中的路得恪守妇道，是"一个以忠贞为特点的女人"。① 她与波阿斯的完美结合建立在相互理解、相互尊重的基础上，其婚姻具有"天堂之约的特色"。② 而小说人物则根本谈不上情感不专一，先后周旋于几个男人之间，他们之间总是横亘着一条无法逾越的鸿沟。其中，她对白人画家保尔最难割舍，爱恨交加，他的一举一动既是"照亮她的世界光"，又"变得黯淡无光"。③ 这让她觉得在为一个不爱自己的人自我作贱，因此感到痛苦和耻辱。不过，路得的纠结并非她一人所致，同时也折射出男人内心不可告人的秘密，其堕落也暴露了男人的困惑。换言之，鲍德温以一个"不忠"的女人昭示了现代人荒诞的存在困境。

另外，路得的空虚暴露了黑人偏离种族文化的自我异化之危害。自从她与初恋男友的私会被视为全家的丑闻后，哥哥的那句"脏货……脏货……你又黑又脏"就像幽灵般不时萦绕耳畔，让她感觉永远无法把自己洗干净，将其笼罩在无法摆脱的自我鄙视中。黑皮肤因此成为罪孽与低贱的象征，黑人在白人面前理所当然地感到惭愧。这种内化的矛盾心理正是他既渴望离开保尔，又始终下不了决心的原因。尽管"天底下最叫人感到孤独的地方就是在保尔的怀抱里"，可是"看重肤色的不是别人，正是她自己"。④

坎坷的情感经历曾一度让路得深刻反省自我，明白了自己前进的方向和生活的目标。首先，家是温馨的港湾，所以她当初不该感情用事，离家出走。其次，热爱自己的黑皮肤，热爱自己的种族。所以，"她希望自己

---

① ［荷］金凯森：《圣经里的女性》，朱玉华、李玉臻译，甘肃人民美术出版社 2011 年版，第 209 页。
② 同上书，第 218 页。
③ ［美］詹姆斯·鲍德温：《在荒野上》，郭凤高译，《外国文学》1984 年第 12 期。
④ 同上。

从没有遇到过保尔。她希望自己从没被他的白皮肤接触过"。相反，她应该倾心于一个"了不起的、稳重的黑人，一个充满着笑声和叹息的人，一个温文尔雅的人，一个心中燃烧着熊熊烈火的人"。这样，她可以做个贤妻良母，享受相夫教子的天伦之乐，"不管生活投下什么阴影"，① 都可"找得到能使她忍受种种痛苦的安宁"。② 遗憾的是，理性的回归稍纵即逝，残酷的现实旋即将其美好的理想和内心的平静击得粉碎，她"根本不知道该到哪儿去"。③

第四节　作品标题的"启示"性

尽管鲍德温的作品均是他逃离教会后的产物，可是浓厚的宗教意识遍布其中。除了散见其中的宗教意象和贯穿始终的《圣经》名字之外，宗教性还醒目地见诸作品的标题或分标题。这些精心设计的标题从结构上昭示了其以爱为旨归的救赎信念，是宗教与世俗的并置，乃其宗教理想的高度概括，从历时层面反映了鲍德温宗教思想的动态性，成为探寻鲍德温宗教思想的又一视角。

一　"向苍天呼吁"与"第七日"

《向苍天呼吁》艺术地再现了少年鲍德温对宗教的原初认知，小说的标题和分标题均与故事中浓厚的宗教氛围表里相依，反映了明显的宗教救赎思想。其中，总标题"向苍天呼吁"源于圣诞赞美歌，"向苍天呼吁，越过山岗，传遍四方，向苍天呼吁，耶稣基督已经诞生"。鲍德温将其化作书名，暗示了挣扎在罪的恐惧中的黑人灵魂盼望救世主到来的迫切愿

---

① ［美］詹姆斯·鲍德温：《在荒野上》，郭凤高译，《外国文学》1984 年第 12 期。
② 同上。
③ 同上。

望。小说虽以约翰皈依基督为主线，但是罪人绝非他自己，身为牧师的继父加百列似乎更是罪大恶极的魔鬼，其宗教心路历程因此更具代表性。他在祈祷中回忆了认主时的情景，看到的是新天新地，听到的是新的歌声，他的手和脚也都变成了新的。这一切都标志着"一个新的开端，一个用鲜血冲刷的火红的日子已经来到"！① 小约翰灵魂得救时几乎再现了同样的情景，而且他们得救前所经历的罪孽的肆虐以及黑暗与恐怖自然让人想起《启示录》中的"末世"情景。

第一部分的标题"第七日"之启示性不言而喻。数字是启示文学的一个重要表征，而"七"在《圣经》中具有特殊重要的意义。根据《创世记》，上帝六日内创造宇宙万物，定第七日为当守的"安息日"，乃一个新轮回的开始，而《启示录》中的七个"七"概括地启示了神在宇宙属灵战争的每一个领域所取得的彻底胜利。两书首尾呼应，你中有我，我中有你，始于完美，止于至善。该标题的意蕴显然滥觞于此，意味着小约翰在星期六这一天灵魂得救，实现精神重生。

二 "通往伯利恒"与"天堂"

由于继父的影响，鲍德温早年对宗教的深刻认知与原罪牢牢地联系在一起，但他更渴慕新约中耶稣的宽厚仁慈。逃离教会之后，饱经磨砺，孜孜以求社会万象的本来面目，在世俗语境中重新审视基督教，形成了旨在当下救赎的解放神学。所以鲍德温在多方位呈现人生苦难的同时，更致力于探索摆脱困境的有效途径，彰显"中庸"之道。小说《另一个国家》与《比尔街情仇》以分标题从宏观上传达了这样的"启示"。

《另一个国家》描绘了一个好人难寻的罪人世界，揭露了现代人的隔阂所造成的内心空虚与孤独并为困惑中的人们指明了道路。虽然在世俗的

---

① ［美］詹姆斯·鲍德温：《向苍天呼吁》，雾虹、宏前译，内蒙古人民出版社1984年版，第85页。

眼光看来，鲍德温对性爱（尤其是同性恋）的激赏不免猥亵低俗，但他却是在大胆地揭示人性中内在的真实，乃其"另类"人文关怀的重要一维。小说第二卷的标题"通往伯利恒"赋予了作者心目中理想的"另一个国家"以宗教般的神圣，蕴含着两方面的意义。首先，同性恋是爱的最高形式，具有终极救赎价值。相较于埃力克与伊夫之间忠贞不渝的同性恋情，小说中凯丝与理查德夫妇之间的隔阂与不忠，伊达与维瓦尔多这对情人之间的纠葛都说明了异性恋的不可靠。鲍德温将同性恋者久别重逢的动人场面称为"来自天国的人们已经在城里安家落户了"，① 这充分表明同性恋在其宗教理想国中至高无上的地位。其次，消除种族隔阂，彼此坦诚相待是走出"他人就是地狱"之存在主义困境的必由之路。如前文所述，黑人姑娘伊达因为哥哥鲁弗斯之死，将怨恨的矛头指向了一直深爱着他的白人男孩维瓦尔多。她的种族偏见犹如一条鸿沟使他们无法倾诉真情，不但折磨着对方，也折磨着自己。历经坎坷之后，伊达终于认识到了自己的偏执，一对有情人终于握手言和，向彼此坦白了"冷战"期间的辛酸，找到了相互依靠的心灵港湾。

鲍德温的天命之作《比尔街情仇》以黑人小伙子弗尼的冤案始末为线索，揭示了美国黑人在种族主义肆虐的年代中的真实生活状况。小说政治色彩鲜明，但政治批判似乎不是作者的主要目的，如何摆脱种族困境才是其旨归。第二部分以"天堂"为题，却没有任何有关天堂美景的描写，意在强调黑人实现救赎、通往天堂的道路何在。首先，以两个黑人家庭为弗尼洗清罪名所做的努力说明内部的团结是黑人应对种族迫害的有效策略，而黑人家庭（社区）则是坚强的后盾。其次，弗尼与蒂什在困境中的坚韧说明的"悲剧意识"不可或缺的重要性。鲍德温借此歌颂了黑人强大的生命力，昭示了其生命哲学中的"超人"精神。最后，与"悲剧意识"密切相关的是小说的苦难救赎主题。苦难是鲍德温为其主人公铺设的通往天堂

---

① ［美］詹姆斯·鲍德温：《另一个国家》，张和龙译，译林出版社2002年版，第336页。

的必由之路，不仅具有宗教洗礼的意义，而且饱富哲思，乃其表达"他者意识"的重要载体。

三 "下一次将是烈火"与"街上无名"

鲍德温的杂文以民权运动为界限表现出截然不同的种族政治立场，为其宗教思想打上鲜明的时代烙印。民权运动之前，鲍德温在种族问题上坚持以爱释恨的主张，相信黑人与白人的平等将是不争的事实；随着种族主义的变本加厉，黑人惨遭迫害的悲剧不断升级，他的希望变为失望甚至绝望。后期的杂文彻底颠覆了和平解决种族冲突的理想主义，义正词严地预言了美国黑白矛盾的化解必将以更多的流血与暴力为代价。后期杂文的标题本身就向国人敲响了惊心动魄的警钟，将斗争的矛头直指冥顽不灵的种族主义者。

《下一次将是烈火》是鲍德温政治立场的转折点，标题高度而生动地概括了上帝审判罪人方式的转变，令人毛骨悚然、不寒而栗。他以火警示的绝非只有白人，而是包括白人和黑人在内的所有种族主义者，矛盾直指种族优越感以及由此而生的种族仇恨。一方面，上帝创世之初就宣告了人人平等的基本原则，因为他是按照自己的形象来造人的。白人种族主义者将之忘得一干二净，却根据《圣经》杜撰了歧视黑人的神学借口以实现不可告人的卑鄙意图。所以，鲍德温认为"肤色不是人类的或个人的事实，而是一个政治事实"。[1] 鉴于基督教在美国不可动摇的地位，与其说主流社会随意践踏了黑人的人性，毋宁说亵渎了宗教的神圣。"本是同根生，相煎何太急？"白人与黑人本质上的对立统一决定了种族关系的悖论："黑人的自由会使白人的自由成为可能。的确，我们被迫以如此高昂的代价换来的自由是白人获得自由的唯一希望。"[2] 即白人的解放的前提是黑人的"彻

---

[1] James Baldwin, *The Fire Next Time*, New York: The Dial Press, 1963, p. 118.
[2] James Baldwin, *The Cross of Redemption: Uncollected Writings*, New York: Vintage Books, 2010, p. 267.

底解放"。① 是故,如果白人不肯放下优等种族的架子,美国的种族困境将永远是一个僵局。另一方面,黑人的责任似乎更加艰巨,他们必须放弃"以牙还牙"的敌对立场。鲍德温认为,没有尊严的针锋相对非但于事无补,反而导致事态恶化,"诋毁别人无异于毁灭自我"。② 他明确指出,"没有爱,救赎是绝对不可能的",③ 他因此坚持爱的种族立场,反对盲目排外的黑人种族主义,认为以埃力扎·穆罕默德为代表的黑人穆斯林运动的极端行为与白人种族主义并没有什么区别,只会使黑人陷入更可怕的深渊。艺术家的敏感性让鲍德温走在了时代的前列,其种族理想主义刻上了明显的"乌托邦"烙印,他因此背上"种族背叛"的骂名也就不足为奇了。同时,要使国人摆脱根深蒂固的种族主义困扰绝非易事,意味着各种难以想象的牺牲。所以,当一名黑人艺术家是"不可思议的",甚至是"危险的"事。④ 不过,真理在胸的鲍德温仍旧以高度自信的理性发出了惊世骇俗的警告:下一次将是烈火!

如果说《下一次将是烈火》将种族困境的症结同时归于白人与黑人,那么《街上无名》则将批判的矛头主要转向了白人种族主义者。题名源于《约伯记》中书亚人比勒达根据自己关于苦难的属灵认知对恶人的"定罪量刑","他的记念,在地上必然灭亡;他的名字,在街上也不存留"。⑤ 文集开始追述的家庭往事,尤其是作者跟继父的纠结,颇有"朝花夕拾"的味道,似乎与后文浓墨重彩的种族政治批判难成一体。掩卷思之,继父与家庭成员间的隔阂,罪魁祸首又何尝不是丧心病狂的种族主义?鲍德温终生不能释怀的父子纠葛一方面折射了他与上帝的矛盾,继父成为上帝在人世的"替罪羊";另一方面又反映了无孔不入的种族歧视对贫穷黑人家庭

---

① James Baldwin, *The Fire Next Time*, New York: The Dial Press, 1963, p. 111.
② Ibid., p. 97.
③ James Baldwin, *The Cross of Redemption: Uncollected Writings*, New York: Vintage Books, 2010, p. 203.
④ Ibid., p. 106.
⑤ 《圣经·旧约·约伯记》第十八章第十七节。

伦理的侵蚀。鲍德温批判的攻势由此一发不可收。有时看似轻描淡写，不乏幽默的语言背后浸透着辛辣的讽刺和痛心疾首的无奈。马尔克姆、马丁路得·金和托尼·马纳德等民权运动领袖先后罹难的残酷现实让他更加清醒深刻地认识到美国司法体制草菅人命的荒诞不经，宗教之偏见和虚伪。主流社会扭曲自己的信仰，践踏自己的原则，只为保住种族优越论的神话，其执迷不悟决定了实现种族和谐的艰巨性。鲍德温深刻意识到自己原有的和平种族观念之"乌托邦"性质，只好以残酷的现实理性取代了美好和平的理想主义，郑重地向白人种族主义发出了掷地有声的警告，"在以后的岁月里，全世界都会发生流血冲突。不过，这一次倒霉是西方势力，而白人的太阳早已落山"。[①]

[①] James Baldwin, *No Name in the Street*, New York: Dell Publishing, 1972, p. 197.

第七章 鲍德温文学的儿童观[①]

孩童形象遍布《圣经》始末，神性十足，乃至善至美的载体，是上帝与人对话的重要媒介、被"捡选者"的象征。《圣经》儿童叙事形态各异、灵活多样，表征了其突出的文学品格。鲍德温的儿童观在叙事模式与价值指向上均表现出与《圣经》惊人的相似，该"互文性"既是鲍德温对《圣经》积极意蕴的内化与传承，更是经过主体意识筛选沉淀之后的高度艺术自觉，演绎了作家标新立异的终极诉求与"影响的焦虑"[②]之文学宿命的悖论式常态，昭示了其求索复杂人性本真的"生命哲学"。

第一节 鲍德温儿童观概述

一 西方儿童观概述

一般地，儿童观是指"成人对儿童的认识、看法以及与儿童有关的一

[①] 鲍德温文本中涉及诸多不同年龄段的小孩子形象，甚至包括尚未出生的婴儿，为便于表述，本文将其统称为儿童。

[②] 某种意义上，创新与个性是作家立足于文坛的根本前提，而其作品都会不同程度地折射前人的影子，是对既有平行文本自觉或不自觉的模仿。不管是出于人类认知的集体无意识，还是后来者对文学经典的敬仰，这种悖论式常态是作家永远无法摆脱的"宿命"。是故，文坛新人的文学作品充其量是对前辈成果的创造性"变形"。其"互文性"与后人标新立异的终极文学诉求构成了布鲁姆所谓的"影响的焦虑"。该学说巧妙地融合了弗洛伊德之"家庭罗曼史理论"、尼采的"超人意志论"和保罗·德·曼的"文本误读说"，戏剧性地凸显了文学传统与创新之间难以言表的复杂而微妙的关系。

系列观念的总和。具体涉及儿童的特性、权力与地位，儿童期的意义以及教育和儿童发展之间的关系等问题"。① 在此基础上，朱自强做了进一步的抽象与概括，认为儿童观是"成人对儿童生活和心灵世界进行观照而生成的对儿童生命形态、性质的看法和评价，是成人面对儿童所建立的人生哲学观"。②

作为意识形态的一种范式，儿童观是一个动态概念，与人类文明的演进几乎同步。迄今为止的大部分人类历史上，儿童往往作为一个被动的弱势群体存在于成人世界中，按照成人的标准行事，乃成人期待视野中的客体。胡适认为，某种程度上，一个民族对待儿童的态度可以反映其文明程度的高低，乃衡量一个时代或一种文化发展程度的重要参数。③

就其形态而言，人类历史上的儿童观大致经过了"国家主导形态的儿童观""学术理论形态的儿童观"和"民众意识形态的儿童观"三个阶段，④是经济、政治、文化、科学、宗教等诸多因素共同影响的结果。法国儿童史研究学者德·莫斯在历史的心理冲突理论框架内归纳出历史上儿童存在的6种模式，即："（1）杀婴模式（远古至公元4世纪）：弑婴为父母惯用手段；（2）弃婴模式（4—13世纪）：父母接受孩子也有灵魂的观念，以弃婴代替杀婴；（3）过渡模式（14—17世纪）：父母有关观念充满矛盾的时期；（4）介入模式（18世纪）：父母更加贴近孩子，发生移情；（5）社会化模式（19世纪至20世纪中叶）：父母对孩子进行教育引导，使其社会化；（6）帮助模式（20世纪中叶开始）：父母投入大量时间、精力帮助孩子成长。"⑤ 可以看出，文艺复兴以前，儿童的人性完全被剥夺，小孩子作为父母或社会的附属品而存在，弑婴或弃婴现象非常普遍，"童

---

① 顾明远主编：《教育大辞典》（合编本），上海教育出版社1998年版，第318页。
② 朱自强：《中国儿童文学与现代化进程》，浙江少年儿童出版社2000年版，第215页。
③ 刘晓东：《儿童教育新论》，江苏教育出版社2000年版，第1页。
④ 杨佳、周红安、杨汉麟：《西方儿童观的历史演进》，《合肥师范学院学报》2011年第4期。
⑤ 同上。

年的历史幌如一场我们刚刚醒来的噩梦。我们越向前追溯这一历史，就会发现照顾儿童的水准越低，而且儿童被杀害、遗弃、责打、恐吓和性虐待的可能性越大"。[1] 中世纪是宗教占统治地位的"黑暗"时代，"原罪说"认为人自出生就有罪，这对原本悲惨的儿童命运无疑是雪上加霜。文艺复兴以降，儿童境遇的质性改变初露端倪，除了人文主义者把儿童纳入正常人的范畴外，大多数人仍"并未把儿童本身看作有个性价值的存在，也未否定儿童对于双亲的绝对服从关系，因此，把儿童作为双亲的所有物来看的儿童观和中世纪以来的贯穿基督教的原罪的儿童观依然占据统治地位，鞭挞、体罚的教育习俗依然存在"。[2] 毕竟，人文主义者的摇旗呐喊表征了儿童摆脱从属地位的一缕曙光。到了近代社会，17世纪，英国的洛克在《教育漫话》中提出的"白板说"颠覆了基督教的"原罪"儿童观，为人道主义儿童观推波助澜。18世纪，法国启蒙思想家卢梭的《爱弥儿》让人们重新认识了儿童，催生了"儿童中心主义"的儿童观。19世纪初，欧洲兴起了以裴斯泰洛齐（J. H. Pestalozzi, 1746—1827）为代表的"教育心理学化"运动，使卢梭的儿童观得以传承和深化，为20世纪是儿童的世纪成为现实奠定了基础。20世纪，以实用主义教育家杜威为代表的"儿童中心主义"蔚为大观，儿童的个性与潜质得到充分尊重和张扬，变为与成人平等的独立主体，其纯洁质朴的善良本性越发彰显。

在西方文明的历史长河中，儿童的命运从整体上经历了否极泰来的坎坷变迁，由被动的弱势群体翻身成为家庭与社会备受关注的中心，反映了人类认识能力的质性飞跃和人道主义在实现中的深入与普及。鲍德温笔下的儿童似乎从一开始就被赋予了超越历史传统的潜在或现实的积极内涵，成为扭转事态格局的关键因素，颠覆了传统儿童观念中成人与儿童的主客体关系，委婉地凸显了儿童对成人世界的主导性作用。

---

[1] 施义慧：《近代西方童年观的历史变迁》，《广西社会科学》2004年第11期。
[2] ［日］筑波大学教育学研究会：《现代教育学基础》，钟启泉译，上海教育出版社1986年版，第25页。

二　鲍德温儿童观概述

相较于西方文化大背景中儿童地位逐步改善的演变，鲍德温之儿童观总体上呈现"于不变中求变"的特点。换言之，鲍德温无视基督教之"原罪"说，秉承了《圣经》赋予儿童的神性特征，其文学作品中的儿童始终为"正能量"的载体，是一个不变的"常数"，彰显了鲍德温对人类原初纯洁心性的美好向往。不过，有关儿童的叙事策略则是一个不断变化的动态过程。即鲍德温儿童观是在不同的叙事形式中表达类似的积极观念。

国内外关于鲍德温的研究推陈出新，汗牛充栋，大多聚焦于种族政治、性爱以及宗教等层面，至今尚未有涉足其儿童思想者。究其原因，除了《小家伙》这本"形体瘦弱"的儿童故事外，鲍德温既没有堪与其小说和戏剧相比的此类大部头专著，也无集中的相关言论。其实，儿童思想贯穿始终，成为鲍德温复杂思想体系的有机组成和文学表达的重要隐喻，舍此就难以客观全面地探幽其人其作之玄妙。无论叙事策略还是核心理念，鲍德温儿童思想均与《圣经》表现出惊人的相似，构成宗教与世俗间的"互文"。从表现原罪思想的《向苍天呼吁》到宣扬同性恋主题的《乔万尼的房间》，再到鞭挞种族主义罪孽的《查理先生的布鲁斯》和《比尔街情仇》，直至饱富朝花夕拾意味的小说收官之作《就在我头顶之上》，婴孩的正能量总是或隐或显地穿插其中，从正反两面昭示其神性特征与多元救赎价值。鲍德温之儿童价值取向彰显了"人之初，性本善"的人性观，是对基督教"原罪"说的公然挑衅，既幻化出自然神论宗教观的鲜明特征，又刻上了"宗教存在主义"的烙印，乃图解其宗教"理想国"不可或缺的一维。

除《小家伙》外，鲍德温其余所有作品均不能划归儿童文学的范畴，但儿童思想却贯穿其创作始终，内化为潜意识的重要一维，成为其文学表达的重要隐喻。像耶稣基督一样，鲍德温在《另一个国家》中喜欢用小孩子打比方，使之成为其人生哲学的重要载体，从不同层面隐喻了其宗教期待，诠释了鲍德温对《圣经》儿童思想的内化和超越性继承。多数情况下，鲍德温笔下的儿童往往以不在场的形式存在，是比拟成人思想世界的能指符号。他们要么夭折，给家人带来致命打击，造成父母的迷失与堕落，如小说《乔万尼的房间》中乔万尼的孩子；或在痛苦中给予他们特殊的启示，如戏剧《阿门角》中的一位女教友之经历；要么由于特殊原因不在身边，令父母魂牵梦绕、痛苦不已，如小说《另一个国家》中贫穷的南方姑娘莱奥娜之子；要么是母腹中等待降生的婴儿，成为全家渡过难关的精神支柱，如《比尔街情仇》中蒂什之子。他们偶尔的在场同样会以其童言无忌点破世间奥秘，收到言近旨远的奇效，如小说《另一个国家》中凯丝之子对种族矛盾的朦胧认知。如以前章节所述，鲍德温文学宗教色彩鲜明，乃其宗教意识的艺术化再现。可以说，脱离了宗教的视角，就无从把握鲍德温文学的真谛。而孩童思想就是其根深蒂固的基督教传统的有机组成部分，滥觞于《圣经》赋予孩童的纯洁和神圣。除《小家伙》外，鲍德温作品中的孩童往往处于"失语"状态，零星散布，成为宏观叙事中不起眼的"配角"。这表明鲍德温在很大程度上沿袭了《圣经》儿童叙事的话语模式，与之构成叙事形态上的"互文"，在继承与超越的框架内呈现动态发展的趋势。此化整为零的艺术表现说明鲍德温对儿童思想的驾驭已经游刃有余，乃其文学意识的自觉，达到了"无为而无不为"的境界。

鲍德温前期小说（20世纪50年代）中的儿童思想主要反映了传统家庭伦理观对孩子的定位，即生命延续的载体，见诸《向苍天呼吁》中加百列因黛博拉不能生育而对她陡转急下的态度转变，以及《乔万尼的房间》的主人公因无法摆脱丧子的悲痛而走向堕落的悲剧。在此基础上，中期（60年代）小说的儿童观向前迈出了一大步，不仅"儿童本位"的儿童观初露端倪，如《另一个国家》中的卡丝愿为孩子不惜一切代价，而且小孩子成为表现成人世界的有效媒介，鲍德温儿童思想的艺术表现力日渐成熟。如果说五六十年代的小说主要从反面表现了儿童的正能量，那么后期（70年代）小说则是从正面传达了孩童的积极内蕴。如果说70年代以前的小说还停留在传宗接代的传统观念上，那么此后的小说则完全超越了这种狭隘，既具有宗教的神圣，更不乏形而下的世俗性征，把儿童放归自然的本真状态。如果说鲍德温中前期文学作品中的儿童往往是不能自己发声的，即儿童思想的表达通常迂回婉转，那么他以《小家伙》为代表的后期创作则赋予小孩子充分的话语权，从儿童的视角委婉而犀利地透析成人世界的喜怒哀乐与世态炎凉。

鲍德温骨子里对《圣经》儿童积极美好意蕴的体认与坚守在其文学世界中得以超越性的艺术表现，其儿童观是对《圣经》儿童思想的传承与超越，乃其叛逆的宗教立场与基督教思想之间若即若离的悖论式表达，似乎与一个公认的"叛教者"形象极不相称。其实，鲍德温之逃离教会，对基督教教义的选择性改写并非意味着他是彻底的"宗教虚无主义者"。相反，这恰好表明其求索宗教原初本意的执着，暗合守经达权之"中庸"原则。这一方面反映了他基于人道主义的立场对基督教文化传统的辩证吸收，另一方面又暗合了西方"儿童本位"的儿童观。作为一个内涵积极的"能指符号"，鲍德温语境中的儿童是成人世界中无法替代的"必需品"，乃其对自己梦魇般的苦涩童年所做的浪漫主义补偿。

第二节　鲍德温儿童观之宗教渊源

某种意义上，基督教《圣经》是西方儿童思想和儿童文学的滥觞，散见其中的儿童形象为神眷顾青睐，是神与人对话的重要媒介，被赋予了正面积极的内涵，承载了诸多美好的意蕴，是一个多元的能指符号。就其存在形式而言，儿童既有形而上的，也有形而下的，既是义人的象征，又是至善至美的载体。所以，某种意义上，他们成为本体论意义上的存在，与

《道德经》的婴孩观念产生了明显的交集,① 形象地诠释了异质文化各自推崇备至的美德,从而搭建起东西对话的桥梁。

《圣经》的儿童思想见诸具体的小孩故事,上帝与小孩的关系,父母与儿女的伦理关系,小孩子的象征意义,以及对小孩子的评价,等等。不管是圣经旧约之上帝耶和华,还是新约之耶稣基督都有明显的"儿童情结",小孩子乃其与世人之约的一部分。旧约时代婴孩与神的关系颇为密切,认为孩子是从神而来的恩典,是耶和华所赐的产业,是老人的冠冕,是从神而来的福气。神在母亲的子宫里造婴孩,② 婴孩未出世前就认识神,小孩子也包含在上帝的约之中,神眷顾孤儿。新约时代,耶稣基督对儿童亦是青睐有加,因为"在天国的,正是这样的人"。③ 可见,儿童是善良与美德的象征,但并不能由此认为基督教主张"人之初,性本善",因为世人继承了亚当的原罪,即使新生婴儿也是带着罪之性情投胎到这个世界上来的,"罪从一人入了世界"。④ 从此意义上讲,自从亚当和夏娃在伊甸园失落后,人人皆为戴罪之身,都生活在一个好人难寻的罪人世界。然而,孩童身上虽潜伏着罪的基因,毕竟象征着上帝造人之初的美好理想,因此基督也拿他作比喻,以小孩子来教导门徒要谦卑,称他的门徒为小子,所有信主的人均为神的儿女;另外,保罗也将那些被他带领归主的人称为儿女。

不过,与儿童的重要性形成鲜明对比的是用以表述的文字篇幅似乎显得不成比例。关于小孩子的记载,无论是叙述或议论,还是比喻或象征,往往是一提而过,貌似随意的即兴之笔,给人以无关紧要的错觉,"五饼

---

① 儿童在基督教《圣经》与东方文化经典《道德经》中的内涵基本一致,均可视为人之初的善良本性,喻指美德与道,其外延则是包含与被包含的关系。《道德经》中的儿童主要指刚出生的婴儿,《圣经》中儿童的外延则明显扩大,既有刚诞生的婴儿,也有尚未出世的胎儿,更有一般意义上的儿童。
② 《圣经·旧约·诗篇》第一百三十九章第十三节至第十六节。
③ 《圣经·新约·马可福音》第十九章第十四节。
④ 《圣经·新约·罗马书》第五章第十二节。

二鱼"的故事即为典例。该故事乃耶稣广为流传的诸多神迹中篇幅较长的一个，说的是耶稣用五个大麦饼和两条鱼不但喂饱了五千人，而且吃剩的还装满了十二个篮子。读经者感叹耶稣神性之余，能够关注贡献五饼二鱼的儿童者鲜矣！他所谓的登场也仅存于门徒安德烈不温不火的一句话中，"在这里有一个儿童，带着五个大麦饼、两条鱼，只是分给这许多人，还算什么呢？"[①] 然而，某种意义上，这个不起眼的小孩子才是解燃眉之急的主角和功臣。可是，这个了不起的小孩子却给人以匆匆过客的感觉。基督教的儿童思想再次绽放，不过潜藏于小孩子身上的正能量依然是通过一贯曲折迂回的方式得以彰显的。其实，直接关乎儿童的一两句话恰似冰山一角，其核心要义乃蕴藏于前后的铺垫与拓展中。此即《圣经》表达儿童思想的特点之一：经济简约，要言不烦，以图管中窥豹、助握荦荦大端，可谓"冰山"原则之典范。

《圣经》儿童叙事的另一个显著特点是小孩子通常不会直接出场，而是以被表述者的身份出现，若即若离，蒙上了一层朦胧神秘的面纱，成为冷眼旁观的"局外人"。《圣经》叙事在孩童与读者之间设置的距离产生了一种"咫尺天涯"和"天涯咫尺"的悖论审美效果，给读者留足了纵情驰骋的想象空间，收到片言折之、"于宁静处听惊雷"的意外审美体验。新约中耶稣对小孩子情有独钟，不仅直接与其打交道，而且喜欢以之作比喻。即使如此，小孩也没有自己的话语权，而只是神与世人对话中屡试不爽的比喻或砝码。不过，小孩子却因保持沉默的间接性出场被赋予了神性特质，成为世人被拣选的象征。如《圣经·新约·马太福音》中有关耶稣与小孩子的记载：

那时，有人带着小孩子来见耶稣，要耶稣给他们按手祷告，门徒就责备那些人。耶稣说："让小孩子到我这里来，不要禁止他们，因为在天国

[①] 《圣经·新约·约翰福音》第六章第九节。

的，正是这样的人。"耶稣给他们按手，就离开那地方去了。① 耶稣心平气和，话虽不多，却产生了一字千金、掷地有声的奇效，彻底改变了门徒对小孩子的偏见。原本无关紧要的儿童在门徒心目中的位置瞬间飙升，跃居其上，打消了他们潜意识中的优越感。因为在天国的，正是像小孩子这样的人，基督的门徒反倒要以貌不惊人的小孩子为榜样。显然，耶稣是以孩童设喻，暗指其纯洁美好的心性如上帝创世之初，人类始祖堕落之前的无瑕状态。经文中丝毫没有小孩子因得到耶稣赞许而手舞足蹈、盛气凌人的描写，他们始终如一粒微不足道的酵母，默默地发挥着不可估量的神奇作用。因此，小孩子就成为耶稣委婉训诫门徒的一个朴素而意蕴深远的"能指符号"。

《圣经》既是宗教典籍，又是取之不尽、用之不竭的"古老的文学总集"，② 其突出的文学品格决定了儿童叙事的灵活多样，而不拘一格的叙事形态并非意味着表现儿童思想的方式无规律可循。有学者将贯穿整个《圣经》叙事的形式分为"灵性叙事""历史叙事""律例叙事""智慧叙事"和"抒情叙事"五种形态，③ 儿童叙事也完全可以分别置于这五种形态中加以观照。不过，鉴于圣经叙事整体上的简约性，按照孩童在叙事中由幕后到台前、话语权逐步递增的规律，可将儿童叙事形态分为如下四种以示区别。虽然打破了《圣经》固有的体例制约，如此分类却更显通俗方便。首先，儿童是"不在场的在场"。该范畴中小孩子往往以"第三者"身份出现，是神与人交往沟通中的内容之一，有时给人以无足轻重的错觉。掩卷思之，其神性与救赎价值却令人敬畏。因为他们被包含在神的约中，是耶和华所赐的产业，能除掉父母"在人间的羞耻"。④ 其次，儿童是基督的

---

① 《圣经·新约·马太福音》第十九章第十三节至第十五节。
② 叶绪民、朱宝荣、王锡明主编：《比较文学理论与实践》，武汉大学出版社2005年版，第206页。
③ 刘洪一：《圣经叙事研究》，商务印书馆2011年版，第100页。
④ 《圣经·新约·路加福音》第一章第七节，第二十四节至第二十五节。

比喻。耶稣讲道乐于以孩童设喻，教导门徒谦卑，所有信主的人均被视为神的儿女。如此，原本具体的儿童意象被赋予"形而上"的性征，成为神寄予人类的美德之载体。再次，儿童是推动情节发展的动因。《圣经》中的小孩子不仅出现在只言片语中，有时还以主人公姿态现身于相对完整的故事情节，成为推动事态发展的原动力，越发彰显神之话语的文学性。比较典型的范例见于旧约中摩西出生的故事和新约中耶稣所行神迹之一"五饼二鱼"① 的故事。最后，儿童是独立自主的"行为能力人"。儿童作为"完全行为能力人"出场，尤见于圣经旧约。该范畴中，小孩子是上帝的"拣选者"，神性十足，而他们活跃其中，似真又幻的场景增添了文本的浪漫主义色彩。事关耶和华考验亚伯拉罕忠心的传奇"亚伯拉罕献以撒"②以及少年大卫力挫歌利亚的传奇堪称典范。

鲍德温自幼深谙《圣经》之道，将其内化为文学表达的无意识自觉。是故，其儿童思想的叙事形态在更广阔的文本艺术空间与《圣经》构成明显的"互文"自然不足为怪。不过，此相似性绝非不知变通的生搬硬套，他力求创新的文艺自觉与《圣经》文本造成的"影响的焦虑"之间的张力无疑拓展了其文学性维度，呈现出同中有异、和而不同的审美取向。

第三节　鲍德温儿童观之文学表现

按照基督教《圣经》的记载，人类始祖亚当和夏娃违背上帝的神谕，偷吃伊甸园禁果，犯下原罪。从此，罪的基因代代相传，即使刚出生的婴儿也逃脱不了罪的纠缠。西方文化中"人之初，性本恶"的人性观即滥觞

---

① 《圣经·新约·约翰福音》第六章第一节至第十三节。
② 《圣经·旧约·创世记》第二十二章第一节至第十九节。

于此。换言之，孩童天真无邪的外表掩盖着可怕的罪性。虽其如此，综观新旧约全书却不难发现，小孩子往往是神与世人之间的纽带，被赋予神性特质，是"被捡选者"的象征。于此意义上，鲍德温的儿童观与《圣经》一脉相承，完全剔除了小孩子人性中的原罪因子，将其视为人类堕落以前的纯朴状态。小孩子也因此具有了多元救赎价值，成为鲍德温宗教"理想国"之代言人，从"犹抱琵琶半遮面"的"隐身人"逐渐由幕后走向前台，成为独立发声的"小大人"。按照儿童是否直接参与对话的叙事模式进行分类，鲍德温作品之儿童叙事大致可分为四类，以不同的叙述视角呈现出儿童的积极内涵，在继承的基础上超越了《圣经》儿童思想的神性特征，取得了从孩童视角审视社会万象的另类艺术效果。

一　从《向苍天呼吁》到《查理先生的布鲁斯》：儿童作为"不在场的在场"

鲍德温前期作品中的儿童往往是"幕后的操纵者"，虽从未出场，没有独立的话语权，但在理论和情感上都可能是造成或改变某种局面的关键因素。在注重作品内部要素关联的"经典叙事"域限内观照这些表层结构中貌似无关紧要的小孩子，他们非同一般的"救赎"价值便不言而喻。这一范畴中的孩子往往是系列事件之诱因。

在表现"原罪"与"救赎"思想的小说处女作《向苍天呼吁》中，鲍德温颠覆了"私生子不得活"的旧约律法，赋予伊丽莎白与理查德的私生子小约翰以潜在的拯救的功能，表征了鲍德温挑战基督教伦理禁忌的开端。小说中理查德割腕自杀显然是对罄竹难书的白人种族主义的无声控诉。然而，声讨种族主义之荒诞的同时，鲍德温在小说第二部第三章中通过伊丽莎白的忏悔，委婉地道出了悲剧的另一个鲜为人关注的原因，即她出于对理查德的爱而隐瞒了怀孕的事实，伊丽莎白因之后悔莫及。她忏悔的不是其未婚先孕的"淫乱"之罪，而是"她对理查德犯下了一个大错，她没有告诉他自己快要生孩子了。现在想来，要是她把这件事告诉了他，也许一切会变得大不一样，他说不定还会活着"。① 鲍德温从反面揭示了小孩子"动因人物"的性征，借此赋予伊丽莎白腹中婴儿扭转命运格局的潜在救赎价值。首先，男人的父性本能很可能让理查德在种族主义的"极限境遇"中保持理性，忍辱负重地活下来。这正是鲍德温反复强调的"悲剧意识"。于此意义上，小孩子乃黑人对抗种族主义的力量源泉，鲍德温儿童思想因之间接地刻上了种族政治的烙印。其次，"也许一切会变得大不一样"。此话凝聚了伊丽莎白沉重的纠结，精准地预表了理查德因小孩子而存活下来可能会发生的戏剧性改变。显而易见，伊丽莎白母子将免遭加百列的歧视和虐待，尤其是小约翰不会因"私生子"的罪名而笼罩在宗教恐惧的阴影中。取而代之的会是夫唱妇随、父慈子孝的天伦之乐。小孩子因此迂回地获得了"救世主"的神性。

小说赋予婴孩的救赎价值还间接地表现在黛博拉的命运悲剧上。黑人姑娘黛博拉遭白人轮奸后失去生育能力，被剥夺了做母亲的权利，其悲剧无疑是声讨种族主义的战斗檄文。鲍德温塑造这个女性人物的用意似乎不止于此。皈依基督后的加百列出于对弱者的同情娶黛博拉为妻，夫唱妇随，举案齐眉。黛博拉帮初涉教坛的丈夫渡过自信的危机后，后者旋即以妻子不能为其传宗接代为由，暗中跟北方来的一位年轻寡妇一见钟情，育有一个"私生子"。黛博拉随即成为"局外人"——加百列眼中的"多余人"。原本美好的婚姻非但形同虚设，而且恶化为一把讽刺意味十足的利刃，时时刺痛其难以愈合的伤口。身为牧师的加百列移情别恋，当初的海誓山盟被忘得一干二净，不但没有为之忏悔，反而将自己对婚姻的不忠归咎于妻子，其宗教虔诚之虚伪不言而喻。鲍德温借此批判宗教虚伪的用意自不待言。然而，黛博拉的悲剧后面还隐藏着鲍德温浓厚的儿童思想。小说中不在场的孩童除了种族政治和家庭伦理层面上的意蕴外，宗教讽刺意

---

① [美]詹姆斯·鲍德温：《向苍天呼吁》，霁虹、宏前译，内蒙古人民出版社1984年版，第160页。

味十足。被剥夺的母性导致的不只是黛博拉一人的悲剧，对孩子的渴望某种意义上也是加百列堕落的原因之一。假如黛博拉能像正常女人一样，满足加百列当父亲的愿望，家庭格局可能会完全相反。尽管加百列通过婚外情补偿了正常婚姻中父亲角色的缺席，但是情人与私生子的先后毙命所带来的打击令其悲痛欲绝、有苦难言。透过这一家庭悲剧，鲍德温从反面昭示了孩子对于婚姻家庭的拯救价值。《圣经》上记载，孩子是上帝所赐的产业，[①] 即孩子是上帝爱世人的一个重要表征，孩子是天国与尘世间的使者。有鉴于此，牧师加百列对孩子的渴望自是情理之中的事。不过，妻子的不育和非婚生子的死亡对他构成了绝妙的挖苦和讽刺，说明他名义上是上帝的代言人，但没有像亚伯拉罕那样得到上帝的眷顾和同情，而是彻底被剥夺了做父亲的资格。言外之意，他是不受上帝喜欢的人。痛苦和孤独成为其余生挥之不去的伴侣。由是观之，这个本该在场却永远不可能在场的婴孩承担了太多的任务，集嬉笑怒骂于一身，成为作者表达种族伦理、家庭伦理和宗教伦理的有效媒介。鲍德温对儿童的表现貌似简单，一带而过，实则复杂深刻，不可小觑。儿童之于鲍德温思想的特殊意义由此可见一斑，并在以后的作品中被不断深化，构成复杂的体系。

《乔万尼的房间》被视为美国第一部成功表现同性恋主题的小说，[②] 而隐匿其后的儿童思想却成为学界忽视的"死角"。小说主人公乔万尼原本有幸福的家庭，男耕女织，夫妻恩爱，但他们的爱情结晶却是一个死胎。宗教仪式和虔诚的祈祷都无法使孩子从死神那里复活。乔万尼反复念叨，"它（婴孩）死了"，[③] 歇斯底里的悲伤使他几近麻木。婴儿夭折后第二天，乔万尼抛下悲痛欲绝的妻子和父母，只身到巴黎漂泊。他离家出走之日预言将永不返乡，结果一语成谶，终至迷失堕落，犯下命案。代表神恩

[①] 《圣经·旧约·诗篇》第一百二十七章第三节至第五节。

[②] Jerome de Romanet, "Revisiting Madeleine and The Outing: James Baldwin's Revision of Gide's Sexual Politics", *MELUS*, No. 1, 1997.

[③] James Baldwin, *Giovanni's Room*, New York: Penguin Group Inc., 2007, p. 124.

的婴孩之夭亡预示了厄运的降临，否则一系列悲剧完全可以避免。与《向苍天呼吁》相同的是，《乔万尼的房间》亦从反面强化了婴孩的终极救赎价值。所不同的是，乔万尼亲身感受了丧子的折磨而痛不欲生，作为当事人直接传达了小孩子对于家庭的重要性。这表明孩子在其心目中占有无法取代的地位，没有孩子的家庭已经没有任何留恋的价值，人生的意义也随之荡然无存。笃信基督的乔万尼一家显然将孩童视为上帝的恩典，死胎表征了神不再眷顾这个家庭，这无异于判了他们死刑。小孩子的终极人文关怀价值不言而喻。

毋庸置疑，《向苍天呼吁》与《乔万尼的房间》中小孩子作为"家庭凝聚力"的积极意蕴已初露端倪，此于《索尼的布鲁斯》中得以进一步的表现。从表层结构看，《索尼的布鲁斯》超越了《向苍天呼吁》的含蓄与《乔万尼的房间》的单薄，至少在三处论及小孩子对改变兄弟关系的正面价值。叙述者颠覆了客观时间顺序，逆转时空，用倒叙手法交代了小孩子对"兄友弟恭"的喜剧场面所产生的直接推动作用。该叙事策略颇有"突降"修辞的审美效果，首先制造一种悬念，随后释疑，终至豁然开朗的解脱。首先，小说呈现了这样一幅出人意料的画面，哥哥屈尊主动向身陷囹圄的弟弟示好，为自己此前的偏见悔之莫及，"就在我的小女儿去世后，我给他（索尼）写了信。他的回信让我觉得自己就是个孬种"。[1] 其次，小说分别交代了索尼被捕和格蕾丝夭亡的时间，"我在春天从报纸上了解到索尼遇到了麻烦。小格蕾丝是在同年秋天去世的"。[2] 最后，叙述者阐明了兄弟握手言和的真正原因，"我想我也许会在格蕾丝下葬的当日给索尼写信。我独自坐在黑乎乎的起居室里，突然想起了索尼。我目前的困境使他的麻烦如在眼前一般"。[3]

索尼兄弟俩由于价值取向的分歧而彼此疏远，哥哥因迎合主流价值观

---

[1] James Baldwin, *Going to Meet the Man*, New York：Dell Publishing, 1965, p. 92.
[2] Ibid., p. 109.
[3] Ibid., p. 110.

而尤其纠结不已。他虽爱弟弟却又不愿面对他,在索尼因吸毒入狱后很长时间内既没有给他写信,更未探视过。僵局发生戏剧性改变的直接原因是哥哥家刚满两岁的女儿格蕾丝之夭折。与《乔万尼的房间》一样,小说从父亲的层面强调了丧子(女)对一个家庭的悲剧效果及其拯救价值。所不同的是,前者主人公因丧子而沦丧堕落,后者却将幼女之死的哀伤化为弥合兄弟嫌隙的催化剂,由此昭示了作者一贯的"磨难"意识,"苦难是沟通彼此的桥梁"。① 幼女之死对哥哥的致命打击令其换位思考,体悟到索尼在外漂泊的艰辛和身陷囹圄的煎熬,深刻地意识到以前对弟弟的冷漠与麻木是多么残忍。如此,叙述者的小女儿格蕾丝之死就成为兄弟俩握手言和的"桥梁",② 是哥哥主动伸出橄榄枝的直接动因。此乃鲍德温寄予小孩子的正能量的又一范例。

小说对索尼的小侄女格蕾丝(Gracie,对 Grace 的昵称)一笔带过,虽未大肆渲染,却收到片言折之的奇效。首先,Grace 在基督教中表示上帝的"恩典",而《圣经》上说孩子是由神而来的恩典,耶和华所赐的产业,从神而来的福气。此外,耶稣也喜欢用小孩子作比喻,教导门徒要谦卑。如此等不一而足,可见小孩子所承载的宗教神圣及其折射出的正能量。鲍德温深谙钦定版《圣经》,为弘扬积极的基督教思想乐此不疲。小说以 Grace 命名小孩子的用意不言而喻,旨在传达美好的意愿,影射一种理想的结局。是故,为小说最后的"大团圆"埋下了伏笔。其次,格蕾丝的出场也别有用心,她是不在场的存在。这是鲍德温在大部分作品中对小孩子的一贯安排方式。小说提及格蕾丝时,她已经过早地离开了人世,其父因之悲痛欲绝。向亲人倾诉苦恼,或与之分享快乐,乃人之常情。索尼的哥哥因女儿的夭折想起了多年未曾蒙面的弟弟,主动通信与之联系,后者为之深表痛心,兄弟情谊的回归迈出了关键的一步。哥哥彻底摆脱对索

---

① James Baldwin, *Going to Meet the Man*, New York: Dell Publishing, 1965, p. 113.
② Louis H. Pratt, *James Baldwin*, Boston: Twayne Publishers, 1978, p. 33.

尼的偏见经历了复杂的思想斗争,幼女的早逝成为打破兄弟僵局的"催化剂",血浓于水的普世伦理终于使亲兄弟心心相印,走到了一起。兄弟冰释前嫌的戏剧场面可视为格蕾丝的象征性复活。《圣经》多处记载耶稣行神迹,使小孩死里复活,[①] 因为神眷顾小孩。鲍德温沿袭了这一基督教传统,让格蕾丝在父亲与叔叔的关系中复活,上演了现实版的"浪子回头"。事实上,索尼与哥哥都曾是执迷不悟的"浪子"。哥哥扭曲的价值观令其漠视兄弟亲情,偏离本族文化之根;弟弟则吸毒成瘾,沦落囹圄。最后哥哥为一曲布鲁斯醍醐灌顶,回归亲情与传统,弟弟痛改前非,远离罪恶,兄弟俩握手言和。追根溯源,在这起"浪子回头"传奇剧中,一直未曾露面的格蕾丝功不可没。鲍德温对小孩子正能量的艺术表现,往往于不经意间传达深刻旨归的妙处,可谓"片言可以明百意""微尘中有大千""刹那间见终古"。此乃鲍德温儿童思想的至高艺术境界。

戏剧《查理先生的布鲁斯》之儿童思想的表达似乎更显迂回曲折,因为小孩子只是主人公想象中的存在。女主角胡安妮塔宣告了其与理查德轰轰烈烈的做爱场面,非但毫不顾忌"淫乱"的罪名,反而引以为豪,将之与母亲对上帝的爱相提并论。她反复强调对怀孕的心驰神往,"我希望我怀孕了","让我怀孕吧"。[②] 毕竟,完美女人身份的一个重要标志就是孩子。所以胡安妮塔渴望怀孕,生下一个属于她跟理查德的孩子,投射作者一以贯之的儿童情结。鲍德温秉承《圣经》儿童思想,认为"所有的孩子都是神圣的",[③] 小孩是美德及神性的象征,因为就连耶稣也对他们青睐有加,"在天国的,正是这样的人"。是故,胡安妮塔怀孕的神性通过尚未出场的孩子得以彰显,她对孩子的期盼无疑是鲍德温"动态宗教"之终极人

---

① 《圣经·新约·马太福音》第九章第二十二节至第二十五节;《圣经·新约·马可福音》第五章第三十五节至第四十三节;《圣经·新约·路加福音》第七章第十一节至第十五节;第八章第四十九节至第五十六节。

② James Baldwin, *Blues for Mister Charlie*, New York: Dial Press, 1964, p. 94.

③ James Baldwin, *Selected Articles from The Price of the Ticket: Collected Nonfiction 1948 – 1985*, New York: St. Martin's/ Marek, 1985, p. 438.

文关怀链条上跨越性的一环。男女主人公两情相悦的灵肉结合被赋予宗教仪式般的神圣，小孩子的神性自然是应有之义。此外，在种族主义甚嚣尘上的"极限境遇"中，小孩子还应视为黑人女性对白人种族主义进行强烈抗议的隐喻。面对初恋情人被白人枪杀而凶手却无罪获释的荒诞惨剧，胡安妮塔愤慨于种族主义悖逆天道的荒谬，又痛心于任何形式的正面冲突对黑人都无济于事。然而，黑人种族的强大生殖力却往往令主流社会望尘莫及。所以，束手无策的胡安妮塔只能寄希望于生命的延续，与白人展开没有硝烟的抗争。胡安妮塔与理查德的"性爱狂欢"因之刻上了鲜明的种族政治烙印。是故，鲍德温语境中的"童贞女怀孕"不仅是世俗与宗教的博弈，而且是一种具有种族对抗意义的对话形式。基督教之"童贞女怀孕"要拯救的是整个世界，胡安妮塔的怀孕要拯救的对象是黑人这个特殊的弱势群体。她对孩子癫狂般的幻想乃其体认生命、于极限境遇中执着求索种族出路的有力体现。

二 《另一个国家》：儿童以比喻（象征）出场

儿童作为形而上的概念，隐喻了一种人之初的质朴圣洁，从全知全能的视角赋予"堕落"的成人世界以神性特征，在喧嚣闹市中具有了终极人文关怀的神奇功效。小说《另一个国家》中儿童的出场模式即为典例。鉴于表现手法之灵活性及孩童出场频次在很大程度上超越了其他作品，故可视之为鲍德温儿童观趋于成熟的艺术表现。小说呈现的是现代人精神荒原中错综复杂的爱之纠葛，婚外情、双性恋、同性恋都获得了富有神性的合法特征，而同性恋则成为爱的最高形式，被赋予宗教般的终极救赎价值，鲍德温以真爱为旨归的解放神学在挑战世俗道德底线的同时得以多方位的充分诠释。孩童的介入不但为这些违背基督教伦理的异教徒抹去"淫乱"之罪，而且因其天真与纯洁使他们获得暂时的解脱或终极救赎，成为鲍德温爱之哲学的重要载体。耶稣告诫门徒，只有像小孩子一样的人才能进入天国。像耶稣基督一样，鲍德温在《另一个国家》中也喜欢用小孩子比喻沉浸在爱中的成年人，彰显出对复杂人性的包容与尊重。黑人姑娘伊达与爱尔兰裔青年维瓦尔多的感情纠葛成为现代版的"傲慢与偏见"。维瓦尔多真心喜欢伊达，梦想着能跟伊达生出可爱的孩子，因为"如果真能爱一个人，而且又生小孩子，那一定是尽善尽美的事情了"。他"任由自己沉浸在遐想中，想着伊达的孩子。尽管他知道，这些孩子永远也不会有的，而只是在这片刻之间为他所有。然而，他梦想有个男孩，长着伊达的嘴、眼睛和前额，长着他的头发，只是要更鬈曲一点，拥有他的身材，以及他们的肤色"。① 但这仅是维瓦尔多一厢情愿的爱情"理想国"，因为伊达虽然内心深处也爱着维瓦尔多，但种族偏见一直像无法逾越的鸿沟横亘在他们之间。维瓦尔多无法理解她的种族自豪感以及为跻身上流社会不惜一切代价的孤注一掷。伊达言不由衷的傲慢却无法掩饰其外强中干的脆弱，这让维瓦尔多备受煎熬，内心越发空虚孤独。饱经世事沧桑的磨砺，伊达因种族仇恨激发的傲慢与偏见平息后，她变得"干净而文静，看起来像个孩子"，② 维瓦尔多"终于得到了自己想要的东西——从伊达的口中得到了真话，或者说，认识了真实的伊达"。③ 这对被误解挡在爱情大门之外的孤独行者终于冰释前嫌，走进彼此的内心世界，回归童真质朴，"像两个疲惫的孩子"。④ 维瓦尔多对小孩子的渴望一方面是人性中的本能使然，另一方面则表征了其善良与单纯。他没有受制于白人的种族优越感，想方设法与伊达融合，其孩童气质一开始就隐喻了鲍德温主张的种族之爱。维瓦尔多是现实中开明白人的艺术造型，而伊达曲折的求索之路则生动地诠释了鲍德温的种族哲学，"仇恨的杀伤力极大，心怀仇恨者从来逃脱不了被毁灭的命运"。⑤ 因此，鲍德温以"摆脱仇恨与绝望为己任"，⑥ 用小孩比喻摆

---

① [美]詹姆斯·鲍德温:《另一个国家》，张和龙译，译林出版社2002年版，第336页。
② 同上书，第423页。
③ 同上书，第424页。
④ [美]詹姆斯·鲍德温:《另一个国家》，张和龙译，译林出版社2002年版，第425页。
⑤ James Baldwin, *Notes of a Native Son*, Boston: Beacon Press, 1990, p. 113.
⑥ Ibid., p. 114.

脱种族偏见的伊达用真爱取代怨恨纠结后海阔天空、恬淡释然的本真状态，为她与维瓦尔多坎坷的感情之路画上圆满的句号。返璞归真的伊达因之获得了基督赋予小孩子的神性特征，昭示了鲍德温种族政治的"乌托邦"色彩。

鲍德温的人生哲学归根结底是充分尊重、张扬复杂人性的爱的哲学，他本人的性取向在某种程度上决定了这种爱的最高表现形式是世俗所诟病的同性恋。这在《另一个国家》中表现得尤为充分，而孩童则在此充当了终极救赎价值的有效载体，兹见于埃力克与维瓦尔多和伊夫之间的情感纠葛。如前所述，维瓦尔多一直渴望得到伊达的真爱，而后者的傲慢与偏见几度使他心灰意懒、孤独失落，终至"出轨"，从与埃力克的同性恋中觅得暂时的补偿性精神慰藉。他们的恋情虽短暂，却是钟情对方的身心交融，绝非只图肉欲满足的兽性发泄，维瓦尔多"爱埃力克：这是一个了不起的发现。埃力克爱他——这个发现倒是显得更加陌生，却通向那前所未有的平静和自由"。结果，维瓦尔多从中获得了"重生"的体验，"一切的希望，曾经是那样苍白，现在，再次涌入他的生命"，[1] 埃力克"孩子气的、充满信任的颤抖让维瓦尔多感到自己重新恢复了力量"。[2] 他们真爱的释放被喻为寻找童真的幸福旅程，在"禁欲的、儿童式的床上"[3] 感受生命的激情与活力。显然，小孩子的纯朴自然使埃力克成为爱的使者，是维瓦尔多的"救主"，他"像小孩子一般蜷曲着身子贴着他……维瓦尔多似乎穿过一片时间的巨洞而坠落着，坠回到自己的纯真年代。他的感觉清澈、纯净而空旷，等待着填满"。[4] 他们心无旁骛，完全沉浸在爱的包围中，"像孩子一样在床上打着滚"。[5] 伊达回归之前，维瓦尔多从未有过这

---

[1] James Baldwin, *Notes of a Native Son*, Boston: Beacon Press, 1990,, p.381.
[2] ［美］詹姆斯·鲍德温:《另一个国家》，张和龙译，译林出版社2002年版，第378页。
[3] 同上书，第377页。
[4] 同上书，第380页。
[5] 同上书，第384页。

种真爱的超越体验，其穿越时空的神奇"重生"体验彻底颠覆了同性恋者必死的宗教禁忌，① 诠释了鲍德温"通过无性别差异的爱来救赎人类"②的解放神学。

埃力克的爱虽然当时对维瓦尔多刻骨铭心，具有脱胎换骨的奇效，但并未彻底彰显同性恋的终极救赎价值，毕竟维瓦尔多又回到了伊达的身边。埃力克与伊夫的关系才是理想同性恋的典范。出身名门望族的埃力克自小缺乏父母的关爱，遂对家中黑人男佣生情，导致男佣被解雇。后钟情于本镇一个黑人男孩，迫于种族差异和伦理道德，他只身来到纽约，对鲁弗斯生情，其真情遭到后者奚落和拒绝，彻底失望的埃力克被迫流浪到法国。在巴黎，他遇到了自幼丧父而母亲沦为妓女、靠卖身谋生的伊夫，相互钟情，彼此找到了感情的归宿。伊夫为支持埃力克回美国拍戏，忍痛与其分手，约定在纽约相聚。这足以证明他们的爱之崇高，是以感情和责任为基础的。埃力克同性之爱的漫漫求索路定格在与伊夫机场久别重逢的"大团圆"，伊夫"宛如儿童一般兴高采烈。他走进了那座城市。来自天堂的人们已经在城里安家落户"。③ 鲍德温再次以孩童设喻并与天堂相提并论，使同性恋的神性特征得以最有力的表现，因为《圣经》上说能进入天国的都是像小孩子这样的人。"那座城市"显然是指小说最后一卷的标题"伯利恒"，与小说总标题"另一个国家"呼应，表明矢志不渝的同性之爱才是通往"天堂"之路，实现终极救赎的"另一个国家"。是故，想到马上就要见到埃力克，伊夫"心中再次感到兴奋，一阵接近疼痛的兴奋感在他心头涌起"。不过，"突然之间，他的心中充满特别的平静和幸福感"。④ 看到伊夫，埃力克"所有的恐惧全部消失了"，因为他们都已成为天国的"选民"。

---

① 《圣经·旧约·利未记》第二十章第十三节。
② ［美］詹姆斯·鲍德温：《另一个国家》，张和龙译，译林出版社2002年版，译序第5页。
③ 同上书，第429页。
④ 同上书，第427页。

鲍德温利用基督教赋予小孩子的神性"偷梁换柱",将其内涵延伸至为流俗戒律所不屑的"堕落者",对传统宗教伦理域限内的"越轨"行为给予了最大限度的理解和关怀。更确切地说,该实用主义的宗教立场彰显的是"功利主义"的人文诉求。以边沁为代表的功利主义者主张,"所谓善就是快乐或幸福",而且每个人都有资格"追求他所认为的自己的幸福"。① 诚然,"功利主义的行为标准并不是行为者本人的最大幸福,而是全体相关人员的最大幸福"。② 因为"即使各种实际的欲望是指向普遍幸福的各个部分的,它们的总和也不构成一种存在于某人身上的对普遍幸福的欲望"。③ 毋庸置疑,鲍德温语境中"功利主义"更具普遍性,既承认主流社会的"最大幸福",更指向被"边缘化"的少数群体,尤其要为后者争取平等独立的话语权。

三 《比尔街情仇》:儿童作为推动事态发展的动力

作为"隐身"的在场者,儿童虽未获得实质性话语权,却是推动事态发展的关键驱动力,鲍德温的天命之作《比尔街情仇》中蒂什腹中婴儿即为典例。鉴于婴孩作用比某些在场者有过之而无不及,我们称为"隐身的在场者"。小说从多个人物的视角直接或间接地表现了小孩子的神性或正能量,这种视角被称为"多重式人物有限视角",或曰"多重式内视角""多重式内聚焦"。④

如果说20世纪50年代的小说主要从反面表现了孩童的正能量,那么六七十年代的小说则从正面传达了孩童的积极内蕴,一改从前迂回曲折、旁敲侧击的表现手法,让小孩子直接介入成人世界。这在《比尔街情仇》

---

① [英]罗素:《西方哲学史》(下),马元德译,商务印书馆2011年版,第328—329页。
② [英]约翰·斯图亚特·穆勒:《功利主义》,叶建新译,上海人民出版社2007年版,第17页。
③ [英]西季威克:《伦理学方法》,廖申白译,中国社会科学出版社1993年版,第403页。
④ 申丹、王丽亚:《西方叙事学:经典与后经典》,北京大学出版社2013年版,第96页。

中得以最直接、最充分的艺术呈现。至此，鲍德温文学中的婴孩从潜伏的"隐身人"由幕后走向前台，作为相对独立的声音成为小说的"复调"，鲍德温宗教"理想国"的世俗化特征也随之跌宕昭彰。小说围绕黑人青年弗尼的厄运展开，他被诬告，以"强奸"罪名锒铛入狱，此时其未婚妻蒂什已身怀有孕，双方家庭从此踏上为弗尼冤案昭雪的坎坷征程。其间，蒂什腹中的胎儿每每于关键时刻推波助澜，成为众人摆脱困境、否极泰来的"福星"。弗尼得知蒂什已经怀孕时，做父亲的自豪与责任感让他熬过了狱中的非人待遇，因为"他已经从绝望中跳出来了。他在为自己的生命抗争。他好像看到了孩子的小脸蛋，他还有个约会，他绝不能食言。他坐在粪堆上，出着臭汗，冒着臭气，发誓孩子出生时他一定要回来"。[①] 他尽力调整情绪和心态，与亲友不懈的努力默契配合，期待"天堂"的大门为他打开的那一天。弗尼渴望自由的决心与婴儿共同成长，父子俩咫尺天涯，却如影随形，心心相惜。蒂什腹中的胎儿就这样成为弗尼在囹圄中的精神寄托，相伴左右，直至其被保释出狱。孩子更是蒂什的精神支柱，不仅让她体验到做母亲的幸福与艰辛，而且成为她与弗尼真挚情感的见证与延续。胎儿的每一点儿微妙变化都让她欣喜若狂，成为她好好活下去的最佳理由。它不仅是维系弗尼与蒂什夫妻情感意志的最高形式，而且坚定了两个家庭搭救弗尼的决心和信心，尤其是蒂什的母亲莎伦夫人为冤案赴汤蹈火，置生死于不顾。她为寻找证人远赴波多黎各，尽管面临着种族、语言、交通等多方面的挑战，但她对女儿一家的挚爱，尤其是对外孙的自豪感让她理直气壮、百般周旋、无所畏惧。这令证人及其丈夫备受感动，开始做出一些让步，婴孩巨大的正能量由此不言而喻。伴随着弗尼保释出狱，小家伙以震耳欲聋的啼哭宣告其降生，父子俩同时走出黑暗成为新生的象征。恰如小说扉页题词"玛丽，玛丽，你打算给可爱的小宝贝起个什

[①] ［美］詹姆斯·鲍德温：《比尔街情仇》，苗正民、刘维萍译，兰州大学出版社1988年版，第178页。

么名字"① 所示,蒂什与弗尼未婚先孕非但被抹去了"淫乱"的罪名,而且获得了宗教般的圣洁,使"童贞女怀孕"的基督教神话得以复活,他们的"私生子"因之成为基督的化身,是现世的"救世主"。

由是观之,小家伙不仅是家庭团结的凝聚力,还是和平种族对抗的精神动力。另外,小说之儿童观的突破还表现在蒂什腹中婴孩成为两家人命运多舛的"苦难"历程之"见证者"。苦难的救赎价值已在前文以专章论之,此处不再赘述。

四 《小大人》与《小家伙》：儿童作为独立的"行为能力人"

鲍德温前期小说的儿童观念相对隐晦,其中的小孩子往往是"不在场的在场",似为无关紧要的"局外人"。随着作者创作思想的成熟,这些扮演了重要角色的小家伙开始慢慢浮出水面,直接参与对话,成为重要的叙事视角。如果说鲍德温中前期文学作品中的孩童往往是不能独立发声的,那么他的短篇小说《小大人》和后期儿童故事《小家伙》则赋予小孩子充分的话语权,使其成为自己的代言人,彻底翻身为跟成人平等对话的主角,甚至跃居其上。鲍德温的儿童情结终于以地道的儿童文学形态呈现。儿童视角中的家庭、社会问题虽一带而过,但往往引人深思,单纯而凝练的句读之间蕴含着不容忽视的深邃,彰显"片言可以明百意"的艺术效果。作者的少年身影得以再现,表明其思想轮回的完成。

就文学传统而言,《小大人》可视为《乔万尼的房间》之延续,从白人的视角揭示了具有普世价值的人之尊严。小说整体上采用了"全知视角",而大多时候都作为旁观者的小主人埃力克却是透视纷繁芜杂的成人世界的一面镜子,乃鲍德温一以贯之的儿童思想之又一典例。小说

---

① [美] 詹姆斯·鲍德温:《比尔街情仇》,苗正民、刘维萍译,兰州大学出版社1988年版,扉页。

第七章 鲍德温文学的儿童观

一改从前的表现手法,既不是用孩子避免命运悲剧的潜在救赎价值以彰显其神性特征,也不是直接赋予他们力挽狂澜、促成"大团圆"结局的神奇力量,而是以象征神性的小家伙之惨死的悲剧结束,隐喻了成人社会的罪恶。围绕埃力克之父与吉米关系的逐步恶化,小说揭示了儿童视角的特殊艺术效果。

首先,儿童视角的运用使《小大人》成为鲍德温同性恋文学体系中表达最委婉的一部,是表现同性恋主题的又一维度。埃力克的父亲与吉米既是形影不离的"发小",又是死里逃生的战友。吉米的妻子莫名其妙地出走后,地产被埃力克的父亲兼并,他遂沦为后者农场上的帮佣,两人日出而作日落而息。鉴于丈夫的刚愎自用和自私自利,埃力克的父母对有关两个男人的风言风语虽耿耿于怀,却敢怒不敢言。她不明白吉米家庭破裂后他为什么还待在这儿,因为"这儿的确没有什么值得你留恋的"。① "全知叙述者"的铺垫似乎不足以证明他们的同性恋关系,而埃力克朦胧困惑的儿童心理对两个成年男子之间亲密关系的透视在一定程度上使之更加复杂微妙。埃力克发现母亲外出就医期间父亲"很少到地里去,不再对长工们发号施令",② 而吉米一直住在他们家的农场,有时半夜或黎明能听到他在楼下走动的脚步声。对此,埃力克觉得吉米"整天在家晃来晃去,的确有些不正常,令人提心吊胆"。③ 小说最后,吉米要对埃力克下死手时的一句话道出了事实真相,"我爱你父亲"。④ 至此,一直笼罩在埃力克心中的疑团被彻底解开。

其次,埃力克之死表明,小说在"罪与罚"的框架内演绎了一幕"父债子还"的荒诞悲剧,儿童叙事成为表现"罪与罚"母题的更有效手段,增加了故事的悲剧性。吉米家道败落后,埃力克的父亲尽管依旧与其频繁

---

① James Baldwin, *Going to Meet the Man*, New York: Dell Publishing, 1965, p. 55.
② Ibid., p. 62.
③ Ibid..
④ Ibid., p. 66.

出入酒馆，为其置办生日宴会，甚至在妻子外出的日子里让吉米搬到自家，但是他意识深处难以掩饰的优越感总让他不自觉地伺机拿吉米的不幸开玩笑，这正是悲剧之罪魁祸首。埃力克的父亲也许没有意识到自己的可怕罪责，反倒认为"我捉弄你只是为你好"，①但这并不能否认其罪性，因为无意犯罪也是罪。②《圣经》认为，觉得自己比别人好就是骄傲。③耶稣也警告说，"要彼此同心，不要志气高大，倒要俯就卑微的人"。④上帝憎恨骄傲，视之为罪，而"罪的工价乃是死"。⑤不过，小说中的真正罪人没有死，而是罪人之子——不谙世事的埃力克——代父受过，充当"替罪羊"。埃力克父亲的骄傲"蚕食"着吉米日渐微弱的自尊，终至其心理底线彻底崩溃，在痛苦纠结中使埃力克窒息而亡。显然，此结局比直接让"肇事者"遭受应有的惩罚更残酷，丧子之痛必将使埃力克的父亲遭受生不如死的折磨。此惩罚绝不亚于末日审判后被抛入燃烧着硫黄的火湖里饱受灵魂的熬炼。小说打破了常规构思模式，完全颠覆了惯性思维的期待视野，实现了更有效的悲剧审美诉求。鲍德温不但借此重申了罪与罚的必然性，而且强调了其平等的同性恋理念。小说中始终没有出现埃力克父母的名字，这也表明鲍德温在感情的天平上有意识地偏向了吉米与埃力克这一边。

最后，在光明与黑暗交替的背景中，埃力克的恐惧增加了小说的哥特性征。因为哥特小说的心理根源是人与生俱来的恐惧感，而"光明与黑暗"的冲突则是"哥特小说最突出、最普遍、最持久的主题"⑥之一。如前面章节所述，遍布《圣经》的"光明"与"黑暗"神性十足，更多的是形而上意义的能指符号，乃正义与邪恶的重要象征，是人神变奏曲

---

① James Baldwin, *Going to Meet the Man*, New York: Dell Publishing, 1965, p. 57.
② 《圣经·旧约·利未记》第五章第二节至第四节，第十七节。
③ 《圣经·新约·路加福音》第十八章第十节至第十二节。
④ 《圣经·新约·罗马书》第十二章第十六节。
⑤ 《圣经·新约·罗马书》第六章第二十三节。
⑥ 肖明翰：《英美文学中的哥特传统》，《外国文学评论》2001年第2期。

的对立两极。两种意象的纵横交替演绎了人类救赎之路的反复曲折,彰显了上帝之爱的终极关怀价值。熟谙《圣经》之道的鲍德温对"光"与"暗"的艺术表现驾轻就熟、游刃有余,毫无生硬"移植"之嫌,使之成为文学表达的有效载体。《小大人》首尾呼应,始于夜幕降临,终于笼罩乡野的黑暗,为儿童凶杀案制造了天然的屏障。小说开篇即营造了一种黑夜来临之前的恐惧,象征夜幕逼近的夕阳似乎迫不及待地要落山,让埃力克产生了莫名的不安。他独自穿过空旷的原野,加快了回家的脚步,唯恐天黑之前赶不回去。黑暗就这样成为不祥之兆,预指最终的悲剧。吉米把埃力克骗到农场偏僻的谷仓欲下死手时,黑暗与恐惧完全控制了埃力克,涉世未深的小生命就这样在黑暗的掩护下凋落了。埃力克在黑暗中的恐惧不止于此。小说从儿童的恐惧心理透视了成人世界的恩怨纠葛,如埃力克的母亲生活在"黑暗的恐惧中",[①]父亲与吉米形影不离的微妙关系让埃力克感到畏惧,吉米与父亲对视时也会"战栗不安",如此等等,不一而足。恰如孤独与恐惧成就了卡夫卡的伟大,鲍德温这位孤独的行者将其内心挥之不去的恐惧体验巧妙地通过作品中的人物得以生动的艺术再现,有力诠释了"人类最古老最强烈的情感是恐惧"[②]的命题。所有这些艺术效果的取得,均得益于儿童视角的全程介入,小孩子单纯幼稚的认知心理成为透视成人世界的独特介质,增加了文本的审美张力。同时也是华兹华斯"儿童乃成人之父"的有效注脚。[③] 由是不难理解小说以"小大人"为题的用意所在。

如果说《小大人》主要从儿童的视角透视了两个成年男人之间微妙的同性恋纠葛,那么《小家伙》透过儿童认知的冰山一角,呈现了更广阔的家庭、社会图景。贫困、单亲家庭、空巢老人、青少年吸毒、宗教

[①] James Baldwin, *Going to Meet the Man*, New York: Dell Publishing, 1965, p. 48.

[②] H. P. Lovecraft, "Supernatural Horror in Literature", Cliv Bloom, *Gothic Horror*, New York: St Martin's Press, 1998, p. 55.

[③] [英]华兹华斯:《华兹华斯诗歌精选》,杨德豫译,北岳文艺出版社2000年版,第2页。

信仰等困扰黑人社会的普遍问题均从小孩子的懵懂视角得以呈现。鲍德温终其一生苦苦求索的理想父子关系在此有了一个较为圆满的交代，而黑人家庭和社区的团结，健全的家庭之于孩子的成长，儿童的善良本性等主题都不同程度地浓缩在这个"瘦小"的儿童故事中。为真实生动地表现儿童的心理世界以及社会认知的困惑，小说采用漏洞百出的儿童语言，有时重复啰唆、单调乏味，有时则惜墨如金，一笔而过，留给读者的却是揪心的沉思。故事以三个小孩的纯洁友谊为主线，将几个境遇各异的普通黑人家庭一览无余地展示在读者眼前。他们因不同的家庭境遇成为形影不离的好朋友。其中，TJ是他们当中的幸运儿，有一个充满爱的完整家庭。WT的父亲离家出走，母亲是家中的顶梁柱，含辛茹苦，披星戴月。他是TJ家中的常客，两人因之成为好兄弟。而"假小子"Blinky的母亲与人私奔，她不得不寄居姑母家。他们看到的虽为表象，其童稚视野却折射出成人无法掩饰的艰辛与无奈。朦胧的儿童视角给读者留足了充分想象的空间。比之于卷帙浩繁的成人小说，《小家伙》明显势单力薄，相形见绌。在充满童真与单纯的世界里，鲍德温散文中旧约先知的悲壮忧伤与慷慨激昂，弥漫在小说与戏剧中的喧嚣与恐惧，贯穿始终的曲折叙事完全淡出读者的视线。是故，学界至今无人问津也算情理中事。其实，鲍德温匠心独具，舍繁华而就简约，重精神而弃戎装。看似漫不经心、随心所欲的简单叙事却收到以小见大、片言折之的奇效，彰显儿童文学"经济"叙事的巨大审美空间。是故，没有任何理由因其构思简单、孩子气十足而贬低、漠视之。否则，就难以客观深入地了解鲍德温的人生诉求与文学图景，无从全方位呈现其对复杂人性的孜孜以求。

故事以纯儿童文学的形式多角度表现了鲍德温的儿童观，既是《圣经》儿童思想的世俗化和生活化，也是作者本人童年经历的艺术呈现。鲍德温晚年接受理查德·戈德斯坦的访谈时表示，他一生唯一的遗憾就是没有自己的孩子。① 这种失落与孤独通过作品中的成人艺术造型得以淋漓尽致的表现。曼先生与李小姐这对黑人夫妇宅心仁厚却没有自己的孩子。曼先生是社区倾倒垃圾桶的清洁工，心地善良，寡言少语。李小姐本是手脚麻利的护士，婚后变得行为异常。孩子们觉得她走起路来总是昂首挺胸，却神情茫然、漫无目的，难以掩饰内心的伤感。这对夫妻有一个共同的特点，往往见到小孩子时却装作视而不见，这种漠视却无法掩饰其内心深处对孩子的渴望。他们将左邻右舍的孩子视如己出，尽显父母之天然本性。曼先生把地下室的壁炉烧得暖烘烘的，让孩子们吃着姜片糖给他们讲故事。而地下室的电唱机为孩子们拍球和舞蹈提供了唯一的且最好的背景音乐。因此，他是孩子心目中"真正的好人"，② 他家自然成为孩子休闲娱乐的最好去处。曼先生就是这样获得了做父亲的满足。李小姐最幸福的时刻莫过于打发 TJ 和 WT 为她跑腿买东西。给孩子们分工的周密用心，尤其是反复叮嘱年长的 WT 务必保证 TJ 的安全，透射出一位母亲无法言表的亲子情结，更是母性的自然流露！如此，邻居的孩子们成为他们的精神之子，弥补了其无法生育的缺憾。WT 的脚被碎玻璃划伤事件将故事推至高潮，上演惊心动魄的一幕，充分诠释了"母子连心，父子天性"的伦理命题，黑人社区大家庭的团结友爱亦不言自明。曼先生情急之下对孩子们的淘气发出的警告或抱怨，以及坐立不安的纠结与焦虑，生动地展示了一位父亲对孩子的疼爱。WT 流血的是脚，曼先生流血的却是心！孩子咬牙忍痛的坚强更让他备受煎熬，处理伤口的时间虽短，在曼先生却有度日如年的难耐，彰显时间"相对论"之普适价值。他既想亲吻李小姐，又想揍她一顿，显得更加穷凶极恶。众所周知，他是至爱李小姐的。此反常之举本应是做父亲之人的本能表现。而李小姐乍看到流血场景时"吓得要死"，遭受的折磨比丈夫有过之而无不及。她熟练地清洗，包扎伤口，失声痛哭。

---

① "Go the Way Your Blood Beats", Interview with Richard Goldstein, in *James Baldwin*: *The Legacy*, New York: Touchstone – Simon and Schuster, 1989, p. 182.
② James Baldwin, *Little Man*, *Little Man*, New York: The Dial Press, 1976, p. 8.

天真的孩子不解何故，竟以为"她病得厉害"。① 她把 WT 的脸托在手里，握着他的手，把他搂在怀里，亲他的脸。这一系列看似平凡的动作勾勒出一位母亲舐犊情深的感人画面。WT 化险为夷，几近凝固的紧张气氛随之缓和下来，李小姐破涕为笑，曼先生将其揽在怀里。这温馨的场面从另一个角度表现了孩子在父母心中的地位。Blinky 伴着电唱机载歌载舞，一直紧张不安的 TJ 也迈起拿手的非洲舞步，以示对 WT 脱险的无比喜悦。孩子们纯洁善良的天性由此可见一斑。

　　鲍德温从好奇朦胧的儿童视角揭示了 Beanpole 小姐年迈独身的孤苦世界，凸显小孩子另类的救赎价值。在 TJ 看来，她是一位神秘古怪之人，当属黑人社区年龄最长的，扎头巾已旧得辨不出颜色。即使大白天，大门也一直上着好几道锁，另外还顶一根大铁栓，俨然里面有什么不可告人的密秘。只有要 TJ 为她去商店买东西时才允许他到家里来，TJ 因之成为"探幽访胜"的第一人。屋内光线暗淡，阴森可怕，似乎随时会有人蹿出来，令 TJ 毛骨悚然。Beanpole 背对着他打开抽屉取钱的谨小慎微更增加了环境的"哥特"性征。Beanpole 家居的神秘性有效地衬托了其孤独。最令 TJ 难忘的是墙上的基督受难图和桌子上那本一直打开的大部头《圣经》。显然，Beanpole 是虔诚的信徒，夜晚就是在孤灯下祷告读经度过。她深居简出，毋宁说"足不出户"，② 总是身着浴衣整天坐在窗前，直到天黑。没人知道她在看什么，TJ 以为她也许在"等什么人"。③ 她要等的到底是什么人呢？其实，TJ 等这些活泼可爱的孩子就是她一直关注的目标，乃照亮其孤独内心的明灯。他们从其窗前来往嬉戏，成为她生活中不可或缺的一道风景，甚至是她白天唯一的乐趣。作为虔诚的基督徒，她必深谙《圣经》中的孩童之道。因此，街坊的孩子自然神性十足，乃其夜晚宗教生活在白日的延续。由是，Beanpole 的生命力即源自备受上帝青睐的小家伙。

---

① James Baldwin, *Little Man, Little Man*, New York: The Dial Press, 1976, p. 90.
② Ibid., p. 42.
③ Ibid., p. 64.

可以想象这些学龄儿童走进校园后,她的生命之光也将随之暗淡,唯有如影随形的孤独伴其了却残生。小孩子对于此类残缺家庭的救赎意义透过单纯无知的童真视线而跃然纸上,鲍德温本人无子的凄苦亦由此不言而喻,其浓厚的儿童情结历经曲折变化,最终定格于独身老人的苍凉晚景。

总之,鲍德温儿童叙事与《圣经》孩童叙事形态的重叠,印证了"宗教与文学在本体构成与运思方式上的契合",① 成为宗教对文学不可低估之影响的又一范例。鲍德温儿童观在总体理念与叙事模式上的典型《圣经》特征显然不是简单机械的模仿,而是经过主体意识的筛选沉淀之后的高度艺术自觉。鲍德温不同时期作品中的叙述视角并无良莠之分,各有其独特的审美效果,既从宏观上展示了作者对《圣经》儿童叙事形态的艺术再现,又昭示了亨利·詹姆斯等文学前辈的艺术观对其造成的深刻影响。詹姆斯强调叙述视角的文学表达功效,"反对事无巨细地向读者交代小说中的一切,而是提倡一种客观的叙述方法,采用故事中人物的感官和意识来限定叙述信息,使小说叙事具有生活真实性和戏剧效果"。② 鲍德温儿童叙事的美学张力正源于此客观简约而意蕴深刻的娴熟老练。

鲍德温语境中的婴孩在某种程度上是一个形而上的概念,乃善或美好的代名词,暗合"人之初,性本善"的人性观。正如埃利森借主人公希克曼牧师之口所说"上帝的模样就是所有婴儿的模样",③ 鲍德温也始终坚持儿童的神性特征,认为"所有的孩子都是圣洁的(sacred)"。④ 从人性论的角度看,鲍德温的儿童思想无疑是与历史上的"性恶论""有善有恶论""无善无恶论"之间的一场博弈。毋宁说,此乃性善论在现代语境中具有族裔特色的艺术再现。鲍德温寄寓孩童的善性与其对人之罪恶的鞭挞并不

---

① 叶绪民、朱宝荣、王锡明主编:《比较文学理论与实践》,武汉大学出版社2005年版,第207页。
② 申丹、王丽亚:《西方叙事学:经典与后经典》,北京大学出版社2013年版,第4页。
③ [美]拉尔夫·埃利森:《六月庆典》,谭惠娟、余东译,译林出版社2003年版,第25页。
④ James Baldwin, *Selected Articles from The Price of the Ticket: Collected Nonfiction 1948 – 1985*, New York: St. Martin's/ Marek, 1985, p. 438.

矛盾，他肯定人类美好的原初本性，但并未否定自由意志或后天环境对人之善恶选择的影响，具有明显的存在主义性征。其实，这与基督教圣经的人性论是一脉相承的。一般认为，亚当和夏娃违背上帝的诫命，犯下原罪。从此，罪的基因代代相传，即使刚出生的婴儿也逃脱不了罪的纠缠，孩童天真无邪的外表掩盖着可怕的罪性。西方文化传统中"人性恶"的观点即滥觞于此。不过，将《圣经》人性论笼统地归于"恶"不免有失公允。起初，人类始祖按上帝指示生活在伊甸园中，是神性的化身，昭示了人之初的善性，后因撒旦诱惑而堕落。自从有了"原罪"，人性中的"善"与"恶"就一直处于紧张的对峙状态。人最终表现为善还是恶，就取决于理性与情欲的制衡。虽其如此，贯穿《圣经》始末的小孩子往往是神与世人之间的纽带，神性十足，是被捡选者的象征，隐喻了人类堕落以前的纯朴状态。由是观之，孩童的积极内蕴使基督教的"原罪观"和"人之初性本善"之间的悖论浮出水面，成为解读《圣经》的又一视角。

结　　语

　　鲍德温是20世纪美国文学史上无论如何也无法绕过去的重量级作家，一度因其公开的同性恋倾向而备受诟病，颇遭非议。不过学界普遍认为，他是一个不折不扣的"道德家"，[①] 对于唤醒世人的良知产生了巨大的影响。鲍德温以爱为圭臬的人生哲学为其赢得了"民族的良心"之美誉。[②] 有鉴于此，托尼·莫里森认为鲍德温留给黑人作家的宝贵财富在于他"识别罪恶但从不畏惧的勇气"[③] 及其对人类所怀的挚爱。而伯纳德·W. 贝尔则认为，鲍德温的孤独一生与其文学作品留给后人的宝贵财富就是"这样简单而颠扑不破的真理：爱具有救赎之奇效"。[④] 此滥觞于基督之爱的宗教哲学既有深刻的历史根源，更不乏严峻的现实基础，昭示鲜明的存在主义特征。

　　黑人被奴役的历史决定了基督教在其生活中的特殊意义。不过，宗教对现世困境的无助，或救世主对当下疾苦的冷漠也注定了其被叛逆的宿命，鲍德温传奇般的宗教历程即为典例。费尔巴哈认为，宗教的本质是人的自我对象化。换言之，某种意义上，宗教是人类给自己套上的精神枷锁。虔诚的教徒把宗教作为衡量和规范言行的终极尺度，不自觉地使之成

[①] [美] 威廉·斯蒂伦：《悼念好友鲍德温》，常玉田编译，《文化译丛》1991年第2期。
[②] Henry Louis Gates Jr. & Nellie Y. Mackay, *The Norton Anthology of African American Literature*, New York: W. W. Norton & Company, 2004, p. 1698.
[③] 王家湘：《20世纪美国黑人小说史》，译林出版社2006年版，第205—206页。
[④] Bernard W. Bell, *Bearing Witness to African American Literature: Validating and Valorizing Its Authority, Authenticity, and Agency*, Detroit: Wayne State University Press, 2012, p. 147.

为一种异己存在。即人通过宗教而自我异化了，本初的自我被刻意压抑扼制，处于窒息状态。这种局面的形成源于人创造了一位至高无上的神，将自己置于被"奴役"状态，宇宙存在秩序是以神为中心，而不是相反。文艺复兴颠覆了宗教神学的统治地位，恢复了人的中心地位。但这并非意味着宗教的彻底消亡。秉承人文主义的精神命脉，人们努力缓和宗教与世俗的对立，致力于两者的最大交集。鲍德温正是这样一位"改革者"，其宗教是包容、释放复杂人性的解放神学，旨在消解基督教扼杀人性的不合理因素，重申"人是宇宙之精华，万物之灵长"的人文主义命题。于此意义上，鲍德温宗教非但不是对新教的彻底颠覆，而是与之一脉相承，是对基督精神的延续和发扬。换言之，鲍德温在基督教境遇伦理学的框架内以超越之爱重新审视美国的种族伦理，黑人的家庭伦理和人际伦理，以现实原型为基础，艺术地呈现了以黑人为代表的人类生存困境，从正反两面提出了高度人性化又不失哲学思辨的理性方案。

综观其一生，鲍德温在宗教问题上不断选择的过程，淋漓尽致地活化出一个存在主义者的形象。他对基督教教义的扬弃，也即锲而不舍的人文关怀，与中国儒家之"舍得"精神不谋而合，是对"守经达权"矢志不渝的另类表达。正是鉴于他对人性本体论的动态求索，学界众说纷纭，无法对鲍德温的宗教身份予以定论。不过贯穿始终的是基督教意义上的博爱思想。围绕这根主线起伏跌宕的是他对传统基督教教义中不合人性的戒律之挑战和改写。鲍德温既公开声明其异教徒身份，又不反对别人称之为基督徒，认为宗教总是令其神魂颠倒，所以这种"信仰与怀疑之间的冲突"成为"贯穿其整个创作生涯的矛盾"。[①] 其实，这种"看似扑朔迷离、相互抵触的宗教态度，恰恰印证了他对基督教'爱'之精神的狂热"，就此而言，

[①] Saevan Bereoviteh, *The Cambridge History of American Literature*, Cambridge：Cambridge University Press, 1999, pp. 264–265.

他仍不失为"一名忠实的基督徒"。① 因此，完全有理由给他贴上"文化基督徒"②的标签，以彰显其宗教立场之二律背反。

鲍德温成长于宗教之家，在阅读《圣经》中度过了童年，三年的布道经历铸就了其即兴创作的才华，奠定了犀利的散文基调。他虽然后来走出教会，到文学世界中求索人生的出路，但根深蒂固的宗教意识早已渗透其血液的每个细胞，成为其思想表达的自觉。因此，鲍德温的文学创作非但没有脱离基督教，而是以之为依托对社会万象的审视，对复杂人性的无情拷问与深度揭示，乃其宗教思想的高度艺术化。基督之爱与《圣经》的影子弥漫于其作品和言论，其散文的布道风格则折射出其当年少年牧师经历的影响。他用《圣经》人物命名其作品的主人公，却全然颠覆了原型的神圣，作品标题和题词亦不乏明显的圣经情结，给人以宗教虔诚之表象的同时，则借此进行有针对性的揶揄讽刺。宗教性与世俗性之间的悖论式表达无疑增加了其文本的张力，乃其文学生命力之所在。于此意义上，鲍德温浓厚的宗教意识和圣经情结便具有了文化批评的性质。

与人类历史上其他所有的伟人一样，鲍德温的思想因走在了时代的前列而显得曲高和寡。尤其是他"以爱释恨"的种族立场和对性爱的激赞，在当时的社会历史背景下因挑战了传统道德底线与认知水平而备受诟病，因而刻上了浓厚的"乌托邦"烙印。换言之，鲍德温之爱的哲学虽具理性

---

① 彭秀峰：《为孤独者呐喊——詹姆斯·鲍德温小说创作初探》，硕士学位论文，上海师范大学，2004年，第21页。

② "文化基督徒"一词滥觞于19世纪的欧洲，在中国的兴起源于香港宗教界对大陆文化圈内基督教学者的称谓。20世纪80年代，"文化基督徒"也成为中国大陆基督教领域颇具迷惑性的文化名词。此后，刘小枫推波助澜，使之一度成为热门话题。关于"文化基督徒"纷繁复杂的言说可以归结为两点：其一，他们是不折不扣的信徒，同时强调了基督教的文化维度。即文化基督徒是这样一些人，他们从宗教和文化的双重视角对基督教进行认知和崇拜，超越了传统基督徒单一的神性特征，自觉肩负起文化传播的使命。其二，文化基督徒是纯粹的宗教学者，深谙《圣经》之道，饱富基督教文化修养。他们对基督教的痴迷完全是学术研究兴趣所致，往往被世俗贴上基督徒的标签，却不为建制教会承认。鉴于鲍德温对教会的超越性，宗教信仰上守经达权的"中庸"之道，以及文学创作中的宗教自觉，将之称为"文化基督徒"以示其对基督教既肯定又挑衅的二元对立姿态。

上的宝贵价值，但在实践中往往寸步难行，从而蒙上了浓厚的理想主义色彩。

　　鲍德温曲折坎坷的一生在孤独与恐惧中度过，但正是这出人意料的"极限境遇"孕育了其艺术家的敏感和哲学家的睿智。从而使他立足于黑人文化，胸怀天下，于愤懑不平中"淡泊明志，宁静致远"。他俨然以道德家、人文主义者和社会见证者的姿态静观动荡喧嚣时局的主旋律，结合自身经历将时代脉搏真实生动地呈现在读者面前。"忠于现实，忠于自己"乃其毕生孜孜以求的终极目标，其作品自然成为对美国社会万象自然主义般的实录，从而引起普遍共鸣。种族和谐，人类和谐，人自身的和谐是鲍德温的终极追求，而贯穿始终的一直是他对基督之爱的渴求和宣扬。此超越种族和肤色差异的人文关怀赋予其人其作以普世意义。鲍德温就是这样以诚实不欺的坚守、器宇轩昂的执着、洞察幽微的深邃和离经叛道的另类，书写了其超然的人文情怀，活化出一位忠于现实、挑战流俗、饱富哲思、奋起担当的伟大艺术家。

　　鉴于鲍德温在美国黑人文学转型中的过渡性作用，[①] 学界对其关注的热情日益高涨，相关研究无论从广度还是深度上看，均呈现多元化趋势，尤其是国内研究成果的数量和质量都在不断攀升。因此，鲍德温研究有望成为国内美国文学研究中的一门"显学"。

---

　　① 谭惠娟：《詹姆斯·鲍德温的文学"弑父"与美国黑人文学的转向》，《外国文学研究》2006年第6期。

附录　鲍德温年表[①]

1924　詹姆斯·A. 鲍德温出生于纽约的哈莱姆，母亲是爱玛·B. 琼斯。

1927　爱玛·B. 琼斯带着詹姆斯嫁给大卫·鲍德温。

1935　哈莱姆第二四公立小学毕业。

1938　哈莱姆道格拉斯初中毕业，成为五旬节教会一位少年牧师。

1942　德威特克林顿高中毕业，放弃教会神职。

1943　继父大卫去世。

1944　移居格林尼治村。

1945　鲍德温会见黑人小说家理查德·赖特并获尤金萨克斯顿奖学金。

1947　在《民族》杂志发表评论《艺术家麦克西姆·高尔基》。

1948　获罗森沃尔德奖学金，同年11月离开美国前往法国巴黎。

1949　会见瑞士艺术家卢西恩·哈珀斯伯格。

1953　小说处女作《向苍天呼吁》发表，受到好评。

1954　完成戏剧处女作《阿门角》；获古根海姆奖。

1955　第一部杂文集《土生子札记》问世。

1956　在哈佛大学出席《阿门角》首场演出之夜；第二部小说《乔万

[①] 编译自 Harold Bloom, *James Baldwin*, Philadelphia: Chelsea House Publishers, 2006, pp. 137 - 139 和 Herb Boyd, *Baldwin's Harlem: A Biography of James Baldwin*, New York: Artia Books, 2008, pp. 205 - 208。

尼的房间》问世；获美国艺术与文学学院奖。

1957　初访美国南方；开始为《哈珀斯》和《党派评论》撰写民权运动杂文。

1959　获福特基金会资助。

1961　第二部文集《没有人知道我的名字》问世。

1962　最畅销小说《另一个国家》出版；在芝加哥会见黑人穆斯林领袖伊莱贾·穆罕默德。

1963　第三部文集《下一次将是烈火》出版；会见美国司法部长罗伯特·F.肯尼迪。

1964　戏剧《查理先生的布鲁斯》在百老汇首演；《没有什么是私人的》出版；入选美国艺术与文学学院。

1965　短篇小说集《生命的较量》出版。

1968　小说《告诉我火车开走多久了》出版；戏剧《阿门角》在百老汇开演。

1971　与人类学家玛格丽特·米德合作的访谈录《戏说种族》出版。

1972　文集《街上无名》与剧本《当有一天我不在了》出版。

1973　与诗人、社会活动家尼基·乔万尼的《谈话录》出版。

1974　第五部小说《比尔街情仇》出版。

1976　荣获莫尔豪斯学院授予的荣誉博士学位；电影评论集《魔鬼找到工作》和儿童故事《小家伙》出版。

1979　小说收官之作《就在我头顶之上》出版。

1983　诗选《吉米的布鲁斯》出版。

1985　作品集《票价》（1948—1985）出版。

1986　法国总统密弗朗索瓦·特朗授予鲍德温荣誉军团高等骑士勋章。

1987　12月1日在法国南部的圣·保罗·德旺斯病逝；8日在纽约市的圣·约翰大教堂举行葬礼。

参考文献

一 鲍德温的著作及中文译著

[1] James Baldwin, *Go Tell It On The Mountain*, New York: Dell Publishing Co., Inc., 1953.

[2] James Baldwin, *Nobody Knows My Name*, New York: Dell Publishing Co., Inc., 1961.

[3] James Baldwin, *The Fire Next Time*, New York: The Dial Press, 1963.

[4] James Baldwin, *Blues for Mister Charlie*, New York: Dial Press, 1964.

[5] James Baldwin, *The Amen Corner*, New York: Dial Press, 1968.

[6] James Baldwin, *Tell Me How Long The Train's Been Gone*, New York: Dell Publishing, 1968.

[7] James Baldwin, *No Name in the Street*, New York: Dell Publishing Co., Inc., 1972.

[8] James Baldwin, *One Day When I Was Lost*, New York: Dell Publishing Co., Inc., 1972.

[9] James Baldwin, *If Beale Street Could Talk*, New York: Dial Press, 1974.

[10] James Baldwin, *Little Man, Little Man*, New York: The Dial Press, 1976.

[11] James Baldwin, *Just Above My Head*, New York: Dell Publishing Co., Inc., 1979.

[12] James Baldwin, *The Price of the Ticket*, New York: St. Martin's, 1985.

[13] James Baldwin, *Jimmy's Blues*, New York: St. Martin's Press, 1985.

[14] James Baldwin, *Notes of a Native Son*, Boston: Beacon Press, 1990.

[15] James Baldwin, *Another Country*, New York: Vintage International, 1990.

[16] [美] 詹姆斯·鲍德温：《向苍天呼吁》，霓虹、宏前译，内蒙古人民出版社1984年版。

[17] [美] 詹姆斯·鲍德温：《比尔街情仇》，苗正民、刘维萍译，兰州大学出版社1988年版。

[18] [美] 詹姆斯·鲍德温：《另一个国家》，张和龙译，译林出版社2002年版。

二 其他相关中文参考文献

（一）著作

[1] [英] 爱·摩·福斯特：《小说面面观》，苏炳文译，花城出版社1981年版。

[2] 北京大学哲学系、外国哲学史教研室主编：《古希腊罗马哲学》，商务印书馆1961年版。

[3] [美] 伯纳德·W.贝尔：《非洲裔美国黑人小说及其传统》，刘捷等译，四川人民出版社2000年版。

[4] [法] 布莱兹·帕斯卡尔：《思想录》，何兆国译，商务印书馆1997年版。

[5] [美] 贝尔·胡克斯：《女权主义理论：从边缘到中心》，晓征、平林译，江苏人民出版社2001年版。

[6] 陈鼓应：《悲剧哲学家尼采》，上海人民出版社2006年版。

[7] 段德智：《西方死亡哲学》，北京大学出版社2007年版。

[8] [德] 费尔巴哈：《基督教的本质》，荣震华译，商务印书馆2013年版。

[9] [美] 弗雷德里克·詹姆逊：《政治无意识》，王逢振、陈永国译，中国社会科学出版社2011年版。

[10]［美］弗姆：《当代美洲神学》，赵月瑟译，四川人民出版社 1990 年版。

[11]［奥］弗洛伊德：《论文明》，徐洋等译，国际文化出版公司 2004 年版。

[12] 郭继德主编：《美国文学研究》（第七辑），山东大学出版社 2014 年版。

[13] 高春常：《文化的断裂——美国黑人问题与南方重建》，中国社会科学出版社 2000 年版。

[14] 高春常：《世界的祛魅：西方宗教精神》，江西人民出版社 2009 年版。

[15] 高旭东：《中西文学与哲学宗教》，北京大学出版社 2004 年版。

[16]［美］哈罗德·布鲁姆：《影响的焦虑：一种诗歌理论》，徐文博译，凤凰出版传媒集团有限公司 2006 年版。

[17]［法］亨利·柏格森：《道德与宗教的两个来源》，王作虹、成穷译，贵州人民出版社 2000 年版。

[18] 何光沪：《多元化的上帝观——20 世纪西方宗教哲学概览》，贵州人民出版社 1999 年版。

[19] 华兹华斯：《华兹华斯诗歌精选》，杨德豫译，北岳文艺出版社 2000 年版。

[20] 黄铁池：《当代美国小说研究》，学林出版社 2000 年版。

[21] 洪增流：《美国文学中上帝形象的演变》，中国社会科学出版社 2009 年版。

[22]［美］嘉斯拉夫·帕利坎：《基督简史》，陈雅毛译，陕西师范大学出版社 2006 年版。

[23] 金丽：《圣经与西方文学》，民族出版社 2007 年版。

[24]［荷］金凯森：《圣经里的女性》，朱玉华、李玉臻译，甘肃人民美术出版社 2011 年版。

[25] 蒋勋：《此生——肉身觉醒》，上海文艺出版社 2013 年版。

[26] [德] 卡尔·白舍客：《基督宗教伦理学》，静也、常宏等译，上海三联书店2002年版。

[27] [美] 拉尔夫·埃利森：《六月庆典》，谭惠娟、余东译，译林出版社2003年版。

[28] 李超杰：《哲学的精神》，商务印书馆2010年版。

[29] 李思孝：《简明西方文论史》，北京大学出版社2003年版。

[30] [美] 利兰·莱肯：《圣经文学导论》，黄宗英译，北京大学出版社2007年版。

[31] 梁工主编：《西方圣经批评引论》，商务印书馆2006年版。

[32] 林郁编译：《托尔斯泰如是说》，二十一世纪出版社2011年版。

[33] 刘洪一：《圣经叙事研究》，商务印书馆2011年版。

[34] 刘建军：《基督教文化与西方文学传统》，北京大学出版社2005年版。

[35] 罗虹：《从边缘走向中心——非洲裔美国黑人文化》，中国社会科学出版社2013年版。

[36] [美] 罗纳德·L.约翰斯通：《社会中的宗教：一种宗教社会学》，袁亚愚、钟玉英译，四川人民出版社2012年版。

[37] [英] 罗素：《西方哲学史》（上），马元德译，商务印书馆2011年版。

[38] [英] 罗素：《西方哲学史》（下），马元德译，商务印书馆2011年版。

[39] 莫运平：《基督教文化与西方文学》，中央编译出版社2007年版。

[40] [德] 尼采：《上帝死了：尼采文选》，威仁译，上海三联书店1989年版。

[41] [德] 尼采：《偶像的黄昏》，李超杰译，商务印书馆2009年版。

[42] 宁骚：《非洲黑人文化》，浙江人民出版社1993年版。

[43] [加拿大] 诺思洛普·弗莱：《伟大的代码——圣经与文学》，郝振益译，北京大学出版社1998年版。

[44] 庞好农：《非裔美国文学史（1619—2010）》，中央编译出版社2013年版。

[45] 钱满素主编：《美国当代小说家论》，中国社会科学出版社 1987 年版。

[46] 齐宏伟：《心有灵犀：欧美文学与信仰传统》，北京大学出版社 2006 年版。

[47] 齐宏伟主编：《欧美文学与基督教文化》，辽宁教育出版社 2009 年版。

[48] [法] 让·保罗·萨特：《存在与虚无》，陈宣良译，生活·读书·新知三联书店 1987 年版。

[49] [美] 撒穆尔·伊诺克·斯通普夫、詹姆斯·菲泽：《西方哲学史》，丁三东等译，中华书局 2008 年版。

[50] 史志康主编：《美国文学背景概观》，上海外语教育出版社 2000 年版。

[51] 申丹、王丽亚：《西方叙事学：经典与后经典》，北京大学出版社 2013 年版。

[52] [美] 苏珊·桑塔：《反对阐释》，程巍译，上海译文出版社 2011 年版。

[53] [美] 托尼·莫里森：《宠儿》，潘岳、雷格译，中国文学出版社 1996 年版。

[54] [美] 托马斯·R. 弗林：《存在主义简论》，莫伟民译，外语教学与研究出版社 2008 年版。

[55] 王化学：《米开朗基罗论》，百花文艺出版社 1998 年版。

[56] 王家湘：《20 世纪美国黑人小说史》，凤凰出版传媒集团/译林出版社 2006 年版。

[57] 王晴佳：《西方的历史观念：从古希腊到现在》，北京师范大学出版社 2013 年版。

[58] 王乾坤：《鲁迅的生命哲学》，人民文学出版社 2010 年版。

[59] 习传进：《走向人类学诗学——二十世纪八九十年代非裔美国文学批评转型研究》，中国社会科学出版社 2007 年版。

[60] [希] 亚里士多德：《尼各马科伦理学》，中国社会科学出版社 1990 年版。

[61]［德］雅斯贝尔斯：《悲剧的超越》，亦春译，工人出版社 1988 年版。

[62] 叶舒宪：《圣经比喻》，广西师范大学出版社 2003 年版。

[63] 叶绪民、朱宝荣、王锡明主编：《比较文学理论与实践》，武汉大学出版社 2005 年版。

[64]［美］伊迪丝·汉密尔顿：《上帝的代言人》，李源译，华夏出版社 2012 年版。

[65]［美］约瑟夫·弗莱切：《境遇伦理学——新道德论》，程立显译，中国社会科学出版社 1989 年版。

[66] 张志刚：《宗教哲学研究》，中国人民大学出版社 2009 年版。

[67] 朱光潜：《悲剧心理学》，人民出版社 1987 年版。

[68] 朱立元主编：《当代西方文艺理论》，华东师范大学出版社 2005 年版。

[69] 朱维之主编：《希伯来文化》，上海社会科学院出版社 2004 年版。

[70]［美］佐拉·N. 赫斯顿：《他们眼望上苍》，王家湘译，北京十月文艺出版社 2009 年版。

（二）析出文献

[1] 安希孟：《文化基督徒是什么人》，《世界宗教文化》2000 年第 1 期。

[2] 陈世丹：《〈向苍天呼吁〉：走向一种生态社会》，《山东外语教学》2011 年第 4 期。

[3] 董鼎山：《美国黑人作家的出版近况》，《读书》1981 年第 11 期。

[4] 樊莘森、王克千：《评马塞尔的宗教存在主义》，《复旦学报》（社会科学版）1980 年第 3 期。

[5] 樊志辉：《汉语言哲学思想的超越取向——对文化基督徒现象之分析》，《天津社会科学》2001 年第 3 期。

[6] 傅有德：《论犹太教与基督教的信与行》，《文史哲》2005 年第 3 期。

[7] 盖梦丽：《在苦难中成长——〈桑尼的布鲁斯曲〉的主题解读》，《名

作欣赏》2010 年第 2 期。

[8] 高建为：《略论左拉的文艺观》，《北京师范大学学报》1989 年第 2 期。

[9] 谷启楠：《一曲强劲的黑人觉醒之歌——论〈桑尼的布鲁斯曲〉的深刻内涵》，《四川外语学院学报》2003 年第 5 期。

[10] 管建明：《美国文学中上帝形象的变化》，《国外文学》2004 年第 1 期。

[11] 衡学民：《试析詹姆斯·鲍德温小说〈向苍天呼唤〉中主人公约翰的身份认同》，《咸宁学院学报》2010 年第 4 期。

[12] 黄淑芳：《〈修补匠〉中父亲的缺场与儿子的追寻》，《外国文学研究》2013 年第 5 期。

[13] 黄裕生：《基督教信仰的内在原则》，《浙江学刊》2006 年第 1 期。

[14] 胡志明：《父亲：剥去了圣衣的上帝》，《外国文学评论》2001 年第 1 期。

[15] 焦小婷、吴倩倩：《〈向苍天呼吁〉中的狂欢化特质阐释》，《外国语文》2013 年第 1 期。

[16] 蒋承勇：《酒神与日神：西方文学的双重文化内质》，《江西社会科学》2012 年第 2 期。

[17] 蓝仁哲：《解读命题"儿童乃是成人的父亲"》，《国外文学》2005 年第 4 期。

[18] 雷雨田：《美国黑人神学的历史渊源》，《湘潭大学社会科学学报》1999 年第 5 期。

[19] 李鸿雁：《论鲍德温小说〈另一个国家〉中跨种族性关系的困惑》，《南华大学学报》（社会科学版）2006 年第 3 期。

[20] 李鸿雁：《圣徒的觉醒——鲍德温的戏剧〈阿门角〉主题浅析》，《浙江理工大学学报》2006 年第 2 期。

[21] 李鸿雁：《解读詹姆斯·鲍德温作品中父亲形象的圣经原型》，《东北大学学报》（社会科学版）2008 年第 4 期。

[22] 刘白：《走出历史阴影　寻找迷失的自我——论爱德华·P. 琼斯的〈迷失城中〉》，《外国文学研究》2014 年第 3 期。

[23] 刘岩：《男性气质》，《外国文学》2014 年第 4 期。

[24] ［美］罗伯特·W. 科里根：《悲剧与喜剧精神》，颜学军、鲁跃峰译，《文艺理论研究》1990 年第 3 期。

[25] 罗虹、张兵三：《试论鲍德温〈比尔街情仇〉的后人道主义价值观》，《武汉纺织大学学报》2014 年第 2 期。

[26] 宓芬芳、谭惠娟：《黑人音乐成就黑人文学：论布鲁斯音乐与詹姆斯·鲍德温的〈索尼的布鲁斯〉》，《北京第二外国语学院学报》2011 年第 4 期。

[27] 宓芬芳、张璇：《从"否认"到"接受"——论詹姆斯·鲍德温的同性恋观》，《哈尔滨学院学报》2012 年第 2 期。

[28] 宓芬芳、谭惠娟：《没有宗教的宗教——论詹姆斯·鲍德温对宗教的解构与回归》，《上海理工大学学报》（社会科学版）2012 年第 3 期。

[29] 邱美英：《论〈向苍天呼吁〉的叙事视角》，《长春师范学院学报》（人文社会科学版）2005 年第 3 期。

[30] 施义慧：《近代西方童年观的历史变迁》，《广西社会科学》2004 年第 11 期。

[31] 隋红升：《自我的恪守与流俗的抗拒——论〈达荷美人〉中男性气概的真实性原则》，《山东外语教学》2014 年第 4 期。

[32] 谭惠娟：《詹姆斯·鲍德温的文学"弑父"与美国黑人文学的转向》，《外国文学研究》2006 年第 6 期。

[33] 谭惠娟：《黑人性神话与美国私刑——詹姆斯·鲍德温剖析种族歧视的独特视角》，《外国文学》2007 年第 3 期。

[34] 王本朝：《论悲剧意识里的宗教内涵》，《社会科学家》1993 年第 1 期。

[35] 王立刚：《中西方儿童观的对比研究》，《石河子大学学报》（哲学社

会科学版）2013 年第 6 期。

[36] 王玉括：《非裔美国文学研究在中国：1933—1993》，《南京邮电大学学报》（社会科学版）2011 年第 2 期。

[37] 王玉括：《非裔美国文学研究在中国：1994—2011》，《外语研究》2011 年第 5 期。

[38] 吴杰文：《从基督教的原罪观试论〈向苍天呼吁〉中的罪感意识》，《安徽文学》2009 年第 3 期。

[39] 吴冰：《詹姆斯·鲍德温》，《外国文学》1984 年第 6 期。

[40] 肖明翰：《英美文学中的哥特传统》，《外国文学评论》2001 年第 2 期。

[41] 肖四新：《论基督教对人的本质的理解》，《中国政法大学学报》2010 年第 4 期。

[42] 谢劲秋：《论悲剧意识及其表现形式》，《外国文学》2005 年第 6 期。

[43] 谢玲玲：《浅析〈另一个国家〉中白人女性的文化创伤》，《安徽文学》2012 年第 5 期。

[44] 许玉军：《〈向苍天呼吁〉模糊叙事观照下的模糊身份》，《莆田学院学报》2010 年第 4 期。

[45] 薛玉凤：《直面创伤的詹姆斯·鲍德温——以〈向苍天呼吁〉为例》，《荆楚理工学院学报》2011 年第 8 期。

[46] 杨佳等：《西方儿童观的历史演进》，《合肥师范学院学报》2011 年第 4 期。

[47] 俞睿：《从"上帝"之爱到"人间"之爱》，《江苏大学学报》（社会科学版）2010 年第 6 期。

[48] 俞睿：《詹姆士·鲍德温的跨空间写作》，《扬州大学学报》（人文社会科学版）2015 年第 1 期。

[49] 余小玲：《黑人主体性的建构——解读〈向苍天呼吁〉中鲍德温的黑人主体性观》，《辽宁行政学院学报》2010 年第 11 期。

[50] 余小玲：《弱者的呼唤——解读〈向苍天呼吁〉中黑人的身份认同》，《太原大学教育学院学报》2010 年第 3 期。

[51] [美] 詹姆斯·鲍德温：《在荒野上》，郭凤高译，《外国文学》1984 年第 12 期。

[52] [美] 詹姆斯·鲍德温：《生命的较量》，谭慧娟、詹春花译，《外国文学》2007 年第 3 期。

[53] 翟志宏：《早期基督教与古希腊哲学的相遇》，《世界宗教研究》2011 年第 2 期。

[54] 张芳：《评美国黑人作家鲍德温〈酪乳中的苍蝇〉》，《作家》2012 年第 9 期。

[55] 赵益：《〈真诰〉与"启示录"及"启示文学"》，《武汉大学学报》（人文科学版）2012 年第 1 期。

[56] 周春：《抵抗表征：美国黑人女性主义的形象批评》，《湖南师范大学社会科学学报》2005 年第 5 期。

（三）学位论文

[1] 陈红芬：《〈另一个国家〉中的纽约城》，硕士学位论文，华侨大学，2011 年。

[2] 范巧平：《以黑人女权主义视角解读〈向苍天呼吁〉》，硕士学位论文，天津外国语学院，2006 年。

[3] 付素萍：《文学弑父与黑人抗议文学传统——以詹姆斯·鲍德温和理查德·赖特为例》，硕士学位论文，山东师范大学，2009 年。

[4] 宫爱风：《论〈向苍天呼吁〉中黑人女性的困境与觉醒》，硕士学位论文，上海大学，2009 年。

[5] 焦洪亮：《〈向苍天呼吁〉中宗教象征体现的心理状态》，硕士学位论文，天津外国语学院，2004 年。

[6] 连丽丽：《果戈理的象征世界》，硕士学位论文，黑龙江大学，2008 年。

[7] 李丽程:《教堂之外:论詹姆斯·鲍德温小说中的世俗化倾向》,硕士学位论文,湖南科技大学,2008年。

[8] 李鸿雁:《论〈另一个国家〉中的跨种族性关系》,硕士学位论文,湘潭大学,2006年。

[9] 李英华:《评析〈向苍天呼喊〉中主人公对自我身份的寻求》,硕士学位论文,山东大学,2004年。

[10] 李长春:《以不确定为名:詹姆士·鲍德温在其前三部小说中对同性恋的命名》,硕士学位论文,台湾师范大学,1995年。

[11] 刘子敏:《詹姆士·鲍德温在〈另一个国度〉中对种族和性取向的重构现象》,硕士学位论文,厦门大学,2007年。

[12] 陆丽清:《弗洛伊德的宗教思想研究》,博士学位论文,中央民族大学,2009年。

[13] 毛燕安:《詹姆斯·鲍德温〈另一个国家〉的文化解读》,硕士学位论文,上海大学,2005年。

[14] 宓芬芳:《黑人宗教、性神话、音乐——詹姆斯·鲍德温文学作品研究》,硕士学位论文,浙江大学,2008年。

[15] 彭秀峰:《为孤独者呐喊——詹姆斯·鲍德温小说创作初探》,硕士学位论文,上海师范大学,2004年。

[16] 隋红升:《身份的危机与建构——欧内斯特·盖恩斯小说中的男性气概》,博士学位论文,浙江大学,2010年。

[17] 谭惠娟:《创新·融合·超越:拉尔夫·埃利森文学研究》,博士学位论文,北京语言大学,2007年。

[18] 吴萼州:《鲍德温社会抗议作品研究》,博士学位论文,淡江大学,1993年。

[19] 吴美群:《格兰姆斯家的自我迷失与自我寻求——对〈向苍天呼吁〉的后殖民解读》,硕士学位论文,湖南师范大学,2007年。

[20] 吴杰文:《鲍德温小说〈向苍天呼吁〉和〈如果比尔街能说话〉中

的父子主题》，硕士学位论文，华侨大学，2009年。

［21］谢玲玲：《詹姆斯·鲍德温〈另一个国家〉中的文化创伤及其愈合》，硕士学位论文，湖南科技大学，2012年。

［22］许玉军：《宗教世界里的身份诉求：〈向苍天呼吁〉的宗教解读》，硕士学位论文，厦门大学，2007年。

［23］严莉玲：《詹姆斯·鲍德温的协合：〈向苍天呼吁〉的新历史主义解读》，硕士学位论文，福建师范大学，2013年。

［24］俞睿：《鲍德温作品中的边缘身份研究》，博士学位论文，南京大学，2011年。

［25］张文举：《论柏格森的动态宗教观》，硕士学位论文，黑龙江大学，2011年。

［26］张宏薇：《托尼·莫里森宗教思想研究》，博士学位论文，东北师范大学，2009年。

［27］钟京伟：《詹姆斯·鲍德温小说的伦理研究》，博士学位论文，上海外国语大学，2013年。

三 其他相关英文参考文献

（一）论著

［1］W. Arens, *The Original Sin: Incest and Its Meaning*, New York: Oxford University Press, Inc., 1986.

［2］Peter M. Axthelm, *The Modern Confessional Novel*, New Haven: Yale University Press, 1967.

［3］James Baldwin & Sol Stein, *Native Sons: a Friendship That Created One of the Greatest Works of the Twentieth Century: Notes of a Native Son*, New York: Ballantine Books, 2004.

［4］Bernard. W. Bell, *Bearing Witness to African American Literature: Validating and Valorizing Its Authority, Authenticity, and Agency*, Detroit:

Wayne State University Press, 2012.

[5] Saevan Bereoviteh, *The Cambridge History of American Literature*, Cambridge: Cambridge University Press, 1999.

[6] Marion Berghahn, *Images of Africa in Black American Literature*, Totowa: Rowman and Littlefield, 1997.

[7] C. W. E. Bigsby, *The Second Black Renaissance*, Westport: Greenwood Press, 1980.

[8] Harold Bloom, *James Baldwin*, Philadelphia: Chelsea House Publishers, 1986.

[9] Ursula Broschke – Davis, *Paris Without Regret: James Baldwin, Kenny Clarke, Chester Himes, and Donald Byrd*, Iowa City: University of Iowa Press, 1986.

[10] Peter Bruck, *The Black American Short Story in the 20th Century: A Collection of Critical Essays*, Amsterdam: B. R. Gruner Publishing Co., 1977.

[11] Ernest A. Champion, *Mr. Baldwin, I presume: James Baldwin——Chinua Achebe, a Meeting of the Minds*, Lanham: University Press of America, 1995.

[12] James H. Cone, *The Spirituals and the Blues*, New York: Orbis Books, 1992.

[13] Johnson – Roullier Cyraina E., *Reading on the Edge: Exiles, Modernities, and Cultural Transformation in Proust, Joyce, and Baldwin*, New York: State University of New York Press, 2000.

[14] Melvin Dixon, *Ride Out the Wilderness: Geography and Identity in Afro - American Literature*, Chicago: University of Illinois Press, 1987.

[15] G Reginald Daniel, *More Than Black? Multiracial Identity and the New Racial Order*, Philadelphia: Temple University Press, 2002.

[16] W. E. B. DuBois, *The Souls of Black Folk*, New York: New American Library, 1969.

[17] Fern Marja Eckman, *The Furious Passage of James Baldwin*, New York: M. Evans & Company, Inc., 1966.

[18] Ralph Ellison, *Shadow and Act*, New York: Vintage Books, 1995.

[19] Bruce Feiler, *America's Prophet: Moses and American Story*, New York: Harper Collins Publishers, 2009.

[20] William Francia, Charles P. Ware & Lucy M. Garrison, *Slave Songs of the United States*, Michigan: A. Simpson & Co., 1995.

[21] Addison Gayle, *The Way of the New World*, New York: Doubleday, 1976.

[22] Jean-François Gounard, Trans. Jr. Joseph J. Rodgers, *The Racial Problem in the Works of Richard Wright and James Baldwin*, Westport: Greenwood Press, 1992.

[23] Clarence E. Hardy, *James Baldwin's God, Sex, Hope, and Crisis in Black Holiness Culture*, Knoxville: The University of Tennessee Press, 2003.

[24] Trudier Harris, *Black Women in the Fiction of James Baldwin*, Knoxville: University of Tennessee Press, 1985.

[25] Trudier Harris, *New Essays on Go Tell It on the Mountain*, New York: Cambridge University Press, 1996.

[26] Dolan Hubbard, *The Sermon and the African American Literary Imagination*, Columbia: University of Missouri Press, 1994.

[27] Vyacheslav Ivanov, Trans. Norman Cameron, *Freedom and the Tragic Life: a Study in Dostoevsky*, New York: Noonday Press, 1957.

[28] Janheinz Jahn, *Muntu: African Culture and the Western World*, New York: Grove Press, 1990.

[29] James Weldon Johnson and J. Rosamond Johnson, *The Books of American Negro Spirituals (Vol. 1)*, New York: Viking Press, 1969.

[30] R. Jothiprakash, *Commitment as a Theme in African American Literature: A Study of James Baldwin and Ralph Ellison*, Bristol: Wyndham Hall Press, 1994.

[31] Kenneth Kinnamon, *James Baldwin: A Collection of Critical Essays*, New Jersey: Prentice – Hall, Inc., 1974.

[32] Lovalerie King and Lynn Orilla Scott, *James Baldwin and Toni Morrison: Comparative Critical and Theoretical Essays*, New York: Palgrave Macmillan, 2009.

[33] Marcus Klein, *After Alienation: American Novels in Mid – Century*, New York: The World Publishing Company, 1964.

[34] David Leeming, *James Baldwin: A Biography*, New York: Alfred A. Knopf, 1994.

[35] C. Eric Lincoln, and Lawrence Mamia, *The Black Church in the African – American Experience*, Durham: Duke Univesity Press, 1990.

[36] Louis Gates Jr. and Henry & Nellie Y. Mackay, *The Norton Anthology of African American Literature*, New York and London: W. W. Norton & Company, 2004.

[37] Stanley Macebuh, *James Baldwin: A Critical Study*, New York: Joseph Okpaku Publishing Company, Inc., 1973.

[38] Benjamin E. Mays, *The Negro's God*, New York: Russell & Russell, 1968.

[39] D. Quentin Miller, *Re – Viewing James Baldwin: Things Not Been Seen*, Philadelphia: Temple University Press, 2000.

[40] Larry G. Murphy, *Encyclopedia of African – American Religions*, New York: Garland Publishing, Inc., 1993.

[41] Walton M. Muyumba, *The Shadow and the Act: Black Intellectual Practice, Jazz Improvisation, and Philosophical Pragmatism*, Chicago: The

University of Chicago Press, 2009.

[42] Dean Andrew Nicholas, *The Trickster Revisited: Deception as a Motif in the Pentateuch*, New York: Peter Lang Publishing, Inc., 2009.

[43] Therman B. O'Daniel, *James Baldwin: A Critical Evaluation*, Washington D. C.: Howard University Press, 1977.

[44] Orlando Patterson, *Rituals of Blood: Consequences of Slavery in Two American Centuries*, Washington: Civitas/Counterpoint, 1998.

[45] Horace A. Porter, *Stealing The Fire: The Art and Protest of James Baldwin*, Middletown: Wesleyan University Press, 1989.

[46] Louis H. Pratt, *James Baldwin*, Boston: Twayne Publishers, 1978.

[47] James Deotis Roberts, *Liberation and Reconciliation: a Black Theology*, Philadelphia: Webstminster Press, 1971.

[48] Jean-Paul Sartre, trans. Philip Mairet, *Existentialism and Humanism*, London: Methuen Ltd., 1970.

[49] Lynn Orilla Scott, *James Baldwin's Later Fiction: Witness to the Journey*, East Lansing: Michigan State University Press, 2002.

[50] Mani Sinha, *Contemporary Afro-American Literature: A Study of Man Society*, New Delhi: Satyam Publishing House, 2007.

[51] Fred L. Standley and Nancy V. Burt, *Critical Essays on James Baldwin*, Boston: G. K. Hall, 1988.

[52] Ming Tong, *A History of American Literature*, Beijing: Foreign Language Teaching and Research Press, 2009.

[53] William J. Weatherby, *James Baldwin: Artist on Fire*, New York: Donald I. Fine, Inc., 1989.

[54] Gayraud S. Wilmore, *Black Religion and Radicalism* (2nd edition), Maryknoll, New York: Orbis Books, 1983.

[55] Gayraud S. Wilmore, *Black Religion and Black Radicalism: An Interpre-*

tation of the Religious History of African Americans, Michigan: Orbis Books, 1998.

[56] Magdalena J. Zaborowska, *James Baldwin's Turkish Decade: Exotics of Exile*, Durham and London: Duke University Press, 2009.

(二) 析出文献

[1] Francine Allen, "No Longer an Outsider: The Biblical Underpinnings of James Baldwin's Call for Human Equality", *Xavier Review*, No. 2, 2009.

[2] Joseph M. Amengol, "In the Dark Room: Homosexuality and/as Blackness in James Baldiwin's *Giovanni's Room*", *Signs*, No. 3, 2012.

[3] James Baldwin, "Richard Wright", *Encounter*, No. 4, 1961.

[4] James Baldwin, "To Whom It May Concern: Report From Occupied Territory", *Nation*, July 1966.

[5] John Sietze Bergsma and Scott Walker Hahn, "Noah's Nakeness and the Curse of Canaan (Genesis 9: 20 – 27)", *Journal of Biblical Literature*, No. 1, 2005.

[6] Markus Bockmuehl, "The Son of David and his Mother", *The Journal of Theological Studies*, No. 2, 2011.

[7] Matt Brim, "James Baldwin's Queer Utility", *ANQ: A Quarterly Journal of Short Articles, Notes, and Reviews*, No. 4, 2011.

[8] Joseph A. Brown, "John, Saw the Holy Number: Apocalyptic Visions in *Go Tell It On The Mountain* and *Native Son*", *Religion & Literature*, No. 1, 1995.

[9] Jerry H. Bryant, "Wirght, Ellison, Baldwin—Exocising the Demon", *Phylon*, No. 2, 1976.

[10] David Wright, "No Hiding Place: Exile 'Underground' in James Baldwin's *This Morning, This Evening, So Soon*", *CLA Journal*,

No. 4, 1999.

[11] Csaba Csapo, "Race, Religion and Sexuality in *Go Tell It On The Mountain*", *MAWA Review*, No. 1, 2004.

[12] Michael Clark, "James Baldwin's 'Sonny's Blues': Childhood, Light and Art", *CLA*, No. 2, 1985.

[13] Morris Dickstein, "Wright, Baldwin, Cleaver", *New Letters*, No. 2, 1971 (2).

[14] Matthew Engelke, "Past Pentecostalism: Notes on Rupture, Realignment, and Everday Life in Pentecostal and African Independent Churches", *Africa*, No. 2, 2010.

[15] Alfred Feruson, "Black Men, White Cities: The Quest for Humanity by Black Protagonists in James Baldwin's *Another Country* and Richarch Wright's *The Outsider*", *Forum*, No. 2, 1977.

[16] Douglas Field, "Pentecostalism and All That Jazz: Tracing James Baldwin's Religion", *Literature & Theology*, No. 4, 2008.

[17] Kathy Roberts Forde, "*The Fire Next Time* in the Civil Sphere: Literary Journalism and Justice in America 1963", *Journalism*, No. 5, 2014.

[18] William Franke, "The Deaths of God in Hegel and Nietzsche and the Crisis of Valuses in Secular Modernity and Post – Secular Postmodernity", *Religion and the Arts*, No. 2, 2007.

[19] Randon Gordon, "Physical Sympathy: Hip and Sentimentalism in James Baldwin's *Another Country*", *MFS Modern Fiction Studies*, No. 1, 2011.

[20] Paul Griffith, "James Baldwin's Confrontation with Racist Terror in the American South: Sexual Mythology and Psychoneurosis in *Going to Meet the Man*", *Journal of Black Studies*, No. 32, 2002.

[21] Leo Hamalian, "God's Angry Man", *Black American Literature Forum*, No. 2, 1991.

[22] Trudier Harris, "The Eye as Weapon in *If Beale Street Could Talk*", *MELUS*, No. 3, 1978.

[23] Bastian Heather, "Examining Historical Consciousness: A Bakhtinian – Influnced Pedagaody for James Baldwin's Going to Meet the Man", *Eureka Studies in Teaching Short Fiction*, No. 2, 2007.

[24] Carol Henderson, "Knee Bent, Body Bowed: Re – Memory's Prayer of Spiritual Re (new) al in *Go Tell It On The Mountain*", *Religion & Literature*, No. 1, 1995.

[25] Brooke Horvath, "Special Influence: James Baldwin and Influence", *ANQ: A Quarterly Journal of Short Articles, Notes, and Reviews*, No. 4, 2011.

[26] Jenny M. James, "Making Love, Making Friends: Affiliation and Repair in James Baldwin's *Another Country* ", *Studies in American Fiction*, No. 1, 2012.

[27] E. Patrick Johnson, "Feeling the Spirit in the Dark: Expanding Notions of the Sacred in the African – American Gay Community", *Xavier Review*, No. 1, 2007.

[28] Kichung Kim, "Wright, the Protest Novel, and Baldwin's Faith", *CLA Journal*, May 1974.

[29] Dorothy H. Lee, "The Bridge of Suffering", *Callaloo*, No. 18, 1983.

[30] David James Leeming, "An Interview with James Baldwin on Henry James", *The Henry James Review*, No. 1, 1986.

[31] Howard Levant, "Aspiring We Should Go", *Midcontinent Amercian Studies Journal*, No. 1, 1963.

[32] William R. G. Loader, "Attitudes Towards Sexuality in Qumran and Related Literature – and the New Testament", *New Testament Studies*, No. 3, 2008.

[33] Herbert R. Lottman, "It's Hard to Be James Baldwin", *Intellectual Digest*, No. 2, 1972.

[34] Michael Lynch, "Beyond Guilt and Innocence: Redemptive Suffering and Love in Baldwin's *Another Country*", *Obsidan II*, No. 1 - 2, 1992.

[35] Michael F. Lynch, "Just Above My Head: Baldwin's Quest for Belief", *Literature & Theology*, No. 3, 1997.

[36] Mikko Tuhkanen, "James Baldwin on the American Express and the Queer Underground", *English Language Notes*, No. 2, 2007.

[37] Gerald Meyer, "James Baldwin's Harlem: The Key to His Politics", *Socialism and Democracy*, No. 1, 2011.

[38] Lisa Miller, "What the Bible Really Says About Sex", *Newsweek*, No. 7, 2011.

[39] B. K. Mitra, "The Wright - Baldwin Controversy", *Indian Journal of American Studies*, No. 1, 1969.

[40] James Mossman, "Race, Hate, Sex, and Color: A Conversation with James Baldwin and Colin MacInnes", *Encounter*, July 1965.

[41] John Moore, "An Embarrassment of Riches: Baldwin's *Going to Meet the Man*", *The Hollins Critic*, No. 5, 1965.

[42] Deak Nabers, "Past Using James Baldwin and Civil Rights Law in the 1960s", *The Yale Journal of Criticism*, No. 2, 2005.

[43] Julie Nash, "A Terrifying Sacrament: James Baldwin's Use of Music in *Just Above My Head*", *MAWA Review*, No. 2, 1992.

[44] Emmanuel S. Nelson, "James Baldwin's Vision of Otherness and Community", *MELUS*, No. 2, 1983.

[45] Brian Norman, "James Baldwin's Confrontation with US Imperialism in *If Beale Street Could Talk*", *MELUS*, No. 1, 2007.

[46] Michael Nowlin, "Ralph Ellision, James Baldwin, and the Liberal Imag-

ination", *The Arizona Quarterly*, No. 2, 2000.

[47] Joyce Carol Oates, "A Quite Moving and Very Traditional Celebration of Love", *New York Times Book Review*, May 1974.

[48] Kalu Ogbaa, "Protest, Individual Talents of Three Black Novelists", *CLA Journal*, No. 2, 1991.

[49] Barbara K. Olson, "'Come – to – Juesus Stuff' in James Baldwin's *Go Tell It on the Mountain* and *The Amen Corner*", *African American Review*, Vol. 31, 1997.

[50] Sydney Onyeberechi, "Satiric Candor in *The Fire Next Time* ", *Mawa Review*, No. 2, 1990.

[51] Shireen R. K. Patell, "'We the People', Who? James Baldwin and the Traumatic Constitution of These United States", *Comparative Literature Studies*, No. 3, 2011.

[52] Steven Weisenburger, "The Shudder and the Silence: James Baldwin on White Terror", *ANQ*, No. 3, 2002.

[53] Yolanda Pierce, "How Saul Became Paul: The African – American Conversion Experience", *The Griot*, No. 2, 2000.

[54] James Polchin, "The Baldwin of Giovanni's Room", *Gay & Lesbian Review*, November – December 2014.

[55] Lyall H. Powers, "Henry James and James Baldwin: The Complex Figure", *Modern Fiction Studies*, No. 4, 1984.

[56] Robert Reid, "The Powers of Darkness in 'Sonny's Blues'", *CLA Journal*, No. 4, 2000.

[57] Jerome de Romanet, "Revisiting Madeleine and 'The Outing': James Baldwin's Revision of Gide's Sexual Politics", *MELUS*, No. 1, 1997.

[58] Leslie Sanders, "Text and Contexts in Afro – American Criticism", *Canadian Review of American Studies*, No. 3, 1983.

[59] Eric Savoy, "Other (ed) Americans in Paris: Henry James, James Baldwin, and the Subversion of Identity", *English Studies in Canada*, No. 3, 1992.

[60] Eliot Schere, "*Another Country* and Sense of Self", *Black Academy Review*, No. 2, 1971.

[61] Joel Alden Schlosser, "Socrates in a Different Key: James Baldwin and Race in America", *Political Research Quarterly*, No. 3, 2012.

[62] James Tackach, "The Biblical Foundation of James Baldwin's 'Sonny's Blues'", *Renascence*, No. 2, 2007.

[63] Ekwueme Michael Thelwell, "A Prophet Is Not Without Honor", *Transition*, No. 58, 1992.

[64] Eleanor Traylor, "James Baldwin's *Just Above My Head*", *First World*, No. 3, 1979.

[65] Mikko Tuhkanen, "Binding the Self: Baldwin, Freud, and the Narrative of Subjectivity", *GLQ: A Journal of Lesbian and Gay Studies*, No. 4, 2001.

[66] Christopher Winks, "Into the Heart of the Great Wilderness: Understanding Baldwin's Quarrel with Negritude", *African American Review*, No. 4, 2013.

(三) 博士学位论文

[1] Aliyyah I Abdur-Rahman, *The Erotics of Race: Identity, Sexuality, and One Hundred Years of (Black) American Writing*, New York University, 2005.

[2] Patrick Elliot Alexander, *From Slave Ship to Supermax: The Prisioner Abuse Narrative in Contemporary African American Fiction*, Duke University, 2012.

[3] Francine LaRue Allen, *Reclaiming the Human Self: Redemptive Suffering and Spiritual Service in the Works of James Baldwin*, Georgia State University, 2005.

[4] Philip George Auger, *Re - Wrighting Afro - American Manhood: Negotiations of Discursive Space in the Fiction of James Baldwin, Alice Walker, John Edgar Wideman, and Ernest Gaines*, University of California, Riverside, 1995.

[5] Katharine Lawrence Balfour, *The Evidence of Things Not Said: Race Consciousness and Political Theory*, Princeton University, 1996.

[6] Miriam Bartha, *Shock Treatments: Witnesssing in Postwar Perfromance*, The University of New Jersey - New Brunswick, 2002.

[7] Andrew Walsh Bartlett, *The Free Place: Literary, Visual, and Jazz Creations of Space in the 1960s*, University of Washington, 1999.

[8] Matt Bell, *Arresting Developments: Counter - Narratives of Gay Liberation*, Tufts University, 2006.

[9] Joanne Spitznagel Bennett, *James Baldwin: a Contemporary Novelist of Manners*, Indiana University, 1974.

[10] Josef Benson, *Failed Heros: Hypermasculinity in the Contemporary American Novel*, University of South Florida, 2012.

[11] Louise Bernard, *National Maladies: Narratives of Race and Madness in Modern America*, Yale University, 2005.

[12] Matthew Brim, *No Name Men: Queering Men's Relations in James Baldwin's Early Fiction*, Indiana University, 2004.

[13] Nicholas Taylor Boggs, *The Critic and the Little Man: On African - American Literary Studies in the Post - Civil Rights Era*, Columbia University, 2005.

[14] Derek Cyril Bowe, *Going to Meet the Lord: James Baldwin's Dispute with*

the Church in his Novels and Plays, University of Kentucky, 1998.

[15] Stephine Lynne Brown, *Constructing and Contesting Authenticity in the Postwar African – American Novel*, Columbia University, 2002.

[16] Michael Charles Carroll, "Music as Medium for Maturation in Three Afro – American Novels", The University of Nebraska – Lincoln, 1991.

[17] Keith Spencer Clark, "Reforming the Black Self: A Study of Subject Formaton in Selected Works by James Baldwin, Ernest Gaines, and August Wilson", The University of North California at Chapel Hill, 1993.

[18] Michael Lyle Cobb, "Racial Blasphemies", Cornell University, 2001.

[19] Bryan Conn, "Savage Paradox: Race and Affects in Modern American Fiction", The Johns Hopkins University, 2011.

[20] Andrew Connolly, " 'Lord, I Know I Been Saved': Religious Experience in James Baldwin's *Go Tell it on the Mountain*, Lakehead University (Canada), 2009.

[21] James Cunningham, "James Baldwin's Nonfiction Muse: Aesthetics and Ideology", The University of Toledo, 2004.

[22] Joanna Christine Davis – McElligatt, " 'In the Same Boat Now': Peoples of African Dispora and/as Immigrants: The Politics of Race, Migration, and Nation in Twentieth – Century American Literature", The University of Iowa, 2010.

[23] Lauren A. Davis, "The Black Masculinity Agenda: Desire and Gender Politics of Protest Era Literature", Purdue University, 2004.

[24] Yasmin Yvette DeGout, "The Fiction of James Baldwin: Re – visioning the Autobiographical, Gendered and Christian Selves", Howard University, 1998.

[25] James Anthony Dievler, "Sexual Exiles: Edith Wharton, Henry Miller, James Baldwin and the Culture of Sex and Sexuality in New York City",

New York University, 1997.

[26] Laura Jo Dubek, "White Family Fictions: Black Novelists and Cultural Narratives of Whiteness, 1942 – 1956", The University of Iowa, 2001.

[27] Douglas J. Eisner, "The Homophile Difference: Pathological Discourse and Communal Identity in Early Gay Novels", University of California, 1996.

[28] Floyd Clifton Ferebee, "The Relationship Between Violence and Christianity in the Novels of James Baldwin", University of Cincinnati, 1995.

[29] Guy Foster, "Love's Future Structures?: The Dilemma of Interracial Coupling in Postwar African American Literature", Brown University, 2003.

[30] Ernest L. Gibson, "In Search of the Fraternal: Salvific Manhood and Male Intimacy in the Novels of James Baldwin", University of Massachusetts, 2012.

[31] Patrick Joseph Gignac, "Oppressive Relationships/Related Oppressions: Ethnicity, Gender and Sexuality and the Role of Gay Identity in James Baldwin's *Another Country* and Hubert Fichte's *Versuch Ueber Die Pubertaet*", City University of New York, 1996.

[32] Jurgen Ernst Grandt, "Writing the Blackness of Blackness: African American Narrative and the Problem of Cultural Authenticity", University of Georgia, 2000.

[33] Clarence Earl Hardy, "'His Sightless Eyes Looked Upward': The Hopes and Tragic Limits of Contemporary Black Evangelical Thoughts—A Reading of the Works of James Baldwin", Union Theological Seminary, 2001.

[34] Carol E. Henderson, "The Body of Evidence – Reading the Scar as Text: Williams, Morrison, Baldwin, and Petry", University of California, Riverside, 1995.

[35] Van Heusen, "The Embodiment of Religious Meaning in the Works of James Baldwin", State University of New York, 1980.

[36] Joanne C. Hughes, "Elements of the Confessional Mode in the Novels of James Baldwin: 1954 – 1979", Northern Illinois University, 1980.

[37] Daniel A. Hill, "On Display: The Celebrity Self in Contemporary American Nonfiction", The State University of New Jersey – New Brunswick, 1992.

[38] Jennifer M. James, "The Terms of Our Connection: Affiliation and Difference in the Post – 1960 North American Novel", Columbia University, 2012.

[39] Gerald Byron Johnson, "Baldwin's Androgynous Blues: African American Music, Androgyny, and the Novels of James Baldwin", Cornell University, 1993.

[40] A Yemisi Jomoh, "Living in Paradox: A Theory of Interpretation of Music in the Making of African American Fiction", University of Houston, 1994.

[41] Jacqueline Carlissa Jones, "His Tale to Tell: James Baldwin and the Artist as a Hero in Fiction", City University of New York, 1996.

[42] John Richard Kay, "Urban Migration and the Theme of Defiance in the Works of Richard Wright and James Baldwin", Indiana University of Pennsylvania, 2005.

[43] Emily J. Lordi, "Re – Attunements: Black Women Singers and Twentieth – Century African American Literature", Columbia University, 2009.

[44] Meredith M. Malburne – Wade, "Revision as Resistance in Twentieth – Century American Drama", The University of North Carolina, 2013.

[45] Lawrence William Manglitz, "The Homosexual Narrative as Opposition to Hegemonic Inscription: Reinscription of the Homosexual Body in Edumd White's *A Boy's Own Story*, James Baldwin's *Giovanni's Room*, and Melvin Dixon's *Vanishing Rooms*", Michigan State University, 1994.

[46] Kadeshia L. Matthews, "Becoming the Black Subject: Violence, Domesticity and the Masculine Self in Mid – 20th Century African American Literature", The John Hopkins University, 2006.

[47] Jennifer Mayers – Chiles, "Baldwin: The Fabric (ation) of the Artist", Long Island University, The Brooklyn Center, 2006.

[48] Heather Joy Mayne, "Biblical Paradigms in Four Twentieth Century African – American Novels", Stanford University, 1991.

[49] Babacar M' Baye, "Africanisms, Race Relatins, and Diasporic Identities in *Mule and Men*, *Go Tell It on the Mountain*, and *Mumbo Jumbo*", Bowling Green State University, 2002.

[50] Magdalen Mckinley, "Violence and Masculinity in American Fiction, 1950 – 1975", Marquette University, 2012.

[51] Darren Millar, "Fiction and Affect: Studies in the Mid – Twentieth Century American Novel and its Utopian Contexts", University of Ottawa (Canada), 2006.

[52] Taylor Joy Mitchell, "Gold War Playboys: Models of Masculinity in the Literature of 'Playboy'", University of South Florida, 2011.

[53] Sahng Young Moon, "The Dilemma of a Black Writer: James Baldwin's Quest for Racial Justice in the 1960s", University of California, San Diego, 1994.

[54] Elizabeth Roosevelt Moore, "Being Black: Existentialism in the Work of Richard Wright, Ralph Ellison and James Baldwin", The University of Texas at Austin, 2001.

[55] Marlon Rachquel Moore, "Queering the Soul: Homoerotic Spiritualities in African American Fiction", University of Florida, 2009.

[56] Rolland Dante Murray, "Beyond Macho: Literature, Masculinity, and Black Power", The University of Chicago, 2000.

[57] Eric Scott Neel, "Reading the Impossible: Articulations of Postwar Idealism and Interrogation of American Identity" [D], University of Iowa, 2000.

[58] Emmanuel Sampath Nelson, "Alienated Rebels: John Rechy and James

Baldwin", The University of Tennessee, 1983.

[59] Timothy K. Nixon, "The Homo – Exilic Experience: Queerness, Alienation, and Contrapuntal Vision", The George Washington University, 2005.

[60] Brian J. Norman, "Addressing Division: The American Protest Mode in the Twentieth Century", The State University of New Jersey, 2004.

[61] Aaron Ngozi Oforlea, "Discursive Divide: (Re) Covering African American Male Subjectivity in the Works of James Baldwin and Toni Morrison", The Ohio State University, 2005.

[62] Yumi Pak, "Outside Relationality: Autobiographycial Deformations and the Literary Lineage of Afro – Pessimism in 20th and 21st Century African American Literature", University of California, 2012.

[63] Marisa Parham, "Event Horizons: Notes on Memory, Space and Haunting", Indiana University, 2004.

[64] Gary Vaughn Rasberry, "In the Twilight of Jim Crow: African Amercian Literature, Totalitarianism, and the Cold War", University of Chicago, 2009.

[65] Sarah Relyea, "Outsider Citizens: The Remaking of Postwar Identity in Wright, Beauvoir, and Baldwin", City University of New York, 2003.

[66] Lauren Rusk, "Three – Way Mirrors: The Life Writing of Otherness", Stanford University, 1995.

[67] Tracy Savoie, "Cosmopolitanism and Twentieth – Century American Modernism: Writing Intercultural Relationships through the Trope of Inercultural Romance", Miami University, 2008.

[68] Gregory A. Schwartz, "Comedy Night (Novel), and, Contextual Essay: What is the Impact of a Political Novel Upon the Reader?", The Union Institute, 1995.

[69] Lynn Orilla (Wasserman) Scott, "Self, Family, and Community in the

Later Fiction of James Baldwin", Michigan State University, 1998.

[70] Donald M. Shaffer Jr, "Making Space (s): The Representation of Place and Identity in Black Migration Novels, 1920 – 1953", The University of Chicago, 2005.

[71] Saadi A. Simawe, "Music and the Politics of Culture in James Baldwin's and Alice Walker's Fiction", The University of Iowa, 1994.

[72] Dwan Henderson Simmon, "'Stranger in the Village': Reading Race and Gender in Henry James through a Baldwinian Lens", University of Maryland, 2008.

[73] Kenneth Alan Simth, "Contesting Discourse in the Essays of Virginia Woolf, James Baldwin, Joan Didion, and E. B. White", The University of Iowa, 1992.

[74] Allison Chandler Singley, "Spurious Delusions of Reward": Innocence and United States Identity in the Caribbean of William Faulkner, Toni Morrison, James Baldwin, and Russell Banks", The University of Connecticut, 2004.

[75] Anton Lowell Smith, "Stepping out on Faith: Representing Spirituality in African American Literature from Harlem Renaissance to the Civil Rights Movement", University of Southern California, 2010.

[76] Hongeal Sohn, "Literature and Society: African American Drama and American Race Relations", The University of Iowa, 1993.

[77] Jason W. Stevens, "Warding off Innocence: Original Sin and American Culture in the Cold War", Columbia University, 2005.

[78] Kathryn Kristyna Stevenson, "Scarlet Equations: Representing Black Men, White Women, 1940 – 1964", University of California, 2007.

[79] Joshua S. Stone, "American Ethni/cities: Critical Geography, Subject Formation, and the Urban Representations of Abraham Cahan, Richard

Wright, and James Baldwin", University of Miami, 2010.

[80] Charles Lavalle Taylor III, "Figurations of the Family in Fiction by Toni Morrison, Johne Updike, James Baldwin, and Philip Roth", University of Michigan, 1996.

[81] Harry Osborne Thomas, "Sissy!: The Effeminate Grotesque in U. S. Literature and Culture Since 1940", The University of North Carolina at Chapel Hill, 2012.

[82] Jean Timberlake, "Examined, Cracked, Changed, Made New": Conversion Themes and Structures in American Short Fiction", University of Cincinnati, 1995.

[83] MikkoTuhkanen, "Queer Breeds: Hybridity and Futurnity in Lillian Hellman, James Baldwin, and Gloria Anzaldua", State University of New York at Buffalo, 2005.

[84] Richard (Rick) Walters, "Performing Texts; Playing with Jazz Aesthetics", University of New Hampshire, 2003.

[85] Willie Earl Walker III, "Prophetic Articulations: James Baldwin and the Racial Formation of the United States", Princeton University, 1999.

[86] Wendy Lisa Weber, "Disrupting Socially Constructed and Religiously Enforced Gender and Sexuality Identities: Selected Works in Twentieth Century British and American Literature", The University of North Carolina at Greensboro, 1999.

[87] James Steven West, "Bessie Smith: A Study of her Influence on Selected Works of Langston Hughes, Edward Albee, Sherley Anne Williams, and James Baldwin", The University of Southern Mississippi, 1995.

[88] Artress Bethany White, "A House Built on Faith: Religious Rhetoric as Narrative Strategy in Black Writing", University of Kentucky, 2009.

[89] Fontella White, "James Baldwin's Bible: Reading and Writing African

American Formation", The Claremont Graduate University, 2009.

[90] Qiana Robinson Whitted, "African - American Literature and the Crisis of Faith", Yale University, 2003.

[91] Goyland Williams, "An Existential Reflection on Suffering in James Baldwin's *Just Above My Head* and Toni Morrison's *The Bluest Eye* ", The University of Kansas, 2014.

[92] Leslie Elizabeth Wingard, "The Sacred and Secular Reconciled: Crossing the Line in Twentieth Century African - American Literature", University of California, 2006.

[93] David Woodard, "Queer Forms of Belonging: The Displacement of Racial Kinship in Twentieth Century African American Literature and Film", Duke University, 2004.

[94] Christine A. Wooley, "Sentimental Ethics: The African American Sentimental Tradition at the Turn of the Century", University of Washington, 2004.

[95] Yukari Yanaginio, "Psychoanalysis and Literature: Perversion, Racism and Language of Difference", The University of New Jersey, 2008.

[96] Brenda Joyce Young, "Baldwin and Hansberry as 'Privileged Speakers': Two Black Writers and the Civil Rights Movement, 1955 - 1965", Emory University, 1996.

(四) 访谈

[1] James Baldwin, *The Last Interview and Other Conversations*, Brooklyn: Melville House, 2014.

[2] Nabile Fabres and Peter Thompson, "James Baldwin: A 1970 Interview", *Transition*, 2011 (105).

[3] Nikki Giovanni, *James Baldwin, Nikki Giovanni: A Dialogue*, Philadel-

phia: J. B. Lippincott Company, 1973.

[4] Fred L. Standley and Louis H. Pratt, *Conversations with James Baldwin*, Jackson and London: University Press of Mississippi, 1989.

[5] Quincy Troupe, *James Baldwin: The Legacy*, New York: Touchstone – Simon and Schuster, 1989.

后　记

　　本书脱胎于我的博士学位论文，写作过程可谓一波三折。论文最初的选题基于国内美国黑人文学研究，拟聚焦于黑人文学作品中"爱"的主题。当时，山东省教育厅青年骨干教师出国留学基金项目的最后成行期限已到，又迫于国内一手资料贫乏，便于2012年7月赴美访学。其间，近距离接触圣经文化后，顿时惊愕于对黑人文学核心要素的无知。很大程度上，缺乏全面的圣经知识，根本不可能对西方文学进行深入解读。鉴于黑人的特殊历史文化背景，在没有系统基督教文化支撑的前提下，阅读非裔美国文学只能雾里看花，难中肯綮。随着对圣经认知的不断系统化，越来越感觉浸透于黑人文学的基督教思想无疑是管窥其内核的重要视角。此时，詹姆斯·鲍德温作品中的宗教意象一股脑儿地涌现眼前，重读鲍德温的冲动一发不可收。带着明确的圣经意识重温经典，顿生左右逢源、豁然开朗的愉悦，亦为此前的肤浅扼腕汗颜。兴趣的驱动力是无可阻挡的，于是萌生了一个冒险的想法，博士学位论文重新选题，就以鲍德温为题材，因其作品从标题、人物命名到孩童的在场，均充分表征了作者圣经意识之根深蒂固。于是就有了与导师频繁的国际长途沟通，就论文结构反复论证，明知道路艰辛，却也乐此不疲。在最短的时间内读完了鲍德温的英文原著后，不断颠覆与重构在国内读汉译本时的想法，在得克萨斯农工大学的图书馆的黑人文学专区复印了大多数相关的书籍，下载了近十年的研究论文，顿感信心百倍。接下来，拼命梳理这些一手资料，带着困惑与我的导师，英语系黑人文学教授 Larry Oliver 展开讨论，并不断求教于黑人研究中心的 Rebecca Hankins 教授。Larry 从各方面为我提供研究的方便，不厌其烦地解答每一个问题。他赠送的英文原版《诺顿非裔美国文学史》一书无疑是我今后研究的宝贵资料。Rebecca 在我回国后还一直为我提供美国鲍德温研究的进展信息，无疑保证了论文的前瞻性。他们耐心、真诚的帮助使我的思路日渐清晰，理解不断深化。

这个过程既辛苦又快乐。有时沉浸其中，竟然忘记了去接女儿，校方打不通我的电话就找我的好友代劳。内中愧疚和感激无从言表。在此，要特别感谢我当时上小学三年级的女儿，是她陪我度过了访学时光。周末我们一起去学校图书馆，一起去教会查经，一起步行半个多小时到中国超市购物，一起做饭……若不是有她相伴，我不知会怎样的孤独！

我的博士学位论文能如期完成，要特别感谢我的导师王化学教授。先生知识渊博，治学严谨，待人和善，兴趣广泛高雅，令人仰慕。得益于恩师潜移默化的影响，我深感自己这四年成长了不少。从学术研究的基本规范到语言意识的养成锤炼，从博士学位论文的选题、论文的逻辑结构到写作过程中的具体细节，无不凝聚着先生的辛勤汗水。恩师耳提面命，帮我迈出了真正通往学术殿堂的关键一步，感激之情无以言表。另外，文学院的杨守森、周均平、赵奎英等诸位先生的丰厚学养和学术敏感性令人醍醐灌顶，叹为观止。从他们的课堂上学到的不仅是一般的书本知识，更多的是思考人生的视角和为人处世的道理。浙江大学外国语学院的隋红升教授是美国黑人文学专家，虽素未谋面，仅凭电子邮件交流，但先生儒雅的学者风范却总能让人感动！他以其学术敏感性对我论文写作提出的合理化建议亦让我受益匪浅。他敏锐的思维和高度的问题意识让人茅塞顿开，尽享"柳暗花明又一村"的畅快。

美国得克萨斯农工大学（Texas A&M University）英语系黑人文学教授、圣经文学专家 William B. Clark 教授是天主教徒，与他的交流加深了我对基督教的认知。令我无论如何也不能忘怀的还有学校图书馆的全体工作

后　记

人员，他们强烈的服务意识令人感动。尤其难忘的是名为 Fatimah Ishaq 的黑人老太太，她用颤抖的手吃力地操作电脑，心平气和地为我演示数据库的情景依旧历历在目。

以姚阿卿牧师为代表的中华恩谷教会，以 Seteven Fang 为代表的大学城华人教会，以 Chris Snidow 牧师为代表的大学城 PKway Baptist Church，以及大学城华人教会志愿者 Mark Burow 兄弟，他们的热心帮助既让我对基督教有了宏观、感性的了解，又加深了我对相关教义的把握。这极大地增加了我从基督教的视角探索鲍德温文学世界的信心和恒心。

还要感谢我的单位领导和同事的理解与帮助，感谢家人的大力支持，让我能够心无旁骛，潜心致学。

写作过程的艰苦让我真正明白了苦难的意义，恰如鲍德温所言，"苦难是通往彼此的桥梁"，[1] 并由此加深了对感恩的理解。其实，所有的人都属于一个共同的大家庭，他们都在默默无闻地以某种特有的方式直接或间接地帮助你。我们都是"人类命运共同体"的一员！

本人才疏学浅，书中不足和疏漏难免，敬请方家不吝赐教。

---

[1] James Baldwin, *Just Above My Head*, New York：Dell Publishing, 1979, p. 113.